# 비탄의 망령은

Nageki no bourei ha bouken shitai

# 모험하고 싶다

~비탄의 망령은 은퇴하고 싶다 단편집~

1

# C O N T E N T S

제1장
《비탄의 망령》은 모험하고 싶다
007

제2장
크라이 안드리히의 일상
093

제3장
최강 헌터의 이차원 레시피
343


'비탄의 망령은 은퇴하고 싶다'
원작 팀 대담
404

평소와는 조금 다른 후기
412

기고 일러스트 / 헤비노 라이
419


출처 일람
420

제1장

# 《비탄의 망령》은 모험하고 싶다

## Chapter 1 "PREQUEL"

여기에는 종이책에 초회 특전으로 동봉된 전일담 SS '비탄의 망령은 모험하고 싶다' 시리즈를 중심으로 본편 시작 이전 시간대를 그려낸 단편이 수록되었다. 크라이의 '지금보다 의욕이 조금 있었던' 모습(?)은 반드시 볼 것.

# 최약 헌터는 영웅이 되는 꿈을 꾼다

세계 각지에 자연적으로 발생하는 보물전. 그곳에서 산출되는 부로 인해 사회가 돌아가고 있는 요즘 시대는 실력지상주의이며, 대성하면 귀족이 되는 것도 꿈이 아닌 트레저 헌터는 아이들이 동경하는 직업 1위(그리고 부모 입장에서 아이가 가지지 않았으면 하는 직업 1위)다.

그중에서도 남자 아이들이 꿈꾸는 직업 1위는 검사다. 과거에 트레저 헌터로서도 활약했다는 검사(소드맨) 아저씨는 그날, 가르침을 받고 있는 많은 남자 아이들 중에 나만 불러내서 말했다.

"크라이 안드리히, 저기…… 이런 말을 하긴 좀 그렇지만, 너에게는── 아무래도 검술 재능이 없는 것 같구나."

"어……?"

마른 하늘에 날벼락 같은 말이었다. 아저씨에게는 근처 마을에서 남녀노소, 많은 사람들이 검술을 배우러 오는데, 재능이 없다는 말을 들은 사람은 아무도 없었기 때문이다.

"그래도, 나는 항상 루크랑 모의전을 하는데……."

제자들 중에서도 재능이 가장 뛰어나다고 칭찬을 받았다며 매우 기뻐하던 소꿉친구의 이름을 말했다. 물론, 어린 마음에도 자신이 루크보다 못하다는 건 알고 있었지만 항상 똑같이 훈련을 하는데 재능이 없다는 말을 듣고 곧바로 받아들일 수는 없었다.

나는 루크와 함께 선두에 서서 파티를 이끌 거라고!

"그러니까…… 저기…… 루크 사이콜에게는 천부적인 재능이 있다. 그런 녀석하고, 오랫동안 모의전을 했는데도, 넌 말이지…….."

눈을 동그랗게 뜬 나에게 아저씨가 매우 껄끄러운 듯이 말했다.

"애초에 크라이, 너는 검을 딱히 좋아하는 것도 아니잖아?"

"어~? 그렇지 않은데── 멋지니까."

"아니~, 검사는 멋지지 않아. 그보다는 도적(시프)이 적합하지 않을까? 힘이나 전투 센스가 없어도 파티에 도움이 되고, 보물전을 탐색할 때는 반드시 필요한 직업이라고."

"어~? 검사가 훨씬 멋있고, 도적은 리즈가 하고 싶다고 했고, 그리고………… 저기, 도적 선생님은 너는 가능성이 없다면서 이미 쫓아냈어."

"?!"

소꿉친구 그룹 중에서 항상 제일 먼저 내 손을 잡고 가는 건 보통 리즈나 루크다. 이번에는 리즈가 먼저 나섰는데, 내 도적 체험은 한나절도 지나지 않아 끝나버렸다.

"체력이나 끈기, 그리고 주의력도 부족하대. 나는 그 사람 싫어."

리즈와 함께 가르침을 받으러 갔던 도적 선생님은 검사 아저씨보다 몇 배는 더 험상궂었고, 말투도 난폭했다. 어차피 검사가 되지 못한 사람의 말로일 것이다.

그렇게 무례하기 짝이 없는 생각을 하고 있던 나에게 아저씨가 초조한 듯이 말했다.

"그럼 앞으로 나서는 것보다는 뒤에서 마법으로 팍팍 공격할 수 있는 마도사(마기)가 낫지 않을까?"

"어~? 그래도 마도사는 여동생인 루시아가 된다고——."

"두 명! 두 명쯤 있어도 정말 좋지, 마도사는! 오히려 남매가 마도사면 좋을 것 같은데! 검사와는 달리 선두에 서지 않으니 부상당할 일도 별로 없고, 마도사는 공격의 핵심이라고! 친한 친구와 직업을 바꿔보는 것도 괜찮지! 그리고 근육이 없는 걸 보니 마나쪽으로 적성이 있을지 몰라!"

"어~? 그래도 마도사는 보통 여자가 된다고 들었는데? 남자는 근육이 많으니까 전위를 맡는다고——."

이래 봬도 나 또한 이것저것 생각하고 있다. 얼마 전에 알게 된 지식을 자신만만하게 선보이는 나에게 검사 아저씨가 뭐라 말하기 힘든 표정으로 말했다.

"됐으니까, 너는 마도사가 되려무나. 이런 말을 하는 건 분하지만, 전위는 파티의 기둥이야. 너는 그걸 맡을 만한 센스나 끈기가 부족하다고. 그나마 마도사가 가능성이 있을 거다."

마을에서 마도사로 나름대로 유명한 할머니는 내가 손을 댄 수정 구슬을 보고 눈을 크게 떴다.

"놀랍군…… 이 마나 수치, 설마 이런 재능이 있을 줄이야. 나도 마도사가 된 지 50년이 넘게 지났는데—— 상상조차 못 해봤어."

"어~? 설마 정말로 나에게 마도사의 재능이 있는 거야?"

마도사로 대성할 수 있는 건 여자뿐이라는 게 정설이지만, 재능이 있다면 마도사가 되는 것도 나쁘지 않을 것 같다. 듣자 하니 전위에서 무거운 검을 휘두르는 것보다는 마법을 쓰는 게 더 편할 것 같기도 하다.

루시아는 이미 할머니에게 천재라는 말을 듣고 기뻐했었다.

루시아는 귀엽고, 아직 여덟 살밖에 안 되었으니 루시아가 슬퍼하지 않게끔 그렇게 말해준 건가 했지만, 혹시 천재 마도사 남매가 탄생하는 건가? 오빠의 위엄을 보여줄 수 있는 건가?

할머니는 눈을 반짝이고 있던 나를 가엾어하는 눈으로 보며 말했다.

"아니…… 놀랄 만큼 재능이 없구나."

"?! 에엑~!"

"다른 테스트 결과도 감안하면 너는 집중력도 좀 부족하고, 마술에 대한 열정도, 상상력도 부족한 것 같구나. 최소한의 재능만 있으면 누구나 마도사가 될 수 있을 줄 알았다만, 설마 이 세상에 이렇게까지 재능이 없는 사람이 있을 줄이야……. 그 아이는 재능이 그렇게 뛰어난데, 정말 가혹하기도 하지."

"어~? 그래도 마도서를 잔뜩 만들었는데?"

마도사가 되면 익히려 했던 마술을 나열한 노트를 내밀었다. 할머니는 그 노트를 건드리지도 않고 달래는 듯이 말했다.

"너를 위해서 하는 말이야, 마도사는 그만두거라. 너에게 헌터로서의 재능이 있는지는 모르겠다만―― 헌터가 될 거라면 다른 직업을 선택하렴. 이건 할미가 해줄 수 있는 유일한 조언이란다.”

그럼 나는 대체 뭘 해야 할까. 동료들은 첫 번째에 바로 직업을 결정했는데.

“흐음~. 그럼 안셈이 열심히 하고 있는 중전사(헤비 워리어)를 같이 해야지…….”

중전사라고 해야 하나…… 신앙 계열 술법도 배우고 있는 것 같으니 수호기사(팔라딘)? 나보다 몸집이 작고 마음씨가 착한 소꿉친구가 재능이 있다고 했으니 나도 재능이 있을지 모르겠다.

내가 만든 마도서는 다음에 루시아에게 줘야지.

할머니는 나를 빤히 내려다보고는 앙상한 손으로 내 머리를 쓰다듬으며 말했다.

“……그만두거라.”

“어~? 그럼 뭘 해야 하는데? 도적도 안 된다고 했고──.”

할머니는 내가 한 말을 듣고 말도 안 되는 요구를 들은 듯한 표정으로 말했다.

“그렇구나…… 연금술사(알케미스트)는 어떠냐? 그건 마력(마나)이나 체력이 없어도 지식과 경험, 영감과 운으로 어떻게든 할 수 있으니.”

“연금술사는 시트리가 할 거니까…… 그리고 헌터하고는 잘 안 맞는다며?”

시트리는 마음씨가 착한 여자애다. 나처럼 뭐가 될지 정하지 못하고 조심스럽게 물어보길래 몇 가지 생각하고 있던 것들 중 하나를 말해주었다. 도서관에서 혼자 공부도 하는 모양이니 그녀를 방해하는 건 마음에 좀 걸린다. 그리고 연금술사는 검사나 마도사와는 달리 한 명만 있어도 충분하다.

"어쩔 수 없지. 그럼 나는 그걸 해야겠네."

나도 꿈인 헌터가 되기 위해 아무것도 하지 않았던 건 아니다.

검사와 마도사, 도적과 수호기사, 연금술사, 대표적인 직업부터 희귀한 직업까지 전부 퇴짜를 맞았지만, 그 밖에도 생각했던 게 있다.

나는 가엾은 아이를 보는 듯한 눈빛으로 바라보는 마도사 할머니에게 자신만만하게 말했다.

"무용수(댄서)나 음유시인(바드)."

"뭐라고?!"

"둘 다 할 거야! 결심했어, 나는 춤추는 음유시인(댄싱 바드)이 될 거야!"

할머니가 감격한 듯이 나를 끌어안고는 쉰 목소리로 말했다.

"오오오…… 춤추며 노래하는 헌터가 어디 있겠니. 애초에 그런 직업은 존재하지 않는단다. 정말로 불쌍하구나……."

"음~, 자신은 있는데, 문제는 스승님이란 말이지. 아무도 안 가르쳐주니까……."

의욕을 보이고 있던 나를 할머니가 놓아주고는 매우 진지한 표정으로 말했다.

"다 너를 위해서 하는 말이니까, 그만두거라."

그렇게 나는 아무것도 되지 못했고, 5년 동안 눈총을 받아가면서도 각 스승님들을 번갈아가며 찾아가곤 했다. 춤추는 음유시인이 되는 걸 말려준 것은 지금 생각해봐도 고맙기만 하다.

　그리고 운명의 날. 재능도, 의욕도, 직업도 없이 소거법 같은 느낌으로 리더가 된 나를 중심으로 최강의 소꿉친구 파티가 결성되어 무시무시하게도 트레저 헌터 황금시대에 뛰어들게 되지만, 당시의 나는 그 사실을 알 수 없었다.

# 시작의 궤적

드디어 와 버렸다.

커다랗고 금속으로 보강된 목제 문은 보기만 해도 위축될 것 같은 분위기를 풍기고 있었다.

옆에서 펄럭이고 있는 작고 빨간 깃발에 그려진 것은 오랫동안 비바람에 노출되어 빛이 바래긴 했지만, 분명히 '보물상자(트레저박스)'였다.

태어난 지 10년도 지나지 않은 아이들도 알고 있다.

보물상자는 트레저 헌터—— 때로는 수많은 팬텀, 마물들과 마주쳐서 그것들을 쓰러뜨리고, 때로는 악의로 가득찬 함정을 뛰어넘고, 때로는 대자연의 맹위와도 맞서며 보물전을 탐색하는 영웅의 상징이다.

그리고 그 깃발을 내걸고 있는 이 건물이 바로 트레저 헌터의 총본산, 탐색자 협회다.

도로 건너편에 멀찍이 떨어져서 관찰하는 동안에도 헌터들이 그 문으로 여러 명 들어갔다.

내 키보다 거대한 도끼를 짊어진 험상궂게 생긴 거한. 넋이 나갈만큼 유려한 움직임으로 문을 연 묘령의 여자. 그리고 온몸을 로브로 가리고 있어서 척 보기에도 수상쩍은 마도사.

길을 가다가 마주치면 높은 확률로 빤히 바라보게 될 만한 사람들이 탐색자 협회에 모여들고 있었다.

어쩌면 괴짜들만 모으고 있는 걸지도 모르겠다. 내 머릿속에 그런 시시한 생각이 떠올랐다.

거대한 문은 마치 지옥의 문처럼 보였다.

역시나 우리처럼 어린 사람은 거의 없다. 이번에 막 성인이 된 우리와 방금 본 그 무시무시한 헌터들 사이에는 그야말로 하늘과 땅 같은 차이가 있을 것이다.

하지만, 우리는 지금부터 저 괴짜들만 모여 있는 건물로 들어가야만 한다.

천천히 심호흡을 하고 나서 경종처럼 울려대는 심장을 억눌렀다.

꿈이었다.

나뿐만이 아니라 우리의 꿈.

들어가기 전부터 내 마음은 이미 꺾였지만, 그런 이유로 멈춰 설 수는 없다.

나는 뒤에서 대기하고 있던 동료들을 돌아보았다.

"그냥 그만둘까?"

"어어?! 아직 들어가지도 않았는데에? 그리고 제도로 오자고 한 건 크라이잖아?"

뒤에서 몸이 근질거린다는 듯이 발을 구르고 있던 여자아이가 눈을 크게 떴다. 핑크 블론드색 머리카락을 가진 리즈다. 다른 동료들도 각자 어이가 없다는 듯이 리즈에게 맞장구를 쳤다.

그렇다.

우리가 트레저 헌터를 목표로 삼은 것은 5년 전, 열 살 무렵.

그 이후로 우리는 오늘 이날을 위해 훈련을 해 왔다. 이제 와서 겁을 먹다니, 너무 한심한 일 아닌가. 나도 그들 같은 입장이었다면 똑같은 생각을 했을 것이다.

하지만, 나 혼자만 재능이 없었다.

어째서 과거의 나는 재능이 없다는 걸 어렴풋이 눈치챘으면서도 트레저 헌터의 성지, '제도 제블디아'에 오자고 말했던 걸까.

그리고 왜 리더 같은 게 된 걸까.

훈련을 마친 뒤에 최종 확인 같은 형태로 진행했던 보물전 탐색. 그곳에서 내가 추태를 보였는데도 불구하고 아무렇지도 않게 나에게 리더를 하라고 말할 수 있던 동료들의 배짱은 정말 두렵기까지 하다.

나는 뾰루퉁한 표정을 짓고 있는 소년── 내 소꿉친구 중 하나이자, 아마 헌터에 대해 가장 뜨거운 마음을 품고 있을 루크 사이콜을 달랬다.

루크는 용감하지만, 생각이 조금 부족한 구석이 있다.

"……루크나 다른 사람들은 모르겠지만, 내 실력으로는 절대로 통하지 않을 것 같거든. 역시 나는 그냥 돌아갈 테니까 너희들끼리만 헌터가 되라고. 멀리서 응원할 테니."

도망칠 거라면 지금이 기회다.

루크는 겁을 먹은 나를 보고 코웃음치며 말했다. 경멸하는 게 아니라 어이없어하는 듯한 목소리다.

"쳇. 너는 이것저것 생각을 너무 많이 한다고. 어쩔 수 없지. 내가 열어줄게."

"아, 루크, 치사해. 리더가 열기로 약속해서 참고 있었는데!"

리즈가 앙칼진 목소리로 따졌다. 루크는 그 목소리를 완전히 무시하고는 탐색자 협회 건물 앞으로 뛰어간 다음―― 놀랍게도 그 문을 발로 차서 열었다.

쌍여닫이 형태인 튼튼해 보이는 문이 큰 소리를 내며 열렸다. 너무나도 난폭한 행동이었기에 심장이 쪼그라들었다.

내가 그런 것도 아닌데, 뭐라고 해야 하나…… 그래.

지금 심정을 단적으로 말하자면―― 구토할 것 같다.

마치 습격이라도 하는 것 같은 기세로 문을 연 루크에게 수많은 시선이 꽂혔다.

루크는 척 보기에도 환영하지 않는 시선을 완전히 무시하고는 힘차게 한 발짝 앞으로 내디뎠다.

그리고 손으로 허리에 차고 있던 목도를 뽑아들고는, 앞쪽을 가리키며 소리쳤다.

"이봐, 여기에서 가장 강한 검사는 누구야? 나는―― 루크 사이콜. 세계 최강의 검사, 루크 사이콜이다. 제블디아는 헌터의 성지라고 들었어! 누구든 좋으니 한 판 붙자고!"

침묵이 퍼져나갔다. 너무나도 건방진 모습이었기에 역전의 헌터들도 아무런 말도 하지 못하는 것 같았다.

아무리 시골에서 온 헌터라 해도 루크처럼 자기 주제를 모르는 사람은 별로 없을 것이다.

몸집이 작은 루크보다 머리 세 개 정도는 큰 거한이, 마치 산적 같은 차림새에 날씬한 남자가 눈을 동그랗게 뜨고 있었다.

취지가 바뀌었잖아. 누가 선전포고를 하라고 했어?

혼란스러워하면서도 급하게 루크를 끌고 오려고 다가가려던 순간—— 그 옆을 리즈가 추월했다.

그녀가 떡 버티고 서 있던 루크를 밀쳐내고 큰 목소리로 외쳤다.

"치사해, 치사하다고, 혼자만 눈에 띄고 말이야! 나는—— 리즈 스마트. 세계 최강의 도적. 오늘은 말이지이, 트레저 헌터가 되려고 등록하러 왔어!"

이제 안 되겠다. 나는 남아 있던 나머지 소꿉친구—— 시트리, 루시아, 안셈을 데리고 몸을 움츠리며 탐색자 협회로 발을 내디뎠다.


"키키킥, 이봐 이봐, 꽤 기세가 좋은 신입이 온 모양인데. 떠들썩한 제도를 보고 취한 거야? 그 목도로 뭘 하겠다고? '소꿉장난'이라도 하러 온 거야?"

마치 파충류 같은 눈매가 위험한 느낌을 주는 남자였다. 장비는 오랜 세월에 걸쳐 빛이 바래고 피가 얼룩져 있다. 테이블에는 직검과는 달리 칼날이 크게 휘어진 검이 아무렇게나 놓여 있었다.

그 모습에서는 역전의 풍격이 느껴졌다.

곧바로 시비를 건 선배를 보고 루크가 전혀 위축되지도 않은 채 소리쳤다.

손에 쥐고 있던 것은 오랫동안 쓴 목도다.

당연히 날은 없지만, 그 칼은 약간 거뭇거뭇한 느낌이었다.

"진정한 강자는, 무기를 가리지 않아. 좋은 말이지? 우리 리더의 의견이라고! 다시 말해 역설적?으로, 목도를 들고 있는 내가 세계 최강이지."

"그, 그래. ……그렇군."

자신만만한 표정으로 멍청한 말을 늘어놓자 선배 헌터가 뭐라 말하기 힘든 표정을 지었다.

처음에는 진검을 들고 다녔지만, 루크는 성격이 급하고 실력도 전투 훈련을 받지 않은 사람과 비교하면 압도적으로 강하다. 시비가 붙어서 사람을 베어죽이면 큰일이니 잘 구슬려서 목도를 들게 했다. 적당히 생각해낸 말이었는데 정말 마음에 들었는지, 그 이후로 루크는 진검을 가지고 다니지 않게 되었다. 다시 말해 사람을 베는 게 아니라 때리게 된 것이다. 대단하네.

"……루키, 네가 넘버원이다. 이렇게 머리가 나쁜 헌터는 처음 봤다고."

비꼬는 말이 들리자 루크가 눈살을 찌푸리면서도 아랑곳하지 않고 대답했다.

"루키……? 나는 루크야. 루크 사이콜. 잘 들어라! 오늘, 지금, 이 순간부터! 우리의 전설이 시작된다! 그렇지? 크라이?! 별명은 《절대신검(테스타먼트 블레이드)》으로 부탁하지!!"

목소리가 큰 탓에 카운터 근처 전체에 울려퍼졌다. 너무나도 바보 같아서 도발이 되지도 못한 모양이다.

지금은 좀 토할 것 같으니까 제 이름을 부르지 말아주세요.

자신의 길을 전력질주하는 루크를 보니 긴장도 날아가 버렸다. 구멍이 있다면 들어가고 싶은데.

웃음을 참으며 헌터 등록을 해주고 있던 카운터의 미인 직원분에게 작은 목소리로 물었다.

"……저희들처럼 바보 같은 신입이 또 있나요?"

"……뭐, 아주 가끔."

자상한 배려가 마음에 스며든다. 앞날이 너무 걱정된다.

루크의 건방진 선언과 리즈의 기뻐하는 목소리, 그걸 말리려하는 루시아의 목소리가 멀리서 들리는 것 같다. 나는 의식이 멀어질 듯한 긴장감 때문에 가슴을 눌렀다.

전설의 시작? 이런데 정말로 잘 해나갈 수 있을까?

아니, 운좋게 뭔가 기적이 일어나서 잘 해나간다 하더라도——분명히 나는 발목만 붙잡을 텐데.

귀에 걸린 보구가 매우 무겁게 느껴졌다. 고향을 나설 때 우리를 훈련시켜주던 사람이 작별 선물로 준 보구다.

다른 멤버들에 비해 체력이 부족한 나를 걱정해서 준 보구로, 체력을 조금이나마 상승시켜주는 피어스다. 보구로서는 최하급인 모양이지만 아직 헌터가 되지도 못한 우리에게는 정말 귀중한 물건이며, 무엇보다 그 마음씨가 고마웠다.

하지만 그걸 감안해도 나는 내 소꿉친구들을 따라잡지 못한다.

그때 문득 카운터 안쪽에서 사람을 몇 명이나 죽였을 것 같은 험상궂게 생긴 남자가 이쪽을 보고 있다는 사실을 눈치챘다. 덩치가 엄청나게 큰 남자다. 대머리에 문신, 그리고 오래된 상처. 팽창했다고 할 수 있을 정도로 듬직한 가슴팍과 상완근, 제복이 절망적으로 어울리지 않는다.

쏴 죽일 듯한 시선을 느끼고는 몸을 움츠렸다. 혹시 저것도 탐색자 협회의 직원인가…… 제도는 정말 무시무시한 곳이다. 감옥에 가두어야 하는 거 아닌가?

제도 제블디아의 세례를 받고 전전긍긍하던 나에게 직원분이 말했다.

"마지막으로—— 파티의 이름과 심볼을 등록해주세요."

파티의 이름과 심볼이라. 생각도 못 해봤는데…… 어떻게 하지?

과묵한 안셈이, 시트리가, 루시아가 조용히 내가 말하기를 기다리고 있다. 어느새 떠들어대다가 멈춘 루크와 리즈가 기대로 가득 찬 눈으로 나를 보고 있었다.

파티의 이름은 파티의 얼굴이자 간판이고, 존재방식을 나타낸다. 적당히 지을 수는 없다.

요즘 유행하는 파티의 이름은 성스러운 계열이다. 그 밖에도 용이나 번개 등, 강한 상징을 넣는 경우가 많다.

그래…… 나를 리더로 삼으면 어떻게 되는지 가르쳐주겠어.

……강한 느낌이 전혀 들지 않는 이름, 심볼도 다른 사람들에게 자랑할 수 없는 느낌으로——.

"그래. 파티 이름은 '비탄의 망령(스트레인지 그리프)'으로 하자. 심볼은 이렇게 해골 같은 느낌으로……."

"오빠…… 센스가 안 좋네요……."

"이봐, 이봐, 크라이. 우리는 영웅 파티가 될 거잖아?! 좀 더 멋진 이름을 지어주라고."

"나는 더 귀여운 게 좋아!"

"크라이 씨…… 그런 이름으로는…… 저기…… 그게…… 위험한(레드) 파티로 보일 가능성이……."

"……으음."

비난이 심하네. 아무래도 무사히 루크 일행의 미적 센스에서도 벗어난 것 같다.

내가 생각해도 지독한 이름이다. 보면 볼수록 센스가 없다는 걸 실감할 수 있어서 좋다.

이 정도면 루크 일행도 실망하겠지. 나는 일부러 한숨을 크게 쉬며 말했다.

"나는, 뭐라고 해야 하나…… 이 이름이 아니면 의욕이 안 생기거든. 이래선 리더 실격이겠어. 그러니까 내가 파티에서 빠져서 응원을 맡는 건 어떨까?"

"오빠, 센스 좋네요!"

"비탄의 망령, 비탄의 망령이라. 최고의 이름이잖아! 이봐, 잘 들어, 너희들! 우리는 《비탄의 망령》이다! 기억해두라고! 미래의 영웅 파티란 말이야!"

"꺄악~! 크라이, 최고~!"

"뭐…… 나쁜 짓을 하지 않으면 문제없겠죠. 괜찮을 것 같네요. 오히려 그것 말고는 다른 이름이 상상도 안 된다고 해야 하나……."

"으음."

진심이야?

탐색자 협회의 직원분도 제정신인지 의심하는 듯한 눈빛으로 나를 보고 있다. 좀 전에 따졌던 걸 없었던 일로 하려는 듯이 마구 떠들어대고 있는 동료들을 보고 나는 인상을 찌푸릴 수밖에 없었다.

——그것은 오랜 기간에 걸친 헌터 인생의 시작.
《비탄의 망령》이라는 이름이 붙은 어떤 파티의 이야기.

# 《비탄의 망령》은 모험하고 싶다 ①

일주일 전까지는 반짝반짝했던 루크의 가죽 갑옷에는 십자 형태의 흠집이 큼직하게 뚫렸고, 검붉은 얼룩이 여기저기 묻어 있었다.

아니, 갑옷뿐만이 아니다. 헌터들이 필수적으로 갑옷 위에 걸치는 외투부터 1년은 충분히 쓸 수 있을 거라고 하며 팔던 튼튼한 부츠까지, 더 이상 써먹을 수 없을 만큼 너덜너덜해졌다.

전위인 루크뿐만이 아니다. 전위 겸 회복 담당(힐러)을 맡고 있는 안셈이 거금을 주고 산 강철제 특주 전신 갑옷도, 가벼운 몸놀림으로 지금까지 거의 모든 공격을 피하던 리즈의 차림새도 지금은 패잔병 뺨치는 수준이다. 후위인 루시아와 시트리는 그나마 낫지만, 산 지 얼마 안 된 마술을 증폭시켜주는 지팡이는 연달아 사용한 마법의 부하로 인해 반쯤 부서졌고, 전위를 뚫고 날아든 공격에 로브가 여러 군데 찢어졌으며 피가 얼룩져 있다.

멀쩡한 건 어떻게 해야할지 몰라 우왕좌왕하며 결국에는 계속 응원만 하던 나뿐이다.

제도 제블디아에 온 지 일주일. 헌터라는 직업에 조금이나마 기대를 품고 있던 우리 《비탄의 망령》은 너무나도 수준이 높은 헌터의 성지 탓에 녹초가 되었다.

우리는 제도에 와서 막 헌터 등록을 한 신입이다. 하지만 이래 봬도 고향에서 5년 정도 훈련을 받았고, 나를 제외한 모두가 고향에서 각각 스승에게 재능이 있다는 평가를 받았다. 실제로 제도에 오기 전에 힘을 시험하려고 도전한 고향 근처의 보물전은 역대 최단시간에 공략했고, 유일하게 재능이 없는 내가 보기에도 루크 일행은 정말 대단했다.

하지만 어차피 우리는 촌놈이었던 모양이다.

제도에서 첫 보물전 탐색을 겨우 마치고 만신창이가 되어 돌아온 우리는 탐색자 협회 옆에 있는 술집, '도전자의 배움터'에서 반성회 겸 겨우 살아 돌아와서 다행이야 모임을 하고 있었다.

항상 자신만만하던 루크도, 무드 메이커인 리즈도 지쳐서 그런지 표정에 피로한 기색이 역력했다.

루크는 의자에 몸을 기대며 질색이라는 듯이 머리를 벅벅 긁어댔다.

"헌터의 성지―― 알고 있긴 했지만, 상상했던 것보다 수준이 높은데. 놀랐다고, 설마 내 절대신검이 부러질 줄이야……."

"아무리 그래도 목도로는…… 아니, 그건 별명 아니었어?"

"리즈, 달인은 무기를 가리지 않아. 다시 말해 절대신검이란 내 미래의 별명인 것과 동시에―― 내 애검의 이름이기도 하다고!!"

루크가 휘두르다가 두 동강 나버린 목도의 손잡이 부분을 들어 올리고는 날카로운 눈빛으로 살펴보았다.

싸울 때 쓰기에는 지나치게 강한 무기지만, 괴물을 상대하기에는 위력, 내구도가 부족했던 모양이다. 시트리가 어린애처럼 선언한 루크를 보고 미소를 지었다.

"루크 씨는 적어도 날이 달린 무기를 가지고 갔어야죠."

나도 그렇게 생각했다. 어라? 루크는 왜 팬텀 상대로 목도를 휘두르는 거야?

내가 루크에게 목도를 들고 다니라고 하긴 했지만, 그건 진검을 차고 다니면 시비가 걸릴 때 뽑아버리기 때문이지 결코 목숨이 걸린 싸움에서 목도를 휘두르라는 뜻은 아니다.

보물전으로 출발할 때 검을 차지 않았던 걸 눈치채지 못한 내 실수이기도 하다. 계속 목도만 들고 다녀서 위화감이 들지 않았으니까.

미리 장비에 쓸 돈을 주었는데, 무슨 생각을 한 건지 그 돈을 전부 새 목도를 사는 데 써버린 모양이다. 그 사실을 알게 된 건 보물전에서 전투를 벌이던 도중이었는데, 그때는 정말 심장이 멎는 줄 알았다.

"이건! 내가 미숙하다는 증거야! 강자는 무기를 가리지 않아. 실력이 늘면 쇠든 오리할콘이든 목도로 베어버릴 수 있어. 그렇지? 크라이?!"

"…………뭐, 그런 사람도 있긴 하지……."

주로 소설이나 만화에.

"그런데 레벨 1인 【소귀의 놀이터(고블린 케이브)】에 오우거나 사이클롭스가 나올 줄이야. 처음에는 레벨 1 같은 건 그냥 넘어가야 할 거라 생각했는데, 오빠 말대로 차례대로 가길 잘했네요."

번득이는 눈으로 소리치는 루크를 보고 공격 마법부터 보조 마법까지 폭넓게 사용하며 자신의 마법 연속 행사 최고 기록을 경신한 루시아가 창백한 표정으로 말했다. 돌아오고 나서 조금 쉬긴 했지만 아직 마력 결핍 증상이 회복되지 않은 모양이다.

"그 녀석, 강했지."

"사이클롭스는 급이 낮은 것도 레벨 4는 된다고 서적에 나와 있었을 텐데요……."

"……으음."

시트리의 말에 헬름만 벗은 안셈이 고개를 끄덕였다. 갑옷에 움푹 파인 부분과 금이 간 부분은 오우거와 사이클롭스에게 맨몸으로 도전한 증거다. 설마 키가 작은 안셈용으로 주문 제작한 갑옷이 금방 망가질 줄은 몰랐다.

"시트는 책만 읽고 실전 경험이 없으니까…… 레벨 1 보물전에 나왔으니 그것도 결국 레벨 1이라는 뜻이잖아? 최하급인데 그 정도면 좀 힘들단 말이지. 뭐, 크라이만이라도 무사해서 다행이지만."

리즈의 말에 루크가 맞장구를 치며 미소를 지었다. 나는 혼자만 멀쩡해서 미안한 기분인데, 그들은 전혀 신경 쓰지 않는 모양이다.

그건 그렇고, 제도의 레벨 1 난이도는 지금까지 우리가 공략했던 보물전과는 비교도 되지 않았다. 오우거나 사이클롭스는 물론이고 주요 적인 고블린도 마법을 쓰는 적부터 함정을 파는 적, 왕관을 쓴 적까지 정말 다양한 팬텀이 무리지어 습격해왔기에 쉽사리 이길 수가 없었다.

최하급 보물전이 이런데 레벨 2나 레벨 3이면 어떻게 될지 상상도 되지 않는다.

이번에는 간신히 살아 돌아왔지만, 역시 헌터는 루크 같은 사람들처럼 재능이 넘치는 사람들에게만 허락된 직업인 것 같다.

새삼 그런 생각에 잠겨 있자니 문득 옆 테이블에서 술에 취한 남자 헌터가 시비를 걸었다.

"이봐, 이봐, 사이클롭스? 루키가 무슨 시시한 농담을 하고 있어?【소귀의 놀이터】에 사이클롭스가 나올 리가 없잖아! 애초에 뭐야? 사이클롭스 상대로 도망쳤다고?"

눈에 힘을 주고 소리를 지르는 남자를 보고 루크 일행이 서로 얼굴을 마주 보았다. 그리고 시트리가 발치에 놓아두었던 커다란 가죽 주머니를 힘들게 테이블 위로 올려놓고는 주머니를 벌렸다.

내가 재빨리 고개를 돌림과 동시에, 주위에 코가 삐뚤어질 것처럼 강한 피비린내가 퍼져나갔다.

그리고 술집에 비명이 울려 퍼졌다.

이래서 징그러우니까 머리 가지고 오는 건 하지 말자고 했는데.

결국, 그 뒤로 그것이 보물전에서 유래한 팬텀이 아니라 외부에서 유입된 사이클롭스라는 사실이 판명되었고, 탐색자 협회에서《비탄의 망령》의 이름이 널리 알려지는 계기가 되었다.

보물전의 무시무시함에 트라우마가 생긴 나는 루크 일행의 반대를 무릅쓰고 다음 일거리를 호위 임무로 잡았고, 그 임무 중에서도 험한 꼴을 당하지만 그건 또 다른 이야기다.

# 《비탄의 망령》은 모험하고 싶다 ②

"우오오오오오오오오, 드디어, 심볼이, 완성되었구나!"

루크가 포효하는 소리가 방 안에 울려 퍼졌다.

제도에서 헌터 생활을 시작한 지 3개월. 미리 훈련하면서 예상했던 것보다 더 가혹한 나날이었기에 다들 만신창이가 되었다. 루크는 팔다리에 붕대를 칭칭 감았고, 리즈와 시트리도 마찬가지. 상처가 남지 않은 사람이 더 적다.

아직 모두의 팔다리가 멀쩡한 게 신기할 정도다. 생채기 하나입지 않은 건 나뿐이다. 지금까지 죽은 사람이 생기지 않은 건 시트리의 포션과 안셈의 회복 마법 실력이 눈에 띄게 늘어난 덕분이다.

우리 《비탄의 망령》은 최근 3개월 동안 보스 팬텀을 다섯 마리 토벌했고, 유니크 몬스터 세 마리와 싸웠고, 도적단을 하나 괴멸시켰고, 인정 레벨도 내가 4, 다른 멤버들이 3으로 올랐다.

헌팅만 계속 생각한 3개월이었다. 다들 피로가 쌓이긴 했지만, 오늘만은 모두의 표정이 밝다.

그렇다, 오늘은── 주문해 두었던 파티의 심볼이 완성된 날이다.

파티에는 심볼이 반드시 필요하다. 그리고 파티는 대부분 그 심볼을 본떠 만든 물건을 지니고 다닌다. 파티 멤버들의 마음을 하나로 뭉쳐주기 때문이다. 모두가 그걸 보이는 곳에 달고 다닐 필요는 없다. 하지만 예를 들어 그 유명한 《흑금십자》는 흑금 십자가를 심볼로 삼았고, 모두 똑같은 검은색 장비로 통일시켰다.

《비탄의 망령》의 심볼은 웃는 해골이다. 제일 처음에 파티를 등록할 때 내 의견이 통과되어 버렸다. 이렇게 된 이상 자포자기다. 나는 심볼 아이템으로 가면을 선택했고, 디자인도 전부 내가 정해서 제도에서 제일가는 대장간에 발주했다.

그리고 그렇게 주문한 가면이 도착했다.

테이블 위에 놓인 고급스러운 나무 상자에 시선이 쏠리고 있다. 항상 새침한 표정인 루시아도 긴장한 모양이었다.

나는 심호흡을 크게 한 다음, 거창한 손놀림으로 상자의 뚜껑을 열었다.

"윽…… 우, 우오오오오오오오오오오옷!"

"괜찮은 대장간에 맡겨서 그런지 생김새도 훌륭하네요!"

"흐응~, 나쁘지 않네. 역시 크라이야."

"……으음."

루크가 포효했고, 시트리가 두 손을 모으며 말했다. 리즈가 눈을 반짝였고, 요즘 키가 크기 시작한 안셈이 고개를 크게 끄덕였다. 루시아는 침묵했지만, 눈이 반짝이고 있었다. 그리고 나는 눈치챘다.

아차………… 눈을 뚫지 않았네.

루크가 자기 가면을 쓰고 힘차게 돌아섰다. 역시 눈 부분이 뚫리지 않았다.

"멋있다, 크라이! 해골이라는 이야기를 들었을 때는 어떻게 되나 싶었는데, 우리 심볼로서는 나쁘지 않아!"

"재료로 흑강금을 써서 그런지 꽤 튼튼하네요."

"……그런데, ……아무리 그래도, 심볼에 우리 파티에서 쓰는 장비보다 비싼 금속을 쓸 필요는…… 오빠, 제대로 생각한 거 맞아요?"

"……시, 실용성을 고려한 거야. 얼굴도 보호할 수 있잖아?"

"…………."

루시아가 침묵하며 눈을 크게 떴다. 시트리가 뭔가 말하고 싶은 듯이 이쪽을 보고 있다. 그러게…… 눈을 안 뚫었으니까.

리즈가 자기 얼굴에 가면을 썼다. 일반적인 마스크처럼 받쳐주는 부분이 있는 건 아니지만, 가면 안쪽에 장치가 달려 있어서 떨어뜨리지 않고 쓸 수 있다. 그런 구조로 만들기 위해서 돈이 꽤 많이 들었다.

그리고 리즈가 제자리에서 빙글 돌다가 의자에 몸을 세게 부딪히며 바닥에 넘어졌다. 대장장이가 어떻게든 앞을 볼 수 있게 만들어주지 않았을까, 하는 희망을 품었지만 그러진 않았던 모양이다.

실내에 미묘한 침묵이 깔렸다. 지금 우리의 마음은 아마 하나로 뭉쳤을 것이다.

눈 부분이…… 안 뚫렸어!

내가 멋진 디자인만 추구하다가 엄청난 실수를 저질렀다. 거금을 들여서 쓰레기를 만들어 버렸다. 튼튼한 금속을 써서 뚫기 힘든 데다, 지금 추가로 눈을 뚫으면 디자인이 이상해져버릴 것이다. 쓸만한 거라며 경리 담당인 시트리를 구워삶아서 파티가 모은 돈 중 대부분을 투자했는데, 전제가 무너져 버렸다.

헌터가 된 지 3개월. 내 선택 때문에 파티가 항상 험한 꼴을 당해왔지만, 이건 진짜 아니다.

전전긍긍하며 사과하려고 입을 열려던 순간. 시트리가 다급한 느낌으로 말했다.

"와, 와! 역시, 대단하세요. 이걸 쓰면 섬광탄도 통하지 않을 거예요."

시트리가 가면을 쓰고 조심조심 몇 발짝 걸어가다가 의자에 부딪혔다.

……그 자상한 배려가 지금은 마음이 아프다.

"……하긴, 이거라면 얼굴 방어는 완벽하겠어…… 왠지 모르겠지만 숨은 쉴 수 있는 것 같고."

루크가 가면을 쓰고는 신기하다는 듯이 말했다. 왜 숨은 쉴 수 있게 해줬으면서 앞을 보게 해주지 않은 걸까.

아, 맞다. 호흡 쪽은 내가 부탁했었지. 나도 알아. 나도 안다고.

"기적 탐지 훈련할 때 좋을 것 같기도 해. 이걸 쓰고 평소처럼 움직일 수 있게 되면 대단하지 않을까?"

"저는 딱히 상관없는데…… 입술을 가릴 수 있는 건…… 괜찮을지도 모르겠네요. 영창을 파악당하지 않게 될 테니까요."

"으음."

다들 급한 말투로 그렇게 말하면서 억지로 분위기를 띄워주었다.

아프다. 자상한 배려가 마음을 아프게 만든다. 괜찮아. 딱히 그렇게 말해주지 않아도 돼. 마음껏 비난해 달라고. 눈을 뚫는 걸 잊었다고 확실하게 말해줘!

나는 한숨을 크게 쉬고는 어설픈 미소를 지으며 말했다.

"얼굴도 완전히 가릴 수 있고, 상대방을 위협하는 힘도 있을 것 같거든. 이런 심볼을 지닌 파티는 우리 말고 없을걸?"

그 이후로 우리는 심볼을 바꾸지 않고 눈 없이 웃는 해골 가면과 함께 활동하게 되었다. 농담인 줄 알았는데, 나를 제외한 멤버들은 헌팅 때도 그 가면을 쓰면서 헌팅에 영향이 없는 수준으로 행동할 수 있게 되었다.

참고로, 그 가면이 끼친 영향엔 눈이 가려진 상태로 싸우는 것뿐만이 아니라 범죄자 파티로 착각당해서 정의의 헌터에게 쫓겨다니거나 도적단에게 스카웃을 당하는 등, 험한 꼴을 당하게 되는 것도 있지만 그것은 또 다른 이야기다.

## 《비탄의 망령》은 모험하고 싶다 ③

　트레저 헌터는 정말로 하이 리스크, 하이 리턴인 직업이다. 제도에 온 지 반년, 나는 그 사실을 강하게 실감하고 있었다.

　탐색자 협회의 로비. 루크가 주먹을 쥐고는 다른 사람을 신경 쓰지도 않고 큰 소리로 외쳤다.

　"좋았어! 이제 모두 레벨 4 이상이 되었구나!"

　그 목소리에 호응하듯이 근처에 있던 헌터들이 웅성댔다. 모두가 이쪽을 주목하고 있다는 게 느껴진다.

　제도에 온 지 겨우 반년만에 우리 《비탄의 망령》은 몇 번이나 죽을 뻔했다. 이제는 그런 일이 너무 자주 일어나서 세는 걸 포기했을 정도다. 루크와 안셈은 끊임없이 상처를 입었고(안셈이 회복 마법으로 치유해주기에 목숨이 위험하진 않지만, 회복 마법으로도 상처를 완치시키는 건 힘들다), 매일 보는 사이라 좀처럼 눈치채기 힘들긴 하지만 얼굴도 역전의 헌터 같은 느낌이 들기 시작했다.

　그런 대가를 치르고 얻은 것이── 인정 레벨 4다. 헌터의 인정 레벨은 3까지는 올리기 쉽고, 그 이상은 점점 올리기 힘들어진다. 그 이유는 3이라는 레벨이 트레저 헌터로서 최소한의 능력을 지니고 있다는 뜻이기 때문이다.

　그렇기에 3개월 만에 레벨을 3까지 올릴 정도로 재능이 있는 트레저 헌터도 다음 3개월만에 4로 올리기는 힘들다. 우리처럼 뒷배가 거의 없는 거나 마찬가지인 상태라면 더더욱 그렇다. 3과 4 사이에는 한없이 높은 재능이라는 벽이 존재한다. 루크 일행은 그야말로 영웅의 첫걸음을 내딛고 있었다.

요즘은 헌팅 한 번에 얻는 수입이 엄청난 금액이 되었다. 멤버들끼리 나누어도 일반인의 평균 연봉 정도는 될 것이다. 금전 감각이 마비되어 버릴 것 같다. 훈련만 하고 사는 루크 일행과는 달리 나는 시간적인 제약이 느슨하기에 더더욱 그렇다.

뒤쪽을 보니 나를 제외한 멤버들은 아직 의욕이 넘쳐난다. 헌팅과 훈련으로 인해 나보다 훨씬 피곤할 텐데도 눈에는 생명의 빛이 깃들어 있다. 루크 일행을 따라잡겠다는 생각은 이미 사라졌지만, 내가 보기에 그것은 마치 촛불이 꺼지기 직전의 빛 같아서 조금 두려웠다.

루크 일행은 모든 의미에서 대단하다. 헌터가 되기 위해 태어난 것 같은 인재다. 처음에는 우리를 건드리곤 했던 제도의 헌터들도 루크나 리즈가 곧바로 덤벼들었기에 지금은 손대지 않게 되었다. 어떤 의미로는 이런 것도 인정받았다는 뜻일 것이다.

실력이 뛰어난 헌터가 많은 이곳 제도에서도 《비탄의 망령》의 이름이 서서히 알려지고 있다. 바깥에서 온 신입 파티 중에서는 특출난 거라고 탐협 직원분에게 들은 이야기다.

지금은 아직 유명한 파티까지는 못되지만, 언젠가 제도에서도 널리 알려진 파티가 되려나? 그리고 그런 생각을 할 때마다 나는 파티 이름을 《비탄의 망령》이라고 지어버린 것을 후회하곤 한다.

"오, 루크. 너희들, 모두 레벨 4를 넘겼다면서? 실은 너희에게 딱 좋은 일거리가 있는데."

그때, 험상궂은 탐색자 협회의 지부장 거크 씨가 말을 걸었다. 뒤에는 지금 우리보다 평균 레벨이 훨씬 높은, 속된 말로 상급 파티가 늘어서 있었다.

잘 닦인 무기와 단련된 육체. 위압감과 여유.

주눅이 들 듯한 분위기였다. 우리도 나름대로 의뢰를 수행했지만, 이곳 제도에서는 아직 중견에 불과하다. 그 유명한《전귀》가 말을 꺼낸 걸 보니 꽤 대단한 임무일 것이다.

루크가 눈을 가늘게 뜨며 자기보다 경험이 훨씬 풍부한 선배 헌터들을 살펴보았고, 리즈가 사나운 미소를 지었다. 시트리는 눈을 동그랗게 뜨고 있다. 이제 고민할 시간이 없다. 나는 미안해하는 듯한 표정을 지으며 딱 잘라 말했다.

"죄송해요. 저희는 꼭 해야만 하는 일이 있어서—— 나중에 또 불러주시죠."

거크 씨 일행은 강요하지 않고 아쉬워하며 떠나갔다.

그 모습이 사라질 때까지 기다린 다음, 루시아가 말했다.

"괜찮아요? 오빠. 탐협의 지부장이 말을 걸어줄 일은 좀처럼 없을 것 같은데요."

"……괜찮아."

위험했다. 거크 씨는 험상궂게 생겼다. 예전의 나였다면 휩쓸려서 이야기를 들어버렸을 것이다. 나도 성장했다는 걸까.

탐협이 먼저 말을 걸어주는 게 장래가 유망하다는 증거라는 사실은 알고 있다. 하지만 그런 의뢰는 위험부담이 큰 법이고, 위험부담이 작은 걸 골라도 죽을 뻔하고 있으니 아직 시기상조일 것이다.

"뭐, 상관없지. 크라이가 리더니까."

리즈가 입술을 삐죽대며 불만이라는 걸 숨기지도 않은 채 말했다. 나는 쓴웃음을 지으며 그녀의 등을 툭툭 두드렸다.

원래 내가 리더가 된 건 강요받았기 때문이지만, 그들은 실력 차이를 확실하게 알게 된 지금도 아직 나를 장식이 아니라 진짜 리더로 대해주고 있다.

"그런데, 크라이. 꼭 해야만 하는 일이 뭔데? 대단한 일이겠지?"

루크가 진지한 눈빛으로 물어보았다. 그는 내가 적당히 둘러대며 일을 맡지 않았다는 사실을 꿈에도 모를 것이다.

루크가 좋아하는 건 보물전 탐색을 제외하면 마물 토벌 계열 의뢰다. 그는 검을 휘두르는 걸 너무 좋아해서 어쩔 줄 모른다.

그래도, 요즘은 일을 너무 많이 했다. 루크 일행은 체력이 넘쳐나긴 하지만 한계가 없는 건 아닐 테니까. 가끔은 지금까지 해본 적이 없는── 그래, 마을 밖으로 나가지 않고도 할 수 있는 의뢰를 받아야 한다.

시트리에게 그렇게 말하려던 순간, 갑자기 뒤에서 누군가가 말을 걸었다.

"《비탄의 망령》이지? 너희에게 꼭 부탁하고 싶은 일이 있는데."

그렇게 말한 사람은 수상쩍어 보이는 까만 후드를 쓴 남자였다.

눈매는 헌터라고 해도 될 정도로 날카로웠고, 척 보기에도 일반인은 아니었다.

직접 의뢰를 받는 건 드문 일이다. 우리 이름이 조금이나마 알려졌다는 증거이기도 하다.

"…………지금은 마을 안에서 할 수 있는 일을 찾고 있는데요."

"그래, 그렇다면 마침 잘 됐군. 우리가 의뢰하고 싶은 건 마을 안에서 할 수 있는 '호위' 일이야. 보수는 많이 주도록 하지. 상황에 따라서는 추가 보수도 지불하고."

……조금 수상하긴 하지만, 가끔은 이런 의뢰도 괜찮으려나? 호위 의뢰이긴 하지만, 마을 안에서 할 수 있다면 전투가 벌어질 가능성도 크지 않을 것이다. 나는 순식간에 계산을 마치고는 유명한 파티의 리더답게 하드보일드한 미소를 지으며 고개를 살짝 끄덕였다.

결국, 그 의뢰의 호위 대상이 제도에서도 악명이 자자한 범죄 조직의 보스라는 사실을 눈치챈 건 그들을 소탕하기 위해 온 거크 씨 일행과 마주친 뒤였다. 그 이후로 한바탕 떠들썩해졌고, 그 사건을 계기로 우리는 현상수배범 헌터로 널리 알려지게 되었지만, 그건 또 다른 이야기다.

# 《비탄의 망령은 모험하고 싶다》 ④

"왠지 한가하네……."

여관 안. 리즈 일행은 없다. 혼자 뒹굴거리며 하품을 했다.

요즘은 연달아 보물전을 탐색했기에 한동안은 헌팅도 쉰다.

《비탄의 망령》은 모두가 소꿉친구다. 철이 들었을 무렵부터 계속 함께 놀았고, 트레저 헌터가 되고 파티를 짠 뒤에도 다 함께 빠짐없이 사이좋게 지내왔다. 시간도 계속 함께 했지만, 트레저 헌터가 된 지 2년 정도 지나자 우리 관계에 변화가 생기기 시작했다.

계기는 내 통곡이었다.

한없이 올라가기만 하는 보물전의 난이도와 강해지는 적 때문에 트레저 헌터로 계속 활동하는 게 힘들어졌기에 은퇴하겠다고 호소하는 나를 보고 루크가 진지한 표정으로 말했다.

"이래선 안 되겠지…… 하하…… 이 정도로 멈춰 있어선 최강의 헌터 같은 건 꿈만 같은 이야기야. 고마워, 덕분에 정신을 차렸다고. 나는 기초부터 다시 단련하기 위해 《검성》이라 불리는 녀석의 제자가 될게……."

완전히 착각이다. 나는 그들이 약해서 실망한 나머지 트레저 헌터를 그만두겠다고 한 게 아니라 나 자신이 약하기 때문에 그만두고 싶다고 한 것이다.

하지만 루크 일행은 한번 정한 것을 취소하지 않는다.

그 이후로 루크뿐만이 아니라 다른 멤버들도 휴가 중에 바깥으로 수행을 하러 가게 되었고, 그럴 때마다 유일하게 수행할 생각도 없고 할 필요도 전혀 없는 나는 여관에 틀어박히게 되었다.

자업자득이긴 하지만, 최악이다. 이마 제도에서 《비탄의 망령》의 이름은 그럭저럭 알려졌기에 혼자 시간이 남는다고 해서 무방비하게 바깥을 돌아다닐 수는 없다.

그러니 할 수 있는 건 자거나 룸서비스를 시키는 것 정도밖에 없는데, 그것도 한계가 있다.

애초에 모두가 수행하는 동안에 느긋하게 지내는 건 아무리 나라도 죄책감이 심하게 든다.

인정 시험에 합격해서 레벨 6이 된 건 얼마 전이다. 하지만 내 힘은 제도에 온 직후에 비해 딱히 달라지진 않았다. 장비는 업데이트되었지만, 무거운 것을 들 수 없는 내 기준으로는 별다른 차이가 없기에 나와 루크 일행의 차이는 계속 벌어지기만 한다.

아무리 친한 친구라고 해도 왜 루크 일행이 그런 나와 모험을 하고 싶어하는 건지 이해가 잘 안 된다.

이미 파티의 지휘도 시트리가 대신 맡아주고 있나.

할 수 있는 게 있다면 해주고 싶지만, 지금 내가 할 수 있는 건 아무것도 없다. 오히려 내가 있으면 그들에게 도움이 되지 않는다. 멍하니 생각하며 예전부터 짜왔던 계획에 대해 중얼거렸다.

"⋯⋯⋯⋯역시, 클랜이라도 만들까."

레벨 5 이상인 헌터는 클랜이라는 여러 파티가 모인 단체를 만들 수 있는 권리를 지닌다. 보통은 은퇴한 헌터가 후진 양성을 위해 만드는 경우가 많지만, 젊은 헌터인 나도 권리를 지니고 있는 건 마찬가지다.

클랜에는 운영이 필요하다. 그걸 만들면 나는 합법적으로 헌팅에 따라가지 않아도 될 이유가 생긴다.

하지만 내가 클랜을 제대로 운영할 수 있을 것 같진 않은데——클랜을 운영하는 것과 목숨을 건 탐색, 어느 쪽이 더 힘들까?

잠깐 생각해 보았지만, 딱히 답이 나오진 않았다. 애초에 클랜 설립은 여관에서 할 수 있는 것도 아니다. 루크 일행도 함께 가줘야 할 테니 비위를 맞춰줄 방법을 생각해 봐야 한다.

나는 살짝 한숨을 쉰 다음, 일어나서 책상 위에 노트를 펼쳤다.

한 권에 1만 길. 멋진 가죽제 노트다. 부피가 크긴 하지만, 멋진 표지에서 로망이 느껴지고 건망증이 심한 나에게는 필수 아이템이다.

제대로 하는 게 없는 나도 사실 장점이 한 가지 있다.

그건——글씨를 예쁘게 쓰는 것이다. 뭐, 예쁘다고 해도 엄청 예쁘게 쓰는 건 아니지만, 아마 글씨만 놓고 보면 시트리에게도 밀리지 않을 것이다. 예전에는 자주 노트에 내가 생각한 마법을 써서 루시아에게 떠넘기곤 했다.

그때, 나는 눈을 크게 떴다.

잠깐만……? 혹시 클랜 같은 걸 만들 필요도 없나?

목숨을 건 탐색을 할 바에는 클랜을 운영하고 싶긴 하지만, 딱히 엄청난 클랜을 만들고 싶은 것도 아니다. 딱히 이념이 있는 것도 아니다. 만들지 않고 은퇴할 수 있다면 그게 제일이다.

루크 일행은 내 은퇴 요청을 자신들이 약하기 때문이라고 받아들였다. 그걸 진짜로 만들어버리면 된다.

루크 일행은 나사가 하나 빠진 것 같긴 하지만, 힘에 대해서는 올곧은 면이 있다. 그 부분을 노린다.

나는 오랜만에 시원스러운 미소를 지었다.

"아무래도 지금까지 쌓아온 마도서 작성 스킬을 써먹을 때가 온 것 같은데."

오리지널 검술서를 만들어서 루크에게 떠넘긴다. 검술을 익히지 않으면 같이 못 간다고 떼를 쓴다. 통할지는 잘 모르겠지만, 밑져야 본전, 시간도 때울 수 있으니 일석이조다.

애초에 나는 오리지널 마법을 생각하는 것을 좋아한다. 내가 쓰지 못하기에 망상에 더욱 잘 빠져들 수 있다.

검술을 생각해본 적은 없지만, 지금까지 영웅담이나 만화는 많이 봤고, 마도서와 거의 비슷할 것이다.

"잠깐만……? 수행………… 수행이라면 폭포지!!"

검술만 생각해서 될 게 아니다. 중요한 것은 몸과 마음을 함께 단련하는 것이다. 루크 일행은 항상 실전 뺨치는 훈련을 하는 것 같지만, 폭포수를 맞는 모습은 본 적이 없다.

스위치가 켜진 건지, 다양한 오리지널 수행과 오리지널 마법, 오리지널 검술이 샘솟는 물처럼 머릿속에 콸콸 떠올랐다. 일부 픽션에서 본 것도 있긴 하지만, 신경 쓰지 않는다. 이야기 속에서 강력한 환수를 마구 쓰러뜨렸으니 분명히 강할 것이다.

습득하지 못한다면 그걸 이유로 내세워서 일시적으로 탈퇴한다고 하면 된다. 내가 없는 상태에서 모험을 한 번 하면 얼마나 내가 발목을 잡고 있었는지 실감할 수 있을 것이다.

내가 말하면서도 슬퍼지긴 하지만—— 오늘 나는 머리가 잘 돌아가나?

나는 싱글싱글 미소를 지으면서 이제야 떠올린 아이디어, 루크 일행을 위해 할 수 있는 일을 실행에 옮겼다.

그 이후로 루크는 내 오리지널 검술서를 군말없이 받아들었고, 놀랍게도 내가 생각해낸 멋진 검술을 완전히 습득했다. 리즈와 다른 멤버들도 내 이상과 망상으로 가득찬 책을 읽고 불평 한 마디 하지 않았다.

퇴로가 완전히 막힌 나는 어쩔 수 없이 클랜을 만들기 위해 바쁘게 움직이게 되지만, 그건 또 다른 이야기다.

# 《비탄의 망령》은 모험하고 싶다 ⑤

  트레저 헌터에게 있어서 보구란 보물전에 들어가는 목적이자, 무기이자, 비장의 수이며, 상성이 좋은 보구를 발견하는 것은 트레저 헌터에게 있어서 앞날을 결정지을 정도로 중요한 요소다.

  갑작스러운 이야기지만, 내 취미는 보구 수집이다. 흥미를 가지게 된 계기는 연습만 하면 누구나 보구를 기동시킬 수 있다는 점일 것이다. 마도사의 재능도, 검사의 재능도 없고 헌터에게 필요한 것을 전혀 지니지 못한 나에게 누구나가 연습하면 발동시킬 수 있는 마법의 도구는 매력적이었다.

  《비탄의 망령》이 헌팅으로 얻은 이익은 공헌도를 불문하고 똑같이 나눈다.

  트레저 헌터가 된 지 벌써 3년. 재능이 넘치는 멤버들의 모험 수준은 계속 올라가기만 했기에 나에게도 거금이 들어온다. 그리고 나는 그 거금을 거의 대부분 보구를 사들이는 데 썼다. 동료들이 헌팅 때 손에 넣은 보구를 나누어주기도 했기에 내 콜렉션은 금방 어지간한 보구 콜렉터 수준이 되었다.

  인복이 있는 건 아마 아무것도 가지지 못한 내 얼마 안 되는 장점일 것이다. 클랜을 만든 직후에는 나도 할 일이 많았지만, 부마스터인 에바는 실력이 좋아서 금방 할 일도 없어졌다.

  소꿉친구들이 수행을 하는 동안, 한가한 나는 보통 보구를 닦거나 보구를 가지고 놀며 지내곤 했다.

오늘도 마찬가지로 만든 지 얼마 안 된 클랜 마스터실에서 느긋하게 보구를 닦고 있자니 소파에 누워서 따분하다는 듯이 이쪽을 보고 있던 리즈가 갑자기 말을 꺼냈다.

"저기, 크라이. 나한테 딱 맞는 보구 같은 건 없어?"

"어?"

"아니…… 나는 크라이처럼 보구 같은 데 흥미가 있는 건 아닌데, 헌터로서는 가지고 다니는 게 좋잖아?"

리즈가 별로 흥미없는 듯한 표정으로 말했다.

"하긴…… 일리가 있긴 하네."

보구는 강력한 도구다. 하지만, 어차피 도구일 뿐, 트레저 헌터의 본질은 아니다.

보구 없이 활동하는 일류 헌터도 있다. 내가 보구에 이렇게까지 매료된 것은 내가 아무런 재능도 없는 남자이기 때문이다.

리즈나 루크 같은 사람들은 자신을 단련하는 데 정신이 없고, 보구에 정신이 팔린 건 나뿐이다.

아니, 어쩌면 반대로…… 그들이 흥미를 보이지 않았기에 내가 흥미를 가진 건지도 모르겠다.

"…………몇 개 시험해볼래?"

"!! 할래! 할래!"

내가 제안하자 리즈가 눈을 빛내며 몸을 일으켰다. 지금까지는 전혀 흥미를 보이지 않았는데, 의욕이 대단하다.

무심코 놀랐는데, 냉정하게 생각해보니 요즘은 쉴 때도 보구만

닦아서 제대로 어울려주지 않았던 건지도 모르겠다.

반성하면서 리즈를 데리고 클랜 하우스의 훈련장으로 향했다.

중간에 우연히 루크 일행과 합류해서 인원이 많아졌다.

"리즈만 치사하잖아! 나도 골라줘!"

"이제야 리더의 수집벽을 써먹을 때가 왔나 보네요. 지금까지 계속 충전해 왔던 보람이 이제야 생겼어요."

아무 생각도 없는 루크가 신이 나서 소리쳤고, 루시아가 허리에 손을 대고는 살짝 한숨을 쉬었다.

하지만, 지금부터가 큰일이다.

내가 모은 보구는 정말 많고, 전부 유용한 것만 있는 게 아니다.

나는 보구를 모으고 싶어서 모은다. 딱히 강해서 모으거나 희귀해서 모으는 게 아니다. 오히려 쓰레기가 더 저렴하니까 모으기 쉽기도 하다.

시트리의 골렘이 내 방과 창고에서 보구를 옮겨왔다. 무기 형태나 액세서리 형태처럼 흔한 것들부터 빗자루와 테이블처럼 별로 일반적이지 않은 보구까지, 다양한 보구를 보고 리즈가 눈을 동그랗게 떴다.

"용케도 이렇게 많이 모았네…… 뭐야? 이 의자 같은 것도 보구야?"

"아…………."

리즈가 마침 근처에 있던 금색 의자에 슬쩍 앉았다.

엉덩이가 의자에 닿은 순간, 몸이 힘차게 솟구쳤다.

리즈가 눈을 크게 뜨고는 살짝 비명을 지르며 바닥에 넘어졌다.

"전기 의자야. 앉으면 전기가 흐르지."

"?! 왜, 이런 걸 가지고 있나요?"

"…………저렴하길래."

속된말로 '커스드'라 불리며 단점만 있는 보구는 기본적으로 가격이 싸다.

"으…… 크라이, 너무해…… 따끔따끔했어."

리즈가 울상을 지으며 팔을 뻗어 내 발치에 달라붙었다. 아직 몸이 제대로 움직이지 않는 모양이었다.

아니, 그래도…… 말이지?

"그, 그럭저럭 강한 헌터도 의식을 잃을 정도로 강한 전류가 흐를 텐데 아무렇지도 않다니, 리즈는 대단하구나."

"…………."

침묵을 견디지 못하고 주위를 둘러보다가 마침 파란 팔찌가 눈에 들어왔다.

"마, 맞다. 이거 봐, 이건 리즈에게 어울릴 것 같지 않아?"

"! 차볼게, 줘!"

"아…………."

리즈가 팔찌를 홱, 낚아채고는 망설임없이 손목에 찼다.

그리고 팔찌를 찬 순간, 제자리에서 힘차게 넘어졌다.

리즈는 머리를 세게 부딪히고 혼란스러워했다. 재빨리 일어나려다가 다시 힘차게 넘어졌다. 팔다리에서 뿌득, 소리가 울렸다.

리즈가 더 이상 저항하지 않고 쓰러진 채로 무표정하게 나를 올려다보았다.

"……라비린스 링(미혹의 팔찌)이야. 차면 상하좌우, 균형감각이 엉망이 되지."

"크라이이, 나 싫어해애?"

"……아니, 어울릴 것 같긴 한데 위험하니까 못 찰 거라고 말하려 했거든…… 그래도 평범한 헌터라면 반사 신경이 혼란스러워져서 육체가 망가질 때까지 몸을 움직였을 텐데…… 리즈는 대단하구나."

"위험한 보구만 있네요."

"……으음."

시트리가 어이없어하는 듯이 말하자 안셈이 고개를 크게 끄덕였다.

"아니, 그 두 가지가 특히 위험한 거였어……. 위험한 보구만 있는 건 아니야. 애초에 건드리거나 차기만 해도 발동되는 보구는 드물고──."

내가 오해를 풀려고 하던 와중에 지금까지 뭘 본 건지 루크가 옆에 기대두었던 새빨간 검을 들어올렸다.

"오, 이 검, 엄청 멋지잖아! 크라이, 이건 무슨 검이야?!"

"아…………."

말릴 틈도 없이 루크가 칼집에서 검을 뽑아들었다. 루크는 눈을 크게 떴고. 동공에 살벌한 빛이 깃들었다.

그 검은 칼날까지 피 같은 색으로 이루어져 있었다.

마치 저주받은 듯한 생김새이며………… 실제로도 저주받은 칼이다.

"후, 후오오오오오오오오오옷! 아아아아아아아아아아아! 사람
을── 사람을, 베고 싶어! 사람사람사람사람사람사람!"

……왠지 평소와 똑같은 것 같은데.

소리를 지르며 달려드는 루크를 보고 루시아가 비명을 질렀다.
안셈이 그 앞을 막아섰다.

시트리와 바닥에 넘어진 리즈가 눈을 흘기며 나를 보고 있다.
나는 급하게 변명했다.

"……뽑으면 제정신이 아니게 될 텐데 평소와 똑같다니, 루크
는 대단하네."

그 이후로 위험도가 높은 보구는 리즈 일행에게 트라우마를 심
어주……지는 않았고, 왠지 모르겠지만 루크 일행의 수행 도구가
되었다.

보통은 꺼리는 보구를 극복함으로써 리즈 일행은 더욱 강한 힘
을 손에 넣게 되지만, 그것은 또 다른 이야기다.

## 《비탄의 망령》은 모험하고 싶다 ⑥

지옥 같은 꿈을 꾸었다.

마물은 무섭다. 사람보다 훨씬 강인한 육체를 지닌 동물, 식물이 살의를 품고 덤벼든다.

설령 하급 마물이라 해도, 왠지 아무리 모험을 해도 신체 능력이 전혀 강해지지 않는 나와 비교하면 그 힘이 차원이 다르다.

팬텀은 무섭다. 과거의 기억이 구현된 존재인 그 습격자에게는 생명이 지니고 있는 본능이 존재하지 않는다.

자신의 목숨을 전혀 아끼지 않고, 때로는 고대의 무기를 자유자재로 다루는 팬텀은 나에게 있어서 공포의 대상이다.

그리고 무엇보다—— 인간 범죄자는 무섭다. 제블디아의 범죄자는 헌터 출신이 많고, 마나 머티리얼을 대량으로 흡수한 상태다.

때로는 일반 헌터들 사이에 숨어 있을 경우도 있다. 그렇게 교활하고 용의주도한 녀석들은 인간 형태를 한 마물이나 마찬가지다.

화살이, 총알이, 포탄이, 마법이, 새빨갛게 물든 하늘에 이리저리 날아다니고 있다.

칼이 부딪히는 소리가, 비명이, 축축한 무언가가 뭉개지는 소리가 들린다.

산더미처럼 쌓인 시체. 이상한 형태의 괴물. 그리고 영웅 같은 소꿉친구. 지옥 같은 전장에서 혼자만 어울리지 않는 나는 머리를 감싸며 도망쳐 다니고 있었다.

트레저 헌터로서 나름대로 순조롭게 활동하기 시작한 지 2년이 지났다.

《비탄의 망령》은 유망주로서 널리 알려졌고, 나도 그 파티 리더로서 평소에는 있는 힘껏 허세를 부리고 있지만, 소심함이 고쳐진 건 아니다.

집에 가고 싶다. 고향으로 돌아가서 느긋하게 여생을 보내고 싶다. 싫다. 이제 싸움은 싫다. 피도 보고 싶지 않다. 그리고 물론, 동료가 다치는 것도 보고 싶지 않다.

필사적으로 하드보일드하게 소리쳤다. 소리치려 했다.

엎드려 빌면 돼? 엎드려 빌면 그냥 보내줄 거야? 그렇다면 나, 크라이 안드리히, 기꺼이 엎드려 빌겠어!

하지만, 목소리가 나오지 않는다.

그 대신 이마에 뜨거운 것이 닿았고── 나는 깨어났다.

"으...... 으......"

내 이마를 누르고 있던 발을 치우고 눈을 비비며 윗몸을 일으켰다.

잠옷이 땀으로 흠뻑 젖었다.

아직 창밖은 어둑어둑하다. 주위를 둘러보며 확인했다.

그곳은 낯익은 여관방. 헌터 파티용으로 마련된 여관의 침실이었다.

그리고 내 이마를 걷어찬 건── 루크의 발이었다.

루크가 180도 회전한 자세로 험한 잠버릇을 선보이고 있는 게 어둠 속에서 희미하게 눈에 들어왔다.

널찍한 침실에 놓여 있던 튼튼해 보이는 침대 여섯 개(헌터는 6인 파티가 가장 많기에 이런 여관이 많다)를 움직여서 한데 붙여두었다.

물론, 처음에는 따로 떨어져 있었지만, 리즈가 붙이기 시작한 것을 계기로 다들 붙이게 되었다.

다른 트레저 헌터가 보면 어린애 같다며 비웃을 것이다.

바로 오른쪽 옆에는 루시아가 이불을 끌어안은 채 조용히 자고 있다. 하나 더 옆에서는 꺅꺅대며 내 옆자리를 차지하려고 소동을 피운 결과, 루시아에게 패배한 리즈와 시트리가 얼굴을 맞댄 채 자고 있었다.

그렇게 지독하고 답답한 꿈을 꾼 건 모두 함께 뭉쳐서 잤기 때문일 것이다.

하지만 그건 최근에 성장기에 들어서서 몸이 커졌기에 침대 하나로는 부족해져버린 안셈을 침대에 눕히기 위해서이기도 했다(근데, 그럴 일은 없으리라 생각하지만, 이대로 계속 커지면 조만간 안셈은 바닥에서 자야 할 것 같다).

졸리다. 머리가 어질어질하다. 하지만 요즘은 이상할 정도로 잠을 제대로 잘 수가 없다.

예전의 나였다면 어느 정도의 더위나 루크의 잠버릇 정도로 깨어나진 않았을 것이다.

내 유일한 장점은 잠을 잘 잔다는 건데, 이게 다 범죄자들 잘못이다.

《비탄의 망령》의 지명도에 비례하는 듯이 범죄자들이 노리는 빈도도 올라갔다.

신예 파티는 표적이 되기 쉽다는 이야기를 듣긴 했는데, 아마 우리 파티의 이름을 보고 동료라고 생각하며 다가온 녀석들을 몇 번 두들겨 패주면서 원한을 샀기 때문일 것이다.

마물이나 팬텀과의 싸움은 마을로 돌아오면 피할 수 있지만, 범죄자들은 밤낮도 도시 안팎도 가리지 않고 습격하니 정말 힘들다.

최근에는 거점을 자주 바꾸면서 숨는 식으로 대책을 세웠지만, 어떻게 알아낸 건지 며칠만 지나면 정확하게 노린다. 가끔은 연달아 노리는 날도 있다. 완전히 술래잡기다.

루크 일행은 그런 상태에서도 푹 자는 모양이지만, 일반인인 나로서는 정말 그만 해줬으면 좋겠다. 정신도, 육체도, 전혀 쉴 틈이 없다.

한심한 이야기이긴 하지만, 이대로 가다가는 그냥 피로 때문에 쓰러져버릴 것 같다. 딱히 내가 싸우는 것도 아닌데.

목이 바짝 말랐다.

"물⋯⋯⋯⋯."

"⋯⋯⋯⋯."

그렇게 중얼거리자 푹 자고 있던 루시아가 잠이 덜 깬 표정으로 일어나서 머리맡에 있던 컵에 마법으로 물을 담아주었다.

실력이 뛰어난 헌터는 자는 동안에도 머리 일부가 깨어 있어서 어떤 상황에도 대처할 수 있다고 한다. 대단하네.

마치 깨어 있는 듯한 반응이지만, 다음 날 아침에는 기억나지 않는다는 걸 이미 알고 있다. 나도 그랬으면 좋겠다.

루시아는 내가 물을 받아들자 그대로 침대에 털썩, 쓰러졌다. 파자마에 감싸인 다리가 다이나믹하게 움직이며 슬금슬금 이쪽으로 다가오려 하던 리즈의 다리를 쳐냈다.

마도사는 마술을 행사하기 위해 병렬사고를 단련한다던데, 그녀의 방어는 철벽이다. 가능하면 잠버릇이 안 좋고 가끔 잠이 덜 깨서 검을 휘두르기 시작하는 루크를 막아줬으면 하지만, 왼쪽 옆은 막지 않는 모양이다.

수라장을 연달아 뛰어넘고 신예 파티라 불리게 되었지만, 이렇게 자는 모습을 보니 제도에 왔던 3년 전과 거의 달라진 게 없다.

"오빠, 이제, 자야죠……."

루시아가 잠꼬대를 하며 말했다.

그 목소리에 호응하는 듯이 좌우에서 작은 목소리가 들렸다. 아무래도 다들 뇌의 일부분이 깨어 있는 모양이었다.

"야압, 이것이 새로운 백도류으──."

"으음…… 으음…………."

"음…… 크라이가…… 은."

"은…… 은색, 문어."

대체 무슨 꿈을 꾸는 걸까.

…………잠꼬대로 끝말잇기를 하고 있네…… 은색 문어는 뭔데?

나는 한동안 귀를 기울이고 있다가 살짝 한숨을 쉬고 나서 머리맡에 컵을 내려놓았다.

한숨 더 자야지. 낮에 쓰러지면 너무 한심하니까. 이런 나도 일단은 리더라고. 조금이나마 믿음직한 모습을 보여줘야 해⋯⋯.

주위를 다시 한 번 확인한 다음, 하품을 크게 하고 이불 속으로 들어갔다. 들어가려던 참에―― 창문이 소리를 내며 깨졌다.

밖에서 까만 무언가가 날아들었다. 비명을 지를 틈도 없었다.

깜짝 놀란 순간, 까만 물체가 빛을 뿜어내며 작은 폭발을 일으켰다.

아니, 그것은 압축이었다. 폭발은 아슬아슬하게 막혔다.

강한 섬광은 단숨에 사라졌다. 바닥에 깔려 있던 융단에는 그을린 자국도 남지 않았다.

어느새 옆에서 자고 있던 루시아가 몸을 일으키고는 손바닥을 그쪽으로 내밀고 있었다. 눈을 제대로 뜨고 있다.

그 뒤를 이어 푹 자고 있던 리즈가 깨진 창문을 통해 밖으로 뛰쳐나갔고, 루크가 분하다는 듯이 말했다.

"젠장! 조심하고 있었는데, 또 크라이가 먼저 눈치챘구나!"

"어?!"

루크가 힘차게 일어나 기대두었던 목도를 들고 뛰어갔다.

까만 옷을 입은 남자들이 몰려들었다.

잠이 완전히 깬 것 같은 시트리가 소리쳤다.

"오빠, 문! 루크 씨, 뛰어나간 언니를 보조해 주세요!"

"으음⋯⋯."

안셈이 구르듯이 침대에서 내려가자 바닥이 삐걱댔다.

나는 눈을 깜빡이며 소리쳤다.

"습격이다!"

"이제 와서?!"

루시아가 눈을 크게 떴다. 진짜 이제 와서네.

안 되겠다, 위기감은 제대로 있는데, 판단력이 죽어버렸다.

다시 까만 물체—— 폭탄이 날아들었지만, 루시아가 손바닥을 내밀자 창밖으로 튕겨 나갔다.

먹먹한 폭발음과 누군가의 비명이 들렸다. 시트리가 포션을 들고 안셈을 도와주러 달려갔다.

어디선가 날아든 화염탄을 루시아가 손을 들어 마법으로 막았다. 예전에는 주문을 외워서 마법을 썼는데, 아무래도 우리 여동생은 어느새 무영창의 극의를 깨우쳐 버린 모양이다.

나는 할 수 있는 게 없기에 어쩔 수 없이 침대에 누워 부드럽고 따뜻한 이불을 뒤집어썼다. 루시아가 깜짝 놀란 듯이 나를 보았다.

"하?! 다시 자지 말라고!"

"루시아………… 은색 문어가 뭘까?"

"?! ??? 몰라요! 이 녀석! 이 녀석! 이 녀석!"

루시아가 날카로운 목소리로 마법을 사용하여 안셈의 방어를 뚫고 들어온 공격 마법을 막아냈다.

습격자는 자주 보았지만, 이렇게까지 마법을 많이 쓰는 경우는 드물다. 마도사는 기본적으로 엘리트니까.

그때, 침대 안에서 현실도피를 하며 철벽의 가드를 자랑하는 루시아에게 문득 든 의문을 털어놓았다.

"왜 거점을 옮겨도 이렇게 습격당하는 걸까."

"?! 상대방을 제대로 박살 내지 않고! 슬금슬금 도망쳐 다니니까! 라고! 정말! 정말! 정말!"

루시아는 비명 같은 목소리로 대답한 다음, 눈이 부실 정도로 푸르게 빛나서 위험해 보이는 화염탄을 없앴다.

그 이후로 나는 루시아의 의견을 반신반의하면서도 받아들여서 도망쳐 다니지 않고 제대로 맞서 싸우게끔 방침을 전환했다.

그런 이후에도 나름대로 기습이 아닌 습격을 당하거나, 루크 일행이 새로운 수행이라며 기뻐하며 소동을 벌이게 되어서 딱히 달라진 건 없었지만, 그건 또 다른 이야기다.

## 《비탄의 망령》은 모험하고 싶다 ⑦

"음~, 곤란하네. 곤란해……."

클랜 마스터실의 집무용 책상. 나는 커다란 책상 위에 다리를 올려놓고 에바를 힐끔힐끔 보며 끙끙댔다.

에바는 잠시 질색하는 표정을 짓다가도 한숨을 크게 쉬고는 물어보았다.

"…………이번에는 무슨 일이죠? 크라이 씨."

"아니…… 나는 곤란하다고. 요즘은 예상하지 못한 일들만 생겨서……."

클랜《시작의 발자국(퍼스트 스텝)》을 설립한 지 몇 달이 지났다. 설립 작업 등 골치 아픈 일들을 처리하느라 바빴던 나날도 부클랜마스터로 유능한 에바를 고용하자 어느 정도 마무리가 되어서 안정적인 일상이 돌아왔다.

나도 클랜을 운영한다는 명분으로 보물전에 가지 않게 되었기에 목적은 대부분 달성했다고 할 수 있다.

하지만, 한 가지 예상하지 못했던 게 있다.

클랜이라는 사회 안에 던져놓았는데도 루크와 리즈의 협조성이 전혀 개선되지 않은 것이다.

"우리 파티에 새 멤버를 받을까 하는데, 어떻게 생각해?"

"네?!"

내가 클랜을 만든 이유는 두 가지다. 첫 번째는 클랜 운영에 집중한다는 명분으로 목숨을 걸고 모험을 하러 가지 않아도 되게끔 만들기 위해서고, 두 번째 목적은 소꿉친구들(특히 루크와 리즈)의 협조성을 키워주기 위해서다.

하지만, 리즈와 루크는 클랜을 만들고 나서 이미 몇 번이나 멤버들과 문제를 일으켰다. 아무래도 자신들과 비슷할 정도로 재능이 있는 멤버들과 만난 뒤에도 딱히 심경에 변화가 일어나진 않은 모양이다.

이래선 목적을 절반밖에 달성하지 못할 텐데.

한숨을 크게 쉬며 믿음직한 부 마스터에게 말했다.

"클랜을 만들면 어디선가 괜찮은 인재가 올 줄 알았는데── 에바, 어디 괜찮은 사람 없어?"

"?! 그건……."

아무것도 모르는 나 대신 온갖 설립 업무를 해낼 정도로 유능한 에바가 곤란하다는 듯이 눈살을 찌푸렸다.

애초에 신규 멤버에 대해서는 계속 생각하고 있었다. 협조성을 키우는 것 말고도 전력면으로 한 명 정도 더 받는 게 좋을 것이다. 헌터는 6인 파티가 기본이니까.

하지만, 에바도 좋은 생각이 나지 않는 모양인지 곤란하다는 듯한 표정을 지었다.

"우리 파티 멤버들하고 함께 다닐 수 있을 만큼 실력이 좋은 헌터는 대부분 이미 파티에 들어가 있거든."

"……그렇겠죠……."

게다가 파티의 평판이 안 좋아서 그런지 모집을 해도 가입 희망자조차 오지 않는다.

"어디선가 납치해 올 수밖에 없나……."

"농담……이시죠?"

"그야…… 농담이지."

에바는 나를 뭘로 보고 있는 걸까? 트레저 헌터를 납치해 올 수 있을 리가 없잖아!

"개성이 강한 우리 파티 멤버들에게 적응할 수 있고, 《비탄의 망령》의 헌팅을 따라갈 수 있을 만한 실력이 있고, 관대하고, 혼자 활동하고 있고——."

"있을 리가 없잖아요……."

손을 꼽으며 조건을 말하는 나에게 에바가 태클을 걸었다. 그렇긴 하지.

그래도 최대한 양보할 생각이다. 일단, 한 명은 필요하다. 안 그러면 지금은 얌전히 있는 루크 일행이 머릿수를 채운다는 명분으로 나를 모험에 데리고 갈지도 모른다.

아니, 이미 은근히 그렇게 하자며 나를 초대했다. 다음은 사막에 간다던데…… 안 갈 거라고?!

애초에 이렇게 유능한 에바도 모르는 걸 내가 어떻게 할 수 있을 리가 없다.

"…………에휴, ……어쩔 수 없나."

장기적으로 생각하자. 초대는 온 힘을 다해 거절하면 시간 정도는 벌 수 있을 테고.

클랜이 유명해지면 조건에 맞는 사람도 올 거다. 올 거라 믿을 수밖에 없다.

"크라이 씨, 더 이상 골치 아픈 일은 만들지 말아주세요."

"어? 아, 응…… 나도 알아."

나는 건성으로 대답한 다음, 배 위에 깍지를 끼고 눈을 감았다.

그리고 나는 거절할 틈도 없이 자는 사이에 사막으로 납치당했다.

"꺄악~, 햇빛이 엄청나네! 저거 봐, 크라이! 아무것도 없어~!"

"우오오오오오오오! 이곳이 죽음의 사막이구나, 주먹이 운다!"

울지 말아주세요. 신이 난 리즈와 루크의 목소리가 아무것도 없는 사막에 울렸다.

한없이 이어져 있는 완만한 사구는 왠지 환상적이고 아름답다. 주위에는 아무도 없고, 길 없는 길을 걸어가다 보니 머리가 이상해질 것 같다.

이번에는 마차도 타고 오지 않았다. 말이 버티지 못한다던데? 잠든 사이에 말도 못 버티는 사막에 끌려온 내 심정을 상상할 수 있을까?

"으음……."

"그런데, 정말로 아무것도 없네요…… 마물밖에 없네."

물자를 전부 짊어진 안셈이 고개를 크게 끄덕였다. 루시아가 어이없다는 듯이 이마에 난 땀을 닦았다.

내 주변 환경은 루시아의 마법으로 유지되고 있긴 하지만, 나는 벌써 죽을 것 같다.

시트리가 마련해준 사막 전용 복장은 보슬보슬한 모래 위에서도 정말 걸어다니기 편하다.

하지만, 여기저기에 반쯤 묻힌 마물의 거대한 뼈나 연달아 벌어진 사막 마물과의 전투는 내 정신에 큰 대미지를 입혔다. 대체 뭐가 좋아서 죽음의 사막 같은 곳에 온 건데.

시트리가 완벽한 타이밍에 보충 설명을 해주었다.

"이 근처에 보물전이 있다는 전설이 있거든요. 전설이에요, 전설!"

진짜로……? 우리 지금부터 전설에 도전하는 거야? 그런 말은 전혀 못 들었는데?

머리가 어질어질하다. 나는 왜 거절하면 초대도 어떻게든 될 거라고 어설프게 생각했던 걸까?

이미 늦긴 했지만, 새로운 동료를 얼른 찾아내야만 했다.

"아, 크라이. 거기 유사가 있으니까 조심해."

"그래, 나도 알아."

제도로 돌아가면 제일 먼저 새로운 멤버를 모집해야지. 일시적인 가입이라도 상관없으니까.

마음속으로 그렇게 굳게 맹세하던 참에—— 갑자기 발이 파묻혔다.

"응⋯⋯?"

눈을 크게 뜨고 뒤쪽을 보았다. 리즈 일행이 뒤쪽 1미터 정도 떨어진 곳에서 멈춰선 채 멍하니 있었다.

몸이 점점 파묻히기 시작했다.

"크라이, 유사가 있다고 했잖아?"

"⋯⋯응, 그래, 그렇지."

유사── 유사?! 이게, 유사인가? 그렇구나⋯⋯ 이야기를 전혀 안 듣고 있었어.

다리를 움직이려 했지만, 전혀 움직이지 않았다.

지금까지 정말 험한 꼴을 많이 당했지만 유사에 빠진 건 이번이 처음이네.

리즈가 의아한 표정으로 눈을 깜빡이고 있다. 루크는 눈살을 찌푸리며 수상쩍어하는 표정을 짓고 있다.

그러는 동안에도 몸이 이미 턱까지 파묻혔다.

잠깐만 기다려?! 유사라는 게 이런 거였어?! 나는 혼란스러운 나머지 루크에게 말했다.

"유사에 파묻히는 거, 꽤 새로운 느낌이네."

"어⋯⋯ 진짜로?"

루크가 눈을 크게 떴다. 도움을 요청해야 한다는 걸 깨달았을 때는 이미 늦었다.

나는 저항하지도 않은 채 땅속으로 끌려들어갔다.

"그렇게 된 관계로, 새로운 멤버입니다."

"네?! 잠깐만요, 방금 하던 이야기 어디에서 새로운 멤버가 나온 거죠?!"

에바가 눈을 크게 뜨고 내 옆에 멍하니 서 있는 키가 큰 여자를 보았다.

종족 특성인 갈색 피부와 풍부한 머리카락. 하지만, 무엇보다 눈에 띄는 건 길게 뻗은 귀일 것이다.

엘리자 벡.

무슨 일이 일어나도 동요하지 않는 철벽 같은 정신. 리즈 일행을 받아들일 수 있는 도량을 지니고 있으며, 대단한 실력을 지닌 솔로 출신인 데다, 항상 졸린 듯한 눈매이기에 내가 졸려도 눈에 띄지 않아서 완벽한 새로운 멤버.

이렇게 에바에게 소개해주고 있는데도 아무런 말도 하지 않는 걸 보니 《비탄의 망령》에서도 정말 잘 해나갈 수 있을 것 같다. 차분한 분위기는 분명히 우리 파티에 부족했던 거고.

"어디에서 새로운 멤버가 나왔냐니………… 그야 물론, 유사 아래에 보물전이 있었는데 거기에 떨어져 있었어."

"?! 당연하다는 듯이 말하지 마세요! 그 귀와 피부, 머리카락 색…… 혹시 사막 정령인(데저트 노블)인가요?!"

"희귀하지?"

"희귀하냐니…… 그야, 처음 보긴 했지만요……."

나는 몰랐지만, 사막에 사는 정령인은 평범한 정령인보다 더 희귀한 모양이다. 설마 유사에 삼켜진 결과로 동료가 늘어날 줄이야, 정말 운이 좋았다. 아니, 죽을 뻔하긴 했지만.

눈앞에서 손을 흔들어도 전혀 반응을 보이지 않는 엘리자를 보고 에바가 눈을 가늘게 뜨며 나를 돌아보았다.

"설마 진짜로 납치해 온 건가요?!"

"아니, 아니, 그렇지 않거든?! 이거 봐, 엘리자. 너, 내, 동료? 친구? OK?"

엘리자의 손을 잡고 흔들며 말했다.

엘리자는 잠시 멍하니 있다가 나를 보고는 고개를 살짝 끄덕였다.

"이거 보라고, 동료야!"

당연히 동료지! 이래 봬도 사인도 제대로 했단 말이야!

"…………문제를 일으키지 말아주세요."

의기양양하게 선언하는 나를 보며 에바가 이마를 짚으며 그렇게 말했다.

그렇게 《비탄의 망령》에 처음으로 새로운 멤버, 엘리자가 들어오게 되었다.

결국, 새로운 멤버가 늘어났는데도 리즈와 루크의 협조성은 전혀 바뀌지 않았고, 오히려 엘리자는 희귀한 종족이라 표적이 되는 경우가 많았던 모양인지 파티에 맞이해서 골치 아픈 일에 수없이 휘말리게 되지만, 그건 또 다른 이야기다.

# 《비탄의 망령》은 모험하고 싶다 ⑧

"왠지 슬슬 커다란 조직을 뭉개버리고 싶지 않아?"

".............뭐어?"

갑자기 무슨 소릴 하는 거야?

팔짱을 끼고 갑자기 이상한 이야기를 하기 시작한 루크를 보고, 나는 무심코 테이블 주위에 둘러앉아 있던 리즈 일행을 둘러보았다.

하지만, 상황을 이해하지 못한 건 아무래도 나 혼자인 것 같았다.

하얗고 커다란 테이블과 세련된 식기. 테이블에 놓인 요리와 술도 평소에 가는 술집에서 나오는 것과는 척 보기에도 급이 달라서 매우 껄끄럽다.

널찍한 방에는 테이블이 단 하나. 천장에는 큼직한 샹들리에가 달려 있어서, 커다란 접시에 담긴 얼마 안 되는 요리(요리 이름을 듣긴 했는데 기억이 안 난다)를 비춰주고 있었다.

방에는 창문이 없고, 우리가 식기를 움직이는 소리나 이야기를 나누는 소리를 제외하면 사방에서 아무런 소리도 들리지 않았다.

당연하다. 이곳은── 지하니까.

제도 제블디아. 그곳 한구석에 존재하며 아는 사람들만 아는 식당, 제도에서 가장 '안전'한 고급 레스토랑.

귀족이나 대상인들이 밀담 같은 것을 할 때 자주 사용한다는 그 유서 깊은 가게는 회원제, 완전예약제로 운영되며 예약만 해도 막대한 금액이 필요하다고 한다.

그런 사연이 있는 가게에서 우리는 루크의 열여덟 살 생일을 축하해주고 있었다.

루크가 포크로 고기 덩어리를 찍어서 한입에 넣으며 말했다.

"요즘은 팬텀만 베었잖아? 오랜만에 슬슬 인간도 베고 싶어서."

"아~, 무슨 말인지 알겠어. 요즘은 아무도 습격하지 않게 되어버렸으니까."

잠깐, 잠깐, 잠깐. 사람에게 습격당하는 횟수가 줄어들긴 했지만―― 잘된 일이잖아!

뭐가 불만인지…… 전혀 알 수가 없다.

시트리는 루크와는 달리 왠지 세련된 느낌으로 와인을 입에 머금고 나서 말했다.

"뭐, 꽤 혼쭐을 내줬으니까요. 인간은 팬텀과는 달리 자연적으로 발생하지도 않고요."

"……리더의 이름이 유명해져서 그럴지도 몰라."

"으음……."

루시아가 이쪽을 힐끔 보며 말하자 안셈이 항상 그랬듯이 고개를 크게 끄덕였다.

제도에서 트레저 헌터가 되고 나서 눈 깜짝할 새에 시간이 흘렀다. 루크가 말도 안 되는 논리로 리더를 떠넘겨서 투덜거리거나, 험한 꼴을 당하거나, 하드보일드한 척하거나, 상황에 휩쓸리기도 하면서 나름대로 노력해 왔지만, 《비탄의 망령》이 트레저 헌터로서 활동한 궤적은 놀랍게도—— 매우 순조롭다고 할 수 있었다.

처음부터 지금까지 은퇴하고 싶은 마음만 가득한 나로서는 이 것저것 드는 생각도 있긴 하지만, 아마 과거로 돌아가서 똑같이 다시 하라고 해도 아마 불가능할 것이다.

식기를 내려놓고, 오늘 생일 파티의 주인공인 루크를 보며 손가락을 하나 폈다.

"제도 근처 보물전은 대충 공략했어. 이름난 현상수배범을 여러 명 붙잡았고, 재능이 뛰어난 친구와도 만났지. 트레저 헌터로서 인정 레벨도 평균을 훨씬 뛰어넘은 속도로 올리고 있고. 몇 번이나 죽을 뻔하긴 했지만, 결국 죽은 사람은 한 명도 없다고."

"그래, 맞아."

"각자 제도에서 재능이 있는 헌터라고 인정도 받았고, 별명도 생겼지. 귀여운 제자도 있어. 클랜도 저번에 만들었고, 그 클랜도 순조롭게 커지고 있어. 헌팅 한 번에 들어오는 수입도 요즘은 평생 놀고 먹을 만한 금액이야. 게다가 대망의 새로운 멤버도 저번에 들어왔고!"

새로운 멤버. 엘리자 벡은 틀림없이 루크 일행에게 힘이 되어 줄 것이다.

특이한 구석이 있긴 하지만 나쁜 정령인은 아니고, 지금까지는 기존 멤버와 다투지도 않았다. 엘리자를 스카웃한 것은 내 헌터 인생을 돌아봐도 베스트 초이스 중 하나다(참고로 또 다른 베스트 초이스는 에바).

"엘리자도 오면 좋았을 텐데. 항상 절묘한 타이밍에 행방불명된단 말이지."

"엘리자 씨는 약속을 해도 그냥 잊곤 하니까요."

괜찮아, 괜찮다고. 나중에 선물을 가져다 주자.

지금은 그런 이야기를 하고 싶은 게 아니다. 나는 테이블을 쾅, 두드린 다음에 루크에게 말했다.

"그래서? 루크, 더 이상 뭘 바란다고?"

"그래. 커다란 조직을 뭉개버리고 싶어. 실력이 뛰어난 검사가 있는 곳이라면 최고겠지."

안 되겠다. 아무래도 내가 잘못 들은 게 아니라면 루크에게는 내 압박도 통하지 않는 모양이다. 하드보일드하게 말했는데…….

"애초에 파티를 해주는 건 기쁘긴 한데, 이곳은 너무 조용하고, 접시 위에 담긴 고기도 너무 작아. 이게 대체 무슨 요리야?"

루크가 대놓고 그렇게 말하자 내 부탁을 받고 가게를 알아봐 준 시트리가 쓴웃음을 지었다.

그야 우리와 어울리지 않는다는 생각을 하긴 했지. 방으로 안내를 받은 순간, 안 어울린다는 생각이 들긴 했거든?! 평소에 자주 다니는 양을 중시하는 술집하고는 너무나도 다르니까.

하지만 나는, 그럼에도—— 거금을 주고서라도 안전을 선택했어! 술집에서는 시비를 걸거나 걸리고, 사건에 휘말리면서 험한 꼴을 당하니까 이곳을 선택한 거라고!

이 레스토랑은 폭력 엄금이다. 가게 쪽에서도 실력이 좋은 호위를 여러 명 거느리고 있고, 지하니까 도시가 불바다가 되더라도 문제가 없다. 방음성도 완벽하기에 방 밖에서는 이야기를 나누는 소리도 들리지 않으니 마음 편히 식사를 하기에는 안성맞춤이다. 시트리의 이야기에 따르면 범죄 조직의 간부 같은 사람들도 밀담을 할 때 이용하는 모양이다. 그만큼 이 가게는 안전성 면에서 신뢰도가 높다는 뜻이다.

애초에 '커다란 조직'을 박멸하는 건 트레저 헌터의 본분이 아니다. 지금까지 범죄자들을 쓰러뜨린 건 상대방이 먼저 덤벼들었기 때문이고………… 아니, 우리가 시비를 건 적도 꽤 있긴 했지.

"……루크, 조직도 몇 군데 뭉개버리지 않았어?"

"뭉개버렸지. 하지만 나는 잔챙이 말고 커다란 조직을 뭉개버리고 싶다고! 아, 아카샤는 안 돼. 그곳은 마도사들만 있으니까. 어딘가에 베어도 되는 조직이 굴러다니진 않으려나……"

"아카샤는 아직 안 돼요."

시트리가 눈살을 찌푸렸다. 그래, 안 된다고. 아카샤? 그곳이 아니더라도 안 돼. 애초에 범죄 조직이라는 건 근처에 굴러다니는 게 아니야. 큰 조직이라면 더더욱 그렇고.

나는 심호흡을 크게 하며 마음을 가라앉힌 다음, 잔에 입을 대고 입술을 축였다.

루크 사이콜은 근육뇌다. 그는 사람을 베는 실력은 초일류지만, 그것 이외의 기술은 없는 거나 마찬가지다. 그는 범죄 조직을 벨 수는 있지만, 범죄 조직을 찾아내지는 못한다.

냉정해져라, 크라이 안드리히. 루크가 하는 말에 휘둘리다 보면 끝이 없다는 걸 잘 알고 있잖아.

한숨을 쉬고 나서 잔을 내려놓고 루크를 달랬다.

"애초에 루크가 원하는 건 피비린내 나는 싸움이잖아? 커다란 조직은 이유도 없이 전력을 한곳에 집중시키진 않을 텐데?"

리즈나 시트리가 협력해주면 적을 찾아낼 수 있을지도 모르겠지만, 전투광을 만족시켜 줄 만한 전장을 찾아내는 건 불가능할 것이다. 그런 전장이 있었다면 이미 박살을 냈을 테고.

"음………… 그렇단 말이지. 젠장, 왜 요즘 제도는 평화로운 거야! 아, 정말! 사람을 베고 싶어! 베어도 되는 범죄자, 일류 검사를 잔뜩 베고 싶어! 주먹이 운다고!"

나쁜 검사는 네가 베어서 없어진 거라고…… 아마 루크가 제도의 평화에 일조했을 것이다.

참고로 그는 꽤 자주 별로 나쁘지 않은 검사도 베기 때문에 항의가 폭풍처럼 쏟아져 들어온다.

뭐, 그래도 괜찮겠지. 오늘은 루크의 생일이니까 불평 정도는 들어줘야겠다.

버릇없게도 테이블에 팔꿈치를 대고 투덜거리고 있는 루크를 미지근한 눈빛으로 보고 있자니 갑자기 맞은편 자리에 앉아 있던 리즈가 소리를 내며 일어섰다.

그녀는 눈을 크게 뜨고 내 뒤쪽── 방에 유일하게 있는 문 쪽을 바라보고 있었다.

"왜 그래?"

눈을 깜빡이고 있던 나에게 리즈가 조용한 목소리로 대답했다.

"방금, '뱀'의 간부가 문 건너편을 지나갔어."

옆자리에 앉아 있던 루크가 일어서서 힘차게 문쪽을 돌아보았다. 두꺼운 문은 꽉 닫혀 있기에 건너편을 볼 수는 없다.

하지만, 도적인 리즈의 기척 탐지 능력은 틀림없이 일류다.

"!! 그 범죄 조직 중에서 가장 큰 규모를 자랑하는 '뱀' 말이야?!"

"틀림없어. 수배서에 나와 있던 얼굴이니까——."

어…… 잠깐만! 문에 창문도 없는데 얼굴이 보여?

"어?! 정말로?!"

연줄을 써서 가게를 예약한 시트리도 깜짝 놀랐다.

"분명히, 틀림없다니까. 잔뜩 있는 것 같아………… 세 군데 옆방."

어…… 어어. 뭐야? 그 뱀이라는 커다란 조직이? 이 레스토랑에서 밀담을 나누고 있다고?

좀처럼 믿기 힘든 이야기지만, 리즈는 이럴 때 농담을 하지 않는다.

…………지명수배까지 당했는데 이렇게 당당하게 제도 한복판에 있는 레스토랑을 이용하다니, 정말 간이 큰 녀석들이다.

그래도 목숨을 건졌구나. 공교롭게도 오늘은 축하하는 자리라 딱히 전투 준비 같은 건 안 했다. 세이프 링(결계지) 정도밖에 안 챙겼다고. 이 가게에서 싸우는 건 금지니까, 오늘은 그냥 봐주자고.

리즈가 벽에 귀를 가져다 대고는 숨을 죽였다.

시트리가 느긋한 몸짓으로 소매를 뒤적이며 보구인 물총을 꺼내들었다. 루크가 테이블 위에 놓여 있던 은제 나이프를 쥐었고, 입가를 닦은 안셈이 투구를 썼다.

루시아가 불쾌한 표정을 지으며 말했다.

"어떻게 할 거예요? 리더. 이 가게는 전투 엄금인데요."

"당연히 싸워야지! 이게 생일 선물이구나! 요리가 이렇게 조금씩 나오는 가게는 이제 안 와! 자, 가자고!"

루크가 나 대신 소리치고는 문을 박차고 뛰쳐나갔다.

그리고 우리는 밀회하고 있던 조직의 간부들을 모조리 쓰러뜨리고는 가게에서 출입금지 처분을 받았다.

간부들이 데리고 있던 호위는 소수나마 고레벨 헌터에 필적하는 실력자였기에 목숨을 건 싸움이 되었지만, 루크 일행은 처음부터 끝까지 미소를 짓고 있었다.

그 사건을 계기로 《비탄의 망령》의 악명과 수단을 가리지 않는다는 소문이 퍼져서 거크 씨에게 혼나거나, 간부들의 복수를 하기 위해 뱀의 하부 조직들이 우리를 노리게 되었지만, 그것은 또 다른 이야기다.

## 《비탄의 망령》은 모험하고 싶다 ⑨

제도를 거점으로 삼은 지 몇 년이 지났다. (나 자신의 실력은 그렇다 치더라도) 우리가 만든 《비탄의 망령》은 파죽지세로 활약해 나가며 트레저 헌터의 모범 같은 존재가 되었다.

여러 가지 사정으로 인해 어쩔 수 없이 만든 클랜도 에바를 비롯한 많은 사람들의 도움을 받아 규모가 커졌다. 제도에서 우리만큼 탐색자 협회에 공헌한 사람은 별로 없을 것이다.

탐색자 협회에서 갑자기 축하하는 말과 함께 호출하는 편지를 보낸 것은 마침 우리 파티가 제도에서 굳건한 지위를 손에 넣은 시기였다.

탐색자 협회는 수직적인 사회다. 비영리 단체나 공적 조직이 아니기에 공헌도에 비례하여 다양한 편의를 봐준다.

소문은 들었다. 탐색자 협회는 그 해에 가장 많이 공헌한 파티에게 다양한 보상을 준다고.

때로는 보구이거나, 뛰어난 무기이거나, 귀족도 좀처럼 먹기 힘든 진미이거나, 인기 많은 여행권이거나, 비싼 땅에 지어진 저택일 경우도 있다고 한다. 어찌 됐든, 탐색자 협회는 요즘 같은 시대에 가장 기세가 좋은 기관 중 하나다. 보상의 내용도 꽤 기대가 된다.

오랜만에 신이 나서 탐협에 간 우리를 기다리고 있던 것은 거크 씨를 비롯한 직원 일동의 기립박수였다.

몇 번이나 들어가 본 적이 있는 탐색자 협회의 응접실. 좌우로 나란히 선 직원들이 축하하는 말과 함께 박수를 쳐주었다. 예상 했던 것보다 더 열렬한 환영이었기에 무심코 눈을 동그랗게 뜬 나에게 거크 씨가 씨익 웃으며 말했다.

"잘 왔다. 축하한다, 크라이 안드리히. 지금까지 세운 다양한 공적을 감안하여 너에게 레벨 7 인정 시험을 치를 권리를 주기로 결정했다."

"…………어?"

잘 살펴보니 얼굴이 웃고 있긴 했지만, 눈만은 웃고 있지 않았 다. 나와 마찬가지로 보상을 받을 것 같다는 예감에 두근거리고 있던 루크 일행도 눈을 동그랗게 뜨고 있다.

레벨은 탐색자 협회에서 정하는 수준, 트레저 헌터의 실력을 나타내주는 지표다. 그냥 한 기관이 인정해주는 지표지만, 요즘 같은 시대에는 모든 나라가 실력이 뛰어난 헌터를 원하기에 어디 에서나 통하는 자격이 되었다. 탐협에 공헌한 정도를 나타내주는 수치이기에 반드시 레벨과 힘이 비례하는 건 아니지만, 탐협에 공헌한다는 것은 보통 고난이도 보물전을 공략하거나 버거운 마 물을 토벌하는 것이기에 일반적으로는 레벨이 높으면 강한 것으 로 통한다.

헌터 모두에게 주어지는 수치이기 때문에 당연히 나처럼 허약 한 사람도 레벨이 정해져 있다. 게다가 《비탄의 망령》처럼 유망 한 파티를 지휘한다는 공헌을 해서 그런지 꽤 높다.

전투 능력이 전혀 없는 나에게 있어서 힘의 증거라고 할 만한 레벨은 불필요할 뿐만이 아니라 무거운 짐에 불과하다. 어찌 됐든, 세상에는 고레벨 헌터만 골라서 습격하는 범죄자나 그들을 억지로 등용하려는 귀족 같은 사람들이 잔뜩 있다. 마치 상을 주는 것처럼 말하고 있지만, 지옥행 티켓이나 마찬가지다.

"아하하, 무슨 말씀이세요, 거크 씨. 저는 레벨 7 인정 시험 신청 같은 건 안 했는데요."

레벨 인정에는 과정이 있다. 그에 맞는 실적을 쌓는 것과 레벨 인정 시험을 신청해서 합격해야 한다. 전자는 그렇다 치고, 레벨을 올리고 싶지 않아 하는 내가 신청 같은 걸 할 리가 없다.

나도 모르게 노망이 든 노인을 보는 듯한 눈빛으로 바라보자 거크 씨가 방긋 웃으며 말했다.

"무슨 말씀이신지, 크라이 씨. 활약이 자자하시다고 소문을 들었습니다. 요즘 바쁘셔서 신청할 시간도 없으신 것 같기에 제가 대신 해두었죠."

"…………거크 씨, 혹시 한가해?"

"네가 한참을 지나도 신청을 안 하니까 그렇지. 너 같은 헌터가 계속 레벨 6에 머물러 있으면 곤란하단 말이다. 우리에게도 체면이 있다고! 특히 저번에 아크 로댕이 레벨 7로 올라갔잖아? 네놈이 신청하지 않은 동안에 말이다아아아아아아아!"

왜 흥분한 거지? 아크는 우리 클랜의 보물인데.

"클랜에서 성대하게 축하해 줬죠."

"이번에는 네가 축하를 받을 차례란 뜻이지. 그게 문제가 되었다고. 윗사람이 혹시 로댕의 눈치를 보면서 신청을 받아주지 않은 거 아니냐고 하더라! 너는 로댕 혈족에 필적하는 헌터로서 이쪽 업계에서는 유명하니까 말이야아아아아아아!"

그렇게 따져봤자 곤란하기만 한데…… 그래도 이렇게 된 이상, 거크 씨는 물러서지 않을 것 같다.

어쩔 수 없지, 적당히 실패할까. 시험 내용이 뭔지는 모르겠지만, 레벨 6조차 버거운 상황인데…… 애초에 레벨 7은 제도에도 거의 없거든? 정말 내가 되어도 괜찮을 거라 생각하나?

하드보일드하게 전부 포기하자며 결심하고 있자니 지금까지 조용히 듣고 있던 리즈가 말했다.

"정말, 이제 와서어? 부탁하러 오는 게 너무 늦잖아. 8 정도까지는 단숨에 올려주라고."

"크라이도 드디어 레벨 7이구나. 또 차이가 벌어지겠네…………크라이, 다음에는 지지 않을 거다!"

"리더가 항상 폐를 끼치고 있네요…… 제가 대신 신청하려 해도 말리거든요."

"크라이 씨, 축하드려요! 레벨 7이에요, 레벨 7! 제도에도 열 명이 안 되는데! 귀족도 잠자코 있지 않겠어요!"

"으음, 으음."

……보상을 받을 거라면서 들떴을 때보다 더 신이 난 것 같은데, 이유가 뭐야?

루시아까지 (미소를 짓진 않았지만) 왠지 기뻐 보이는 것 같다. 클랜을 만든 뒤로는 헌팅을 따라갈 기회도 많이 줄었는데, 왜 본인이 기뻐하지 않는데도 그렇게 기뻐하는 거야?

카이나 씨도 쓴웃음을 짓고 있다. 매우 기뻐하고 있던 우리 파티를 보고 거크 씨가 당황하며 말했다.

"잠깐, 잠깐. 아직 레벨이 올라갈 거라고 결정된 게 아니야. 시험이 있으니까. 레벨 7쯤 되면 탐협의 위신을 짊어진다고 해도 과언이 아니라고. 난이도도 많이 올라갈 거다."

"뭐어? 아크가 합격한 시험인데 크라이가 고전할 리가 없잖아?"

리즈는 거크 씨를 완전히 얕보는 태도를 보였다.

하지만 일리가 있는 말이다. 리더는 그렇다 치더라도 파티의 종합적인 능력을 따지면《성령의 자제(아크 브레이브)》와《비탄의 망령》은 동격이다. 시험에 파티로 참가해도 된다면 질 이유가 없다.

하지만, 실패할 거다. 매우 기뻐하고 있는 멤버들에게는 미안하지만, 나는 반드시 실패할 거다. 이제야 아크보다 레벨이 낮아졌는데, 또 같은 레벨로 올라가는 건 말도 안 된다.

그때, 거크 씨가 엄숙한 말투로 말했다.

"레벨 7로 인정을 받으려면 지금까지와는 다른 방식—— 위험도가 높은 마물을 토벌할 수 있는 능력이 필요하지. 탐협에서 협의한 결과, 이번에 크라이가 시험에서 토벌할 대상은—— 토벌 적성 레벨 7, 화구에 자리잡은 용종. 용암룡, 라바 드래곤으로 결정되었다."

화구에 사는 용…… 정말 거창한 이름이네. 흥…… 이건…… 실패하겠어. 지더라도 어쩔 수 없지.

그렇게 생각하며 싱글거리고 있자니 리즈가 눈을 깜빡이며 말했다.

"어? 그거 용암을 날리는 녀석 아니야? 그거라면 불과 얼마 전에 쓰러뜨렸는데?"

"토벌 증명은 아직 제출하지 않았지만, 제출할 수 있어요."

"뭐, 뭐라고……?"

시트리가 한 말을 듣고 거크 씨가 눈을 한껏 크게 떴는데, 오히려 내가 할 말이다. 언제 쓰러뜨렸지?

"……이건 시험이야, 미리 토벌한 건 인정할 수 없다고. 그래…… 대체 과제로는 최근에 목격 정보가 없긴 하지만 뇌염룡(라이트 프레임 드래곤)이나 골시룡(본 데드 드래곤) 같은 동격의 용 또는 만티코어처럼 위험도가 높은 환수──."

"으으응? 그 녀석들이라면 저번에 쓰러뜨렸는데. 다른 거 없어? 검을 들고 있는 녀석으로!"

"…………………네놈들, 평소에 대체 어떤 헌팅을 하고 다니는 거야?"

"오빠가 추천해준 곳에 가보니 용암룡, 뇌염룡, 골시룡, 만티코어와 기타 환수 연합군이 덤벼들었거든요. 죽는 줄 알았어요."

"?! 그런 말도 안 되는 소리가 어디 있어!"

나도 정말 그렇게 생각하는데. 진짜 말도 안 되는 소리잖아. 연합군이라니, 그게 뭔데?

나는 하드보일드하게 한숨을 쉬고는 엄청난 표정으로 바라보고 있는 탐협 사람들을 마주보며 말했다.

"진짜 있을 수 없는 일이야. 아니, 내가 그런 곳을 추천했었나?"

결국, 그 이후에 탐협에서 제시한 마물들도 거의 대부분 토벌한 것들이라 나는 특례로 레벨 7이 되어버렸다. 그리고 그 사실이 과장되어 퍼져나가서 나중에 또 골치 아픈 일에 휘말리게 되지만, 그것은 또 다른 이야기다.

# 《비탄의 망령》은 모험하고 싶다 ⑩

　트레저 헌터에게 있어서 인정 레벨이란 신뢰의 증거다.

　레벨이 높다는 건 힘든 의뢰를 많이 달성했다는 뜻이며, 레벨이 높은 헌터는 자연스럽게 다양한 연줄이 생기게 된다. 헌터를 총괄하며 인정 레벨을 부여하는 탐색자 협회는 레벨의 신빙성에 문제가 생기는 행위에 엄격하기에 실제로 그 수치는 어느 정도 신뢰할 수 있다고 봐도 된다.

　레벨이 올라가면 미리 약속하지도 않고 귀족이나 상인과 면회할 수도 있고, 처음 만난 상대도 신뢰해준다. 반대로 말하자면 그 신뢰나 힘을 노리고 다양한 입장의 사람이 접근한다는 뜻이기도 하다.

　그건 성격이 사나운 탓에 여기저기에서 꺼려하는 《비탄의 망령》의 리더라도 마찬가지다.

　원하지도 않은 레벨 7 인정으로부터 며칠 뒤. 나에게 접근하는 사람들의 숫자가 폭발적으로 늘어났다.

　그 유명한 아크 로댕에 필적하는 신진기예의 레벨 7 헌터. 악명이 자자한 《비탄의 망령》의 리더이자 최근에 세력을 키워가고 있는 신예 클랜, 《시작의 발자국》의 클랜 마스터, 《천변만화》.

　그냥 소꿉친구와 다른 친구들에게 도움을 받으며 억지로 헌터 활동을 계속 했을 뿐인데, 직책만 나열해보니 마치 거물처럼 느껴지는 게 신기하다. 그리고, 아무래도 직책이 거창해지니 클랜 마스터실에서 그냥 게으름을 피우고 있어도 뭔가 대단한 일을 하는 것처럼 보이는 모양이다.

클랜 마스터실의 책상 앞에 앉아 놀고 있자니 에바가 편지 다발을 가지고 왔다.

"크라이 씨, 오늘도 축하하는 편지가 왔습니다. 두고 갈게요."

"또 이렇게 많이………… 다들 정말 특이하네. 그냥 레벨 7이 되었을 뿐인데."

"크라이 씨 나이에 레벨 7 인정을 받는 건 무척 드문 일인데요? 아크 씨도 대단하지만, 아크 씨는 크라이 씨보다 먼저 헌터가 되었고, 로댕 가문 사람이니——."

에바가 내 말에 반박했지만, 내가 하고 싶은 말은 그런 게 아니다.

나는 그냥, 아무것도 하지 않고, 전혀 성장하지도 않은 채 그냥 어쩌다 보니 레벨 7이 되어버렸다고 말하는 거라고! 트레저 헌터가 파티 플레이라는 건 나도 잘 알고 있긴 하지만, 아무리 그래도 이렇게까지 아무것도 하지 않은 상황이니 그냥 허무하기만 하다.

그리고 나 자신이 딱히 레벨 7이 되고 싶지 않기도 했기에 허무함에 더욱 박차를 가했다.

내 의욕이 없는 표정을 보고 요즘 한숨을 쉬는 횟수가 늘어난 에바가 눈살을 찌푸리며 말했다.

"아무튼, 이건 좋은 기회예요. 향후 클랜을 위해서라도 주목받고 있는 지금, 제대로 관계를 만들어 두자고요, 클랜 마스터! 뭐라고 대답할지 말씀해 주시면 제가 대필할 테니까요."

"오히려 글자는 내가 쓸 테니까 뭐라고 대답하면 되는지 말해 줬으면 좋겠는데…….."

"……………네?"

얼어붙을 듯한 눈빛에 어쩔 수 없이 편지를 내려다보았다. 대부분은 집이나 파티에 부르는 초대장일 것이다. 아마 불러서 뭔가 의뢰를 할 생각일 테고. 이 나라의 귀족이나 상인들은 그런 구석이 있다. 이래 봬도 처음에는 보낸 편지를 전부 확인, 조사한 다음 나름대로 정성껏 답장을 보내곤 했지만, 이렇게 많이 오니 전부 그럴 수도 없다.

애초에 의뢰를 하고 싶은 건 이해가 되지만, 상인이 조언을 해 달라고 편지를 보내는 건 이상한 것 같다. 요즘 묘하게 그런 편지가 많이 온단 말이지……. 나에게는 헌터의 재능이 없지만, 장사 재능도 없거든?

뭐, 최근에 공략하는 보물전의 레벨을 한 단계 높인 리즈 일행을 따라가는 것보다는 낫지만.

어쩔 수 없이 에바가 말한 대로 골치 아픈 편지를 처리하기로 했다.

사실 지금 나에게는 이렇게 골치 아픈 편지를 빠르게 해결할 묘안이 있다.

에바의 힘을 빌려 편지를 뜯고 의뢰 내용을 나누기 시작했다. 구분은 두 가지, 나 혼자서도 어떻게든 할 수 있는 조언 계열과 실제로 움직여야만 하는 실제 노동 계열이다. 의뢰 내용에 대해서는 이번 같은 경우, 숫자가 많기에 제대로 보진 않는다. 어차피 이렇게 편지로 의뢰하는 건 까다로운 의뢰일 게 뻔하다.

"…………저기, ……내용은 확인 안 하시나요?"

"어? 새삼 확인할 필요도 없으니까……."

애초에 내용을 확인하다가는── 나도 모르게 누군가를 편애해버릴지도 모르잖아!

나눈 편지 중에서 실제로 움직일 필요가 있는 것들을 끌어당겼다.

그리고 나는 별생각 없이 편지를 들고는 에바 앞에 놓았다.

"이건 아크.《성령의 자제》."

"네?"

"이건《흑금십자》. 이쪽은 라일에게 맡길까……."

"네? 네에?"

에바가 당황하고 있다.

이것이 최근에 생각난《천변만화》의 신산귀모의 진수. 편지 셔플이다.

클랜 마스터가 된 지 시간이 좀 지났다. 그동안에도 나는 야유를 잔뜩 받으며 클랜과 내 앞으로 들어온 의뢰를 아크와 다른 사람들에게 잔뜩 떠넘겼다. 그리고, 최근에 눈치챘다.

어라? 이거, 내가 의뢰 내용을 굳이 확인할 필요가 없지 않나?

정예들만 모인《시작의 발자국》이기에 가능한 만행이다.

애초에 나는 지금까지 나름대로 의뢰를 제대로 확인하고 나누어 주었는데, 그게 좋은 결과로 이어진 적이 한 번도 없다. 근본

적으로 보는 눈이 없기 때문이다. 그렇다면 적당히 나누어 주는 게 운좋게 들어맞을 가능성이 있는 만큼 그나마 낫다.

너무나도 적당히 나누는 모습을 보고 에바가 정색하는 표정을 지었다.

"…………진심이세요?"

"뭐, 시험 삼아 하는 거니까…… 교섭은 잘 좀 부탁할게?"

"…………아크 씨에게 줄 이 의뢰 말인데요, 제가 보기에는 분명히 적합하지 않은 것 같아서——."

"잠깐만 기다려, 아무 말도 하지 마! 듣고 싶지 않으니까."

"어…………."

애초에 아크는 만능이다. 조금 껄끄러운 의뢰를 맡는 정도가 딱 좋을 거라고, 그 훈남. 나도 아무것도 못하는데 이렇게 의뢰를 잔뜩 떠맡았으니 고생 좀 해!

실력자들에게 일을 대충 다 나누어 주었다. 하지만, 아직 편지가 꽤 남았다.

아크와 스벤 같은 사람들에게 여러 개 나누어 줘도 되겠지만—— 그중 한 통을 들고 에바를 돌아보았다.

"…………이건, 《별의 성뢰(스타 라이트)》에게 줘야겠네."

"?! 정령인 파티인데요?! 아무리 그래도 그녀들에게 귀족이 의뢰한 일을 맡기는 건 클랜의 평판이—— 대체 무슨 생각이세요?!"

어쩔 수 없잖아, 의뢰가 남아버렸으니까. 그리고 분명 평판이 좀 떨어지는 게 딱 좋을 거야. 요즘 《시작의 발자국》은 평판이 너무 좋다고.

나는 기지개를 켠 다음, 나머지 편지를 슬쩍 끌어당겼다.

"나머지는 《비탄의 망령》이 처리해야지."

숫자가 좀 많긴 하지만, 루크 같은 사람들은 의뢰가 많고 까다로울수록 불타오르는 타입이고, 실력을 고려하면 적당할 것이다. 동료들에게 제일 많이 떠넘기면 스벤 같은 사람이 따졌을 때도 그렇게 반박할 수 있고. 오늘 나는………… 머리가 잘 돌아가나?

자, 이제 조언 계열 편지가 남았는데──.

그때, 수상쩍어하는 눈빛으로 이쪽을 보고 있던 에바에게 물었다.

"왜 상인들이 조언을 부탁하는 거지? 나는 누군가에게 조언을 해준 적이 없는데──."

"그게………… 저기, 그러니까………… 크라이 씨의 조언을 진심으로 받아들이고 그대로 따른 결과, 가게가 망해버린 사람이 있는 모양이라서요──."

전혀 기억나는 게 없는데…… 여기저기에서 조언해달라고 할 때마다 적당히 대답했으니 그중 누군가일지도 모르겠네…………
아니, 잠깐만!

"……왜 가게가 망했는데 조언해달라는 부탁이 밀려드는 거야? 이상하잖아?"

"…………실패를 교훈삼아 대성공을 거둔 모양이라── 자기가 그 유명한 천 개의 시련을 돌파한 상인이라면서요. 아무래도 그 이야기가 퍼져나간 것 같네요. 그래서 자기도 그렇게 하겠다고……."

그렇게 새로운 작전이 실행되었다. 의뢰는 클랜 멤버들에게 평등하게 나누어 주었고, 멤버들의 능력을 전혀 고려하지 않은 무능 배분으로 인해 아비규환의 지옥이 나타나게 된다. 아무래도 내가 해도 잘 안 풀리니까 운에 맡기려 했는데, 그것도 문제가 있었던 것 같다. 직접 해준 조언도 전부 실패로 이어진 모양이었기에 내가 얼마나 무능한지 새삼 실감하게 되었다.

그럼에도 불구하고 백발영중처럼 전부 빗나간 내 말은 모두 '시련'으로 변환되어서 내 기대와는 달리 신산귀모를 지닌 《천변만화》의 이름이 널리 알려지게 되지만, 그것은 또 다른 이야기다.

비탄의 망령은 모험하고 싶다 ~비탄의 망령은 은퇴하고 싶다 단편집~

# 크라이 안드리히의 일상

Chapter II "DAILY LIFE"

2018년 8월 1권 간행 이후로 판촉 등의 목적을 위해 단편 소설(SS)를 다수 제작해 왔다. 여기에는 서적 8권이 발매된 2022년 봄 무렵까지 나온 SS 중에서 현재 입수하기 힘든 것들을 중심으로 재편집하여 수록하였다.

# 티노와 루다의 훈련 일지

"훈련 내용을 가르쳐 달라고……?"

"그래. 우리는 둘 다 도적이잖아? 참고가 되지 않을까 해서."

루다가 마치 농담처럼 한 말을 듣고 티노는 눈살을 살짝 찌푸렸다.

트레저 헌터에게 있어서 평소에 하는 훈련은 생명줄이다. 특히 '도적'은 함정의 간파와 해제, 색적이 주된 역할이기에 단순한 전투 능력 이상의 실력이 요구된다.

탐색자 협회도 신입 헌터는 베테랑에게 배우며 어느 정도 실력을 키우는 것을 추천하고 있다.

티노와 루다는 솔로로 활동하는 헌터다. 하지만 솔로 헌터도 스승을 두지 않은 사람은 거의 없다. 자신만의 방식으로 살아남을 수 있을 만큼 헌터라는 직업은 만만하지 않다.

"……나도 아직 수행 중이니까, 나에게 묻는 것보다는 스승님에게 배우는 게 좋을 거야."

"나는 스승님이 없거든. 제도에 오기 전까지는 있었는데, 그 스승님도 레벨 3 헌터였고……."

티노가 무뚝뚝하게 대답하자 루다는 곤란하다는 듯이 웃었다.

【흰 늑대 소굴】탐색을 통해 루다가 능력이 있는 도적이라는 사실은 알고 있다.

스승님이 레벨 3 헌터였다는 걸 보니 루다가 배운 건 정말로 기초 중의 기초뿐이었을 것이다. 재능이 없는 헌터가 은퇴한 뒤에 신입에게 기초 기술을 가르쳐주는 아르바이트를 하는 경우는 자주 있다.

처음 만났을 때는 별로 흥미가 없었지만, 루다도 지금은 티노와 함께 사선을 함께 넘어선 동료다. 훈련 내용을 가르쳐주는 것 정도는 상관이 없지만——.

"……내가 받고 있는 훈련은, 평범한 도적의 훈련이, 아닌 것 같으, 니까…………!!"

거절하려던 순간, 티노의 머릿속에 하늘의 계시가 내려왔다. 대답을 기다리고 있던 루다가 티노의 표정이 바뀐 것을 보고 눈을 동그랗게 떴다.

그리고 티노는 루다를 올려다보며 조용히 물었다.

"………………시험 삼아, 같이…… 언니의 훈련, 받아볼래?"

"어?! ……그래도 돼?!"

신이 나서 방방 뛰며 기뻐하는 루다에게 약간 죄책감을 느낀 티노는 보이지 않게끔 주먹을 살짝 쥐었다.

티노의 스승—— 리즈 스마트는 조절이라는 것을 모른다.

받고 있는 훈련은 항상 지옥이다.

처음에는 일반적인 훈련이라는 것을 몰랐기에 눈치채지 못했지만, 언니는 그 성격을 감안하면 믿기지 않게도 티노에게 제대로 훈련을 시켰던 모양이다. 아마 마스터가 부탁했기 때문이기도 할 것이다.

하지만, 혼자라면 힘든 훈련도 둘이서 함께 하면 해낼 수 있을 것이다. 애초에 스승님은 한 명뿐이다. 제자가 둘로 늘어나면 한 명당 느껴지는 부담이 줄어드는 것은── 자명한 이치다.

"흐음~. 뭐, 상관없긴 한데에. 그럼, 처음에는 기초 훈련부터."

그런 티노의 꿍꿍이도 모르고 꿰다 놓은 보릿자루처럼 얌전한 모습을 보이는 루다에게 티노의 스승님인 리즈가 살짝 코웃음치며 말했다.

"기초…… 훈련?"

"그래. 기초 능력이 부족하면 아무리 기술을 갈고닦아봤자 소용이 없잖아? 도적이라고 해서 싸우지 않아도 되는 건 아니니까."

생각했던 것보다 평범한 내용이라 그런지, 루다가 안심하는 모습이 보였다. 티노는 그런 루다와 스승님의 모습을 무뚝뚝한 표정으로 바라보고 있었다.

【흰 늑대 소굴】에서 보여준 모습 때문에 터무니없는 훈련을 시킬 거라 생각했겠지.

그리고── 그 예상은 아마 정확할 것이다.

"우선 신체 능력을 볼게. 레벨 3이라면 마나 머티리얼도 별로 흡수하지 않았을 테니까, 우선 가볍게 뛸까?"

"네, 네! ……몇 바퀴, 요?"

루다가 훈련장을 둘러보았다. 《시작의 발자국》클랜 하우스 지하에 있는 훈련장은 꽤 넓다. 한 바퀴에 500미터 정도는 될 것이다.

루다는 중견이라고는 해도 솔로로 많은 보물전을 공략해 온 헌터다. 열 바퀴나 스무 바퀴 정도는 거뜬할 것이다.

루다가 묻자 리즈가 방긋 웃으며 대답했다.

"능력을 볼 거니까 당연히 쓰러질 때까지겠지? 힘을 빼면 의미가 없으니까, 온 힘을 다해서, 죽을 힘을 다해 뛰어. 대충 뛰면 죽일 거니까."

"……네?"

"그런 다음에는 가볍게 웨이트 트레이닝을 하고, 가볍게 대련하고, 가볍게 공부하고——."

손을 꼽으며 훈련 계획에 대해 말하는 언니를 보고 루다의 안색이 점점 창백해졌다.

티노는 그 표정을 보며 마음속으로 계속 사과하고 있었다. 보아하니 상대가 외부인이라 해도 봐주지 않을 모양이다.

"자, 얼른 가. 나도 한가한 건 아니니까."

"윽!!"

으름장을 놓는 듯한 리즈의 말을 듣고 루다가 뛰기 시작했다.

페이스를 고려하지 않는 전력질주다. 저 속도로는 오래 버티지 못할 것이다. 하지만, 온 힘을 다해 뛰는 것을 선택한 루다를 보고 티노는 표정에 드러내지 않으면서도 감탄하고 있었다.

스승님이 한 말이 농담이 아니라는 사실을 단숨에 이해한 모양이다. 역시 솔로 헌터, 위기에 대한 감각은 뛰어나다.

그때, 눈을 가늘게 뜨고 쏜살처럼 달려가는 루다를 보고 있던 티노의 발치에서 철컥, 소리가 들렸다.

당황하며 내려다 보니 어느새 오른쪽 발목에 족쇄가 채워져 있었다. 티노의 손가락 정도 굵기인 쇠사슬과 커다란 철구. 무게는 100kg 정도 될 것이다.

깜짝 놀란 티노의 눈앞에서 왼쪽 발에도 마찬가지로 족쇄를 채운 스승님이 입술을 일그러뜨리며 웃었다.

"하는 김에 티이 훈련도 하자. 【흰 늑대 소굴】에서 생각한 건데── 하체가 좀 약한 것 같았거든."

"어…… 뭐, 뭘요…… 언……니?"

떨고 있던 티노 앞에서 언니가 필사적으로 달려가는 루다를 턱으로 가리키며 말했다.

"저걸 쫓아가서 잡아볼래? 이제 선배니까 할 수 있지? 못 하면…… 죽일 거야."

# 제블디아 데이즈 《천변만화》 독점 인터뷰

이 코너에서는 트레저 헌터의 성지, [제도 제블디아]의 일선에서 활약 중인 고레벨 트레저 헌터에게 이야기를 들어보겠습니다.

——트레저 헌터가 된 계기는 뭔가요?

당시에 고향 마을에 머무르고 있던 헌터에게 모험담을 들었던 것이 계기네요. 친구 중 한 명이 그 이야기를 듣다가 헌터가 되겠다고 해서…… 저도 싫지는 않았기에 같이 시작했습니다.

——뭔가 확고한 의지가 있어서 헌터가 된 게 아니라는 말씀이신가요?

네. 없어요.

——트레저 헌터가 된 이후로 고생하신 게 있다면 말씀해 주시죠.

뭘 해도 제대로 익히지 못한 점이겠네요. 재능이 없어서…….

뭐, 트레저 헌터가 되기 전부터 어렴풋이 눈치채고 있긴 했는데, 실제로 된 이후로 절망했네요. 혹시나 뭔가 있지 않을까, 기대했는데 결국 못 찾았고요.

——저기…… 《천변만화》 씨께서는 제도에서도 손꼽히는 레벨 8 헌터신데요…….

그건 어쩌다 보니까 그렇게 된 거라서요.

**──어쩌다 보니까요?**

어쩌다 보니 이렇게 되었네요. 하하하…… 동료들이 정말 강한 덕분에 정신을 차리고 보니 왠지 레벨 8이 되었네요. 뭐, 탐색자 협회의 레벨 인정은 힘만으로 결정되는 게 아니라서…… 저도 딱히 강한 것도 아니고, 그냥 숫자만 높은 거죠.

**──숫자만요?**

**──《천변만화》 씨께서는 지금까지 고난도 퀘스트를 수없이 해결하셨습니다. 그중에는 별명을 지닐 정도로 강한 헌터 중에서도 사상자가 발생할 만큼 위험한 퀘스트도 많았는데요. 퀘스트를 진행할 때 중요한 것이 어떤 게 있을까요?**

강한 동료요.

**──강한 동료…… 그렇군요. 동료와의 신뢰, 그리고 콤비네이션이 중요하다는 뜻일까요?**

그리고, 클리어하지 못할 것 같은 의뢰는 받지 않는 거죠. 저는 엎드려 빌어서 피할 수 있을 만한 건 엎드려 빌어서 피하려 하고 있네요.

**──그, 그렇군요……. 의뢰의 본질을 파악할 필요가 있다는 뜻인가요?**

그리고…… 운, 이려나요. 이 세 가지만 있으면 트레저 헌터는 어떻게든 되니까.

**──그러고 보니 이번에도 보물전에서 발생한 조난자를 한 명도**

빠짐없이 구해내셨다고 들었습니다.

아, 그거, 받은 건 저지만, 저는 아무것도 안 했어요. 강한 동료에게 넘겼을 뿐이거든요.

——앞서 구조하러 나섰던 파티 멤버분에게 코멘트를 받았습니다. '뭘 한 건지도 알 수가 없다. 소문보다 더 괴물이었다', '지금은 아직 뒷모습도 보이지 않지만, 언젠가 반드시 추월하겠다', '팬텀이 모습을 보기만 했는데 꼬리를 말고 도망쳤다. 다시 말해, 마스터는 신', '크라이는 예전부터 대충 하거든. 실력을 제대로 발휘하면 파티가 성장하지 않으니까!'

그건 빈말일 거예요. 제가 자신 있게 했다고 말할 수 있는 건 조난자들에게 간식으로 초코바를 준 것뿐인데요.

——초코바…….

——《천변만화》 씨께서는 고레벨 파티의 리더인 것과 동시에 대규모 클랜의 마스터도 겸임하고 계시죠.

아무튼 중요한 건 강하고 실력이 좋은 동료입니다. 강하고 실력이 좋은 동료가 있으면 뭐든지 다 해주니까요.

——《천변만화》 씨의 지금 목표는 뭔가요?

죽기 전에 트레저 헌터를 그만두고 싶네요…….

"⋯⋯⋯⋯이게 대체 뭐죠?"

에바가 원고를 쥐고는 억누르는 듯한 목소리로 말했다. 힘을 너무 줘서 그런지 손이 하얘졌다.

가녀린 어깨가 부들부들 떨리고 있다.

"아, 저번에 했던 인터뷰야. 고레벨 헌터에게 이야기를 듣는다던데."

갑작스러운 제안이었지만, '제블디아 데이즈'에는 항상 신세를 지고 있다. 인터뷰 같은 건 쑥스럽긴 하지만 솔직하게 대답했다고 생각한다.

"대, 대체 무슨 생각이세요⋯⋯ 이런⋯⋯ 《시작의 발자국》의 이미지가⋯⋯."

"하하하. 기자분도 엄청 곤란해하더라고."

아마 화려한 이야기를 들으러 왔겠지만, 내가 경험한 에피소드 중에 그런 건 존재하지 않는다. 그렇다고 거짓말을 할 수는 없다.

뭐, 제도에는 나 말고도 레벨이 높은 '진짜' 헌터가 많이 있으니까 한 명 정도는 특이한 사람이 있어도 문제가 없을——.

"⋯⋯크라이 씨, 정좌하세요."

나는 거의 반사적으로 정좌했다.

에바의 볼이 움찔거렸고, 마치 두통을 참는 것처럼 머리를 짚고 있다.

인터뷰 때는 말하지 않았지만, 위기를 감지하는 능력도 헌터에게는 필수다. 내가 유일하게 가지고 있는 헌터의 스킬이라고 할 수 있을지도 모르겠다.

"…………원고가 기사로 나오기 전에 이야기 좀 하고 올게요. 그때까지 정좌하고 계세요!!"

"……네."

헌터 못지 않게 날카로운 에바의 눈빛 때문에 나는 고개를 끄덕일 수밖에 없었다.


참고로, 결국 인터뷰 기사는 나오지 않게 되었다.

에바가 말리기도 전에 퇴짜를 맞은 모양이다.

그것을 계기로 인터뷰 원고는 에바의 확인을 받게 되었지만, 그것은 또 다른 이야기다.

## 《천변만화》, 의욕을 보이다

"나도 좀 더 단련하는 게 나으려나······."

내 팔을 살짝 만져보고 그 감촉에 한숨을 쉬었다.

애초에 나는 소꿉친구들과의 재능 차이 때문에 싫증이 나서 보물전 탐색을 멀리하게 되었다. 내가 약하다는 건 이해하고 있었지만, 오랜만에 보물전──【흰 늑대 소굴】을 탐색해보니 향상심이 전혀 없는 나조차 반성하게 만들기에 충분했다.

트레저 헌터가 강한 힘을 유지할 수 있는 것은 현역으로 보물전을 탐색하는 동안뿐이다. 그 이유는 헌터가 지닌 힘의 원천인 마나 머티리얼이 게으름을 피우면 눈 깜짝할 새에 빠져나가는 슬픈 성질을 지니고 있기 때문이다.

하지만, 멀쩡한 상태인데도 다리에 부상을 입은 후배와 비슷한 속도로 달린 건 좀 아니다.

아니── 그뿐만이 아니다.

티노의 임시 파티 멤버들은 다들 중견 정도 수준의 헌터였지만, 그래도 다들 나보다 훨씬 헌터스럽게 행동하고 있었다.

《비탄의 망령》 멤버들을 따라잡지 못한다는 건 어쩔 수 없지만, 너무 한심하다.

"? 왜 그래? 크라이. 갑자기······."

소파에서 뒹굴거리고 있던 리즈가 이쪽을 돌아보았다.

"아니, 한동안 단련을 안했다 싶어서……."

최소한 살이 찌지 않게끔 조심하고 있긴 했지만, 평범한 트레저 헌터가 할 만한 단련은 전혀 안 했다. 이미 《비탄의 망령》이 탐색하는 보물전은 훈련으로 어떻게 해볼 만한 수준을 넘어섰기 때문이다.

고난이도 보물전은 재능과 끊임없는 노력, 둘 중 하나라도 빠지면 안 되는 곳이다.

내가 한 말을 듣고 리즈가 의아하다는 듯이 고개를 갸웃거렸다.

"어? 지금 그대로도 충분한데?"

"음……."

뭐, 솔직히 말해서 어느 정도 노력해봤자 달라질 것은 없을 것이다. 아무리 단련해도 그렉 님이나 길베르트 소년처럼 힘이 붙진 않을 테고, 티노나 루다보다 빠르게 움직일 수도 없다.

이건 그냥 내 고집── 자존심 문제다. 열심히 노력하는 티노 같은 사람들을 보니 나 자신이 한심해졌다.

리즈가 내 팔을 끌어안으며 몸을 기댔다. 팔에 닿은 부드러운 감촉에서는 그녀가 나보다 훨씬 튼튼한 육체를 지니고 있을 거라는 생각이 들지 않았다.

"그리고오, 더 강해지며언, 나나 루크 같은 사람들 입장이 곤란해져 버리잖아."

"……."

자신이 넘치는 건지, 친구를 너무 높게 평가하는 건지 판단하기 애매하네…… 둘 다?

"그럴 시간이 있으며언, 나하고 좀 더 놀아줬으면 좋겠는데 에…………."

리즈가 몸을 슬쩍슬쩍 가져다 대며 말했다. 내 게으름을 남탓으로 돌리는 건 좀 그렇지만, 이런 구석도 내가 이렇게까지 약해져버린 원인 중 하나 아닐까.

나는 주먹을 쥐고 리즈를 매단 채 일어섰다.

"일단, 처음부터 다시 단련할까."

"어……? 그런 건 안 맞는다니까."

왠지 모르겠지만, 리즈는 내키지 않는 모양이었다. 고레벨 헌터가 안 맞는다고 딱 잘라 말하다니, 나는 얼마나 헌터와 궁합이 안 맞는 걸까. 그리고 그렇게 안 맞는데도 왜 나는 아직 이렇게 헌터로 활동하고 있는 걸까!

"그래도, 정 할 거면 커리큘럼을 짜줄게!"

리즈가 방긋 웃으며 열기가 담긴 말투로 고레벨 헌터의 스페셜 트레이닝을 제안해 주었다.

"우선은 말이지…… 뛰는 거야! 온 힘을 다해 뛰는 거지! 쓰러질 때까지! 체력도 붙고, 속도도 빨라지거든?"

"응, 그래…… 응?"

"다음은 말이지. 휘두르기! 쓰러질 때까지! 완력이 붙어. 익숙해지면 무게를 늘리고!"

"응……?"

"그것도 끝나면…… 대련! 쓰러질 때까지! 통증이나 살기에 내성이 붙고, 온몸의 근육을 단련할 수 있어! 이득이지? 여기까지가 기초야!"

아무래도 그녀의 사전에 조절이라는 단어는 없는 것 같다. 횟수를 달성하면 끝나는 게 아니라 쓰러질 때까지 하라니……. 아무리 열심히 해도 편해지지 않는다는 뜻이잖아.

게다가 그렇게 해도 아직 기초에 불과하다.

리즈의 미소에는 전혀 그늘진 구석이 없다. 아무래도 진심으로 하는 말인 것 같다.

"…………그렇게 몸에 무리를 주면 몸이 망가지지 않나……."

그리고 몸보다 먼저 정신이 붕괴될 것 같다. 발상이 상식에서 벗어났다.

내 순수한 의문을 듣고 리즈가 두 손을 마주 모으고는 의아하다는 듯이 고개를 갸웃거렸다.

"물론 망가지지? 하지만 괜찮아, 치료할 때 쓰는 포션은 잔뜩 있으니까! 내가 했을 때는 돈이 없었지만 지금은 여유도 있으니까."

전혀 괜찮은 것 같지 않은데……. 나는 리즈 못지않게 밝은 미소를 지으며 말했다.

"왠지 나하고는 안 맞는 것 같네."

"그치~?"

애초에 그런 지옥 같은 훈련이 잘 맞는 사람은 없을 것 같은데…….

부상당했는데도 그런 느낌이 없을 만큼 빠르게 달리던 티노를 떠올린 나는 어깨를 부르르 떨었다.

## 순흑의 꽃

"저기…… 노토 씨 맞죠?!"

갑자기 목소리가 뒤에서 들리자, 노토 커클레어가 제일 먼저 떠올린 생각은 '큰일이다'였다.

노토 커클레어는 제블디아에서 영구 추방 처분을 받았다. 어느 정도 변장하긴 했지만, 만약에 존재를 들키면 이번에는 추방으로 끝나지 않을 것이다.

그다음으로 머릿속에 떠오른 것은 '어째서'였다. 노토가 지금 있는 곳은 제도 한구석── 어떤 카페 안이다. 평소에는 연구실에 틀어박혀 있곤 하는 노토도 그날은 실험 재료를 확보하기 위해 새로운 비즈니스를 제안받고 사전 준비에 착수하려던 참이었다. 노토를 체포하려는 것치고는 일반인 손님이 너무 많다. 실력 행사에 나서기에는 현명한 장소라고 할 수가 없다.

언제든 마술을 발동시킬 수 있게끔 긴장하며 돌아보았다.

거기 있던 것은── 머리카락이 마치 불꽃처럼 새빨간 소녀였다. 외모는 단정했지만 그 진한 붉은색 눈동자는 어둡게 빛나고 있었고, 지금까지 노토가 봐 왔던 광기로 가득 찬 마도사들과 비슷한 분위기가 느껴졌다.

"…………정체가 뭐냐."

"저는── 소피아 블랙입니다. 《대현자(마스터 메이거스)》 님, 만나 뵙게 되어 영광이에요."

그 목소리에는, 표정에는 거짓말을 하는 듯한 느낌이 없었다.

표정은 냉정한 척하고 있지만 목소리에는 미처 숨기지 못한 흥분이 담겨 있다. 노토가 제도 톱클래스의 마도사로서 유명하던 시절에 자주 받던 감정이었다. 전혀 예상하지 못했던 말이었기에 눈을 크게 떴다.

"갑작스럽게 이런 말씀을 드려 죄송합니다. 《대현자》님, 부디 저를 당신의 제자로 삼아주세요."

"네놈── 소피아라고 했나? 내가 지금 어떤 입장인지 알고 하는 말인가?"

노토가 제도에서 추방 처분을 당한 지 꽤 오랜 시간이 지났다. 노토에 대해 알고 있는 사람들도 이제 그 존재에 대해 말하진 않을 것이다. 제국에서 가장 무거운 죄── 십죄를 어긴다는 것은 그런 것이다.

실제로 지금까지 접근해 온 것은 아카샤의 탑 이외에는 없다.

하지만, 노토가 거의 다그치는 데도 소피아라고 자신을 소개한 소녀의 표정은 변함이 없었다.

"물론입니다, 《대현자》님. 그 사실을 알고 당신을 찾아다니고 있었어요. 당신의 연구는 훌륭합니다. 부디 저에게 당신께서 오랜 세월에 걸쳐 키워온 진리── 그 일부를 전수해 주세요."

함께 시찰하러 와 있던 부하가 의심하는 눈초리로 소피아를 보고 있다.

잠입 수사라면 좀 더 자연스러운 형태로 접촉을 시도할 것이다.

노토의 눈앞에 나타는 것은 실력은 둘째치더라도── 틀림없이 미치광이에 가까운 여자였다.

이미 노토에게는 실력이 뛰어난 제자들이 여러 명 있다. 하지만, 숫자가 많아서 곤란할 것은 없다.

"……좋다. 허나, 그냥 제자로 받아줄 수는 없다. 시험이 필요하지. 나중에 연락하도록 하마."

"네! 감사합니다, 반드시 합격할게요!"

고개를 크게 숙이고 연락처를 남긴 다음, 소피아 블랙이라고 자신을 소개한 소녀는 사람들 사이로 사라졌다. 그때까지 계속 노토의 뜻에 따라 끼어들지 않았던 부하가 조심조심 말을 꺼냈다.

"믿을 수 있을까요?"

"그건 이제부터 결정해야겠지. 허나, 적어도 나라에서 보낸 자는 아니다."

그리고── 시찰하기 위해 주문한 아이스크림을 먹으며 노토가 계속 말했다.

타오르는 불꽃이 연상되는 새빨간 눈동자 너머에는 분명히 어두운 빛이 있었다. 사람들은 그것을 광기, 또는── 각오라고 부른다.

"아이스크림을 판다니…… 시시한 이야기라고 생각했다만── 뜻밖의 수확일지도 모르겠군."

전설에 도달하려면 노력은 당연하고, 빛나는 재능이 반드시 필요하다.

그런 것 없이 전설을 만들기 위해서는 각오를 다질 필요가 있다.

시트리 스마트가 자신의 재능이 다른 멤버들에 비해 뒤처진다는 사실을 받아들인 것은 헌터가 된 지 반년 정도가 지난 시기였다.

애초에 연금술이라는 분야로 트레저 헌터의 세계에서 살아남는 건 힘들다는 이야기를 들었다. 그렇기에 그런 직업으로 트레저 헌터에 더 적합한 다른 직업을 찾은 소꿉친구들을 따라잡으려면 비슷한 정도의 재능으로는 부족하다. 동료들은 다들 노력가이니 노력으로 따라잡을 수도 없다.

정신없이 지나가는 시간 속에서 차이가 계속 벌어지기만 했다. 어떻게 해볼 수 없는 현실 때문에 고민하던 시트리에게 한 줄기 빛이 된 것은 리더인 크라이 안드리히가 한 말이었다.

"시트리는 이것저것 생각이 너무 많아. 다들 마음대로 행동하고 있으니까, 조금은 자기 마음대로 해보도록 해."

구원받은 느낌이 들었다. 구체적인 내용은 언급하지 않았지만, 시트리에게는 가끔 머릿속에 스쳐가는 생각, 계획이라고 하기에는 조금 부족한 아이디어가 있었다.

재능이나 노력으로 따라잡지 못한다면, 그 이상의 수를 쓸 필요가 있다.

연금술사에게는 항상 윤리가 따라붙는다. 인체실험을 과감하게 진행하면 강력한 포션의 개발 속도가 극적으로 향상되고, 제

조가 금지될 정도로 위험한 포션 중에는 지극히 큰 위험부담과 맞바꾸어 기존의 포션과는 비교도 되지 않을 정도로 강한 효과를 발휘하는 것도 있다. 마법 생물을 제작하는 것도── 실험만으로도 자잘한 기준을 여러 개 만족시켜야만 한다.

제약이 많다. 하지만, 반대로 따질 경우, 그것만 없다면 재능이 없더라도 천재를 따라잡을 수 있다는 뜻이다.

아니, 그 이상도──.

각오를 다질 필요가 있다.

지금 이상의 힘을 얻으려면── 평범한 사람들이 꺼리는 행위도 저질러야만 한다.

약하다는 것을 면죄부 삼아 온갖 법과 윤리를 어기고, 피, 진흙, 죄로 손을 더럽히면서도 그 모든 것들을── 누구에게도 들키지 않게끔 해내야만 한다.

생각만 해도 정말 힘든 일이다. 내로라하는 권세를 자랑하던 《대현자》도 결국에는 제도에서 추방당했다.

하지만, 시트리는 두렵지 않았다. 《대현자》는 분명히 천재였지만, 고독했다. 힘은 있었지만, 그것을 너무 믿었다. 시트리는 그렇지 않다.

시트리의 재능은 진짜 천재들에게 미치지 못한다. 하지만, 시트리에게는 믿음직한 동료들이 있다.

어떤 상황이라 해도 배신당할 걱정이 없는 동료, 절대적으로 신뢰할 수 있는 동료가.

그들은 시트리가 실수를 저질러서 추방당한다 하더라도 분명히 함께 따라와 줄 것이다.

　그 사실이 시트리에게 용기를 준다.

　가발과 컬러 콘택트 렌즈를 숨긴 다음, 빠른 걸음으로 원래 있던 카페로 돌아왔다. 그녀가 향한 곳은 아직 뭔가 이야기를 나누고 있던 노토가 있는 자리가 아니라 카페 안쪽 자리에 앉은 리더의 곁이었다.

　"무슨 일이야? 갑자기 사라지던데. 역시 아이스크림은 싫어?"

　"아뇨…… 죄송해요. 계속 찾아다니던 사람을 만나서요, 인사를 좀 하고 왔어요."

　"그래, 잘됐네."

　시트리는 부드러운 미소를 지은 리더에게 활짝 웃으며 대답했다.

　"네. 감사합니다!"

# 헌터즈 블레이드 《천변만화》 독점 인터뷰

"'헌터즈 블레이드'의 취재······라고요."

평소처럼 클랜《시작의 발자국》의 제복 차림인 에바가 내 말을 듣고 눈을 동그랗게 떴다.

"그래. 가능하면 인터뷰를 받아줬으면 한다네. 귀찮긴 하지만, 신세를 지고 있으니까."

'헌터즈 블레이드'는 헌터 계열 정보지다. 인기가 많은 보물전부터 주의할 필요가 있는 마물, 팬텀의 특징, 아이템 관련 등, 다양한 정보를 다루고 있어서 헌터들은 물론이고 일반인들에게도 폭넓게 보급된 잡지이며 헌터 계열 정보지 중에서는 규모가 가장 크다.

그 책의 인기 코너 중에는 고레벨에 별명을 지닌 헌터와 인터뷰를 진행하는 코너가 있다.

나는 하고 싶지 않지만, 그 잡지에는 신세를 지곤 했다. 주로 내 소꿉친구들의 불상사에 대해 편의를 봐주었기에 무시하긴 힘들다.

"그래서 초안을 만들어 주었으면 하거든······ 그 왜, 저번 취재 때 혼났잖아?"

"그, 그건, 크라이 씨께서 대답을 대충 해서——."

신문 취재 때 진심으로 대답했다가 에바에게 혼난 기억이 생생

하다. 나는 대충 대답하지 않았지만, 내용이 적절하지 않았다고
하면 할 말이 없다.

그리고 다음 인터뷰 때는 초안 시점에서 먼저 의논하라고 약속
했다.

항상 폐를 끼쳐드려 정말 죄송합니다.

"초안이라뇨…… 기본적으로는 있는 그대로 대답하시면…… 레
벨 8 헌터에게 어울리는 내용이라면 뭐든지 괜찮을 것 같은데요."

왠지 모르겠지만 동료의 힘만으로 레벨 8이 되어버린 나에게
그런 말을 하다니.

나는 고개를 갸웃거리며 레벨 8이 어떤 것인지 생각해 보았다.

──트레저 헌터가 된 계기를 가르쳐 주세요.

예전에, 어렸을 때, 고향 마을이 용에게 습격당했어. 불꽃에 휩
싸인 마을 안에서 쓰러져 있던 나를 구해준 게 마침 마을에 와 있
던 고레벨 트레저 헌터였지.

그 멋진 모습을 보고 나도 그런 헌터가 되고 싶다는 생각이 들
었거든. 이렇게 헌터가 되어서 용을 쓰러뜨릴 수 있게 된 지금도
그때 마음을 잊지 않으려 하고 있어.

──그런 과거가………… 그런데, 그 고향 마을은 복구되었나요?

안타깝지만, 용에게 입은 피해가 너무 커서 마을을 버리게 되

었어. 이제 지도에서도 사라졌지. 하지만 주민들은 각각 다른 마을로 가서 지금도 잘 지내고 있을 거야.

**──트레저 헌터가 되고 나서 마주쳤던 가장 강한 적은 뭐였나요?**

지금까지 다양한 마물들이나 팬텀들과 마주쳤지만, 강적이라고 할 만한 적은 없었던 것 같은데.

**──레벨 8이 될 때까지 고전한 적이 없었다. 그런 뜻인가요?**

나에게는 강한 동료들이 있고, 내가 이런 말을 하긴 좀 뭐하지만…… 재능도 있었어. 운도 있었고. 갑자기 용 무리에게 습격당한 적도 있고, 대지진 때문에 보물전에 생매장 당한 적도 있지만, 고생한 적은 없네.

**──그렇군요…… 그런데, 강적은 없었다 하더라도 마물이나 팬텀 중에도 힘의 차이가 있을 텐데요. 가장 강했던 마물, 팬텀은 뭐였을까요?**

그래…… 보물전에 봉인되어 있던 '따르지 않는 신', 이려나.

**──《천변만화》씨께서는 전투 스타일이 불명이라고 합니다. 어떤 전투 스타일로 싸우시는지 여쭈어봐도 될까요?**

전부.

**──전부…… 그게 무슨 뜻이죠?**

검, 마법, 체술, 보구를 다루는 것까지 나름대로 자신이 있어. 나는 올라운더거든. 예전에는 서투른 것도 있었지만, 전부 익혔지. 지금도 실력이 녹슬지 않게끔 정기적으로 훈련을 하고 있어.

**──어, 엄청나군요.**

그 정도는 해야 레벨 8이 될 수 있다고.

**——다른 질문을 드리겠습니다. 《천변만화》 씨께서는 휴일에 뭘 하시나요?**

훈련. 쉴 시간 같은 건 전혀 없어.

"⋯⋯⋯⋯이게 대체 뭐죠?"

"레벨 8이 무엇인지 내가 나름대로 생각해서 초안을 만들어 봤어."

에바는 내가 쓴 원고를 쥔 채 눈을 크게 뜨고 있었다. 고개를 들고 나와 원고를 번갈아가며 보았다.

내용은 전부 거짓말이다. 내 고향은 시골 마을이고, 용에게 습격당하지도 않았다. 나는 재능이 없는 남자고, 매일이 휴일이다. 용케도 이렇게 거짓말만 늘어놓을 수 있구나, 그렇게 나 자신을 칭찬해주고 싶은 기분이다.

에바는 알 수 없는 달성감에 만족스러워하는 나를 보고 입을 다물고 있다가 곧바로 고개를 크게 끄덕였다. 눈이 조금 촉촉해졌다.

"⋯⋯⋯⋯뭐, 문제는 없을 것 같네요."

"어⋯⋯?"

"제가 '헌터즈 블레이드'에 제출할게요. 고생 많으셨습니다."

에바가 고개를 살짝 끄덕이고는 굳어 있던 나를 내버려두고 클랜 마스터실에서 나갔다.

문이 닫히는 소리에 정신을 차린 나는 급하게 그녀를 쫓아갔다. 픽션이야, 그냥 픽션이라고!

결국, 우여곡절 끝에 내 페이지는 대규모 클랜의 운영을 음지에서 지탱해주는 에바의 취재 페이지가 되었다.

그 기사도 픽션 요소가 잔뜩 담겼지만, 그것은 또 다른 이야기다.

# 크라이 컨퓨전

"괜찮아?! 크라이!"

의식이 깨어났다. 눈을 떠보니 제일 먼저 시야에 들어온 것은 걱정스러워하는 소꿉친구의 얼굴이었다.

어떻게 된 거지…… 기억을 더듬으려 했지만, 마치 사고를 가로막으려는 듯이 뒤통수가 욱신거리며 아팠다.

공간이 휘어져 있다. 시야가 흔들린다. 생각을 제대로 할 수가 없다. 이세계에 날아온 것 같은 기분이다.

리즈가 걱정스러운 표정으로 나를 내려다보고는 머리를 살며시 손으로 쓰다듬었다.

"나, 알아보겠어? 아프진 않아? 지금 시트가 포션을 가지러 갔으니까…… 크라이는 넘어져서 머리를 부딪혔어."

"…………으, ……그래, 괜찮아…… 아마도."

전혀 기억나지 않지만, 리즈가 그렇게 말하는 걸 보니 아마 사실일 것이다. 넘어져서 머리를 좀 부딪힌 것뿐인데 의식을 잃다니, 헌터로서는 말도 안 될 정도로 허약하다.

하지만, 한심한 나를 보고 리즈는 안심한 듯이 웃었다.

"다행이야………… 의식을 완전히 잃었길래 깜짝 놀랐어."

"그래…… 으?!"

그때, 나는 뒤통수에 닿은 부드러운 감촉을 눈치챘다.

"? 왜 그래?"

머리 옆에 닿은 리즈의 손바닥과 의아하다는 듯이 내려다보고 있는 눈. 리즈는 힘이 넘치지만, 몸은 작다. 원래는 내가 내려다보고 있어야 할 텐데.

그것은 완전무결한 무릎베개였다. 리즈는 원래 스킨십을 심하게 하는 편이고, 애초에 나와 리즈는 소꿉친구이기에 무릎베개를 해준 경험도 한두 번이 아니지만, 그 순간 나에게 찾아온 것은 매우 초조한 느낌이었다. 뒤통수가 아프다는 것도 잊고 급하게 몸을 일으켰다.

"?? 크라이?"

그것은 거친 충동이었다. 정신을 차렸을 때는 이미 내가 리즈에게 큰 소리로 따지고 있었다.

"무슨 짓을 하는 거야! 리즈! 이건—— 특전이거든?!"

"…………어?"

"무릎베개 같은 걸 해줘도, 그렇게 부드러운 표정을 지어도, 일러스트는 안 나와! 때와 장소를 생각해줬으면 하는데!"

"…………어? 무슨 소릴 하는 거야?"

하고 싶은 말을 다 하고 나서 만족감까지 느끼고 있던 나를 보고 리즈가 고개를 갸웃거렸다.

무슨 소리? 무슨 소리냐니—— 무슨 소리지? 좀 전에 내가 외친 내용을 다시 생각해 보았지만, 전혀 의미를 이해할 수가 없다.

일러스트가 뭐지? 특전이라고?

나는 왜 갑자기 영문 모를 말을 한 거지?

세게 부딪힌 것 같은 뒤통수가 욱신거리며 아팠다. 이유가 뭘까, 무조건 그 말을 해야 할 것만 같은 느낌이 들었다.

"정말, 크라이도 참, 특이하다니까. 시트가 포션을 가지고 오면 간병해줄게."

"잠깐만. 달라붙지 마! 끌어안지 마! 그런 건 본편에서 해!"

"어……? 항상 하잖아?"

"…………."

리즈가 끌어안고 있던 내 팔을 놓고 조금 상처 입은 듯한 표정으로 나를 올려다보았다.

그렇긴 하지. 리즈가 끌어안는 게 딱히 드문 행동도 아니고. 본편에서 묘사하는 횟수가 많지는 않지만, 에바에게 잔소리를 들을 정도로는 자주 달라붙는다.

……어라? 본편? 묘사라는 건 뭐지? 내가 대체 어떻게 되어버린 거야?

그때, 방 안으로 시트리가 뛰어 들어왔다. 신기하게도 항상 입고 다니는 펑퍼짐한 진녹색 로브가 아니라 기장이 긴 백의 같은 옷을 입고 있었다. 차분히 빛나는 듯한 핑크 블론드와, 그와 똑같은 색의 눈동자. 묘사해도 일러스트가 없으니 아무런 의미도 없지만, 평소에는 몸의 선이 드러나지 않는 차림새이기에 지금 시트리의 모습은 신선하다.

시트리는 일어서 있던 나를 보자마자 눈에 눈물을 머금고 달려들었다. 가녀린 팔이 내 등을 감쌌고, 리즈보다 꽤 많이 발달한 가슴이 눌렸다.

"다행이야…… 크라이 씨, 무사하셨군요!"

"야, 임마! 시트! 치사하잖아! 크라이에게 달라붙어 있지 말고 얼른 포션이나 꺼내라고. 달라붙는 건 내가 할 테니까!"

리즈가 발끈한 듯이 뒤에서 달려들었다. 샌드위치처럼 사이에 낀 형태다. 양쪽 옆에서 가해지는 무게와 체온 때문에 하마터면 쓰러질 뻔했다.

당황하며 따졌다. 그녀들은 나를 이성이라 생각하지 않는 거다. 정말 곤란하다.

"자, 잠깐만, 시트리, 리즈! 지금은 일러스트가 안 나오니까 그런 거 하지 마! 적어도 본편에서 해!"

"…………무슨 말씀이세요? 크라이 씨."

"글쎄. 머리를 부딪힌 직후라 혼란스러운 건가?"

나도 내가 무슨 말을 하는 건지 잘 모르겠다. 하지만, 말해야만 한다. 지금 말해야 한다. 본편에서는 입이 찢어져도 이런 말은 못 한다고! 본편이라는 게 뭔지는 모르겠지만!

시트리가 가져다 준 포션을 먹었다. 뒤통수의 통증은 가셨지만, 강한 현기증은 사라질 낌새를 보이지 않았다.

시트리가 손을 마주 모으고 제안했다.

"크라이 씨, 몸이 안 좋으시면── 탕치라도 하실래요? 근처에 정말 좋은 온천이 생겼거든요. 제 포션은 완벽하지만, 시간을 들여서 느긋하게 치료하는 게 제일 좋을 것 같아요. 돌보는 역할은 저에게 맡겨주시고요."

리즈가 살짝 환호성을 질렀다. 나는 솟구치는 충동에 몸을 맡

기며 소리쳤다.

"안 돼! 그런 건 본편에서 할 거니까! 여자애를 열 명 정도 넣어서 컬러 삽화가 되게끔 본편에서 할 거니까! 조만간 그렇게 할 거니까아아아아아아아!"

결국, 내가 정상으로 돌아온 건 하룻밤이 지나고 다음 날이 된 뒤였다.

그때 내가 했던 말들은 당연히 기억에 남아 있었고, 이해가 전혀 되지 않았지만…… 이유가 뭔지 그때의 나는 한없이 진리에 가까웠다. 그런 느낌이 든다.

# 티노 셰이드의 신앙론

"마스터는 레벨 8. 마스터가 【흰 늑대 소굴】 같은 곳에서 힘을 휘둘렀다면 펜펜초도 자라나지 않을 만한 상태가 되었을 거야."

《천변만화》가 일을 떠넘겼다. 그런 표정을 숨기지 않고 있던 길베르트에게 가르쳐 주었다.

"?!"

"레벨 8쯤 되면 오히려 너무 강해서 함부로 힘을 휘두를 수 없어. 그런 데다 마스터는 지금 인정 레벨이 8이지만, 실제 힘은 레벨 10이 넘어. 팔을 한 번 휘두르면 땅을 부수고 바다를 갈라. 생각만으로 폭풍을 부르고 번개를 떨어뜨려."

"말도 안 되잖아……."

그렉이 어이없어하는 표정을 지었다. 티노는 현실을 보지 못하는 그 가엾은 헌터들을 보고 어깨를 으쓱였다.

그렉 잔기프의 헌터 경력은 길다. 경험이 풍부하기에 마스터어의 힘을 믿지 못하는 것이다. 하지만, 어쩔 수 없을 것이다. 티노도 아무것도 모르는 상태로 이야기를 들었다면 도저히 믿지 못했을 테니까.

길베르트와 루다도 깜짝 놀라고 있다. 티노는 가슴을 펴고 진지한 표정을 지었다.

마스터어는 대단하다. 얼마나 대단하냐면, 비교할 대상이 없을 만큼 대단하다.

예를 들자면, 《시작의 발자국》에서 톱클래스, 제도의 젊은 헌터들 중에서도 최강이라는 트레저 헌터 아크 로댕은 강하다. 1대 1이라면 언니도 이길 수 있을 만큼 강하고, 압도적으로 마스터어 파인 티노가 봐도 그 힘은 영웅의 영역에 도달했다.

하지만, 아크도 마법을 쓰지 않고 번개를 떨어뜨리거나 폭풍을 부를 수는 없고, 마스터어처럼 힘이 너무 강해서 항상 신경 쓰지 않으면 주위 환경을 파괴해 버리지는 않는다.

힘을 숨기는 것도 불완전하다. 마스터어는 항상 손쉽게 일반인 이하 수준으로 위장할 수 있지만, 그 가짜 훈남 녀석은 아무리 힘을 억눌러도 빛난다.

거기에 존재하는 것은―― 절대적인 재능의 격차다.

아크 로댕은 마스터어와는 달리 그냥 전투 능력이 조금 강할 뿐이다.

미래를 내다보는 듯한 선견지명을 지니고 있거나, 그 힘을 악―― 유용하게 써서 목숨을 쥐어 짜내야 겨우 넘어설 수 있는 시련을 주면서 티노와 다른 클랜 멤버들을 괴롭―― 성장시켜주진 않는다.

위에 선 사람에게 있어서 다른 사람들을 키워주는 힘은 가장 중요한 힘 중 하나라고 할 수 있을 것이다.

다시 말해 크라이 안드리히의 능력은 개인적인 힘에 그치지 않는다는 뜻이다.

그리고 그 밑에서 힘을 갈고닦을 수 있는 티노는 분명히 행복할 것이다. 행복할 것이다!

그러니 티노는 불쌍한 마스터어 초보들에게 가르침을 내려주었다. 일을 마친 뒤에 마음이 꺾이지 않게끔.

"마물들은 다들 본능적으로 마스터의 힘을 두려워하면서 무리지어 덤벼들지. 마스터는 그 마물들과 정면으로 맞서 싸워서 섬멸해도 되겠지만, 나나 다른 클랜 멤버들이 싸우게 해서 성장시켜줘."

"범죄자들도 마스터를 노리고 있어. 자주 독을 쓰기도 해. 마스터는 아무런 말도 하지 않고 그것들을 나에게 슬쩍 넘겨줘. 그 덕분에 나는 죽을 위기에 처하기도 했지만, 어지간한 독은 통하지 않게 되었어. 전부 마스터 덕분이야."

"마스터는 나뿐만이 아니라 세계조차 두렵게 만들어. 마스터는 꽃구경을 가기만 했는데도 보물전이 구현되었고, 안 가도 보물전이 덤벼들어. 보물전에 가면 보물전이 자기 방어 본능을 발휘해서 보스를 만들어내."

"마스터 정도로 힘이 강하면 적이든 아군이든 상관없어. 어떤 공격을 당해도 멀쩡하고, 노려보기만 해도 상대방은 죽어. 그래서 마스터는 적과 아군을 잘 구분하지 않아. 그리고 놀이와 일도 구분하지 않아. 마스터에게 있어서는 일도 놀이 같은 거니까. 어쩔 수 없는 거야."

"마스터는 방심할 때 허를 찔러. 그러니까 절대로 방심하면 안 돼. 하지만, 그럴 때는 아무것도 안 하기도 해. 다시 말해, 필요한 건 항상 전장에 있다는 마음가짐. 몇 번을 당해도 전혀 익숙해지지 않아."

"마스터는 그냥 우리를 괴롭히면서 즐기는 게 아니야. 눈물을 머금고 괴롭히면서 즐기고 있어."

"……그래도, 괜찮아. 마스터는 대단해. 마스터는 절대적이야. 마스터의 판단에 잘못된 것은 없어. 마스터가 이해하지 못하는 건…… 굳이 말하자면, 인간의 마음뿐."

마스터어는 신. 마스터어는 신. 신이시여, 부디 저를 구원해 주세요.

자기암시를 거는 것처럼 자신을 타이르며 각오를 다지는 티노를 아직 행복한 마스터어 초보 헌터들이 걱정스러운 표정으로 보고 있었다.

# 헌터즈 블레이드 《시작의 발자국》 독점 인터뷰

——오늘은 요즘 이곳 제도에서 파죽기세로 성장하고 있는 클랜, 《시작의 발자국》의 부클랜마스터, 에바 렌피드 씨를 모셨습니다. 대규모 클랜을 운영하는 입장에서 다양한 이야기를 해주셨으면 합니다. 잘 부탁드립니다.

잘 부탁드립니다.

——우선 《시작의 발자국》을 설립한 경위에 대해 가르쳐 주시죠.

네. 본 클랜은 젊은 파티가 모여 설립한 클랜입니다. 원래 제블디아에는 오래 전부터 이어져 온 유서 깊은 클랜이 여럿 존재하는 반면, 신규 클랜이 성장하기 힘든 상황이었습니다. 본 클랜은 그러한 환경에 새로운 바람을 불게끔 하기 위해 설립되었습니다.

——클랜 이름에도 그런 요소가 드러나 있다는 거군요.

그렇습니다. 이 클랜 이름에는 이 클랜이 젊은 파티를 위한 '시작의 첫걸음'이 되었으면 한다는 강한 마음이 담겨 있습니다. 본 클랜이 다른 곳에 비해 시스템이 잘 정비되어 있고 복리후생에 신경을 쓰는 것도 그 이념 때문입니다. 이 이념은 소속 멤버들에게도 침투되어 있고, 운영 자금 중 대부분은 소속되어 있는 고레벨 헌터의 회비와 기부로 충당됩니다.

——정말 훌륭하군요. 그럼, 이어서 클랜의 조직 형태 말인데요. 헌터가 아닌 사람이 부클랜마스터라는 건 정말 드문 현상입니다.

**뭔가 이유 같은 게 있을까요?**

네. 저는 클랜 마스터에게 스카웃을 받아 클랜 설립 당초부터 부클랜마스터 지위를 맡았습니다. 그 밖에도 본 클랜에는 헌터가 아니면서도 클랜을 운영하는 직원이 수십 명 소속되어 있습니다. 조직을 운영하려면 헌팅과는 다른 지식이나 경험이 반드시 필요하기에 정말 이치에 맞는 형태라고 생각합니다. 그리고 이 형태는 헌터와 헌터 이외의 사람들 사이에 존재하는 정신적인 틈을 메꾸어주는 결과로 이어집니다. 헌터는 그 힘 때문에 두려움을 사곤 하기에 그런 의미로 '시작의 첫걸음'은 헌터 이외의 직원에게 있어서도 '시작의 첫걸음'인 겁니다.

**──그렇군요, 두 가지 의미가 있네요. 부클랜마스터로서 고생하신 부분 같은 게 있을까요?**

네. 당시에 저는 클랜을 운영해본 경험이 없었고 헌터에 대한 지식도 부족했던 데다 헌터 이외의 멤버를 많이 활용하는 클랜도 거의 전례가 없었기에 연달아 고생하곤 했습니다. 하지만 지금도 풍부해졌고, 무엇보다 우두머리가 유명한 헌터였기에 꽤 편하게 해내지 않았을까 하는 생각이 듭니다.

**──헌터가 아닌 사람이 부클랜마스터를 맡는 것에 대해 소속 멤버들이 반발하진 않았나요?**

반발이 전혀 없진 않았습니다. 하지만, 원래 발족 당시 멤버들은 클랜 마스터가 정했고, 그런 부분에 대해서도 전부 맡아주었죠. 지금도 멤버 가입 결정은 클랜 마스터가 담당하고 있습니다. 본 클랜이 이렇게까지 크게 성장한 요인 중 하나라고 생각합니다.

**——《시작의 발자국》의 클랜 마스터는 그 유명한 《천변만화》인데요, 부클랜마스터가 보기에 어떤가요?**

그야말로 별명 그대로인 분입니다. 아마 일반적인 평판 그대로인 사람일 겁니다. 편의상 제가 이 클랜의 거의 모든 권한을 맡고 있긴 하지만, 중요한 결정은 전부 마스터가 해주고 있습니다.

나는 그 부분까지 읽고 나서 몸을 떨며 고개를 들었다.

"……이게 뭐야?"

"'헌터즈 블레이드'에서 진행한 인터뷰인데요…….'"

에바가 의아한 듯한 표정으로 나를 보았다.

대단하네…… 내가 예전에 했던 인터뷰와 비슷할 정도로 거짓말만 적혀 있어.

클랜 이름의 유래는 내가 헌터를 은퇴하기 위한 첫걸음이라는 뜻이고, 다른 헌터들 생각은 전혀 안 했고, 에바를 끌어들인 것도 나 혼자서는 절대로 감당하지 못했기 때문이다. 중요한 결정을 한다고 적혀 있는데, 나는 그냥 고개를 끄덕였을 뿐이다. 클랜을 크게 키운 건 에바라고.

"무슨 이상한 점이라도 있나요?"

"…………아뇨. 아무것도 아니에요."

하지만, 입장이 약한 나는 아무런 말도 할 수 없다. 나는 고개를 저은 다음, 잡지를 덮었다.

# 정령인과 잘 지내는 법

《별의 성뢰》에 항의가 들어왔다. 에바에게 그 이야기를 들은 건 클랜 마스터실에서 평소 일과처럼 보구를 닦고 있었을 때였다.

《별의 성뢰》는 '정령인'이라 불리는 고등 종족(그렇게 부르지 않으면 화를 낸다)만으로 구성된 희귀한 파티다. '정령인'은 선천적으로 마력적인 자질이 부족한 인간을 얕보며, 그런 생각을 태도로 드러내는 것도 아랑곳하지 않기에 아무래도 성격이 급한 헌터들과 상성이 매우 안 좋다. 게다가 귀족이나 상회의 높은 사람들이 고용주일 경우에는 금방 화를 내게 만들어 버리기 때문에 신뢰도가 낮아서 레벨이 잘 오르지 않기도 한다. 왜 헌터로 활동하는 건지 신기할 정도다.

게다가 악의가 없다는 게 더 문제다. 《시작의 발자국》에 소속된 파티 중에서는 두 번째로 항의가 많이 들어온다(참고로 첫 번째는 저희 파티입니다).

"이제 와서 무슨……."

"그래서…… 잘 지내고 있는 크라이 씨에게 교류하는 요령을 가르쳐 달라고 합니다. 정령인은 제도에도 그리 많지 않으니 신경 쓰이는 사람이 많은 것 같네요."

"아, 그런 뜻이었구나. 잘 지내고 있는 것 같진 않은데……."

에바가 한 말을 듣고 보구를 닦던 손을 멈췄다. 《별의 성뢰》를 스카웃한 사람은 나(아니, 시트리)이긴 하고, 《비탄의 망령》에는 정령인 엘리자가 있긴 하다. 하지만, 스카웃에 대해 내가 직접적으로 관여하지는 않았고, 엘리자는 정령인 중에서도 손에 꼽힐 만큼 특이하다.

시트리가 더 잘 지내고 있을지도 모르겠는데…… 그렇지.

"그렇게 긴장할 필요는 없는데. 그들도 일부러 인간 사회에서 생활하고 있으니까 마음 편히 대해주면 될 거야."

"마음 편히…… 말인가요?"

그들도 딱히 적의를 품고 우리를 업신여기는 건 아니니까.

그냥 원래 그런 종족이다. 그뿐이다.

"서로 경의를 품고 대하는 게 커뮤니케이션의 기초야. 자기가 당했을 때 기분 나쁜 짓은 안 하는 거지."

"크라이 씨 입에서 그런 말이 나와요?"

그게 무슨 뜻인데. 나는 에바의 미묘한 표정을 보고 고개를 크게 끄덕인 다음, 적당히 말했다.

"좋아, 시험 삼아 내가 해볼게."

"약한 인간! 이유도 말하지 않고 갑자기 불러내다니, 대체 무슨 짓이냐! 입니다! 그렇게 친근한 관계가 된 기억은 없다! 입니다!"

내가 불러낸 사람은 크류스 알르겐. 《별의 성뢰》 파티 중에서

도 나를 가장 매섭게 대하는 멤버다.

크류스가 얼굴을 시뻘겋게 물들인 채 어깨를 떨며 성큼성큼 다가왔다.

여전히 떠들썩한 여자애다.

평소에 정령인과 접한 적이 별로 없는 에바가 눈을 동그랗게 뜨고 있다.

나는 방긋방긋 웃으며 싹싹한 느낌으로 손을 들었다.

포인트 1. 수준을 맞춰준다.

"헤이~, 강한 정령인! 미안해, 그래도 나하고 강한 정령인 사이에 그런 걸 따질 필요는 없잖아!"

"?!"

"이, 이상한 호칭으로 부르지 마라! 입니다! 놀리는 거냐! 입니다!"

"놀리는 건 아니야. 사실 오늘은 강한 정령인하고 사이좋게 지내고 싶다는 사람이 있어서 말이야."

"뭐어? 나하고 사이좋게 지내고 싶어하는 사람? 흥, 뭐, 보아하니 인간들 중에도 눈썰미가 좋은 자가 있는 모양이구나, 입니다. 뭐, 나는 인간 지인 같은 건 흥미가 없지만, 정 그러고 싶다면 생각해 줄 수도 있다, 입니다!"

내가 한 말을 듣고 얼굴이 시뻘겋게 물들었던 크류스의 기세가 조금이나마 약해졌다. 나쁘지 않은 흐름이다.

포인트 2. 장점을 칭찬해준다. 포인트 3. 제대로 맞장구를 쳐준다.

"그 왜, 크류스는 외모는 훌륭하니까 말이지, 신경 쓰이는 사람이 많다고."

"?! '외모는'? 방금 '외모는'이라고 했냐? 입니다! 외모 말고도 정령인은 모든 의미에서 인간보다 뛰어나다, 입니다!"

"응, 그래, 그렇지…… 입니다!"

"……이봐, 얕보지 마라, 입니다! 약한 인간이 아직 잿더미가 되지 않은 건 루시아 씨 오빠이기 때문이라는 걸 잊지 말라고, 입니다!"

"응, 그래, 그렇지…… 입니다!"

"그게 사이좋게 지내고 싶어하는 녀석의 태도냐, 입니다!!"

"응, 그래, 그렇지……."

"까불지 마라, 입니다! 나는 휴일인데도 일부러 와 줬다고, 입니다!"

포인트 4. 상대방의 변화를 눈치챈다. 흥미를 가지고 있다는 걸 나타내는 게 요령이다.

"그러고 보니까, 크류스, 헤어 스타일 바꿨어?"

"?! 약한 인간의 눈은 옹이구멍이냐, 입니다! 전혀 바꾸지 않았다고, 입니다! 평소랑 똑같아, 입니다!"

"그 옷, 새 옷이야?"

"새 옷 아니다, 입니다!"

"……향수 바꿨어?"

"안 바꿨다, 입니다! 대체 뭘 하고 싶은 거냐, 입니다!"

보아하니 아무것도 안 바꾼 모양이다. 뭐라도 하나 걸릴 줄 알

앉는데, 크류스와 날마다 만나는 게 아니니까 어쩔 수 없지.

크류스는 얼굴을 시뻘겋게 물들인 채 당장에라도 달려들 듯한 기세로 책상을 쾅쾅 두드렸다.

포인트 5는 실패에 기죽지 않는 것이다. 누구나 실수 정도는 하니까.

"애초에, 항상 생각하던 건데, 약한 인간은 나에 대한 경의가 부족하다, 입니다!"

"응, 그래, 그렇지."

"보구를 충전해주거나, 이것저것 해주고 있는데, 태도를 좀 바로잡아야 한다고, 입니다!"

"응, 그래, 그렇지."

"라피스를 대할 때도 경의가 부족하단 말이다, 입니다! 약한 인간은 인간들 중에서도 한층 더 약하니까, 주제를 알아야 한다, 입니다!"

"응, 그래, 그럴지도 모르겠네."

"나는, 고등 종족으로서, 약한 인간을 위해서 말해주는 거라고, 입니다! 루시아 씨의 오빠니까, 혹시나 마법 공부를 하면 좀 나아질지도 모르잖아, 입니다! 고개를 숙이면서 부탁한다면 도와줄 수도 있다고, 입니다! 그러면 나도 약한 인간의 클랜 멤버로서 느끼던 부끄러움이——."

앙칼진 목소리로 해주는 잔소리를 훈훈한 기분으로 들었다. 내가 생각하기에 헌터들은 다들 아크의 넓은 마음을 본받아야 한다. 모두가 아크처럼 포용력을 지니게 되면 정령인들과도 사이좋게 지낼 수 있을 것이다.

이런 건 적당히 흘려들어도 된다고.

"이봐! 약한 인간, 제대로 듣고 있는 거냐, 입니다!"

"내용이 너무나도 훌륭하고 목소리가 너무나도 아름다워서 정신없이 듣고 있었네."

"대놓고 거짓말하지 마라, 입니다! 약한 인간이 너무 지독한 탓에 내가 요즘 관대해졌다고 라피스에게 칭찬받았단 말이다, 입니다!"

"그거 잘됐네."

나에게는 항의가 들어왔는데, 대체 어떻게 된 거지?

크류스가 허리에 손을 대고 마구 화를 내고 있다.

에바는 전혀 끼어들지 못하고 있다. 어이없는 표정이다.

하지만 이런 건 시작에 불과하다고. 이 정도로 화를 내면 정령인하고 잘 지낼 수 없다니까.

"왜 웃고 있는 거냐, 입니다! 나는 진지하게 말하는 거라고, 입니다! 내, 말 좀, 들어라, 입니다!"

"미안, 미안, 입니다!"

마지막 포인트…… 포인트 6은 물건으로 낚는 것이다.

계속 불만을 토해내고 있던 크류스에게 제안했다.

"일단, 단거라도 먹으면서 계속 이야기해볼까? 내가 살게."

"뭐어? 약한 인간에게 얻어먹을 이유 같은 건 없다, 입니다! 오히려 내가 사주마, 입니다! 얼른 준비 해라, 입니다! 오늘이야말로 확실하게 가르쳐 주겠다, 입니다!"

이거 봐, 정령인과 교류하는 건 간단하다고. 다들 대체 왜 고생하는 거지?

눈빛으로 그렇게 말한 나를 보고 에바가 눈을 크게 뜨고는 어이가 없다는 듯이 중얼거렸다.

"…………강하네."

# 티노 양의 상하관계

"계속 신경 쓰이던 건데, 티노는 말이지…… 리즈에게 무슨 말을 들었어?"

"네……? 언니에게, 말인가요?"

티노가 눈을 동그랗게 떴다.

나는 평소에 티노의 묘하게 강한 충성심이 의아하다는 생각이 들었다. 이번에도 나를 업신여기자 자기보다 레벨이 높은 상대에게 과감히 달려들었다. 나에게는 카리스마 같은 게 없으니 아마 스승인 리즈가 상하관계를 교육시켰겠지만, 뭘 가르친 건지 신경 쓰인다.

그런 부분에 대해 은근히 돌려서 말한 나를 보고 티노가 야무진 표정을 지었다.

"이 세상을 크게 두 가지로 나누면, 신과 쓰레기밖에 존재하지 않아요."

"?!"

"언니는, 신. 저는, 티끌. 언니의 명령에는 절대복종해야 해요. 팔다리가 떨어져 나가더라도 명령을 따라야만 해요. 그러지 않으면…… 청소당해요."

이렇게 지독한 논리는 처음 들어봤다.

"……티노가 티끌이면, 나는 뭔데?"

티끌 이하인 존재는 대체 뭘까…… 내가 묻자 티노가 눈을 반짝이며 딱 잘라 말했다.

"마스터어께서는 물론………… 최고신이시죠. 아랫것들에게 시련을 내려주시는 모습이나, 자상하시면서도 정말 엄하신 모습, 조금 변덕스럽게 보이는 모습도 신 그 자체세요. 마스터의 명령은 언니의 명령보다 우선시되죠. 명령을 어길 경우에는 내세에도 티끌이…….

"최고신…….

…………다음에 리즈를 좀 혼내야겠다. 그렇게 마음속으로 결심한 내 앞에서 티노가 한순간 망설이다가 눈물을 머금고 말했다.

"하지만…… 한 가지, 예외가 있어요. 저기…… 마스터어께서, 그런 말씀을 하시진 않겠지만…… 만에 하나라도 성적으로 봉사하라는 명령을 내리실 때는 거절하라고 했거든요."

"……그런 말을 할 리가 없지."

"하지만…… 그렇다 하더라도 최고신의 말씀을 거역할 수는 없어요. 세계의 법칙이 일그러져 버리니까요. 뭐든지 명령해 주세요. 이래 봬도 언니의 제자니까요. 각오는 되어 있어요."

각오하지 마. 억지스러운 모습이 조금 리즈를 닮기 시작했네…… 어디를 때리면 고쳐지려나.

# 모래토끼 광상곡

"그런데 【아레인 원기둥 유적군】 같은 곳에서 용케도 보구를 찾아냈네."

"네……? 저기…… 마스터어께서 예상하신 거 아니었나요?"

"……응, 그래, 그렇지."

클랜 마스터실. 경매 소동도 무사히 마무리되어서 숨을 돌리며 그렇게 말하자 티노가 나를 올려다보며 조심조심 물었다.

나는 항상 그랬듯이 어중간한 미소를 지으며 대충 흘려넘겼다.

【아레인 원기둥 유적군】은 황야 중심에 있는 레벨 1 보물전이다.

반경 100미터 정도의 좁은 범위 안에 석제 원기둥이 열몇 개 있는 게 전부인 시시한 보물전이다.

규모가 작은 지맥 위에 존재하고 있고, 약한 팬텀들이 나타나기에 일단은 보물전으로 인정되고 있긴 하지만, 보구가 좀처럼 나오지 않고, 위치가 애매해서 헌터들 사이에서는 반쯤 없는 것으로 취급당하고 있다. 제도 근처에는 다른 레벨 1 보물전도 많기에 초보도 선택지에 넣지 않는 곳이다.

실제로 우리가 헌터 등록한 직후에도 그 보물전은 제일 먼저 탐색 대상에서 제외했다. 근처를 지나갔을 때 한 번 멀리서 본 적이 있는데, 정말로 아무것도 없는 곳이다.

참고로 아레인이라는 것은 그곳이 보물전이라는 사실을 가장 처음 확인한 사람의 이름이다.

내가 티노에게 그 보물전을 탐색하라고 지시한 건 그 보물전이 안전하고, 간단히 탐색할 수 있는 곳이기 때문이지, 정말로 보구를 찾아낼 거라 생각했기 때문이 아니다.

마나 머티리얼이 희박한 그곳에서 보구를 발견한다는 것은 기적적인 확률이다.

티노는 나와 달리 운이 정말 좋은 것 같다. 혹시 평소에 착하게 살아서 받은 보답이라는 건가?

그때, 티노가 마침 생각났다는 듯이 나를 보며 말했다.

"그러고 보니까, 마스터어…………… 그 보물전은 지면에 커다란 구멍이 뚫려 있던데…… 그건 대체 뭔가요?"

"커다란 구멍……?"

"네. 지면에 커다란 구멍이 뚫렸고, 기둥이 반쯤 무너졌던데요…… 제 기억이 정확하다면 말이지만요. 【아레인 원기둥 유적군】은 그런 게 없었죠?"

티노가 자신이 없는 듯한 표정으로 말했다.

내가 아는 한, 그 보물전에 있는 건 기둥뿐이었을 텐데.

그게 뭔가요, 라고 물어봤자 내가 알 리가 없지만, 티노의 눈빛은 마치 내가 그걸 알고 있다고 확신하는 것 같은 느낌이었다. 리즈의 교육이 이루어낸 결과다.

제대로 생각해 보았다.

보물전은 마나 머티리얼로 구성되어 있다. 그 범위 이내는 반쯤 이계에 가깝고, 만약에 대규모 마법 같은 것으로 인해 지형이

파괴된다 하더라도 마나 머티리얼의 통로인 지맥만 무사하다면 시간의 경과에 따라 수복된다.

【아레인 원기둥 유적군】에 무슨 일이 생긴 건가?

그리고 만약에 그렇다면 티노가 발견한 보구가 희귀한 것이라는 사실과 뭔가 관련이 있는 건가?

제블디아 제국은 보물전의 이변에 민감하다. 뭔가 큰 변화가 생기면 곧바로 조사를 하고, 그 결과가 헌터들에게 공유된다. 하지만, 최근에는 지맥이 바뀔 만한 대규모 재해도 일어나지 않았고, 헌터들조차 흥미가 없는 레벨 1 보물전의 변화를 눈치채지 못했다고 해도 이상할 게 없다.

이건…… 기회일지도 모르겠다. 신뢰가 한껏 담긴 시선을 보내는 티노를 보았다.

티노는 꽃이 피어나는 듯한 미소를 보여주었다.

보물전에 큰 변화가 생겼을 때 가장 이득을 보는 건 첫 번째 발견자다. 물론, 가장 위험한 것도 첫 번째 발견자이지만, 보물전에 출현하는 보구는 선착순이니 행동은 빠를수록 좋다.

이번 같은 경우, 【아레인 원기둥 유적군】에 무슨 일이 생겨서 희귀한 보구가 출현하게 되었을 가능성이 있다. 그리고 그 사실을 알고 있는 건 아마 나와 티노, 그리고 보구를 감정해 주고 있는 마치스 씨 정도밖에 없을 것이다.

갈 거면 지금이다. 시간이 지나면 뒤처질 가능성이 있다.

티노가 찾아낸 보구의 정체는 아직 감정 중이지만, 기다리고 있을 시간이 없다.

뭐, 얼마 전에 티노가 보구를 발견한 직후이니 새로운 보구를 찾아낼 가능성은 별로 없지만, 만에 하나라는 경우도 있다. 어차피 한가하니까 상황을 확인하러 가도 괜찮을 것 같다.

"【아레인 원기둥 유적군】 주위에 강한 마물이 있던가?"

"네? 저기⋯⋯⋯⋯ 샌드 래빗 정도밖에, 없었던 것 같은데⋯⋯. 그 근처에는 특히 소굴이 잔뜩 있어서요."

티노가 눈을 깜빡이며 대답했다.

샌드 래빗이란 그 이름대로 모래 같은 색을 띤 토끼 마물이다. 마물이라고 해도 크기나 능력이 토끼와 별다른 차이가 없어서 어디가 마물인지도 잘 알 수가 없는 존재다. 얼마나 약한가 하면, 1대1이라면 나도 아마 패배하지 않을 만큼 약하다.

제도 근처 전역에 많이 서식하고 있고, 먹이사슬의 최하층을 이루고 있다.

숫자가 너무 많아서 희소성은 요만큼도 없기에 사냥해봤자 돈이 별로 안 되지만, 고기는 버터 소테로 해먹으면 맛있기에 예전에는 자주 리즈가 잡아온 걸 먹곤 했다.

"샌드 래빗이라⋯⋯⋯⋯ 샌드 래빗하고 싸워서 지면 창피하겠지."

"네⋯⋯? 어떻게 하면, 질 수 있나요?"

나도 몰라. 하지만, 그런 방심이 문제라고.

진심으로 궁금해하는 표정을 짓는 티노를 놀리듯이 말했다.

"분명히 그렇게 말했다? 지면 벌을 줄 거야."

"벌요?! 아무리 티끌 같은 저라도, 지진 않을 거라고요, 마스터어!"

보물전을 구경하러 가고 싶긴 하지만, 티노와 나, 둘만 제도 밖으로 나가는 건 위험부담이 너무 크다.

나는 티노와는 달리 운이 안 좋으니까. 뭐, 애초에 티노가 같이 가줄 거라는 보장은 없지만…….

부탁만 해서 미안하긴 한데, 시트리나 리즈에게 따라와 달라고 할까.

그렇게 생각하고 있자니 방문이 열렸고, 경매에서 원하던 물건을 손에 넣어 기분이 정말 좋은 것 같은 시트리가 들어왔다.

시트리는 항상 타이밍이 좋다. 나는 각오를 다지고는 시트리에게 말을 걸었다.

종이봉투가 조용히 오르내리고 있다. 선두에서 걸어가고 있는 건 시트리의 마법 생물—— 키르키르 군이다.

마치 바위처럼 우락부락 회색 몸과 종이봉투에 뻥 뚫린 눈구멍 너머로 슬쩍 보이는 감정이 없는 눈. 제도 밖에는 샌드 래빗 말고도 다른 마물이 꽤 많이 서식하고 있지만, 너무나도 이질적인 그 모습 때문에 다가오는 존재는 없었다. 짐승뿐만이 아니라 동료인 티노의 모습에서도 그 존재에 대한 두려움이 느껴졌다.

"바쁠 텐데 미안해."

"아뇨, 아뇨. 같이 산책한다고 생각하면 되죠."

시트리는 내가 갑자기 부탁했는데도 여전히 기분이 좋아보였다. 뭐가 그렇게 기쁜지 내 손을 꼭 잡은 채 볼을 붉히고 있다.

시트리 언니가 약점인 티노가 힐끔거리며 보고 있지만, 아랑곳하지 않는 모양이었다.

룰루랄라 산책하는 기분인 시트리와 함께 【아레인 원기둥 유적군】에 도착했다.

중간에 나타난 마물은 샌드 래빗뿐이었다. 티노가 말한 대로 이 근처에는 샌드 래빗이 잔뜩 서식하고 있는 모양이다.

걸어가던 도중에도 지면 여기저기에 뚫린 소굴 너머로 고개를 내미는 모래색 토끼가 보였다. 덤벼들지 않았기에 무시하긴 했는데, 숫자가 꽤 많다. 재빠르게 숨는 모습과 자연계에서 밑바닥 계층이라는 그 입장은 정말 슬프게도 나와 똑같았다. 자칫하다가는 공감해버릴 것 같다.

【아레인 원기둥 유적군】은 내 기억대로 전혀 가슴이 뛰지 않는 곳이었다. 약간 트인 황야에 세워져 있는 돌기둥 열일곱 개는 마치 유적 같았지만, 주위가 탁 트여 있어서 신비로운 느낌이 전혀 들지 않았다.

그런데 그 원형으로 늘어선 기둥 사이, 한가운데 근처에 몇 미터나 될 정도로 커다란 구멍이 뚫려 있다.

언제든 도망칠 수 있게끔 신중하게 구멍 근처로 다가가 들여다보았다.

구멍은 상상했던 것보다 훨씬 얕았고, 바닥이 보였다. 무슨 일이 일어난 건지는 모르겠지만, 내 기대와는 달리 보구가 굴러다니는 것 같지는 않았다.

주위를 잠깐 확인해 보았지만, 드넓게 펼쳐진 초원에는 우리 말고 아무것도 보이지 않았다.

"안에는 아무것도 없었는데요…… 다시 한번 확인해 볼까요?"

"으음……."

"파내보면 뭔가 나올지도 모르겠지만…… 제가 처음에 봤을 때보다 지면이 재생되었네요. 역시 이 구멍은 자연 현상이 아니라 누군가가 파낸 건지도…… 모르겠어요."

누가 이렇게 시시한 보물전의 지면을 파낸 걸까. 보구는 기본적으로 땅속에 나타나진 않는다.

원인이 뭐지? 말없이 구멍을 내려다보고 있자니 시트리가 내 어깨를 찔렀다.

"크라이 씨, 티이에게 보고 오라고 하죠."

"……그럼, 가볍게 확인만 해도 되니까, 부탁 좀 할까?"

"맡겨만 주세요!"

티노가 의욕을 보이며 잽싼 움직임으로 발을 내디디기 힘든 구멍 속으로 내려갔다. 그 몸놀림을 보니 헌터로서 성장했다는 걸 알 수 있었다.

하지만, 완전히 헛수고한 것 같은 분위기가 느껴진다. 역시 여기는 실망스러운 보물전이다.

하품을 하면서 티노 쪽을 보고 있자니 시트리가 귓가에 살며시 입을 가져다 댔다.

"크라이 씨, 여기는…… 노토 커클레어의 연구소 중 하나예요."

"어……?"

예상하지 못한 이야기에 눈을 동그랗게 뜬 나에게 시트리가 계속 말했다.

"그 골렘이 보관되어 있었어요. 저 커다란 구멍은—— 지하 연구소에 보관되어 있던 골렘을 꺼낼 때 뚫린 거겠죠."

그 목소리에는 망설임이 없었다. 그런 정보는 보고회 때 들은 기억이 없지만, 시트리는 이럴 때 농담을 할 만한 사람이 아니다.

반쯤 무너지긴 했지만, 눈앞에 뚫린 구멍에는 그 거대한 골렘도 들어갈 것 같긴 했다.

그렇다면 티노가 희귀한 보구를 찾아낸 건 우연인가?

"지하 연구소 입구는 샌드 래빗의 소굴로 위장해 두었어요. 이쪽이에요."

"……………정말 잘 아네."

'아카샤의 탑'은 무시무시한 마술결사라고 들었는데, 연구소 입구를 샌드 래빗의 소굴로 위장하다니, 대체 무슨 생각이지? 그리고 시트리는 어디서 그런 정보를…….

이제 할 일도 없을 것 같았기에 탐색은 티노에게 맡기고 시트리를 따라갔다.

안내를 받으며 간 곳은 초원 한복판—— 보물전에서 50미터 정도 떨어진 곳이었다.

아무런 표식도 없는 곳에 사람이 아슬아슬하게 지나갈 수 있을 것 같은 구멍이 뚫려 있었다. 샌드 래빗의 소굴이다.

샌드 래빗은 지면에 소굴을 파고 무리 단위로 살기 때문에 이 근처 초원에는 비슷한 구멍이 많이 있다.

시트리는 소굴을 한 번 보고 나서 나를 보고는 방긋 웃었다.

"크라이 씨, 들어가실래요? 노토 커클레어의 부하들은 전멸해서 아무도 없지만요."

…………딱히 흥미 없는데.

지면에 뚫린 구멍은 꽤 크긴 하지만, 사람이 들어가려면 무리를 좀 해야 한다.

일부러 고생해서 들어가고 싶지는 않았다. 나는 혹시나 희귀한 보구가 나올 가능성이 있지 않을까 하는 생각해 왔을 뿐, 위법 마술결사의 연구소를 구경하러 온 게 아니니까.

시트리가 보고 싶다면 같이 가겠지만, 그런 게 아니라면 그냥 돌아갈 것이다.

아니, 다른 소굴과의 차이를 전혀 모르겠는데――.

그렇게 대답하려던 순간, 시트리가 내 소매를 잡아당겼다. 거의 동시에 구멍 안에서 팔이 쑤욱, 튀어나왔다.

그 손은―― 살아있는 샌드 래빗의 귀를 잡고 있었다.

무심코 한 발짝 물러섰다. 시트리가 굳은 표정으로 내 앞을 막아섰고, 키르키르 군이 앞으로 나섰다.

아카샤의 잔당이 아직 남아 있었나?

깜짝 놀란 그 순간 손이 땅을 짚었고, 몸이 구멍 밖으로 기어나왔다.

"……."

아카샤의 지하 연구소 입구라는 곳에서 나타난 것은 마도사도 헌터도 아닌 것 같은 남자였다.

왠지 사람이 좋아보이는 갈색 머리카락 남자였고, 커다란 안경을 끼고 있었다.

그 남자는 나와 시트리, 그리고 키르키르 군을 보고는 깜짝 놀라 눈을 크게 떴다.

손을 벌리자 풀려난 샌드 래빗이 도망쳤다.

"뭐뭐뭐, 뭔가요? 당신들?!"

"⋯⋯⋯⋯아니, ⋯⋯그건 내가 할 말인데⋯⋯ 아, 이건 마법 생물이니까 괜찮아. 명령 없이 사람에게 덤벼들지는 않으니까."

동요하는 남자를 보고 시트리가 드리우고 있던 굳은 표정이 약간 누그러졌다. 말이 없어지는 건 그녀가 생각에 잠겼을 때의 버릇인데, 아무래도 시트리의 눈썰미에 따르면 이 남자는 적이 아닌 것 같다.

⋯⋯뭐, 깜짝 놀라기도 했고, 겁도 먹은 것 같으니까.

남자는 키르키르 군을 보고 겁을 먹으면서도 기어나온 다음, 약간 떨리는 목소리로 자기소개를 했다.

"저는 샌드 래빗 연구소── 래빗연의 알렉커입니다."

"래빗⋯⋯연?"

들어본 적도 없는 단어다. 알렉커라고 자기소개를 한 그 청년은 우리에게 공격할 의도가 없다는 걸 알았는지 가슴을 쓸어내리고는 조금 부드러워진 목소리로 설명해 주었다.

"네. 샌드 래빗에 대해 연구하고 있죠. 여기에는 야외 조사를 하러 왔습니다."

어? 그래서 소굴로 들어간 거야? 거기는 소굴이 아니라 아카샤의 연구 시설인 것 같던데?

⋯⋯⋯⋯영문을 알 수가 없네.

시트리 쪽을 보니 시트리도 모르는 이름인지 고개를 살짝 젓고 있었다.

알렉커는 쓴웃음을 지었다. 로브에 묻은 흙을 툭툭 털어내며 말했다.

"모르시는 것도 어쩔 수 없겠죠. 저희는…… 비밀결사니까요."

"…………"

하는 짓은 이상하지만, 꽤 시원스러운 청년이다.

래빗연이 뭔데? 왜 샌드 래빗만 연구하는데? 적어도 토끼 전체를 연구해야지. 왜 비밀리에 연구하는 건데? 그렇게 태클 걸 구석이 많긴 하지만, 귀찮기 때문에 소리 내어 말하지는 않았다.

알렉커가 흥분한 듯한 목소리로 말했다.

"샌드 래빗은 멋진 마물입니다. 먹어도 좋고, 귀여워해도 좋고, 숫자도 많고, 번식력도 매우 뛰어나며, 우리 인류의 이웃이라고 해야 할 존재죠. 이곳 제도 부근을 샌드 래빗이 떠받치고 있다고 해도 과언이 아닐 겁니다!"

아니, 안 물어봤는데…… 보아하니 이 사람, 상대방의 말을 안 듣는 타입이구나? 내가 껄끄러워하는 타입이다.

"당신은 이웃을 잡아먹어?"

"게다가 오늘 저는 샌드 래빗 역사에 남을 만큼 멋진 발견을 했습니다! 이곳에서 만난 것도 인연이니 당신들도 부디 역사의 산증인이 되어주세요!"

알렉커는 내 냉정한 태클을 무시하고는 광기에 번들거리는 눈으로 우리를 둘러보았다.

의기양양하게 소굴로 돌아가는 알렉커를 따라 키르키르 군, 말 없이 미소를 짓고 있는 시트리, 나 순서로 걸어갔다.

사실은 싫지만, 경험상 이럴 때 쓸데없이 저항하면 더 골치가 아파지기 때문이다.

…………이럴 줄 알았다면 티노가 조사하는 모습을 구경할 걸 그랬네.

구멍 속은 생각보다 넓고 인공적이었다. 가장 덩치가 큰 키르키르 군도 여유롭게 걸어갈 만한 공간이 있었다. 바닥과 벽은 매끄럽게 굳혀져 있었고, 좁은 입구를 감안하면 믿기지 않았다.

길이가 30cm 정도인 샌드 래빗이 파낼 만한 구멍이 아니다.

얼른 돌아가고 싶다고 생각하고 있던 나에게 알렉커가 두 팔을 크게 벌리며 소리쳤다.

"보시지요, 이 전대미문의 멋진 소굴을! 이렇게 규모가 큰 소굴은—— 지금까지 계속 샌드 래빗을 연구해 온 저도 처음 보았습니다!"

"……어?"

시트리를 보았다. 시트리는 어이가 없다는 듯이 어깨를 으쓱이고는 고개를 저었다.

보아하니 따질 생각도 없는 모양이었다.

"저희 래빗연은 샌드 래빗이 인간에 한없이 가까울 정도로 뛰어난 지식을 지니며 문명을 가지고 있다는 설을 계속 주장해 왔습니다. 그것이 지금 여기에서 증명된 겁니다! 보시죠, 이 매끄러운 벽과 바닥을! 매끄럽게 다듬어져 있다는 것도 놀랍지만, 거기에 뭔가 약제를 발라 무너지지 않게끔 굳혔단 말입니다. 다시 말해 샌드 래빗 무리 중에는—— 연금술 지식을 지닌 자가 있다는 거죠!"

"오~, 샌드 래빗은 대단하네."

그게 사실이라면 인간은 아마 샌드 래빗에게 멸망당해 버릴 것이다. 어찌 됐든, 숫자가 전혀 다르니까.

내 의욕없는 목소리를 듣고 알렉커가 슬쩍 다가와 말했다.

"그리고 이 앞에는 방이 여러 개 있는데요, 그중 몇 군데에는 인간의 도구가 놓여 있었습니다. 이게 무슨 뜻인지 아시겠나요?"

"…………샌드 래빗이 인간이었나?"

대충 그렇게 말하자 알렉커가 한쪽 눈을 감고는 손가락을 살짝 튕기며 쥐어짜낸 듯한 목소리로 말했다.

"아깝네! 아까워요! 아마 샌드 래빗에게는 인간 협력자가 있을 겁니다!"

"…………응, 그래, 그렇지."

인간 협력자가 있다면 바로 너희들이겠지.

뭔가 이상한 약이라도 하는 건가?

시트리도 완전히 의욕을 잃은 모양이었다. 그녀는 흥미가 없는 것에 대해서는 싸늘한 면이 있다.

나는 시트리의 추측과 알렉커의 예상 중 어떤 게 맞는 건지 판단할 재료가 없지만, 그 버터 소테가 지성을 가지고 있을 것 같진 않다. 아마 그 토끼는 나와 비슷할 만큼 지능이 낮을 거라고.

애초에 인간 협력자가 있다면 이 구멍을 판 것도 그 인간 협력자 아닐까?

"아, 협력자── 대체 어떤 분일지! 꼭 좀 만나고 싶습니다만── 그들도 분명히 저희 래빗연과 마찬가지로 박해당하는 신세──."

알렉커는 우리가 눈을 흘기고 있다는 것도 아랑곳하지 않고 황홀한 표정으로 말했다.

시트리가 해준 말에 따르면 이곳은 원래 아카샤의 연구실이었던 모양이니 두 사람의 증언을 종합하자면 아카샤가 샌드 래빗을 위해 소굴을 파주었다는 결론이 나온다. 유쾌한 녀석들이다.

그때, 지금까지 입을 다물고 있던 시트리가 입을 열었다.

"……그런데, 어째서 이 소굴을 조사해볼 생각을 하신 거죠? 제도 근처에는 샌드 래빗 소굴이 잔뜩 있을 텐데……."

맞는 말이다. 혹시 이 소굴을 골라서 조사한 게 아니라 모든 소굴을 전부 헤집고 다닐 가능성도 부정할 수 없다는 게 무시무시하긴 하지만, 이 소굴에는 딱히 눈에 띄는 표식 같은 게 없다.

수상쩍어하는 표정을 짓고 있는 시트리를 보고 알렉커가 활짝 웃었다.

"아, 여러분, 아직 못 보셨나요? 그 【아레인 원기둥 유적군】에 갑작스럽게 생겨난 커다란 구멍 말입니다."

"그, 그래…… 물론, 우리도 그걸 확인하러 왔는데, 딱히 아무것도 없었어."

내가 대답하자 알렉커는 고개를 크게 끄덕이고는 안경을 슬쩍 밀어올린 다음에 자신만만하게 말했다.

"그것이 바로 래빗연 사이에서 전설이 된 샌드 래빗의 왕——《모래왕(아레나 렉스)》이 기어나온 흔적일 게 틀림없습니다! 저는 이 예상을 확신으로 바꾸기 위해 근처에 있는 소굴을 조사하다가 이렇게 확고한 증거를 발견했죠!"

……샌드 래빗 연구소. 비밀결사가 된 것도 사상이 너무 이단 같기 때문 아닐까?

구성원은 몇 명이나 되려나.


"여기서 만난 것도 인연이니 지금까지 당신들이 맛본 적이 없을 만큼 멋진 버터 소테를 대접해 드리지요! 저희는 샌드 래빗의 조리법에 대해서도 연구를 진행하고 있거든요!"

"너희들, 역시 머리가 이상해."

대체 무슨 입장인 건데. 사람과 비슷한 지성을 지니고 있다고 해놓고 그런 상대를 아무렇지도 않게 먹는다고?

고생하며 한 사람씩 차례대로 소굴에서 나왔다.

항상 방긋방긋 웃는 시트리의 표정도 지금은 우울해 보인다.

분명히 이상한 녀석과 마주쳤다고 생각하고 있을 것이다. 나도 그렇게 생각한다.

태양 밑으로 나와 기지개를 쭉 켰다.

알렉커도 마찬가지로 몸을 쭉 펴고는 시원스러운 미소를 지으며 우리를 보았다.

"자, 그럼 제도로 돌아가시죠. 동지에게 보고해야——."

"알렉커 씨, 혹시 혼자서 여기까지 온 거야? 바깥은 위험하다고…… 마물도 있는데."

"무슨 말씀을…… 래빗연의 활동은 항상 목숨을 걸고 있습니다! 그 정도는 각오하고 있다고요!"

이 사람, 혹시 아카샤의 구성원 아닐까? 너무나도 일반인 같지 않은데.

눈이 번들거리며 빛나고 있다. 레벨 8인 나보다 모든 의미에서 강하다.

뭐, 제도로 돌아가면 그만이지. 아쉽지만, 두 번 다시 만날 일도 없을 테고.

맞다, 제도로 돌아가기 전에 티노를 데려와야——.

별생각 없이 보물전 쪽을 돌아본 나는 눈살을 찌푸렸다. 눈을 비비고 나서 다시 보았다.

"마스터어! 너무해요! 이런 거! 너무하다고요!"

울음 섞인 목소리가 하늘 위로 사라졌다. 티노가 거대한 모래색 토끼에게 쫓기고 있었다.

높이만 봐도 티노보다 두 배 이상은 컸고, 하늘 높이 솟구친 귀가 힘차게 흔들리고 있다. 뛸 때마다 엄청난 모래먼지가 솟구쳤다. 토끼도 저렇게 크면 위협적인 모양이다.

티노가 도망치면서 필사적으로 발차기나 지르기 공격을 가하고 있었지만, 그 공격을 몸통에 맞고도 거대 토끼의 움직임은 멈출 낌새가 보이지 않았다. 통통한 몸이 생긴 것보다 방어력이 높은 것 같다.

높게 들어올린 앞발이 땅을 깊게 뚫었다. 티노가 몸을 비틀어 그 공격을 피했다.

"오오, 저건—— 설마, 《모래왕》?! 이런 곳에서 만나다니! 오늘은 정말 멋진 날이군요!"

알렉커가 그 모습을 보고 기뻐하며 소리쳤다. 나는 피곤해져서 한숨을 크게 쉬며 말했다.

"……샌드 래빗이 저렇게 커지기도 하는구나."

"……저래 봬도, 마물이니까요."

그렇구나…… 어딜 봐서 마물인가 싶었는데, 저렇게 커진 걸 보니 마물이 맞긴 하네.

지시를 받은 키르키르 군이 두 팔을 크게 휘두르며 티노 쪽으로 달려가 커다란 토끼를 마치 고무공처럼 걷어 차서 날려 버렸다.

"저렇게 크면 버터 소테가 몇 인분이나 나올까……."

허무한 기분으로 딱히 재미도 없는 말을 늘어놓자 시트리가 살짝 한숨을 쉬며 대답했다.

거봐, 역시 방심할 수가 없잖아. 시트리를 데리고 오길 정말 잘했다니까.

## 월간 길 잃은 여관 '수수께끼가 많은 최강 헌터를 추적하라!' 관계자 인터뷰

——실력이 뛰어난 트레저 헌터에게는 항상 따라붙는 소문. 그 진위를 확인하는 이 인기 코너. 제25회는 그 수수께끼가 많은 트레저 헌터, 《천변만화》에 대해 이야기를 들어보려 합니다! 이번에는 놀랍게도 그 헌터의 관계자라는 S.S. 씨를 특별히 모셨습니다. 잘 부탁드립니다.

잘 부탁드립니다!

——그럼 우선 그 헌터와의 관계에 대해 말씀해 주시죠.

소꿉친구예요.

——네……? 소꿉친구?

《천변만화》가 제도에 오기 전, 헌터가 되기 전부터 알고 지낸 사이입니다. 어렸을 때부터 알고 지냈죠. 뭐든지 대답해드릴 수 있어요.

——오래전부터 알고 지낸 사이시군요. 그럼 이번에는 모처럼 이런 기회가 생겼으니 《천변만화》, 크라이 안드리히의 기원부터 추적해 볼까 합니다. 《천변만화》는 어떤 소년이었나요?

네. 솔직히 지금하고 별로 다를 건 없어요. 용감하고, 호기심이 넘쳐나고, 머리도 좋고, 노력도 게을리하지 않고—— 그래요. 당시부터 그 사람에게는 드래곤도 간식이었네요.

——드래곤이 간식이라고요?

자주 오후 3시에 먹을 간식으로 드래곤을 사냥하러 가곤 했어요. 역시 막대한 힘을 발휘하기 위해서는 그만큼 에너지가 필요한 거겠죠. 피와 살, 간도 최상급 에너지 공급원인 드래곤은 안성맞춤이었던 것 같네요.

——그, 그렇군요‥‥‥‥‥ 먹었다고요?

먹었어요. 제일 맛있는 건 소꿉친구인 연인이 요리해준 것이었지만, 때로는 날로 와구와구 먹곤 했네요.

——그런데, 드래곤은 어디에나 서식하는 환수가 아닙니다만——.

아뇨. 어디에나 있었어요. 크라이 씨의 고향은 개발이 거의 되지 않은 곳, 신들이 사는 산속 마을이었고, 그 주위에는 드래곤의 영역이 넓게 퍼져 있었기에 찾아내는 것도 힘들지 않았던 모양이네요.

——그건‥‥‥ 역시 레벨 8쯤 되면 태생부터 특별하다는 건가요?

그렇죠. 그때 크라이 씨는 용의 피를 뒤집어쓰고 불사신이 되었어요.

——?! 방금, 터무니없는 단어가 나왔습니다만‥‥‥.

불사신이에요. 《천변만화》가 최강으로 알려지게 된 첫 번째 이유죠. 그에게는 마법도, 검도, 어떠한 공격도 통하지 않아요. 실제로 그는 지금까지 한 번도 상처를 입은 적이 없거든요.

——저도 《천변만화》의 소문은 들었습니다만, 좀처럼 믿기 힘든 이야기로군요. 참고로 뭔가 약점 같은 건 없을까요?

육체만 따지고 보면 크라이 씨는 최강이에요. 하지만 유일하게 약점이 있다고 한다면—— 여기에서만 하는 이야기인데…… 약점은 단것이에요.

**——단것?! 단것을 먹으면, 저기…… 어떻게 되는 거죠?**

복통 때문에 쓰러져요. 예전부터 크라이 씨는 단것을 꺼려했고, 그것만은 아직 극복하지 못한 것 같네요.

**——하지만 카페 같은 곳에서 케이크를 먹는 모습이 몇 번이나 목격된 것 같습니다만…….**

그건 수행이죠.

**——수행…… 말인가요.**

약점을 극복하려는 건 헌터로서 당연한 일이죠. 게다가 다른 사람들 앞에서 아무렇지도 않게 말이에요. 그게 바로 그가 헌터로서 뛰어나다는 증거라고 할 수 있습니다.

**——그렇군요. 일리가 있긴 하네요. 그런데, 《천변만화》는 실력이 뛰어난 것과 동시에 능력이 거의 알려지지 않은 헌터이기도 합니다. 《천변만화》의 공격 능력은 어느 정도인가요?**

네. 능력이 알려지지 않은 것도 당연하죠. 어찌 됐든, 크라이 씨의 사념만으로도 어지간한 생물은 숨이 멎어버리니——.

나는 그 부분까지 읽고 나서 '월간 길 잃은 여관'을 덮었다.

"내용이 장난 아니네…… 역시 '월간 길 잃은 여관'이야."

'월간 길 잃은 여관'은 헌터 계열 오컬트 잡지다. 기사 내용이 황당하기로 유명하고 아무도 믿지 않지만, 일부 매니아들 사이에서는 컬트적인 인기가 있는 모양이다.

지금까지 잡지 몇 군데에서 나를 특집 기사로 내보낸 적이 있긴 하지만, 이렇게까지 특이하게 다룬 곳은 처음이다. 이런 기사를 대체 누가 믿는다는 걸까. 태클을 걸어야 할 구석이 너무 많아서 전부 걸 수도 없다. 드래곤을 날로 먹다니, 괴물이잖아. 이런 건 명예훼손도 안 된다.

그리고 인터뷰 진행자가 약간 정색하는 게 특이한 재미를 주는 느낌이라 괜찮은 것 같다. 같이 기사를 보고 있던 에바도 어이없어하는 눈치다.

"그런데 이 S.S.라는 사람은…… 누굴까요? 소꿉친구라면 후보가 정해져 있을 텐데요."

나는 잠시 생각하다가 어깨를 으쓱였다.

"음…… 가공의 인물 아닐까? 내가 아는 사람 중에 이런 말을 하고 다니는 사람은 없어."

# 먹거리 육성 계획

클랜《시작의 발자국》의 지하 1층 훈련장. 그 한구석에는 지금 거대한 강철 우리가 설치되어 있다.

원래는 마수 포획용 우리다. 창살 하나하나가 사람의 손목만큼 두껍고, 헌터도 쉽사리 부술 수가 없다. 하지만, 믿음직스럽고 투박한 그 우리 앞에 모인 남녀노소 헌터들의 안색은 밝지 못했다.

《시작의 발자국》소속 헌터들은 지금까지 수많은 시련을 헤쳐 나온 정예다. 하지만 그 경험을 믿고 방심하지는 않는다. 그런 구석이 평판에 일조하고 있다는 건 분명하지만, 얼굴에 드리운 표정은 빈말로도 유명한 클랜의 멤버 같지는 않았다. 그중에는 배를 부여잡고 있는 사람도 있었다.

유일하게 방긋 웃고 있는 건 멤버들을 모은 시트리 스마트뿐이다.

"그럼, 지금부터 맬리스 이터의 사육을 부탁드릴 여러분께——주의사항을 말씀드릴게요. 잘 들으세요, 죽어버릴 수 있으니까."

그럴 만도 하다. 모인 헌터들은 지금부터 어린 개체라고 해도 자신을 죽일 뻔했던 강력한 키메라를 돌봐주어야만 한다. 그 유명한《천변만화》가 '먹거리'라는 이름을 붙인 그 개체가 평범한 헌터들에게 있어서는 '먹는 쪽'이라는 사실은 금방 알 수 있었다.

헌터들은 시트리가 한 말이 농담이 아니라는 것을 지금까지의 경험에 따라 느끼고 있었다. 먹거리는 아직 작지만, 그 이빨과 발톱이 헌터들의 손가락을 쉽사리 뜯어낼 정도로 날카롭다는 것은 분명하다. 마수를 길들여서 싸우는 마물 조련사라는 헌터도 있긴 하지만, 그들은 언제나 상처투성이다.

하지만, 도망칠 수는 없다. 여기 모인 헌터들은 크든 작든 시트리에게 빚을 져버린 자들, 가엾은 산 제물이었다.

여자 헌터 중 한 명이 조심조심 손을 들었다.

"시트리, 그런데, 우리 크기가 이러니 먹거리가 힘을 좀 쓰면 빠져나와버리지 않을까……."

"좋은 질문이에요. 안심하세요, 금방 클 테니까요. 뭐, 이 정도 우리는 뚫고 나와버릴지도 모르겠지만요……."

"?!"

"아시겠어요? 먹거리는 맬리스 이터 중에서도 서러브레드예요. 노토 커클레어 일행은 맬리스 이터의 육성을 연구의 일환으로 지극히 체계적으로 진행했어요. 하지만 공을 들여서 키우면 먹거리는 대충 예측해도 그 맬리스 이터보다 두 배 이상 뛰어난 능력을 지니게 될 거예요. 애초에 키메라의 능력은 일반적인 마물보다 뛰어난 경우가 많은데, 맬리스 이터에게 있어서 이 우리는 종잇장이나 마찬가지겠네요."

그냥 넘길 수 없는 말이었기에 선두에 서 있던 몸집이 큰 남자 헌터가 급하게 손을 들었다. 왜 그렇게 맬리스 이터에 대해 잘 아는 거냐든지 신경이 쓰이는 구석이 많긴 했지만, 지금 확인해야 할 것은 그게 아니다.

"그러면…… 위험하지 않나?"

"위험하죠. 죽을 힘을 다해 맞서세요."

"……좀 더 튼튼한 우리를 마련해야 하겠는데."

"지금 당장 구할 수 있는 것 중에서는 이게 제일 튼튼한 우리예요. 마물 조련사가 부리는 마물은 맬리스 이터와는 달리 순종적인 것들이 많고, 기초 능력이 그렇게까지 강하지는 않으니 이 우리로도 충분하거든요."

"…………."

그런 말은 처음 들었다. 애완동물을 돌봐주는 데 헌터들을 열 명 이상 동원할 만도 하다. 말도 안 되는 정보를 듣고 서로 얼굴을 마주 보던 헌터들을 보고 시트리가 미소를 지으며 손뼉을 쳤다.

"여러분, 이건…… '천 개의 시련'이에요."

"?! 그런 말은 못 들었는데!"

"지금까지 미리 알려준 적이 있었나요……?"

설득력이 엄청났다. 정색하는 헌터들에게 시트리가 밝은 목소리로 계속 말했다.

"그래도 괜찮아요! 이 시련을 넘어섰을 때, 여러분은 어떤 맹수와 싸우더라도 먹거리보다는 낫다고 생각하게 될 테니까요! 길들이려는 생각은 하면 안 돼요. 이 아이는 아마 저와 크라이 씨 말고는 따르지 않을 것 같거든요. 아시겠어요? 절대로 죽지 말아주세요. 팔을 먹히는 정도는 오빠에게 부탁하면 치료해주겠지만, 죽은 자를 부활시킬 수는 없으니까요……."

시트리가 끌어안고 있는 먹거리의 눈빛은 빈말로도 우호적인 느낌이 아니었다. 시트리의 품에서 해방되면 헌터들의 목을 물어 뜯을 셈이다.

"협력해서 맡아주세요. 아마 혼자서는 죽어버릴 거예요. 먹이는 전투 훈련도 겸해서 호전적인 마물을 하루에 한 번 넣어주세요. 산책은 밖으로 나가면 일반인을 잡아먹을 가능성이 있으니 훈련장 안을 하루에 세 번, 있는 힘껏 달리게 해주세요. 만약에 가능할 것 같으면 헌팅에 데리고 가도 좋을 것 같네요. 성장 속도는 꽤 빠르게 만들어져 있으니 금방 크겠지만, 작은 상태로도 평범한 마물에게 지진 않을 거예요."

위험한 일이다. 빚을 지지 말았어야 했다. 이제 와서 후회하는 헌터들을 보고 시트리가 먹거리를 안은 채 재주도 좋게 서류를 꺼내 모두에게 나누어 준 다음, 마무리를 하려는 듯이 미소를 지으며 말했다.

"만에 하나를 대비해서, 서약서예요. 여러분께서 만에 하나 잡아먹히더라도 저에게는 일절 책임이 없다고 맹세해 주셔야겠어요. 아시겠나요? 저는 제대로 설명했어요. 설명해드렸다고요!"

# 시트리의 가면 체험기

"…………."

시트리는 살가면을 빤히 내려다보고 있었다.

『오버 그리드(진화하는 귀면)』는 지금까지 시트리가 봐 왔던 보구들 중에서도 생김새가 최악이었다. 하지만, 그 능력은 이미 실증되었다.

티노의 이야기에 따르면 이 가면은 증폭기라고 한다.

가면을 쓴 티노의 힘은 분명히 강하긴 했지만, 시트리가 신경쓰이는 것은 외모의 변화였다.

가면을 쓴 티노는 다양한 부분이 성장했다. 키도 커졌고, 머리카락도 길어졌다. 그리고 가슴도, 분명히 커졌다. 능력을 향상시켜주는 보구는 많이 있지만, 외모를 성장시켜주는 도구는 거의 없다. 언니는 재능이 너무 지나친 탓에 작동시킬 수가 없었지만 혹시나…… 나라면 할 수 있을지도 모른다.

여차할 때는 크라이 씨나 언니도 있으니 분명 벗겨주겠지…….시트리는 각오를 다진 다음, 자신의 얼굴에 가면을 가져다 댔다. 촉수가 뻗어서 뒤쪽에 감겼다.

목소리가 들렸다. 하지만, 티노가 느꼈다는 충격 같은 것은 전달되지 않았다.

『으…… 으음…… 연애 목적으로 나를 쓰는 자는 처음이로군.』

당황한 듯한 목소리다. 티노는 가면을 쓴 순간 가면이 얼굴에 달라붙고 육체를 성장시켰는데, 전혀 그럴 기색이 없다. 목소리가 나무라는 듯이 말했다.

『내가 생각하기에, 그대는…… 수단을 너무 가리지 않는 것 같군. 다른 자를 끌어내리는 것뿐만이 아니라 자신을 바꾸려는 생각도 해야만 한다.』

『아니, 그대의 노력은 이해한다. 하지만 나는 알고 있다. 그대의 마음속 깊은 곳에는 강한 열등감이 있다. 그렇기에 무의식적으로 존재하는 다른 자에 대한 경계심이 비열한 방식으로 이어지는 것이다.』

『나는 힘을 증폭시켜줄 수 있지만, 열등감을 없앨 수는 없다. 알겠나, 그것은 스스로 맞서야만 하는 것이다.』

『우선은 뭐든지 자신있게 맞서도록 해라. 그대의 언니처럼…… 우선은 그것부터다. 육체적인 자질은 언니에 미치지 못하지만, 그대가 원하는 승리와는 상관이 없을 터.』

『외모와 내면은 표리일체. 정신의 빛이 겉으로 새어나오는 것이다. 취향에 맞는 향수나 취향에 맞게끔 간을 한 요리로 커버하려는 것은 말도 안 되는 짓이다! 내면을 갈고닦아라! 비겁한 수를 쓰지 마라! 그대는 너무 사악하다! 나는 군사용은 아니다만, 애초에 거유로 만들어주는 가면도 아니다!!』

　시트리는 말없이 가면을 떼어내고는 바닥에 내동댕이쳤다.


　"크라이 씨, 이 가면…… 엄청난 결함품이네요."

# 클랜 마스터의 업무

오늘도 날씨가 좋네.

《시작의 발자국》의 라운지에 달린 커다란 창문. 그곳을 통해 스며드는 햇살을 맞으며 나는 하품을 억눌렀다.

우리 클랜은 복리후생에는 제대로 신경을 쓰고 있다. 클랜은 원래 헌터들이 상호 부조를 목적으로 만드는 조직이고, 어지간한 클랜에서는 소재 매매를 대행해주거나 유용한 정보를 교환할 수 있는 시스템을 마련해두지만, 먹고 마시는 것까지 무료인 클랜은 거의 없다.

계속 늘어나기만 하는 클랜 멤버들의 회비와 상인 출신인 에바의 수완(그리고 시트리를 비롯한 부자 헌터들의 의미를 알 수 없는 기부)로 인해 《시작의 발자국》의 재정은 윤택하다. 클랜의 평판이 좋아지면 실력이 좋은 헌터들이 가입 신청을 하러 온다. 괜찮은 사이클로 돌아가고 있다고 할 수 있다.

하지만, 사람이 늘어나면 제약도 늘어나는 법이다.

제블디아의 법이나 탐색자 협회의 규약에 따르면 클랜은 인원과 클랜 인정 레벨에 비례해서 권한이 강해지고, 그에 따라 거액의 세금을 내게끔 되어 있다. 뭐, 돈은 열심히 해서 낸다고 쳐도 새로 가입하기 원하는 멤버가 더 이상 늘어나는 건 내키지 않는다.

이 클랜에는 가입을 원하는 파티가 클랜 마스터와 면담을 하는 규칙이 있다.

클랜 소속 멤버들의 실수가 클랜의 신뢰도에 영향을 주기에 클랜 마스터가 제대로 알아본다는 것은 이치에 맞는 과정이라고도 할 수 있겠지만—— 다시 말해, 면담은 내가 한다.

우리 클랜에서 면담은 내가 맡는단 말이다! 제일 처음에 클랜을 만들 때도 멤버들과 만났으니 이 클랜에는 나와 면담을 한 적이 없는 사람은(명목상으로는) 없다고 할 수 있다.

그리고 젊은 헌터들이 모인 클랜 중에서는 톱클래스라고 알려진 《시작의 발자국》에 가입 신청을 하는 건 재능과 야심이 넘쳐나는 헌터들뿐이다. 나보다 훨씬 유능한 헌터들과 면담하고 때로는 떨어뜨려야만 하는 마음고생은 레벨이 높은 보물전에 가게 될 때와 다른 의미로 '토할 것' 같았다.

게다가 우리 클랜의 가입 조건 중에는 클랜 멤버의 추천이 필요하다는 것도 있다. 이상한 녀석이 오지 않게끔 내건 조건인데, 추천한 멤버가 있는 이상, 떨어뜨리는 것도 쉽지 않다. 그리고 한 번 떨어져도 시간이 조금 지난 뒤에 다시 오곤 한다.

이번에 면담을 하러 온 멤버도 재능이 넘치는 젊은 헌터다. 클랜 멤버가 써준 추천장도 가지고 왔으니 만나지 않을 수는 없다.

면담 장소. 똑똑해 보이는 사람이 내가 하품을 억누르는 모습을 빤히 바라보고 있다. 자세나 생김새, 그 모두가 나와는 전혀 다른 헌터다.

다섯 명 파티. 야망으로 불타오르며 빛나는 눈도, 나를 평가하려는 눈빛도, 따끔거리는 긴장감도, 제일 구석에서 껄끄러워하고 있는 소년의 표정도, 왠지 전부 정겹다.

트레저 헌터가 된 건 2년 전이다. 헌터가 되기 전부터 헌터가 되기 위해 활동했고, 제도에서도 유명한 도장의 추천장도 있다. 헌터 활동도 순조로움 그 자체이며 운도 따르는 모양이다.

서류상의 경력과 에바가 조사해준 정보도 멤버 평균 나이가 열여덟 살이라는 게 믿기지 않을 정도로 흠잡을 구석이 없다.

젊은 레벨 4 파티. 《빛의 화살》의 리더를 맡고 있는 청년은 리더답게 전혀 동요를 보이지 않고 나를 빤히 보며 말했다.

"저희가 지닌 힘이 반드시 《시작의 발자국》의 발전에 도움이 될 겁니다. 소문으로 들은 '천 개의 시련'도 넘어설 자신이 있습니다."

"우리는 아직 레벨 4지만, 토벌 적성 레벨 5인 고블린 킹도 쓰러뜨린 적이 있어! 후회하진 않을 거라고!"

리더인 청년 옆에 앉아 있던 덩치 큰 전사 청년이 이를 드러내며 웃었다.

약자 앞에서도 방심하지 않는 모습과 자신감에 나는 주눅이 들 뻔 했지만, 그런 경우는 꽤 자주 있었기에 뜸을 들이며 고개를 끄덕였다.

어떻게 할까…… 고민하면서 말을 꺼냈다.

"고블린 킹이라고…… 꽤 하네. 나는 쓰러뜨린 적이 없는데."

"크라이 씨, 고블린 킹은 당신이 달성한 인정 레벨 5 승격 조건 중 하나인데요."

내가 부탁해서 옆에 앉아 있던 에바가 곧바로 날카로운 태클을 걸었다.

인정 레벨을 올리는 조건은 다양하다. 필기 시험도 있고, 그때까지 세운 공적을 고려할 경우도 있다.

에바는 내 경력을 나보다 더 잘 알고 있다. 그녀가 이렇게 말하는 걸 보니 싸운 적이 있을 텐데, 팔짱을 끼고 생각해 봐도 꽤 예전 일이라 기억나지 않는다. 아니, 아마 리즈 같은 사람들이 쓰러뜨렸을 테니까.

면담을 하고 있던 파티 멤버들도 나를 이상한 눈초리로 보고 있다.

"⋯⋯⋯⋯뭐, 마물하고는 꽤 많이 싸워서 그중에 있었을지도 모르겠지만, 그래도 대단하네."

"레벨 8에게는 별것 아닐지 모르겠지만, 저희에게는 사투였습니다. 우연히 마주쳐서 전투를 벌이게 된 거라── 하지만, 여기서 멈출 생각은 없습니다──."

리더가 단호한 말투로 자신들이 헌터로서 무엇을 목표로 삼고 있는지 열변을 토했다.

나는 방긋방긋 웃으며 생각했다.

솔직히 말해서 우리 클랜은 더 이상 적극적으로 멤버를 늘릴 생각이 없다. 멤버를 새로 받을 필요가 있냐고 물어봐도 짐작이 되지 않는다.

그들은 실력이 좋긴 하지만, 아크보다 강하진 않을 것이다.

나는 잠깐 고민하다가 왠지 피곤해졌기에 거절하기로 결심했다. 결정했으니 이제 어떻게 무난히 거절할지가 중요하다.

리더의 정열이 넘치는 어필을 다 듣고 난 다음, 다리를 꼬고 하드보일드하게 고개를 갸웃거렸다.

"너희의 열의는 충분히 알겠어. 공적이나 실력도 대단해. 더욱 갈고닦으면 틀림없이 이곳 제블디아에서도 손꼽히는 헌터가 될 수 있겠지."

나는 약하다. 금방 알아볼 수 있을 만큼 약하지만, 이곳은 내 본거지이고, 지금 우리가 있는 라운지에도 흥미진진하게 이쪽을 보고 있는 소속 멤버들이 많이 있다. 동료가 늘어날지도 모르니 흥미가 생길 수밖에 없을 것이다.

클랜 가입 희망자의 면담을 굳이 다른 사람들이 있는 라운지에서 하는 건 가입 희망자가 날뛸 경우를 고려했기 때문이다(헌터는 꽤 난폭한 사람들이 많아서 가끔 그런 경우가 있다).

그리고 나는 고민하는 척하면서 희망으로 넘쳐나는 눈빛으로 나를 바라보고 있던 젊은이들에게 말했다.

"하지만—— 내가 보기에…… 너희들은 《발자국》에 들어오기에는 조금 부족한 게 있어."

에바가 눈을 동그랗게 떴다. 내가 한 말이 뜻밖이었는지 《빛의 화살》의 표정이 한순간 굳었다.

뭐, 그렇겠지. 어찌 됐든, 그들의 경력에는 문제가 없으니까.

리더가 몸을 앞으로 내밀고 눈을 번득이며 말했다.

"그게………… 뭐죠?"

대답하면 안 된다. 애초에 답 같은 건 모른다. 클로에 때도 비슷한 경우였는데, 내가 면담 때 대충 행동하는 건 거의 일상이나 마찬가지다. 최근에는 마음이 내킬 때나 정말 그래야만 할 경우만 가입 신청을 받고 있다. 나는 눈살을 찌푸리고 나서 눈을 몇 초 동안 감은 뒤 살짝 한숨을 쉬고 말했다.

"그걸 생각하는 것도 헌터로서 필요한 기술이야. 절대로 허가하지 않겠다는 건 아니라고. 너희는 실력이 뛰어난 헌터니까. 단련을 더 하고 나서 다시 여기로 와줬으면 해. 그때는 기꺼이 동료로 맞이할 테니까."

미안해. 나는 보는 눈이 없거든. 클랜이 잘 돌아가는 건 기적과 에바의 노력 덕분이지 내 힘 때문이 아니야.

뭐, 괜찮아. 너희 경력이라면 다른 클랜에서도 서로 데리고 가려 할 테니까.

일어서려던 순간, 나는 눈치챘다.

《빛의 화살》 멤버들은 아연실색하고 있었다. 경력이 이 정도이니 물론 재능도 있었겠지만, 끊임없이 노력했을 것이다. 무언가에 실패한 적도 거의 없을 테고.

하지만, 이대로 아무 말도 하지 않고 그냥 보내면 안 될 것 같네. 이유가 있다면 모를까, 그런 것도 말해주지 않고 불합격시켰으니 나중에 으슥한 곳에서 덤벼들지도 모른다. 리더인 청년을 내려다보면서 그럴싸한 말을 늘어놓았다.

"그래도, 음⋯⋯ 한 명만은 지금 시점에서도 우리 클랜에 어울리겠네. 구석에 있는 자네 말이야. 이름이 뭐였더라――."

"?! 테란 말인가요?!"

계속 안절부절못하고 있던 소년을 손가락으로 가리키자 리더인 청년이 눈을 부릅떴다.

이름이 테란인 것 같은 그 소년은《빛의 화살》에서 유일하게 적극적이지 않은 멤버였다.

면담 때도 거의 말을 꺼내지 않았고…… 일류 파티에 어울리지 않는 자신감 없는 두 눈을 보고 있자니 매우 공감이 되었다. 응, 보아하니 해롭지도 않은 것 같으니 우리 클랜에 받아줄 수도 있어.

리더가 깜짝 놀랐다. 좀 전에 고블린 킹을 쓰러뜨린 적이 있다고 자신있게 말했던 전사 청년도 믿기지 않는다는 듯이 소년을 보고 있다.

하지만, 가장 놀란 건 테란 본인이었다. 척 보기에도 영웅의 빛을 지니고 있는 리더가 아니라 자신을 선택했으니 그런 표정을 지을 만도 할 것이다.

말실수였나? 하지만, 나는 이제 면담을 끝내고 간식을 먹고 싶어.

나는 자신만만한 연기로 마무리에 들어갔다.

"하지만, 자네도 혼자《발자국》에 들어오고 싶진 않겠지. 파티란 이른바 가족 같은 거니까. 부족한 것을 깨우치고 그것을 손에 넣으면 언제든지 다시 오도록 해."

나중에 내가 면담을 했다는 것조차 잊었을 무렵,《빛의 화살》은 답이 딱히 없는 질문의 답을 가지고 나를 찾아왔다.

리더인 청년이 내놓은 답은 '동료와의 유대감'이었다. 아무래도 테란은 파티에 제대로 적응하지 못했던 모양이었고, 내가 던진 질문을 계기로 대화를 나누며 유대감을 다진 것 같았다.

　여담이지만, 내가 적당히 던진 질문에 답을 가지고 오는 강자들은 대부분 동료와의 유대감이라거나 강철 같은 의지처럼 애매한 답을 가지고 오는 경우가 많다. 애초에 명확한 답이 없는 질문이기 때문에 어떻게든 답을 내놓으려 하면 그렇게 되어버릴 것이다.

　저번 면담 때보다 훨씬 빛나고 있는 그 젊은 파티를 보고 미소를 지으며 고개를 끄덕인 나는, 제2의 시험으로서 최근에 따분해하던 루크와 놀── 루크를 쓰러뜨리라고 시켰다.

# 탐협 기관지 칼럼 '고레벨 헌터들의 일상'

"이번에는 탐색자 협회의 기관지인가요…… 이것저것 부탁이 들어오네요."

에바가 어이없다는 듯이 말했다. 나도 그렇게 생각한다.

탐색자 협회는 트레저 헌터를 지원해주는 조직이지만, 그와 동시에 헌터와 헌터가 아닌 사람들을 이어주는 역할도 지니고 있다. 협회에서 발행하는 기관지는 일반인 애독자도 많고, 지금까지 여러 사람의 요청에 따라 다양한 정보를 전달해 왔다.

나도 지금까지 다양한 헌터 대상 잡지나 신문에서 인터뷰를 해왔는데, 그런 경험으로 인해 이번에는 나에게 그런 제안이 들어온 모양이다. 자원봉사다.

"거크 씨가 직접 부탁해서 말이지……."

"아…… 웬일로 의욕을 보이시나 싶었는데……."

딱히 의욕을 보여준 적은 없긴 하지만, 에바가 보기에는 그렇지 않았던 모양이다.

고레벨 헌터에게는 고레벨 헌터의 책무가 있다. 내팽개쳐도 상관없지만, 나는 거크 씨와 원만한 관계를 맺고 싶다.

그리고 평소처럼 갑자기 까다로운 의뢰를 떠맡게 되는 것과 비교하면 취재 정도는 아무것도 아니다.

"게다가 이번 표적은 내가 아니거든……."

내가 부탁받은 것은 정보를 가져다 주는 것이다.

대상은 《비탄의 망령》── 다시 말해 소꿉친구들이다.

나는 인터뷰를 잘하는 편은 아니지만, 클랜 마스터로서의 입장이 있기에 가끔 인터뷰를 해 왔다. 하지만, 루크와 다른 멤버들은 그렇지 않다.

그들은 취재 같은 것에 흥미가 전혀 없다. 성격이 사납고, 그 누구의 지시도 따르지 않고, 아무렇지도 않게 사람을 베곤 하니 잡지 기자들도 어떻게 해볼 수가 없다. 그래서 거크 씨가 나에게 눈독을 들인 모양이었다.

애초에 레벨이 높은 헌터는 탐색자 협회의 간판이나 마찬가지다. 주목도도 자연스럽게 높아지기 마련이다. 취재를 전부 거절한 그들도 소꿉친구인 내가 취재를 하러 가면 받아줄 거라 생각한 것이다.

식은 죽 먹기다. 이렇게 간단한 일로 빚을 지울 수 있다니──나도 인터뷰나 하고 다닐까.

"주제는 고레벨 헌터들의 일상, 인가요…… 그래도 루크 씨네 일상은──."

"그럼 얼른 마치고 올까. 주먹이 우네……."

에바가 눈살을 찌푸렸다. 나는 일을 하기 위해 일어섰다.

"고생 많았다."

"정말 힘들었어. 레벨 8 인정 헌터에게 잡일을 부탁하는 건 거크 씨밖에 없을 거라고."

"너무 그러지 마. 다른 녀석에게 부탁할 수도 없잖아."

취재를 마치고 탐색자 협회 응접실에서 지부장인 거크 씨와 마주 보고 앉았다.

내가 탐협에 불려 올 때는 보통 사과하러 오기에 손님 대접받는 건 꽤 오랜만이다. 내준 차를 마시며 거크 씨가 취재 결과를 정리한 리포트를 확인하는 모습을 멍하니 바라보았다.

거크 씨는 한동안 고개를 끄덕이면서 리포트를 읽다가 금방 눈살을 찌푸렸다.

"야, 크라이. 이거 무슨 장난 같은 거냐?"

"어? ······의뢰를 대충 수행하진 않는데."

"으음············."

거크 씨가 끙끙대며 내가 취재한 결과를 소리 내어 읽었다.

"《천검》 루크의 생활. 훈련."

그렇다. 루크는 훈련을 하고 있다. 언제든 훈련을 하고 있다.

"《절영》 리즈의 생활. 훈련."

그렇다. 리즈는 훈련을 하고 있다. 언제든 훈련을 하고 있다. 티노에게 훈련을 시킬 때도 있긴 하지만, 그것도 자신의 훈련을 겸한 거라고 리즈가 말했다.

거크 씨가 마치 쥐어 짜내는 듯한 목소리로 리포트를 계속 읽어나갔다.

"《만상자재》루시아의 생활, 연구와 훈련."

"시트리의 생활. 연구와 장사."

"《부동불변》안셈의 생활. 훈련과 치료——."

그렇다. 그들은 성격이 사나운 것과 동시에—— 금욕적이다.

사람을 베거나 때리면서 제멋대로 살고 있긴 하지만, 트레저 헌터로서는 모범적이다.

취재를 하며 든 생각인데, 아마 향상심을 내 몫까지 가져간 것 같다.

이야기를 들으면서 평소에 그들이 얼마나 탐욕스럽게 힘을 추구하는지 잘 알 수 있었다.

거크 씨는 끙끙대며 인상을 찌푸리고 있다가 고개를 들고 나를 노려보고는 말했다.

"나는…… 휴일에 어떻게 지내는지 물어본 거다. 취미 같은 것을 통해서, 헌터에 대해 일반인들이 친근한 마음을 품을 수 있게끔——."

그렇겠지. 무슨 의도인지는 알아. 하지만 어쩔 수가 없다고.

"거크 씨. 그거, 휴일에 하는 거야."

"…………"

내가 한 말을 듣고 거크 씨는 처음으로 어깨를 축 늘어뜨렸다.


결국, 내가 수집한 정보는 코너의 취지에 맞지 않는다는 명목으로 퇴짜를 맞았다.

그 후 너무 적막한 생활을 하고 있다면서 거크 씨가 호의로 여행에 초대해주었고, 그곳에서 또 큰 사건에 휘말리게 되지만, 그건 또 다른 이야기다.

# 비탄의 망령은 수행하고 싶다!

"우오오오오오오오오오! 온천에서, 수행이다아아아아아아아!"

완성된 대욕탕에서 루크가 포효했다. 여전히 발상이 엉뚱한 모습을 보고 나는 한숨을 크게 쉬었다.

트레저 헌터는 평소에도 반드시 단련해야 한다. 재능이 넘치는 《비탄의 망령》도 예외가 아니다.

아니, 오히려 헌터의 인정 레벨과 단련의 양은 기본적으로 비례한다고 해도 무방하고, 내 소꿉친구들도 모두가 수행 바보다.

영광에는 이유가 있다. 수행과 인연이 없는 건 나뿐이다. 바캉스 도중에도 친구들이 수행을 하고 싶어 하는 모습을 보고 짐작하긴 했는데, 아무래도 생활의 일부가 된 것 같다.

루크는 여전히 기운이 넘친다. 눈을 빛내며 루시아가 방금 만들어 준 목도를 휘두르는 모습을 보니 수행을 싫어하는 것 같진 않다.

말릴까 망설였지만 즐거워 보였기에 말리지 않기로 하고 대신 하품을 크게 하며 물었다.

"……수행은 뭐 해?"

"그야 물론…… 수행이라면 폭포지."

루크는 정말 폭포를 좋아하는구나……. 폭포에서 자주 수행을 하던데, 과연 그게 수행이 되긴 할까? 나는 폭포수를 맞아본 적이 없어서 모르겠지만, 레벨 8 팬텀과 맞서 싸울 수 있는 루크에게 별로 의미가 있을 것 같진 않은데.

눈을 깜빡이고 있던 나에게 루크가 와일드한 미소를 지으며 자신만만하게 말했다.

"자연과 하나가 되어 폭포수를 맞음으로써 세계를 벨 거야!"

"그, 그렇구나. 잘됐네……."

이래 봬도 제도에서 손꼽히는 검사다. 좋아한다는 것은 모든 것을 초월하는 법이다.

아무런 말도 하지 못하고 있던 나에게 루크가 선언했다.

"오늘은 말이지………… 우선 100℃야."

"?!"

"속도도 말이지, 평범해선 너무 미지근해. 있는 힘껏 올려줘! 내구도를 단련할 거니까 땅바닥에 구멍이 뚫릴 만큼!"

그건…… 이미 폭포가 아닌 것 같은데? 100℃면 끓지 않나——.

이야기를 듣고 있던 루시아가 이마를 짚으며 말했다.

"그런 걸 오랫동안 만들어 내는 게 제 수행이에요."

"고, 고생이 많네……."

"리더가 느긋하게 온천에 몸을 담그고 있는 동안에도, 등을 씻고 있는 동안에도, 하품을 하는 동안에도 계속, 계속, 섬세하게 컨트롤하고, 있다고요!"

"으, 응, 그래, 그렇지…… 역시 대마도사야! 루시아, 세계 제일!"

"정말!"

마도사는 원래 만능 같은 느낌이 있지만, 대마도사라고 불리는 건 정말 이유가 있나 보네요…….

그때, 리즈가 내 어깨를 툭툭 건드렸다.

"크라이, 크라이. 나랑 티이는 말이지이…………… 온천 위를 뛰어가는 수행을 할 거야!"

"네?! 저, 저도요?! 네, 네…………… 하, 할게요."

"펄펄 끓는 온천 위를 뛰어갈 거니까, 온 힘을 다해서 하라고."

"?!"

경쟁할 필요는 없다고…….

제멋대로 구는 리즈를 보고 티노가 겁을 먹었다.

펄펄 끓는 온천 위를 뛰어가는 수행…… 그 수행이 도움이 되는 날이 오는 건지, 애초에 어떻게 온천 위를 뛰어간다는 건지, 신경 쓰이는 게 많네. 왜 그렇게 즐거워하는 거야?

그때, 시트리가 방긋방긋 웃으며 자연스러운 움직임으로 슬쩍 다가왔다.

"저는, 온천 골렘을 개량할 거예요."

"왜?"

"그리고…… 온천에서만 할 수 있는 수행이 딱히 생각나지 않으니까, 일단 숨 참기라도 할게요."

뭐야…… 괜찮아. 그렇게 무리해서 수행하지 않아도 괜찮다고. 힘을 좀 빼고 즐기자. 일단 숨 참기라니, 그런 말은 처음 들었어.

"아~, 그거 좋네. 나도 숨을 참아야지!"

"시트, 나이스 아이디어! 우리도 하자, 티이!"

"?!"

"키르키르 군도 참아요."

"키르키르……."

뭐가 그렇게 마음에 든 걸까. 그냥 티노가 불쌍하기만 하다. 항상 시트리에게 충성하는 키르키르 군도 왠지 기운이 없는 것 같다.

"안셈은…… 무슨 수행을 할 거야?"

그때, 나는 계속 입을 다물고 있던 안셈에게 물었다.

안셈은 두 여동생과는 달리 과묵한 남자다. 과묵하면서도 침묵이 답답하지 않게끔 독특한 분위기를 뿜어내곤 한다.

《부동불변》이라는 별명이 잘 어울리는 남자이긴 하지만, 나는 소꿉친구이기에 그가 커뮤니케이션을 싫어하는 게 아니라는 사실을 알고 있다.

"…………으음……."

안셈이 끙끙댔다. 겉으로 드러내진 않았지만, 곤란해하는 분위기가 느껴졌다.

그때, 시트리가 곧바로 나서서 도와주었다.

"오빠는 이제 이런 곳에서 할 만한 수행은 대충 다 끝냈거든요."

"안셈 오빠에게 상처를 입히려 하다가는 모처럼 온 온천이 망가져 버릴 테니까……."

"안셈은 이제 숨을 거의 안 쉬어도 괜찮고."

"……으음."

제일 믿음직스러운 남자가 제일 괴물 같다니, 정말 대단한 것 같다.

숨을 안 쉬어도 괜찮다는 말은 처음 들었는데…….

그런데, 안셈…… 왠지 쓸쓸해 보인다. 그렇게 수행을 하고 싶은가?

그때, 루시아가 어깨를 으쓱였다.

"수행을 더욱 심하게 해서 누군가가 쓰러졌을 때 회복 마법을 걸어주면 되는 거 아닌가요?"

"그거야!!"

이제 질색이다, 이 사람들. 애초에 이 멤버들 중에서 쓰러지는 사람이 있다면…… 티노 아닐까?

"으음!"

안셈이 힘차게 고개를 끄덕였다. 티노가 작은 목소리로 비명을 지르며 내 뒤에 숨었다.

# 힘내라, 시트리! ②

※①편은 4권 후기에 수록되어 있습니다.

"그런데, 이번에도 정말 힘들었네⋯⋯."

기지개를 켜며 온천에 몸을 담갔다. 리즈와 다른 멤버들은 온 힘을 다해 베개 싸움을 시작해 버렸기에 방금 완성된 대욕탕에는 나밖에 없다.

달빛이 아무도 없는 욕탕을 비추고 있다. 언더맨들도 땅속으로 돌아가 버렸고, 이제부터 스루스 마을이 어떻게 될지는 모르겠지만, 일단락되었다고 할 수 있다.

"뭐, 전부 잘 풀려서 다행이야⋯⋯."

이런저런 일이 생기긴 했지만, 끝이 좋으면 다 좋은 거다. 현실 도피라고도 한다.

떠들썩한 것도 좋지만 조촐하게 모여 온천에 몸을 담그는 것도 정말 좋아한다. 느긋하게 온천을 만끽하고 있자니 문득 뒤에서 목소리가 들렸다.

"류⋯⋯."

?! 설마 아직 안 돌아간 녀석이 있었나? 멍하니 뒤쪽을 돌아보았다.

그곳에 있는 것은── 알몸에 수건을 두른 시트리였다.

전혀 예상하지 못한 모습이었기에 상황 파악을 제때 하지 못한 나에게 시트리가 응석 부리는 목소리로 말했다.

"류류……."

물론, 무슨 말인지는 알 수 없다. 영문을 알 수 없어서 아무 말도 안 나온다.

시트리는 언더맨이 아니라 류류 하고 울진 않을 텐데. 다시 말해 눈앞에 있는 시트리 같은 애는 시트리가 아니라 언더맨이라는 뜻이다.

"류우류우."

시트리처럼 생긴 언더맨이 온천에 첨벙, 들어왔다. 증기 때문인지 얼굴이 붉게 물들어 있다. 하지만, 정말 기뻐보인다.

"류류류~."

시트리처럼 생긴 언더맨이 팔을 끌어안고 어깨에 머리를 기댔다. 나는 반응하기 곤란해서 류 하고 울었다.

시트리맨이 가슴을 꾹꾹 들이대고 다리를 휘감았다. 닿은 피부는 부드럽고 따스했다. 시트리맨이 입술을 가져다 대고 작은 목소리로 말했다.

"류우류우."

그때, 옆에 두었던 가면이 말했다.

『수단을 가리지 않는 네놈의 모습은 정말 놀랍군. 아, 한심하다. 내 시대에도 이런 녀석은 없었다만.』

"?!"

시트리의 미소가 얼어붙었다. 나는 탕속에 너무 오래 있어서 사고가 몽롱해진 와중에 반론했다.

"아니, 아니, 시트리가 이렇게 망측한 짓을 할 리가 없잖아."

"류~~~!"

시트리맨이 비명 같은 목소리를 내며 울상을 짓고는, 가면을 집어 있는 힘껏 밖으로 내던졌다.

# 《시작의 발자국》 클랜 회보 '《천변만화》의 고민 상담'

"크라이 씨, 모집했던 그 의견함 건 말인데요———."

"어? ……아………… 그런 이야기도 있었지."

커다란 상자를 들고 온 에바를 보고 눈을 동그랗게 떴다.

《시작의 발자국》에서는 정보를 공유할 겸, 정기적으로 클랜에서 회보를 발행하고 있다. 그 코너 중 하나로《천변만화》의 고민 상담 기획이 나온 것은 불과 얼마 전이다.

나는 잘 모르겠지만, 신산귀모로 고민상담을 해준다는 부분이 흥미를 끈 모양이다. 수요가 있는지 없는지는 그렇다 치고 일단 OK하긴 했는데, 벌써 설치 준비가 끝났나?

"라운지에 두었던 상자가 가득 찼길래 가지고 왔어요……."

"?! 어……."

에바가 상자를 뒤집었다. 책상 위에 쌓인 편지를 보고 나는 무심코 눈살을 찌푸렸다. 상담을 신청할 사람이 없을 것 같아서 받아들인 건데…… 아니, 일처리가 너무 빠르잖아.

내키진 않지만 어쩔 수 없지. 제일 위에 있던 분홍색 봉투를 집어들었다.

"어디 보자……? '저는 마스터를 정말 좋아합니다. 강하고, 자상하고, 머리가 좋고, 멋지고, 불만은 거의 없지만, 단 하나, 마스터가 내려주는 시련이 엄청나게 스파르타라서요. 저를 위해서 그렇게 해주신다는 건 알고 있지만, 이대로 가다가는 언젠가 죽어버릴 것 같아요. 악의가 없다는 건 아는데, 어떻게 하면 좀 느슨하게 해주실까요? (P.N. 귀여운 후배 헌터)'."

"…………."

에바가 눈을 깜빡이며 나를 보았다.

불만과 열기가 가득 차 있다. 의견함을 이용하는 방법을 착각하고 있는 거 아닌가?

아니, 귀여운 후배 헌터라니, 그게 누군데……?

티노는 자기를 귀엽다고 하지 않을 테고…….

"……뭐, 이건 내버려 두자. 다음은………… 어디 보자? '훈련실에 언제든 베도 되는 인간을 배치해 주었으면 한다'…… 이건 루크구나."

"변함이 없군요……."

안 돼. 굳이 말할 필요도 없이 안 된다고. 다음으로 넘어가자, 다음.

"이번에는 이 노란색 편지—— 어디 보자? '훈련실에 언제든 베도 되는 범죄자나 인간과 똑같이 생긴 마법 생물을 배치해도 될까요? 루크 씨가 필요하다고 해서요'."

"?! 안 되거든요?"

에바가 깜짝 놀라며 나를 보는데, 굳이 말하지 않아도 알아…… 누구야, 이런 내용을 넣은 거. 우리 클랜에는 정말 크레이지한 헌터가 있는 모양이다.

나는 귀찮아하면서 차례차례 편지를 살펴보았다.

"'약한 인간, 정신 좀 차려라, 입니다! 항상 동료들이 약한 인간에 대해 물어볼 때마다 대답하기 곤란하다고, 입니다! (P.N. 너무나도 아름다운 정령인)'······ 편지에도 존댓말을 이렇게 쓰는구나."

"'라운지에 술을 가져다 두었으면 좋겠다'······ 항상 술을 챙겨 오잖아!"

"'의욕이 없는 클랜 멤버는 쓸모가 없으니까 쫓아내야 한다. 그러면 일이 줄어서 헌팅에 시간을 들일 수 있고, 크라이도 졸개들 관리하기 힘들지? 나는 머리가 정말 좋은 것 같아!'·········· 아니, 아니, 아니."

"'보구만 사지 말고 장래도 생각해서 저금 좀 하세요! 빚이 얼마나 되는지 제대로 알고 있긴 해요?' ······의견······함?"

좀 더 건설적인 의견이 있었으면 좋겠는데. 아니, 신산귀모가 나설 차례가 없잖아?

에바도 어이없어하는 듯한 표정이다. 아무래도 신기하니 일단 써보자는 사람이 많았던 모양이다.

"'이걸 쓸까 말까 망설였지만, 이번에 확실하게 확인해두지. 크라이는 리즈와 시트리, 둘 중 어느 쪽이지? 둘 다 각각 문제가 있고, 결론을 내는 것을 피하려는 심정은 정말 잘 알겠다만 계속 우유부단한 태도를 취하는 건 사람으로서 좀 아니지 않나'··········이, 이걸 쓴 사람은······."

"저, 저는 몰라요?!"

에바가 당황하며 고개를 마구 저었다. 이 필적, 혹시 안세——

아냐, 아냐.

·················의견함, 무섭네. 이 코너는 그만해야겠다.

마지막으로 수수하게 반으로 접힌 편지를 펼쳤다. 편지에는 의욕이 느껴지지 않는 글씨로 이렇게 적혀 있었다.

"'항상 어느새 다들 없어. 어디 간 거야? 엘리자 벡'."

나도 몰라!!

## 그 무렵의 티노

"뭐야, 티노. 이번에는 혼자 남겨졌어?"

"……호위 의뢰를 하기는 아직 이르다고 판단이 내려졌을 뿐이야."

"……그, 그렇구나. 그거 정말 아쉽겠네."

클랜 멤버인 라일이 말을 걸자 티노는 한껏 불만을 담아 노려보았다.

애초에 티노는 아직 《비탄의 망령》의 멤버가 아니다. 매번 의뢰에 휘말리는 것도 아니다.

따라갔다면 당연히 힘들긴 했겠지만(특히 저번에 개구리가 되었던 것은 티노의 헌터 인생에서 가장 큰 충격이었다), 혼자 남으니 쓸쓸하기도 했다. 하지만, 티노는 아직 대국의 황제를 호위하기에 실력이 부족하다는 것은 사실이고, 애초에 언니 같은 사람들도 딱히 초대를 받은 건………… 어, 어라?!

너무나도 대담한 범행으로 인해 눈이 휘둥그레진 티노에게 라일이 문득 생각났다는 듯이 말했다.

"아, 맞다, 티노. 시트리 언니가 전해달라는 말이 있어. '먹거리를 좀 돌봐줘'라던데. 열심히 하라고!"

"?!"

그런 말은 못 들었어, 못 들었다고요?!

아니, 설마 이번에 나를 두고 간 이유가——.

"후욱~, 후욱~, 냐아아아아아아아아아아아!"

날카롭고 흉악한 갈고리 발톱과 몇 미터가 넘게 큰 몸집. 이리 저리 날아다닐 수 있는 거대한 날개. 칼처럼 예리한 꼬리. 하지 만, 가장 큰 문제는 이 키메라가 마스터와 시트리 언니를 제외한 사람들을 따르지 않는다는 점일 것이다.

먹거리라는 이름이 붙은 키메라가 《발자국》 멤버들 중에서 싫 어하는 환수 베스트 3에 들어갔다는 건 생생하게 기억난다. 평소 에 시트리 언니가 먹거리를 돌봐주라고 맡긴 헌터들은 항상 만신 창이다.

그 빛나는 눈은 바캉스 중에 함께 행동했던 티노를 그냥 부드 러운 고기라고 판단하고 있었다.

마스터나 시트리 언니가 근처에 있을 때는 얌전하지만, 잠깐 자리를 비우니 이렇게 되었다.

두꺼운 앞발로 날린 발톱의 일격을 백스텝으로 피했다. 평소에 먹거리의 보금자리인 훈련장의 금속제 바닥은 이미 너덜너덜해 졌다. 산책이 부족한 건지, 기운이 넘쳐난다. 준비해 온 밥(마물 고기)를 뿌렸지만, 아무래도 먹거리는 마물보다 티노를 더 원하 는 것 같았다.

"냐아아아아아아아아아아!!"

"이런 건 못해!! 히이익?!"

만약에 보물전이었다면 완전히 파티로 맞서야 할 상대다. 【흰늑대 소굴】에서 싸웠던 울프 나이트보다 확실하게 강하다.

마치 장난을 치는 것처럼 내려친 앞발은 날씬한 티노를 갈가리 찢고 납작하게 만들만한 위력을 지니고 있었다. 여유를 두고 피하지 않으면 피해도 충격 때문에 날아가버릴 것 같다.

"먹, 거리! 앗! 아! 안 되겠, 어요! 마스터어!"

근처에는 산산조각 난 우리와 끊어진 목줄 사슬이 굴러다니고 있다. 어째서 아직 잡아먹힌 사람이 없는지 정말 신기하다. 혹시 이 정도는 쉽게 해낼 수 있는 게 당연한 건가?

어째서 마을 안에서 사선을 넘어야만 하는 거지? 실패하면 잡아먹히는 훈련이라니, 평소에 언니가 시키는 훈련보다 더 지독하다. 티노는 온 힘을 다해 피하느라 땀으로 범벅이 되었는데도 먹거리의 움직임은 전혀 둔해지지 않았다. 그러기는커녕, 티노의 공격을 조금씩 배우는 것 같은 낌새조차 느껴졌다.

그러고 보니 이 괴물은 뛰어난 지성을 지니고 있는 모양이다.

이런 괴물을 죽이지 않고 키우려 하다니, 역시 레벨 8의 발상은 다르다.

"나, 나쁜 아이구나! 이렇게 된 이상——."

티노는 각오를 다지고 거리를 멀리 벌린 다음, '오버 그리드'를 썼다. 설마, 가능하면 쓰지 않으려 했던 가면을 이런 곳에서 쓰게 될 줄이야——.

육체가 삐걱거리는 소리를 내며 변화했고, 힘과 엄청난 전능감이 몸에서 솟구쳤다. 먹거리의 눈이 한층 더 빛났다.

"냐아~, 냐아~!"

『보아하니 먹을 게 늘어나서 기뻐하는 것 같군.』

어이없어하는 가면의 목소리를 무시하고 초 티노가 소리쳤다.

"읏! 덤벼! 멍청한 고양이! 벌을 주겠어!"

저렇게 몸집이 크니 조금 지나치게 공격하더라도 죽진 않을 것이다. 아니, 죽는다 해도 정당방위다.

먹거리가 덤벼들었다. 티노는 일부러 품속으로 파고들었다.

거대한 몸집에서 느껴지는 엄청난 압박감. 몸을 숙여 먹거리가 내려친 앞발을 피한 다음, 턱에 손바닥으로 공격을 날렸다. 묵직한 충격이 팔에 느껴졌고, 뼈가 삐걱대는 소리를 냈다. 하지만, 통증 같은 걸 신경 쓸 여유는 없다. 먹거리가 움직임을 멈추고 공중에 뜬 순간, 티노는 몸을 크게 회전시켰다.

"하아아아아아아아아아아아아앗!"

"냐아?!"

혼신의 힘을 담은 돌려차기가 멋진 갈기가 돋아난 먹거리의 머리에 박혔다. 마치 금속 벽이라도 걷어 찬 것 같은 감촉이 들었다.

완전히 들어갔다―― 그렇게 확신한 순간, 발차기를 맞고 굳어 있던 먹거리가 울음소리를 냈다.

"냐아~."

"?!"

전혀 예상하지 못했다. 곧바로 거대한 몸집에 눌려 균형을 잃었다.

눈앞에서 빛나는 눈동자. 필사적으로 빠져나오려 했지만, 너무 무거워서 움직일 수가 없다. 죽음을 각오한 티노에게 먹거리가 한 행동은 예상하지 못한 것이었다. 따뜻하고 꺼끌거리는 것이 티노의 볼에 닿았다.

혀다. 긴 혀가 티노의 볼을, 목덜미를 낼름낼름 핥고 있었다.

『보아하니 우선 맛부터 보려는 것 같군…… 현대에 이런 괴물이 있을 줄이야…….』

가면이 감탄하듯이 말했다. 그렇게 쓸데없는 말은 됐으니까 이 상황에서 벗어날 방법을――.

그때, 갑자기 훈련장 문이 드르륵, 열렸다. 먹거리가 고개를 들었고, 티노도 필사적으로 그쪽을 보았다.

들어온 사람은 예상하지 못했던 인물――《비탄의 망령》의 마지막 멤버, 엘리자 언니였다.

엘리자 언니는 너덜너덜해진 훈련장을 보고, 먹거리와 먹거리에게 깔린 티노를 보고, 멍하니 긴장감이 없는 표정으로 말했다.

"………………또 두고 갔어."

문이 닫혔다. 먹거리가 의아하다는 표정으로 냐아~ 하고 운 다음 다시 맛을 보기 시작했다.

그제야 상황을 이해한 티노는 온 힘을 다해 소리쳤다.

"자, 잠깐만요! 엘리자 언니! 살려줘요!"

# 정령인과 잘 지내는 법 ②

"마스터, 그 정령인이 마스터를 대하는 태도는 이제 참을 수가 없어요!"

"…………어?"

평소에 나에게 소리를 지르지 않는 티노의 분위기를 보고 나는 맥빠지는 목소리를 냈다.

볼은 빨갛게 물들었고, 꽉 쥔 주먹은 분노를 참고 있어서 그런지 조금씩 떨리고 있었다. 정령인은 인간을 얕보는 경우가 많지만, 다들 그 사실을 알고 있다. 항상 냉정한 티노가 이렇게까지 화를 내는 건 보통 일이 아니다. 누구 말이지?

눈을 동그랗게 뜬 나를 보고 티노가 책상을 쾅, 손으로 내려치며 외쳤다.

"자신의 클랜 마스터에게── 제도에서 수많은 사건을 해결한 마스터에게, 약한 인간이라니── 아무리 그래도 너무 무례해요! 기강이 해이해져요!"

"음………… 아."

누구 이야기인지 짐작이 되었다. 말과 행동이 거만한 정령인은 많지만, 나를 약한 인간이라고 부르는 건 크류스뿐이다.

나는 딱히 누가 뭐라고 부르든 상관이 없지만, 티노는 그렇지 않은 모양이다.

"딱히 상관없어. 이상한 호칭으로 부른다고 뭐가 닳는 것도 아니고——."

"닳아요! 마스터어의 위광이 닳아버린다고요! 이 클랜에서 마스터어께 반항하는 건 규칙 위반이에요!"

티노가 눈물을 머금으며 소리쳤다. 그런 규칙은 없어…….

그런 위광 따위는 전부 사라져 버리라고.

그때, 잠깐 자리를 비웠던 리즈가 돌아왔다. 이야기를 듣고 있었는지, 티노보다 훨씬 감정의 변화가 심한 리즈가 한숨을 쉬었다.

"에휴…… 티이, 또 그런 소리를 하는 거야? 그 녀석이 하는 말 같은 건 무시해도 되는데."

"?! 언니?! 그 여자가 마스터를 모욕했는데요?!"

평소와는 달리 따지고 드는 제자를 보고 리즈가 조금 어른스러운 듯한 분위기로 어깨를 으쓱였다.

"아니, 그건 그냥 장난일 뿐이니까…… 매번 반응을 보이는 것도 허무해지잖아?"

그러고 보니까 리즈도 예전에 이렇게 따졌던 적이 있었지. 역시 스승과 제자인 모양이다.

그리고, 리즈가 성장한 모습을 보여줘서 나는 정말 기쁘다.

스승님이 한 말이 뜻밖이었는지, 티노가 맥이 빠진 듯이 나를 보았다.

응, 그래, 그렇지…… 리즈가 사납게 대하지 않는 상대는 별로 없으니까.

"크류스는 착한 아이야. 순하기도 하고…… 처음에는 문제를 일으키기도 했지만, 지금은 클랜에 완전히 적응했어."

정령인들은 특히 오해를 사기 쉽다. 인간 사회에서는 그 말과 행동 때문에 손가락질 당하기도 하지만, 문화의 차이라고 생각하는 게 서로에게 바람직할 것이다.

"어…… 순한 정령인 같은 게 존재하나요?!"

"있다니까."

순하고, 사람을 잘 믿고, 그리고 잘 속는다. 그게 크류스 알르겐이라는 정령인이다.

애초에 《별의 성뢰》에 들어간 것도 라피스 일행이 부추겨서 숲 밖으로 따라나왔기 때문이라고 한다. 제블디아에서도 몇 번 속아서 문제에 휘말린 적이 있다. 요즘은 내성이 좀 생긴 것 같아서 문제를 일으켰다는 이야기도 들리지 않게 되었지만, 지금도 크류스가 항상 라피스와 함께 행동하는 이유는 그런 것 때문일 것이다.

"하지만! 언니! 그 여자는 라운지에서 마스터어가 운이 조금 좋은 게 전부이고 믿음직스럽지 못한 인간이라고!"

"음~, 이제 그런 말은 아무도 진지하게 듣지 않으니까."

"?!"

그건 이제 우리 클랜의 단골 풍경이나 마찬가지다. 지금까지 티노는 타이밍이 안 맞아서 못 보았을지도 모르겠지만, 다들 훈훈한 기분으로 보고 있을 것이다.

뭐, 애초에 그 말이 사실이기도 하고…….

"애초에 그 녀석은 크라이를 너무 좋아하잖아. 이야기를 할 때 귀를 움찔거리기도 하고…….."

"네에?!"

"좋아하는지는 제쳐두더라도, 정말 즐거워보이긴 하지."

즐거워보인다는 건 좋은 것이다. 만약 조금이나마 좋아해주는 거라면, 클랜을 설립한 직후에 다른 파티가 《별의 성뢰》에게 적응하지 못했을 때 내가 말을 걸었던 덕분이겠지.

뭐라고 해야 하나, 《별의 성뢰》 멤버들 중에서 제일 빈틈이 많으니까…….

놀러가자고 하면 따라오고, 부르지 않으면 나중에 화를 내고, 부탁하면 보구도 충전해주고, 말버릇이 안 좋다고 해도 악의가 느껴지진 않는다.

아마 정령인이 모두 크류스 같다면 다른 사람들도 정령인을 좀 더 받아들이기 쉽지 않았을까? 종족이 멸망할 것 같긴 하지만.

"뭐, 너무 신경 쓰지 말고 사이좋게 지내줘. 티노라면 좋은 친구가 될 수 있을 것 같은데."

"그렇군요………… 복잡, 하네요."

내 말을 듣고 티노가 뭐라 말하기 힘든 표정으로 중얼거렸다.

티노하고 크류스는 왠지 닮았네. 어떤 구석이 닮은 거지?

그렇게 생각하고 있자니 리즈가 티노를 빤히 보며 말했다.

"애초에! 그 녀석, 크라이가 몇 번이나 시련을 내려줘도 굴하지 않고 받아들이던데. 티이 너도 불평만 하지 말고 본받아!"

"?!"

아, 리더(티노 같은 경우에는 스승님)에게 당하기만 하는 구석인가?

# 최고의 데이트

"오오오오오오오오오오오오! 오랜만에, 데, 이, 트, 으으으으 으으으으으으으오!"

"오……."

몸을 쭉 펴고 있는 힘껏 오른손을 든 리즈를 따라 나도 힘없이 목소리를 냈다.

지나가던 사람들이 온몸에서 에너지가 넘치는 리즈를 돌아보고 있었다.

고레벨 헌터는 바쁜 법이다. 헌팅과 티노의 단련, 자신의 단련. 더 높은 경지를 목표로 수련하는 리즈는 사실 내가 같은 입장이었다면 정신이 나갔을 정도로 바쁘다.

나는 항상 거의 한가하지만, 리즈와 데이트(아니, 제도를 돌아다니는 것 정도지만)를 할 기회는 거의 없다. 이번 데이트도 저번에 했던 게 언제였는지 기억이 안 날 정도로 오랜만이다.

평소와는 달리 치마를 입고 멋을 부린 리즈는 평소보다 더 빛나고 있다. 그리고 평범한 여자애 같은 옷을 입고 있기에 평소처럼 다리를 감싸고 있는 보구가 눈에 정말 잘 띈다. 리즈는 전혀 신경 쓰지 않지만, 속닥거리는 목소리와 시선이 이쪽으로 쏠리는 걸 나는 확실하게 느끼고 있다.

하지만, 상관없다. 나는 리즈가 신이 나면 기쁘다. 눈에 띄든

말든 상관없다. 쇼핑이든, 군것질이든, 짐꾼이든, 뭐든지 해주겠어. 그게 내일의 활력이 되고, 주위 사람들에게 베풀어주는 자상한 마음씨로 이어진다면── 아니, 나도 데이트를 싫어하는 건 아니거든?

내일은 근육통 확정이겠구나. 리즈가 일반인에게 덤벼들려고 하면 말려야지…….

굳게 결심하고 있자니 리즈가 슬쩍 다가와 바로 앞에서 나를 올려다보았다.

아무래도 평소보다 더 기분이 좋은 모양이다. 닿지도 않았는데 높은 체온이 느껴진다.

"오늘은 말이지………… 크라이. 항상 하던 데이트와는 달리 원하는 게 있어."

"……호오, ……뭔데? 오랜만이니까 같이 해줄게."

웬일이야…… 넌 도적답지 않게 욕심이 없잖아.

리즈는 내 가슴에 집게손가락을 비벼대며 속삭이는 듯한 목소리로 말했다.

"그러니까…… 대단한 건 아닌데………… 붉은 장미단의 목."

"으음………… 장미? 장미 같은 게 갖고 싶어?"

"응! 안 될까?"

"아니, 안 될 건 없지. 음, 장미…… 장미라. 그 정도라면 선물해줄까?"

붉은 장미를 가지고 싶어하다니, 리즈도 귀여운 구석이 있네.

나는 거의 일 년 내내 가난하지만, 꽃을 사줄 돈 정도는 있다.

"한 송이면 될까?"

내가 묻자 리즈는 눈을 동그랗게 뜨고 있다가 금방 삐진 듯한 목소리로 말했다.

"······어? 한 송이로는 안 돼. 잔뜩 원해."

어? 잔뜩? ·········장미는 비싸지 않나?

"꽃다발이라는 뜻이구나."

"맞아, 맞아, 꽃다발! 크라이는 말이 정말 잘 통하네!"

그렇게 기쁜지 한쪽 발로 폴짝 뛰어올랐다. ······뭐, 상관없겠지. 아무리 장미가 비싸다 해도 10만 길 정도면 꽃다발을 만들 수 있을 테니까.

그때, 리즈가 말했다.

"그리고 말이지······. 나, 오늘은 먹고 싶은 것도 있어."

"응? 웬일로? 뭔데?"

리즈는 굳이 말하자면 질보다는 양을 중시한다. 헌터들은 다들 대식가이고, 나는 그게 정말 부럽다. 리즈는 내 팔을 꼬옥 끌어안고는 올려다보며 말했다.

"그러니까············ 검은 장미단의 절망."

"······장미만 찾네."

게다가 먹고 싶다니······ 그게 먹을 거야?

"맞아, 맞아, 그렇다니까! 적장미하고 흑장미는 말이지······ 사이가 안 좋거든. 그런데 최근에 건드리려고 했더니 손을 잡아서 자취를 감췄어······. 그래서 크라이하고 같이 가보려고──."

응, 그래, 그렇구나. 전혀 이해가 안 되네.

그래도 보아하니 장미를 원한다는 건 틀림없는 모양이다. 먹을 수 있는 장미라니, 과자 같은 걸까.

과자를 싫어하는 리즈가 이렇게까지 말하는 걸 보니 정말 맛있는 과자인가? 의욕이 더욱 솟구친다.

"뭐, 어디든 상관없어. 뭐든지 같이 해줄게."

"꺄악~, 크라이, 자상해~!"

리즈가 환호성을 지르더니 팔을 끌어안고 볼을 비벼댄 다음에 응석을 부리는 듯한 목소리로 말했다.

"그럼 말이지, 보여주고 다닐 거니까―― 크라이, 나랑 팔짱을 끼고 걸어줄래? 그 녀석들은 분명히 성격이 급할 테니까 빈틈을 보여주면 덤벼들 것 같거든. 데이트도 할 수 있으니 일석이조?"

어라? ·········뭔가 이상한데? 한순간 의문이 들었지만, 리즈가 팔을 세게 잡아당겨서 사라져 버렸다.

"최고의 데이트를 하자, 크라이!"

그리고 리즈와 오랜만에 한 데이트는 비명과 절망(상대방의)으로 가득 찬, 스릴 넘치는 데이트가 되었다.

나는 리즈에게 손을 잡힌 채 뛰어다니기만 했지만, 리즈의 목적이 장미의 이름을 지닌 두 범죄자 집단의 괴멸이라는 것을 알게 된 것은 모든 것이 끝난 뒤였다. 뭐, 이야기를 제대로 듣지 않은 나도 잘못이 있긴 하지만, 리즈가 정말 즐거워 보였던 게 그나마 다행이다.

　그 뒤 리즈와 나는 데이트 중에 헌팅 금지라는 지극히 당연한 규칙을 만들었다.
　결국 규칙 같은 것과는 상관없이 그 뒤의 데이트에서도 험한 꼴을 당했지만, 그것은 또 다른 이야기다.

## 《천변만화》의 고민 상담 ②

"어? 또 고민상담을 해?"

"다들 이러쿵저러쿵해도 고민이 있는 모양이라……. 평판도 좋아서 한 번 더 할까 해서요."

나는 에바의 말을 듣고 다리를 꼬았다.

트레저 헌터는 까다로운 직업이다. 활동 내용도 천차만별이고, 다른 사람에게 말할 수 없는 고민이 생길 때도 있다. 클랜 마스터의 업무에 멤버들의 카운셀링은 포함되어 있지 않지만, 내 레벨은 8이라 헌터들 중에서도 높은 편이고, 신산귀모라는 이상한 소문까지 돌고 있어서 고민상담을 받는 경우도 많았다. 얼마 전에도 클랜 회보로 고민상담을 받았는데, 설마 대충 대답했던 그 코너의 평판이 좋을 줄은 몰랐네.

"이번에는 대면으로 진행할 겁니다. 이쪽으로 오세요."

"어……."

에바의 안내에 따라 클랜 하우스에 있는 어떤 방으로 들어갔다. 그 방에는 책상 하나와 의자 두 개가 놓여 있었다.

마치 면접을 진행하는 것 같지만, 책상은 절반이 칸막이로 나뉘어서 상대방이 누군지 모르게 되어 있다. 마치 참회실 같다.

"……그래도 상대는 이야기를 듣는 게 나라는 걸 알고 있잖아?"

"자잘한 건 신경 쓰지 말아주세요."

왜 그렇게 의욕적인데…… 혹시 내가 항상 일을 전부 떠넘기고 쉬기만 해서 그래?

에바가 시키는 대로 입구에서는 보이지 않는 책상 건너편에 앉았다. 잠시 후, 문이 열리는 소리가 들렸다.

"우오오오오오오오오, 내가 1등이구나!"

기운이 넘치는 목소리. 나는 이 제도의 치명적인 단점을 이해했다. 칸막이를 쳐두어도 목소리 때문에 상대방이 누군지 다 알 수 있다. 항상 사람을 베는 거 정말 좋아맨이 힘차게 의자에 앉은 다음, 왠지 심각한 듯한 목소리로 말했다.

"그런데, 크라이. 요즘 아무도 모의전을 안 해주는데, 어떻게 하면 될까? 도장 녀석들도 요즘은 다들 내가 덤벼들면 검을 버린다고. 이래선 연습이 안 돼."

이름까지 부르네. 진지한 목소리와는 달리 상담 내용에는 태클 걸 구석이 너무 많다.

나는 한숨을 크게 쉬고는 적당히 말했다.

"분신이에요. 분신을 만들어서 자신과 싸우는 겁니다. 진정한 적은 자신입니다."

지극히 적당하게 둘러댄 대답을 듣고 루크는 의기양양하게 나갔다. 조금 미안한 것 같긴 하지만, 루크에게는 무슨 말을 해도 통하지 않고, 본인이 만족하고 있으니 세이프다.

느긋하게 차를 마시고 있자니 다음 손님이 들어왔다.

"류~류류~류~!"

"그리고 통역을 맡은 시트리예요!"

귀에 익은 목소리가 둘. 완전히 뜻밖이긴 하지만, 이미 적당히 넘기는 스타일로 들어선 나는 흔들리지 않았다.

……너희들, 사이가 좋구나. 아니, 언더맨은 이 정도면 시민권을 얻은 거 아니야? 요즘 제도에서 자주 보이던데 대체 어떤 대우를 받고 있는 거지?

의자에 앉은 다음, 언더맨이 곧바로 잘 이해가 안 되는 말을 늘어놓았다.

"륭륭류~류~류~."

"'왕이시여, 저희의 노동력이 제도에서 존재감을 드러내고 있습니다. 향후 지침을 내려주셨으면 합니다. 그리고 이 시트리는 왕의 파트너에 어울릴 만큼 멋진 여자입니다, 추천합니다'라고 하네요. 꺄악!"

"륭?! 류류~류~! 시트류~!"

"잠깐, 아파?! 류란, 때리지 마!"

찰싹찰싹 하는 의외로 큰 소리와 시트리의 비명이 들렸다. 너희들, 뭐 하러 온 거야?

잘 지내는 것 같아 다행이네. 그리고 시트리랑 말이 통하는 것 같은데, 마물(?)이나 아인(?)에게 사람 말을 가르치지 말라고! 나는 살짝 헛기침을 한 다음, 적당히 말했다.

"류류류~류~류~류류."

"!! 류우우우우우우우우우우웅!"

"?! 어, 어떻게 그렇게 심한 말씀을! 크라이 씨!"

언더맨에게는 적당히 류~류~라고 말하기만 하면 되니 편해서 좋네.

시끌시끌 떠들며 시트리와 언더맨 여왕이 나갔다.

대답을 듣고 만족했는지는 모르겠지만, 아마 진지한 대답을 원하진 않았을 것이다.

해도 저물기 시작했다. 창문 밖으로는 예쁜 저녁놀이 보인다.

슬슬 끝난 건가? 그렇게 생각하고 있자니 문이 열리고 어떤 사람이 조심조심 맞은편에 앉았다.

"저기이, 마스터어. 상담드려도 될까요?"

마지막 손님은 티노구나. 이제야 제대로 된 고민상담을 할 수 있을 것 같네.

티노는 한동안 침묵하고 있었지만, 내가 조용히 기다리고 있자니 결심한 듯이 말했다.

"요즘…… 제 존재감이 너무 없는 것 아닌가요? 개성도 부족한 것 같고, 슬슬 제 새로운 일면을——."

"…………."

그 상담은 좀 NG인데.

# 그 이후의 공주님

"뮤리나 전하께서 훈련하는 모습을?"

"그래. 황녀 전하께서 보실 만한 것이 못 될 거라고 말씀드렸는데, 꼭 보고 싶다고 하시는군. 아무래도 그 훈련을 통해 심경에 변화가 생기신 모양이야."

제블디아 황성에서 몇 킬로미터 떨어진 곳. 기사단용 연병장이 떠들썩해졌다.

강력한 트레저 헌터가 많이 존재하는 제블디아에서는 기사단 또한 그들을 진압할 수 있는 힘이 필요하다. 평소부터 가혹한 훈련을 하고 있지만, 황족의 시찰은 자주 있는 이벤트가 아니다. 게다가 무인으로서도 널리 알려진 라드릭 황제 폐하라면 모를까, 황녀 전하의 시찰은 전례가 없다.

뮤리나 황녀 전하는 황족 중에서 잘 드러나지 않은 인물이나, 기사나 귀족들에게 주인이라는 건 마찬가지다. 평소에 훈련을 대충하는 건 아니지만 저절로 훈련에 힘을 주게 된다. 불과 얼마 전에 폐하의 어명을 받고 지도를 맡았다는 《천변만화》에게도 고마워해야 할 것 같다.

그때, 근위 기사들에게 둘러싸인 채 간소한 드레스 차림을 한 황녀 전하가 들어왔다.

분위기가 따끔거리며 굳었다. 연병장은 진흙투성이다. 기초 체력 훈련부터 모의전, 특정한 상황을 상정한 대책 훈련까지, 원래는 황녀는 물론이고 귀족들의 자녀가 볼만한 것이 아니다.

하지만, 황녀 전하는 눈썹 하나 꿈쩍하지 않고 연병장을 둘러보더니 납득한 듯이 고개를 끄덕인 다음 접대를 맡고 있는 기사단의 우두머리, 장군에게 말했다.

"고생이 많으십니다. 갑작스럽게 시찰을 오게 되어 실례가 되었겠네요. 제블디아에 공헌하고 계신 여러분께 감사드립니다."

"전하. 무슨 그런 황송한 말씀을, 기사들도 힘이 날 겁니다."

험상궂은 장군이 긴장한 듯이 등을 쭉 폈다. 그리고 황녀 전하는 의아한 듯한 표정으로 말했다.

"그런데, 장군. 이 연병장에서는 어떠한 훈련을 하고 있나요?"

널찍한 연병장을 보니 지금도 집단으로 기초 체력 훈련과 모의전을 벌이는 자들이 있었다.

원래 귀족이 시찰할 때는 화려한 다대다 훈련을 하는 경우가 많지만, 평소에 하는 훈련을 보고 싶다는 것이 황녀 전하의 요청인 모양이었다.

"예. 이 연병장에서는 이론 수업을 제외한 단련을 진행하고 있습니다. 기초 단련부터 개인의 기술 향상, 집단으로 진행하는 작전 훈련까지—— 현재는 저쪽에서 기초 훈련이 진행되고 있습니다. 기술은 그렇다 치더라도 기초 능력은 평소에 단련하는 것에 달려 있으니까요."

"네?! 이론 수업은 제외하나요?"

"음? 네. 이론 수업은 실내에서 하고 있습니다."

"⋯⋯⋯⋯그렇군요, ⋯⋯그렇겠네요. 공격을 피하면서 공부를 할 순 없겠죠. 저도, 그렇게 생각했어요."

황녀 전하는 마치 자신을 납득시키려는 듯이 고개를 끄덕이며 당연한 말을 꺼냈다. 장군과 근위 기사들이 의아해하는 시선을 보내자 당황한 듯이 말했다.

"그런데, 기초 훈련 말인데요——."

"네. 저쪽에서 완전 무장한 집단이 뛰고 있는 것이 기초 훈련입니다. 그 밖에는 휘두르기 같은 것도——."

"저기⋯⋯⋯⋯ 외람된 말씀일지도 모르겠는데요. 뒤에서 쫓아가는 술래가 안 보이는 것 같은데, 술래는 어디 있나요?"

"⋯⋯⋯⋯술래?"

눈을 동그랗게 뜬 장군에게 황녀 전하가 매우 진지한 표정으로 말했다.

"네. 술래가 쫓아오지 않으면 그냥 뛰기만 하는 거잖아요. 필사적으로 뛰는 와중에 뒤에서 사정없이 공격을 가하는 술래는 어떤 분께서 담당하고 계신가요?"

"⋯⋯⋯⋯."

술래? 뒤에서 쫓아가는 술래? 교관 말인가? 하지만, 안타깝게도 기사단을 단련시키는 교관도 기초 훈련 중에 공격을 가하진 않는다.

입을 다문 장군을 보고 황녀 전하가 납득했다는 듯이 손뼉을 쳤다.

"아, 알겠네요! 여기서 하는 건 준비 운동이군요! 저는 미숙해서 시켜주지 않았지만, 마차 밖에서 다들 뛰어가곤 했으니까요. 진짜 훈련은 보물전에서 하는 거고요! 술래도 분명히 그쪽에—— 신체 능력을 단련할 때는 마나 머티리얼이 제일이죠. 이치에 맞네요."

"……전하, 보물전에서 훈련을 하는 경우도 있긴 합니다만—— 주로 실전 훈련입니다. 기사단의 본분은 단체전이기에…… 마나 머티리얼의 흡수량은 과제이기도 합니다. 제국에는 보물전이 많기에 다른 나라보다는 많이 흡수했을 겁니다."

황녀 전하는 장군이 한 말을 듣고 눈을 깜빡이며 고개를 살짝 갸웃거리다가 화제를 돌렸다.

"그렇군요…… 헌터와는 다른가 보네요. 그런데, 상태이상 내성을 키우는 훈련은 어떻게 진행하고 있나요? 저도 그쪽 방면의 지도가 어중간하게 끝나버려서——."

애매한 질문이었다. 하지만, 독이나 마비 같은 것들에 대한 내성은 마물과 싸울 때는 필수다. 당연히 기사단에서도 중점적으로 단련하고 있다. 장군이 미소를 되찾고는 당당하게 대답했다.

"예리한 질문이십니다. 우리 나라의 기사단에서는 마도과학원이 제조한 각종 독물을 식사에 신중하게 섞음으로써 전원이 뛰어난 상태이상 내성을 갖추었습니다."

"그렇……군요? 그런데, 이건 제가 잘 몰라서 하는 생각인데—— 그래선 사람이 만들어낸 독에만 대처할 수 있지 않나요?"

"?!"

"그리고, 죽을 위기에 처했을 때 어떻게 해서든 살아남으려 하

는 끈기는 어떤 훈련으로 단련하고 있나요? 보아하니 반죽음이
되신 분은 안 계신 것 같은데…….”

　……대체 이 황녀 전하는 어떤 지도를 받은 걸까?

　연병장에서 훈련을 하고 있던 사람들의 마음이 하나로 뭉쳤다.
귀여운 표정으로 살벌한 질문을 던진 황녀 전하를 보고 장군이
긴장한 표정을 지으며 터무니없는 말을 꺼냈다.

　“여, 역시 황녀 전하십니다. 향후 훈련에 참고하도록 하겠습
니다.”

# 은혜 갚은 여동생 여우

"⋯⋯⋯⋯위기감 씨는, 위기감이 부족해⋯⋯."

여우 가면을 쓰고 맞은편에 앉아 있는 팬텀 소녀── 여동생 여우는 발끈한 표정을 지으며 말했다.

대낮. 발전된 모습을 자랑하는 제도 한복판. 기장이 짧고 하얀 기모노가 어울리는 곳은 아니지만, 여동생 여우를 보는 사람은 없다. 우리 사이에 있는 테이블 위에는 좀 전에 우연히 파는 곳을 발견한 유부초밥이 놓여 있다.

제도 제블디아는 대도시지만, 초밥은 자주 먹을 수 없다. 게다가 유부초밥은 파는 곳 자체가 거의 없는 희귀 음식이다.

산책하다가 우연히 레스토랑에서 한정 판매를 하고 있는 걸 발견한 내가, 무심코 충동적으로 산 뒤 스마트폰으로 유부를 정말 좋아하는 여동생에게 메일을 보내버린 것도 어쩔 수 없는 일일 것이다.

수량 한정이었다고⋯⋯.

불러내자 곧바로 찾아온 여동생 여우는 내 이야기를 듣고 강조하듯이 말했다.

"나와 위기감 씨는⋯⋯ 친구가 아니야."

"어?! ⋯⋯⋯⋯그럼 메, 메일 친구?"

"⋯⋯⋯⋯⋯⋯라이벌. 그리고 그건 사어야."

"어…… 싸운 기억이 없는데."

"…………."

애초에 추정 공략 난이도 10인【길 잃은 여관】의 팬텀인 그녀는 어쩌면 내 소꿉친구들도 고전할지 모를 상대다. 나처럼 허약한 사람이 이길 수 있을 리가 없다.

곤란하네…… 딱히 의도적으로 그런 건 아닌데. 우연히 여동생 여우가 좋아할 것 같은 도시락을 팔고 있길래 메일을 보낸 것뿐인데…… 혹시 경계하고 있나?

"딱히 선물 같은 건 아니라고."

"…………그럼, 뭔데?"

"……여름 인사? 그 왜, 요즘은 더우니까."

"…………."

여동생 여우는 갈등하는 듯이 굳어 있다가, 테이블 위에 있는 유부초밥 도시락 쪽으로 쏠려 있던 고개를 들고 말했다.

"나는 긍지를 지닌 요호야. 공물이라면 모를까, 베풀어주는 것은 받을 수 없어. 친하게 지내지도 않을 거야."

"어?! 모처럼 샀는데, 안 먹을 거야?"

"…………대가를 요구하도록 해, 인간."

대가…… 대가? 소원이라도 이루어주려는 건가?

여동생 여우는 마치 '기다려'라는 말을 들은 듯한 모습으로 유부초밥 도시락 쪽을 돌아보았다.

소원, 소원 말이지. 내 가장 큰 소원이 원만한 은퇴라는 건 굳이 말할 필요도 없겠지만, 아무리 여동생 여우라 하더라도 그 소원을 이루어줄 수는 없을 테고.

고민은 한순간이었다. 하지만, 결론이 나온 건 아니다.

여동생 여우가 팔을 뻗어 유부초밥 도시락을 들며 말했다.

"좋아, 인간. 네 소원, 받아들이겠어."

"어?! 아직 아무런 말도 안 했는데……."

"내 힘이라면, 위기감 씨의 심층심리를 읽어내는 것도 손쉬운 일이야."

여동생 여우가 의자에서 폴짝 내려선 다음, 나에게 손가락을 들이대고 당당한 목소리로 말했다.

"위기감 씨는—— 한가해! 위기감 씨의 소원은, 시간 때우기!"

"?!"

충격이 온몸에 흘렀다.

한가하긴 하지. 한가하긴 한데! 한가하지 않았다면 산책 같은 것도 안 했을 테고! 그런데, 그게 가장 큰 소원이라니 무슨 소리야?!

나는 은퇴하고 싶다고! 시간을 때우고 싶은 게 아니야!

굳어 있던 내 앞에서 여동생 여우가 폴짝 뛰어오른 다음, 신이 난 목소리로 선언했다.

"위기감 씨를, 여우의 축제에 초대하겠어!"

"솔직히 말해서, 엄청나게 즐거웠어."

"그, 그러셨군요…… 잘됐네요."

티노가 정색하며 말했다.

그녀가 들고 있는 것은 여동생 여우가 초대해준 '여우의 축제'에서 찍은 사진이다.

장소는 모른다. 여동생 여우의 힘인지 단숨에 이동했다.

제도는 낮이었지만, 그쪽은 밤이었다.

수없이 많이 늘어선 노점과 희미하게 빛나는 등불. 밤하늘에 잔뜩 솟구친 불꽃놀이. 그곳에 있었던 게 한 시간일까, 두 시간일까. 여동생 여우의 이야기에 따르면 원래는 평범한 인간이 들어갈 수 없는 공간인 모양이었다.

이것저것 먹고, 구경하고, 놀기도 했지만, 가지고 올 수 있었던 건 지나가던 여우 사람이 찍어준 사진 한 장뿐이었다. 벤치에 앉아 유부초밥 도시락을 먹는 여동생과 내가 찍힌 사진이다.

《비탄의 망령》은 축제를 좋아한다. 나도 지금까지 다양한 도시에 가보았고 다양한 축제를 보았지만, 여우의 축제는 환상적이었고, 최고로 훌륭했다.

"시간 때우기에 안성맞춤이더라고."

"그런데, 마스터어…… 이 가면 쓴 소녀는, 저기………… 저는 이야기를 조금 들었을 뿐인데, 매우 위험한 팬텀 아닌가요?"

"솜사탕도, 사과 사탕도, 타코야키도 맛있었어."

"마, 마스터어는 신, 마스터어는 신……."

티노가 자신을 타이르기 시작했다. 그녀의 손에서 사진을 받아들고 조명에 비추어 보았다.

"다음에는 티노나 다른 사람들도 데려 가고 싶네."

"?! ⋯⋯⋯네."

티노가 죽은 눈으로 대답했다.

그런 표정을 지을 필요는 없어. 그렇게까지 위험하진 않았으니까.

나는 하드보일드한 미소를 지은 다음, 사진을 앨범에 넣었다.

## 그 이후의 피해자들

　오늘도 무사히, 파티 멤버들이 한 명도 빠짐없이 보물전 탐색을 마치고 귀환했다.

　안타깝게도 보구는 찾아내지 못했지만, 트레저 헌터의 수입은 보구뿐만이 아니다.

　보물전 내부의 지도나 서식하는 팬텀의 정보. 중간에 마물을 사냥해서 얻은 소재나 마나 머티리얼이 풍부한 곳에서만 자라나는 약초를 채집해서 파는 등, 돈을 벌 방법은 많이 있다. 혹시나 뭔가 팔 물건을 얻지 못한다 하더라도 보물전에 가득 차 있는 진한 마나 머티리얼은 확실하게 헌터의 힘을 강화시켜준다. 파티는 날마다 더욱 높은 경지를 향해 나아가고 있다.

　동료들에게 보물전 탐색 이후의 수속을 맡기고 탐색자 협회 안을 어슬렁거리고 있던 길베르트 부시는 카운터 근처에 있는 지인을 발견했다.

　덩치가 큰 남자다. 진한 갈색 머리카락에 왼쪽 눈 위에는 상처 자국이 있다.

　레벨 4 헌터, 그렉 잔기프. 알고 지낸 지 좀 됐지만, 【흰 늑대 소굴】에서 함께 사선을 넘어선 경험은 기억 속에 깊게 새겨져있다.

　그 뒤로 경매에서 티노 대신 골렘을 낙찰받고 여러모로 문제에 휘말려서 힘들다는 이야기는 들었지만, 실제로 만난 건 오랜만이다.

온천 마을에 갔을 때도 루다는 동행했지만, 그렉은 없었다.

　신기하게도 그렉은 헌터가 잘 입지 않을 듯한 고급스러운 옷을 입고 있었다.

　허리에는 예전에【흰 늑대 소굴】에서 드롭된 검을 차고 있다. 길베르트는 오른손을 들고 말을 걸었다.

　"아저씨, 오랜만이야!"

　그렉이 돌아서서 길베르트를 보았다.

　"응……? 오, 길베르트. 헌팅하고 와서 뒤처리 중인가?"

　"그래, 동료들이 하고 있어. 아저씨, 요즘 안 보이던데. 그 건은 이제 해결됐어?"

　《천변만화》의 지시로 낙찰받은 골렘. 그건 사실 아는 사람만 아는 엄청난 물건이었던 모양이다.

　그 사건 이후로 그렉에게 다양한 조직과 상회, 귀족들이 연달아 접근했다는 이야기를 들었다. 물건 자체는 곧바로 《천변만화》의 부하가 회수했기에 도둑맞을 염려는 없었던 모양이지만, 그 마음고생이 얼마나 심했는지는 파티에서 특공대장을 맡고 있으며 사무 수속처럼 어려운 일은 동료들에게 떠넘기는 길베르트로서는 상상조차 되지 않았다.

　그런데 다른 헌터에게 싹싹하게 말을 걸다니, 나도 정말 둥글어졌다──성장한 것이다.

　이제는 좀 더 실력을 키워서 《천변만화》에게 맡긴 '연옥검'을 돌려받기만 하면 되겠어.

　마음속으로 그렇게 생각하고 있자니 그렉이 껄끄러운 표정을 지으며 말했다.

"아, 그러고 보니 말을 안 했었군. 나는 헌터를 그만뒀거든."

"?? 뭐어? ……어, 어째서?"

그렉 잔기프. 레벨 4. 함께 【흰 늑대 소굴】에서 모험을 해본 느낌으로는 안정적인 전투력과 판단력을 지닌 헌터였다. 트레저 헌터로서는 중견이긴 하지만, 전투 능력은 제쳐두더라도 판단력과 경험만 따지면 길베르트보다 뛰어난 헌터다. 괜히 오랫동안 활동한 것이 아니다.

눈을 크게 뜬 길베르트를 보고 그렉이 볼을 긁으며 대답했다.

"아니, 헌터를 그만둘 거면 크게 다치기 전에 그만두는 게 낫잖아. 【흰 늑대 소굴】에서 나에게 재능이 없다는 것도 깨달았고."

"그렇지 않아! 아저씨는 나랑 같이 울프 나이트를 막았잖아!"

"멍청아! 나와 너는 헌터 경력이 전혀 다르잖아! 헌터가 된 지 얼마 안 된 너와 별다른 차이가 없는 시점에서 뻔한 거라고. 너처럼 《절영》을 따라잡겠다는 생각도 못했고, 한계도 느낀단 말이다."

그 표정은 시원스러워 보였고, 자신의 결단을 납득하는 것 같았다.

길베르트는 그렉의 힘을 인정하긴 했지만, 따라잡지 못할 거라고 생각하지는 않았다.

위험하기 짝이 없는 트레저 헌터라는 직업. 멀쩡히 마칠 수 있는 건 정말로 극히 일부다. 그 압도적인 전투 능력을 보여준 《절영》도 마지막에는 어떻게 될지 모른다.

그렇게 생각하니 그렉처럼 마무리 짓는 것도 행운일지 모르겠다.

하지만, 헌터가 된 지 얼마 지나지 않았고 정신없이 보물전을 공략하고 있는 길베르트에게는 한참 나중 이야기다. 말문이 막힌 길베르트를 보고 그렉이 계속 말했다.

"⋯⋯⋯⋯그래서, 이번에는 헌터를 상대로 장사하는 상인이 되기로 했어. 헌터가 필요로 하는 물자를 한꺼번에 조달해 주거나, 상회에 적절한 헌터를 알선해주기도 하는 상인 말이야!"

"⋯⋯⋯⋯뭐어?"

전혀 예상하지 못했던 말이었기에 무심코 그렉을 바라보았다.

길베르트는 상인에 대해 잘 알지 못하지만, 헌터와 상인은 전혀 다르지 않나?

"네가 무슨 말을 하고 싶은지는 알아. 그래도 말이지⋯⋯ 나도 나름대로 오랫동안 트레저 헌터로 활동해서 헌터 동료들과도 연줄이 있고, 모아둔 돈도 있어."

"그래도⋯⋯ 아저씨, 중견이잖아. 잘 되겠어?"

트레저 헌터는 레벨 3부터 제몫을 할 수 있게 된다고 하지만, 레벨은 10까지 있다. 4와 5 사이에는 큰 벽이 있다는 이야기를 들은 적이 있긴 하다. 그래도 레벨 4라는 건 도저히 일류라고 할 수가 없다.

그리고 고레벨 헌터는 마찬가지로 고레벨인 헌터와 함께 다니는 경우가 많기에 길베르트는 이 아저씨가 그렇게 대단한 연줄을 지니고 있을 것 같지 않았다.

애초에 그렇게 대단한 연줄이 있는 남자가 레벨 4 정도에 머무를 리가 없다.

깔보는 것은 아니다. 걱정해서 해준 말을 듣고 그렉은 단호한 표정을 지으며 말했다.

"길베르트, 이 멍청아! 나는 그《천변만화》대신 골렘을 낙찰받은 남자라고!"

"아, 아저씨, 설마——."

"나는 거짓말을 하지 않았어. 거짓말은 하지 않았다고. 상회나 귀족들이 계속 접근해서 말이야."

이 아저씨—— 틀림없다. 골렘을 낙찰받은 실적으로 상인이 되려 하고 있다.

너무나도 뻔뻔한 모습이었기에 길베르트는 어이가 없음을 넘어 감탄했다.

상인은 신뢰가 제일이라고 들었다. 경매 사건에 대해 제대로 알고 있는 사람은 본인 주위의 극히 일부일 테고, 실제로 그렉이 골렘 경매를 대신 진행한 건 사실이다.

애초에 좀처럼 모습을 드러내지 않는 것으로 유명한, 제도에서 손꼽히는 레벨 8 헌터인《천변만화》와 관계가 있다는 것만으로도 호의적인 시선을 끌어들일 수 있을 것이다. 길베르트도【흰 늑대 소굴】에서 천 개의 시련을 넘어섰다는 평가를 받았고, 다른 헌터들이 말을 건 적이 있을 정도다.

길베르트는 긴 침묵 끝에 겨우 한 마디 말을 꺼냈다.

"…………아저씨, 무슨 일이 생기면 협력할게. 뭐든지 말해."

"그래, 그래, 왜 그렇게 진지한 표정을 짓고 있는 거야! 협력해 줄 거라면 얼른 레벨을 올려서 대단한 사람이 된 다음에 물건을 사 가거나 보구를 팔아달라고! 《천변만화》의 신통력이 바닥나서 내가 객사하기 전에 말이야!"

등을 탁탁 두드리며 웃은 그렉은 예전에 헤어졌을 때에 비해 훨씬 빛나고 있었다.

설마 이렇게 될 줄이야——.

이렇게 된 이상, 길베르트가 할 수 있는 것은 최대한 그렉의 가게를 이용해주는 것 정도다.

리더에게 말을 해볼까? 그렇게 생각하고 있자니 갑자기 뒤에서 천둥 같은 목소리가 들렸다.

"뭐어?! 《천변만화》라고?! 네놈, 방금 《천변만화》라고 했나?!"

길베르트는 귀에 익은 목소리를 듣고 뒤를 돌아보았다.

"아놀드 아저씨잖아."

얼마 전에 제블디아에 왔고, 현재는 파죽지세로 보물전을 공략하고 있는 레벨 7 헌터, 《호뢰파섬》 아놀드 헤일.

그 근처에는 그가 이끄는 파티, 《안개의 뇌룡(폴링 미스트)》 멤버들도 있었다.

외부인이기도 했기에 지금 제도에서 가장 주목받고 있는 파티 중 하나다. 아놀드의 오른팔이자 파티의 부리더이기도 한 에이라리어가 싹싹한 느낌으로 길베르트에게 말을 걸었다.

"여~, 길베르트, 오랜만이다. 헌팅은 순조로워?"

"……그럭저럭. 그쪽은?"

"그래, 이번에는 레벨 7 보물전에 도전할 준비를 하고 있지. 정말, 아놀드 씨는 멈출 줄을 모른다니까."

《호뢰파섬》이《비탄의 망령》과 술집에서 말썽을 일으켰다는 사실을 아는 사람은 꽤 많지만, 그 이후에 온천 마을—— 스루스에서 일어난 일에 대해 아는 사람은 거의 없다.

스루스에서 해산한 다음에 그들과 엮일 기회는 없었는데, 보아하니 잘 지내고 있는 모양이다.

아놀드가 중얼거리며 이마에 핏줄을 드러내고 있다.

"《천변만화》…… 《천변만화》…… 젠장, 그 남자, 나를 대체, 뭘로 보는 거냐!"

"《천변만화》 녀석이 아놀드 씨를 황제 호위 의뢰에 초대했더라고. 뭐, 당연히 거절했지만. 결국 호위 의뢰도 그런 결과가 되었잖아?"

"아, 회담 도중에 암살자에게 습격당해서 비행선이 추락했다는 그건가……."

소문 같은 것에 둔한 길베르트의 귀에도 들릴 만큼 엄청난 뉴스였다.

무심코 몸을 부르르 떨었다.

그 녀석, 우리가 엮이지 않은 동안에도 여기저기에서 '천 개의 시련'을 뿌리고 다니는구나.

두려움을 살 만도 하다.

그때, 그렉이 얼굴을 시뻘겋게 물들인 채 계속 중얼거리고 있던 아놀드에게 말을 걸었다.

"《호뢰파섬》아놀드. 당신이 그 유명한—— 소문은 들었습니다."

"흥………… 넌 누구냐?"

"아, 상인인 그렉이야. 원래는 헌터였는데,《천변만화》하고 엮여서…… 저기, 헌터를 그만두게 된 것 같아."

"뭐……라고?!"

말을 조심하며 소개한 길베르트를 보고 아놀드가 눈을 매섭게 떴다.

하지만, 화가 난 게 아니라 원래 성격이 그런 것 같다.

아무래도 그 온천에서 일어난 사건은 꽤 큰 트라우마가 된 모양이다.

길베르트도 좀 더 주위를 볼 여유가 있었다면 트라우마가 되었을지도 모른다. 도적단과 지저인이 한데 어우러진 광경은 그때의 길베르트에게는 너무나도 현실감이 떨어졌다.

……그런데 요즘에 제도에서 가끔 지저인이 도로 공사나 건물을 짓고 있는 모습이 보이는데, 그건 대체 어떻게 된 거지?

상인으로서 의외로 의욕이 넘치는 것 같은 그렉이 곧바로 영업에 나섰다.

"필요한 건 뭐든지 준비해 드릴 수 있습니다. 도구든, 무기든, 정 필요하시면 정보도── 이래 봬도 저는 이곳 제도에서 계속 헌터로 활동했었고,《천변만화》의 경매를 대행한 남자입니다."

완전히 그거 하나로 밀고 나갈 생각이구나. 용케도 말이지.

"흥…… 뭐든지 준비해 줄 수 있단 말이냐. 이것도 뭔가 인연이겠지. 에이, 다음 헌팅 물자를 살 때 이용해 줘라."

"예. 뭐, 주로 이용할 상회도 아직 고르는 중이니까요."

이러쿵저러쿵 해도 잘 돌봐주는 성격인 아놀드가 한 말을 듣고 그렉의 눈빛이 바뀌었다.

레벨 7 헌터쯤 되면 사용하는 아이템도 비싼 것들뿐일 것이다.

관계를 잘만 이어두면 한동안은 안정적으로 장사를 할 수 있다.

"헤헤…… 뭐든지라고 해도 《천변만화》의 정보는 힘들지만요."

한심한 소리를 늘어놓은 그렉을 보고 아놀드가 시시하다는 듯이 코웃음쳤다.

"…………모아올 수 있다고 딱 잘라 말하면 오히려 믿을 수 없겠지."

"맞는 말씀입니다."

보아하니 잘 풀릴 것 같다.

《천변만화》의 '천 개의 시련'을 받고 길베르트와 아놀드는 헌터로서 높은 경지를 목표로 삼기로 결심했고, 그렉은 다른 길로 나아가기로 결심했다. 사람들은 각자의 인생이 있는 것이다.

어울리지도 않게 감상에 젖어 있자니 다시 근처에서 큰 목소리가 들렸다.

"으음…… 《천변만화》, 라고?!"

아놀드가, 그렉이, 고개를 들었다. 시선 끝에 있던 것은—— 정규 기사단 장비를 갖춘 집단.

그 선두에 약간 어두운 금발에 덩치가 큰 남자가 서 있었다.

갑옷 위에 걸친 사치스러운 외투에 가문의 문장이 수놓인 것이, 척 보기에도 귀족이다.

일반인이 상상하는 기사에 비해 위압감이 좀 강하긴 하지만, 그 패기야말로 그가 단순히 화려할 뿐인 인간이 아니라는 사실을 나타내주고 있다.

만난 적 없는 사람이다. 길베르트 정도로는 원래 면회조차 불가능한 입장에 있는 남자일 것이다.

뒤에 있는 기사들의 갑옷 색으로 보아 근위—— 제0기사단인가?

덩치가 큰 그 남자 기사가 성큼성큼 다가와서는 아놀드를 보고 말했다.

"네놈들…… 그 남자의, 동료냐?"

에이가 곧바로 사이에 끼어들었다.

"아뇨, 동료 같은 건 아닙니다만—— 꽤 갑옷이 훌륭해 보이네요. 당신은 누구시죠?"

"…………그런가? 안 되겠군…… 그 남자 이야기만 나오면 아무래도 신경질이 나니 못 쓰겠어."

《천변만화》…… 대체 얼마나 골칫거리를 뿌리고 다니는 건데.

눈앞에 있는 이 남자—— 범상치 않은 사람이다. 애초에 기사가 헌터들의 싸움을 말릴 필요도 있는 제블디아에서는 무능한 기사단부터 쫓겨날 운명이라고 들었다.

그 몸에서 느껴지는 마나 머티리얼의 기척은 헌터 못지않았다.

그때, 클로에가 빠른 걸음으로 다가왔다.

"프란츠 경, 오래 기다리셨습니다. 이쪽으로 오시죠."

"으음. 정말, 요즘 제도는 조용한 날이 없어서 큰일이야. 전부 그 남자 때문이란 말이다! ……갑자기 말을 걸어 미안하군."

프란츠 경이라 불린 기사가 위풍당당하게 돌아섰다.

아놀드도, 에이도, 그렉도, 모두가 멍한 표정으로 그 뒷모습을 보고 있었다.

"프란츠 경…… 그 아그만 가문의 당주인가."

"그 남자, 황제의 호위라고 하길래 귀족들과도 연줄이 있나 싶었는데, 적을 만든 건가……."

아놀드도 뜻밖이었는지 정색하는 표정을 짓고 있었다.

그때, 이번에는 차분한 여자 목소리가 들렸다.

"어라? 여러분, 무슨 일이세요? 다들 모여서……."

말을 건 사람은 《비탄의 망령》의 연금술사, 시트리 스마트였다.

진한 녹색 로브와 포션병. 눈을 동그랗게 뜨고는 입가에 손을 대고 있다.

뒤에는 낯익은 존재인 덩치 큰 지저인을 여러 명 데리고 있었다.

"?!"

"뭐…… 뭐뭐…… 뭐냐, 네놈들——."

아놀드가 마치 부모의 원수라도 보는 듯한 눈빛으로 시트리와 지저인들을 번갈아 노려보았다. 예전에 있었던 일을 생각하면 어쩔 수 없을 것이다. 오히려 아무렇지도 않게 말을 거는 쪽이 뭔가 이상하다.

그리고 무슨 일이냐는 건 우리가 할 말이다.

탐협에 있던 헌터들은 척 보기에도 인간이 아닌 존재를 데리고 있는 시트리를 멀리서 살펴보고 있었다.

길베르트의 시선을 눈치챈 건지, 시트리가 아무렇지도 않은 듯이 말했다.

"아, 언더맨들의 힘을 잘 활용할 수 있지 않을까 해서 건설회사를 만들었어요. 갑자기 많이 데리고 오면 다들 놀랄 것 같아서——《심연화멸》이 반쯤 날려버린 성의 공사도 이 아이들이 맡았고요."

"류우우우우우우우우우우우우!"

언더맨이 굵은 목소리로 외쳤다. 그렉의 표정이 굳어졌다.

이 여자······《천변만화》못지 않게 크레이지하다.

그 참상을 보고 사업 아이디어를 떠올리다니······ 혹시 《절영》보다 더 심각한 거 아닌가?

굳어버린 길베르트 일행을 둘러보던 《최저최악》은 한숨을 쉬었다.

"혹시, '피해자 모임'이라도 만드시려는 건가요? 어차피 그런 건 시간 낭비니까 그만두는 게 좋을 거예요. 그럼, 저는 바쁘니이만——."

## 제0기사단 극비 조서
## 《천변만화》의 동향에 대하여


제블디아 제국, 제0기사단. 그것은 제블디아 제국의 최고 권력자인 황제 직속의 근위 기사단이며, 때로는 눈과 귀가 되어 정보를 모으고, 때로는 손발이 되어 재앙을 물리치는 엘리트 중의 엘리트다. 주어진 권한도 다른 기사단보다 훨씬 크고, 국내의 각종 기관에 명령을 내릴 수 있는 권한도 지니고 있으며 비상시에는 다른 기사단을 지휘하기도 한다.

제블디아 황성 안에 특별히 마련된 제0기사단의 작전회의실에서 제0기사단 단장, 프란츠 아그만은 올라온 보고서를 바로 확인하고 있었다.

보고서는 첩보 기관을 동원해서 작성한 어떤 헌터에 대한 조사 결과였다.

레벨 8 헌터, 《천변만화》크라이 안드리히. 중대한 사건에 슬쩍 끼어들고, 종잡을 수 없는 태도로 프란츠를, 나아가서는 제국 그 자체를 비웃는 남자이며, 황제 암살을 막아낸 공로자.

다행히 《천변만화》에게 제국에 반역하려는 의도가 없다는 사실은 알고 있다. 하지만 앞으로도 협력을 요청할 가능성이 있다는 점을 고려하면 조사할 수밖에 없었다.

보고서는 《천변만화》의 기본 정보부터 다루었다. 내용을 가볍게 확인한 다음, 무심코 눈살을 찌푸렸다.

"흥………… 말도 안 되는 공적이군."

제블디아 제국에서는 실력이 뛰어난 헌터를 우대한다. 레벨이 8쯤 되면 그것만으로도 제국에서 다양한 서비스를 받을 수 있지만, 크라이의 실적은 나이를 감안하면 너무 컸다.

모두가 두려워하는 《비탄의 망령》의 리더이자 지금은 모르는 사람이 더 적은 젊은 클랜, 《시작의 발자국》의 클랜 마스터. 결성한 지 몇 년만에 제블디아 근처의 고레벨 보물전을 거의 모두 공략하고 기사단이 버거워하던 도적단을 여러 개 박살 낸 헌터. 그 공적은 예전부터 소문으로 듣긴 했지만, 이렇게 제대로 조사해 보니 그 소문이 꽤 얌전했다는 것을 알 수 있었다.

보고서에는 프란츠가 들어본 적도 없던 《천변만화》의 공적이 잔뜩 나열되어 있었다.

"그 남자………… 여기저기에 손을 써서 입막음을 한 건가……젠장, 대체 무슨 생각을 하는 건지 이해가 안 되는군."

클랜과 파티의 추문을 무마한 거라면 그나마 이해가 된다. 하지만, 첩보기관의 조사에 따르면 그 남자는 힘든 의뢰를 달성한 경우부터 큰 피해를 입힌 흉악한 마물의 토벌, 그리고 인명 구조까지, 숨길 필요가 없는 것들까지 입막음을 한 모양이다. 물론, 뭔가 이유가 있겠지만, 이렇게 나열된 공적 일람을 보니 그 행동은 너무 지리멸렬해서 의도를 알 수가 없었고, 그냥 자신의 재미를 위해 그렇게 행동한 것처럼 보였다. 문장에서 첩보기관의 당황한 감정이 느껴지는 것 같았다.

무엇보다, 정보의 확산을 막으려고 한 것 치고는 수법이 어설 펐다. 그 녀석이 입막음을 한 사건이 한두 개가 아니지만, 반대로 말하자면 입막음 정도만 했다. 원래, 레벨 8 헌터의 힘을 모조리 동원해서 정보를 은폐했다면 이렇게 쉽사리 기관의 조사를 통해 알아낼 수는 없었을 것이다.

"⋯⋯⋯⋯⋯⋯안 되겠군. 이렇게 골치 아파하는 것도 그 남자 의 의도일 거야."

깊게 생각하면 머리가 아파질 것 같다. 애초에 그 남자니까. 어 설픈 은폐의 목적이 프란츠가 골치 아파 하는 것이라 해도 이상 할 게 없다. 이번 목적은 그게 아니다.

살짝 헛기침을 한 다음, 최근 동향 보고서 쪽으로 눈을 돌렸다.

그리고, 거기에 적혀 있던 너무나도 지독한 내용을 본 프란츠 는 무심코 어이없다는 목소리를 냈다.

"⋯⋯⋯⋯그 남자, ⋯⋯⋯⋯한가한가?"

제블디아가 자랑하는 첩보 기관은 역시 대단했다. 거기에는 《천 변만화》의 움직임이 분 단위로 자세하게 기록되어 있었다. 아침에 일어나서 밤에 잘 때까지, 어디서 뭘 했는지 자세하게. 아마 기관 에서도 온 힘을 다해 조사했을 것이다. 하지만, 거기에는 프란츠 가 기대했던 내용이 아무것도 없었다.

프란츠가 원했던 것은 신산귀모의 비밀이다. 하지만 조사한 결 과는── 딱히 특이한 움직임은 없음. 정보를 수집하는 낌새도 없음. 애초에 클랜 하우스 밖으로 나가는 시간은 잠깐에 불과하 며, 외부와의 접촉 자체도 거의 없고, 대부분 방에서 보구를 닦고 있는 모양이다. 덤으로 외부에서 들어오는 의뢰는 전부 바쁘다며 거절했다고 적혀 있는 것을 확인한 프란츠는 머리를 쥐어뜯었다.

아무리 그래도 사람으로서 너무 글러먹었다. 뭔가 잘못된 것 아닐까…… 예를 들자면 미행을 눈치챘거나………… 아니, 잠깐만.

"1주일 동안 조사했다고 들었는데—— 5일 분량밖에 없잖아? 나머지 이틀은 뭘 했나? 응? 제대로 조사한 거겠지?"

고개를 들고 실낱 같은 희망을 품으며 물어본 프란츠에게 첩보원이 힘없는 표정으로 말했다.

"나머지 이틀은 침대 밖으로 나오지 않았다고 합니다. 보고할 필요가 있을까요?"

# 제도 침략 계획

처음에 따라왔을 때는 문명의 차이로 인해 깜짝 놀랐다.

넘쳐나는 인간과 늘어서 있는 건물들은 종류가 다양했다. 구조나 강도도 류란 같은 지저의 백성들에게는 적합하지 않았지만, 신선한 공기와 빛 속에 펼쳐져 있는 그 도시는 도시 그 자체가 빛나는 것처럼 보였다.

지상의 백성들은 마차를 타고 온 류란 일행을 호기심 어린 시선으로 보면서도 쫓아내려는 낌새를 보이지 않았다. 전부 왕의 일행이 손을 써주었기 때문이다.

그리고, 공격적인 행동을 하지 않는다면, 류란 일행도 함부로 공격하진 않는다.

원래 류란 일행에게 있어서 인간은 적이 아니다. 인간 따위는 적이 되지 못한다. 어둡고 가혹한 땅속에서 키운 능력은 지상의 인간과는 비교도 되지 않고, 애초에 팔의 숫자부터 다르다.

하지만, 그 도시는 너무나도 컸다. 류란 일행이 살던 지저의 나라도 넓지만, 깊이는 그렇다 치더라도 표면적은 이 도시가 더 넓을 것이다. 군사력도 지저의 전사들을 능가할 정도로 강력할 기척을 풍기는 인간들이 많이 있다. 싸운다 해도 지저의 나라 전사들을 모두 동원하고 왕의 지휘를 받아야 겨우 승산이 있는 정도다.

하지만, 정면으로 공격하는 게 힘들다면 다른 방법을 쓰면 된다.

지상으로 나가는 것만이 소원이었던 몇 달 전이 마치 먼 옛날처럼 느껴졌다.

지상으로 나와 세계를 알게 된 류란의 새로운 목적은 단 하나.

——이 도시를, 손에 넣는다.

이 거대한 도시는 새로운 왕—— 류란과 서방님에게 어울린다.

류란 일행은 아직 문화도 제대로 이해하지 못했고, 지상인의 언어도 서투르다. 커뮤니케이션을 할 수 있는 수준에 이르려면 시간이 좀 더 필요할 것이다.

하지만, 류란 일행에게는 인간의 문화를 잘 알고 있는 든든한 아군이 있다.

왕에게 친근하게 대하고 류란 일행을 마차에 태워 여기까지 데리고 온 장본인. 핑크 블론드와 그 몸에서 뿜어내는 경계 페로몬이 특징인 인간이다.

전사들만 모여 있는 지저의 백성의 왕녀가 보기에는 별로 마음에 들지 않는 타입이지만, 목적이 일치한다면 이야기가 달라진다. 목적을 달성하기 위해서라면 뭐든지 이용한다. 그것이 지저의 백성의 방식이다.

우선, 류란 일행이 이 도시에 살고 있는 무리에게 도움이 된다는 것을 알려준다. 지금은 밖을 돌아다녀도 호기심 어린 눈길로 바라보지만, 시간이 지나면 그런 모습도 사라질 것이다.

류란 일행에게는 지상의 인간에게는 없는 장점이 있다. 머리에

돋아난 팔은 정밀 작업은 물론이고, 발을 디디기 힘든 곳에서는 발 대신 쓸 수 있고, 힘도 지상인보다 훨씬 강하다. 아무리 가혹한 곳에서도 움직일 수 있고, 전투 능력도 뛰어난 데다 죽음을 두려워하지도 않는다.

왕의 일행은 류란의 말을 하지 못했지만, 의도를 제대로 파악해 주었다. 이 도시에서 생활 기반을 구축하고 지상인들에게 익숙해지는 것까지 포함하여 지상 문화에 적응하는 데 시간이 오래 걸리지 않았다.

지상의 도시는 좋다. 무엇보다, 햇빛을 마음껏 쬘 수 있다.


도시 한구석에 솟아오른 너덜너덜한 건물 앞에서, 지상인이 모여 있던 류란 일행에게 말했다.

"그럼~, 오늘도 잘 부탁할게."

"류~!(좋다!)"

류란의 지시에 따라 지저의 전사들이 건물을 향해 몰려들었다. 강인한 팔의 힘을 이용해서 건물을 무너뜨리고 잔해로 만드는 것이다.

바깥의 건물은 지저의 건물과는 양식이 조금 다르긴 했지만, 무너지지 않게끔 주의하며 해체하는 것에서는 지저인만 한 자가 없다.

눈 깜짝할 새에 낡은 건물이 해체되었다. 그곳이 공터가 되기까지 시간이 오래 걸리지 않았다.

그 솜씨를 보고 지상인들이 웅성거리고 있다. 짓는 게 훨씬 더 힘들 텐데, 지상인들은 정말 이상하다.

확인을 마치고 류란 일행과 의사소통을 하던 지상인이 흥분하며 말했다.

"아, 정말 잘 해줬어. 저렴하고 빠르고── 이게 소문으로만 들었던 류란 건설인가…… 생김새가 특이하긴 하지만, 꽤 성실하네. 또 부탁할게."

무슨 말을 하는 건지 잘 모르겠지만, 대충 뉘앙스는 느꼈다.

"류우류우! (맡겨만 다오)."

현재 류란 일행의 역할은 거의 힘을 쓰는 일이다. 건축 3할, 해체 3할, 전투 3할, 나머지 1할 정도라고 할까. 하지만, 의뢰를 받는 빈도가 서서히 올라가고 있다. 지금은 지상에 진출한 지저인의 숫자가 그리 많지 않지만, 조만간 좀 더 불러들일 필요가 있을 것이다. 그리고 커뮤니케이션을 할 수 있게 되면 일의 폭도 훨씬 더 넓어질 것이다.

류란 일행은 지상인보다 훨씬 뛰어나니까.

다섯 건 받았던 일을 빠르게 마친 다음, 전사들을 데리고 거점으로 돌아왔다. 주위를 위압하지 않게끔 주의하고, 아이가 손을 흔들면 우리도 마찬가지로 손을 흔들어주는 것 또한 잊지 않는다. 류란의 서방님은 지상인이다. 동족을 공격하는 건 꺼릴 테고, 류란도 왕의 뜻을 어기고 싶지 않다.

거점에서는 류란 일행을 이 도시로 데리고 온 왕의 일행이 기다리고 있었다. 주머니를 뒤집어 쓰고 있는 무시무시한 인간 형태의 생물을 거느린 채 류란을 보자마자 미소를 지었다.

류란 일행의 거점은 튼튼함이 장점인 커다란 건물이다. 가구는 테이블뿐이고 침상조차 없지만, 그만큼 넓은 공간에 많은 전사들을 들일 수 있다.

"어서 오세요. 제도 생활은 어떤가요?"

왕의 일행이 방긋방긋 웃으며 말을 걸었다.

무슨 말을 하는 건지 아직 잘 모르겠지만, 류란도 마찬가지로 방긋방긋 웃으며 대답했다.

"류우류~류류~류! (아무 문제도 없다. 작전은 전부 순조롭게 진행되고 있다. 조만간 이 도시를 헌상할 수 있을 거라고 서방님께 전해다오)."

"네, 24시간 내내 잠도 안 자고 일할 수 있어요! 데리고 온 언더맨들은 완벽한 노동력이에요. 인원도 많이 동원할 수 있고, 체력도, 근력도 뛰어나죠. 성실하고, 왕녀에게 충실해서 죽어도 불평하지 않아요."

시트리가 활짝 웃으며 그렇게 말하자 인재 파견을 의뢰한 상인이 딱딱한 미소를 지으며 말했다.

"그건 고맙긴 한데…… 당신네 회사는 악독하군 그래."

# 《천변만화》의 재판 기록

"피고인, 앞으로."

귀에 익은 여동생의 엄숙한 목소리와 함께 주위가 빛으로 가득 찼다.

마치 강당 같은 구조인 그 법정에는 낯익은 사람들이 모여 있었다.

정면에 있는 단상, 재판관 자리에는 제복 차림인 루시아가 무뚝뚝한 표정으로 앉아 있다. 주위 방청석에는 알고 지내는 헌터들과 탐색자 협회의 직원들, 자주 가는 가게의 점원들로 가득 차 있었고, 루시아의 정면에 선 나를 보고 있었다.

이해가 잘 되지 않는 상황이라 눈을 깜빡이던 나에게 루시아가 탕탕, 자그마한 나무 망치로 책상을 두드리면서 말했다.

"그럼, 지금부터 피고인 크라이 안드리히에 대한 헌터 재판을 시작하겠습니다. 피고인 크라이 안드리히는 제도 제블디아에 온 지 5년 동안 많은 사람들을 농락하고 제국법을 마치 젖은 휴지 조각처럼 여기며 어겼습니다. 피해자분들, 앞으로——."

재판관이 너무 공평하지 못한 거 아니야? 보통은 젖은 휴지 조각 같은 말은 안 하잖아.

루시아의 말을 듣고 방청석에 앉아 있던 사람들이 일어나 내 주위를 둘러싸기 시작했다.

제일 먼저 앞으로 나선 것은 요즘 엮일 기회가 많았던 제국의 중진, 프란츠 씨였다.

　여전히 험상궂은 표정이다. 그가 큰 목소리로 나를 규탄했다.

　"피고는 그 신산귀모를 악용하여 제국 상층부를 현혹시켰다. 게다가 뮤리나 황녀 전하를 동료에게 맡기고 대국의 황녀에게 어울리지 않는 교육을 시켰다. 이것은 모든 헌터의 모범이 되어야만 할 레벨 8로서 지극히 부적절하며, 뭐든지 엎드려 빌어서 해결하려 하는 점, 매번 나를 놀리는 점 역시 지극히 악질적이라 할 수 있을 것이다. 이상의 이유로 인해 피고의 죄는 국가전복죄에 해당된다고 생각하며, 제블디아 쪽 의견으로서는 피고를 사형에 처하는 것이 타당하다고 본다."

　너무하잖아…… 놀린 것뿐인데 사형이라니── 아니, 놀리지도 않았다고!

　내가 깜짝 놀라고 있자니 루시아 재판관은 진지한 표정으로 고개를 끄덕인 다음, 시원스러운 목소리로 말했다.

　"변호인, 변론하세요."

　"네. 변호인인 시트리입니다."

　그 말을 듣고 구석 자리에서 정장 차림에 안경을 낀 시트리가 일어섰다.

　뒤에는 마찬가지로 정장을 입은 키르키르 군을 데리고 있다. 그것만으로도 이미 법정모독죄 아닌가?

　시트리는 이쪽을 보고 방긋 웃고는 딱 잘라 말했다.

　"이 건에 대해서는 피고에게 잘못이 없습니다. 피고의 장난 정도로 전복될 뻔한 나라의 잘못입니다. 이상입니다."

"뭐……라고?!"

잠깐만…… 아무런 반론도 안 되잖아!

하지만, 루시아는 고개를 크게 끄덕이고는 거창한 동작으로 나무 망치를 책상에 두드렸다.

"판결을 선고합니다. 피고인은—— 무죄. 이유는 잘못이 없기 때문입니다. 재판소는 이렇게 시시한 안건을 신경 쓸 여유가 없습니다. 피해자가 너무 많으니까요."

왠지 엄청 머리가 안 좋아보이네…… 아니, 냉정하게 생각해서 피해자가 직접 나에게 따지는 것도 이상하지 않아?

"다음 피해자분, 나오세요."

프란츠 씨는 제자리에 쓰러졌다. 루시아가 그 모습을 무시하고 말하자 좀 전까지 나를 변호해주던 시트리가 쓰러진 프란츠 씨를 밀쳐내고는 눈가에 눈물을 머금으며 소리쳤다.

"피해자인 시트리 스마트입니다. 피고는 저 같은 반려자가 있는데도 제자나 헌터, 많은 여자들을 건드리면서 집에 돌아오지도 않고 있습니다. 최근에는 잠자리도 함께 하지 못했고—— 혼내주세요!"

이제 그냥 하고 싶은 대로 하는구나…… 진행도 요구도 엉망진창이다. 그리고 전혀 짐작되는 게 없다.

루시아 재판관도 그 말을 듣고는 인상을 찌푸리고 있다.

"…………변호인, 변론하세요."

"뭐어? 누가 반려자인데? 크라이는 네 것이 아니라! 당연히 리즈 거지!"

정장 차림인 리즈가 변호인석에서 몸을 앞으로 내밀며 인상을 찌푸리고는 날카로운 목소리로 외쳤다. 그 옆에서는 티노가 부들부들 떨고 있었다. 전혀 변호가 안 되는데, 대체 뭐냐고!

키르키르 군이 어디선가 꺼낸 심벌즈를 챙챙 울렸고, 시트리가 소리쳤다.

"보셨나요? 루시아 재판관님! 변호인이 저를 협박하고 있습니다! 도둑 고양이예요!"

"정숙, 변호인, 피해자, 모두 정숙!"

루시아가 있는 힘껏 나무 망치를 내리쳤다. 그리고 맑은 눈으로 법정을 둘러보고는 선언했다.

"양쪽의 진술은 이해했습니다. 판결을 선고합니다. 변호인과 피해자는──── 사형."

이거…… 터무니없는 재판이구나…….

루시아의 지시에 따라 나타난 안셈과 루크가 날뛰는 시트리와 리즈를 붙잡고 법정에서 끌고 나갔다.

그리고, 재판관 자리에 있던 루시아는 내 앞으로 다가와서 크게 심호흡을 하고는 말했다.


"피해자인 루시아 로제입니다. 피고는 너무나도 게으르고 의붓여동생인 저와 주위 사람들에게 심한 민폐를────."


법은 죽었다.

내 신음소리에 깨어났다. 보아하니 집무용 책상에 엎드려 잠들어버린 모양이다.
  "왠지 장난 아닌 꿈을 꾼 것 같은데……."
  머리를 이리저리 흔들며 그렇게 말하자 소파에 앉아 있던 루시아가 발끈한 표정으로 말했다.
  "이상한 자세로 자니까 그렇죠."

# 왠지 어두운데, 크라이 군

"좋은 아침입니다. …………어라? 왜 그러시죠? 표정이 어두운데요."

"아, 좀 안 좋은 소식이 있어서."

에바가 묻자 클랜《시작의 발자국》의 클랜 마스터이자, 미래예지라는 말까지 듣는 신산귀모를 자랑하는 레벨 8 헌터《천변만화》크라이 안드리히는 우울하게 한숨을 쉬었다.

《시작의 발자국》의 부클랜마스터인 에바의 역할은 항상 바쁜 크라이의 오른팔이 되어 클랜 운영을 보조해주는 것이다. 하지만, 그 보조는 때때로 클랜 운영에서 아주 약간 벗어날 때도 있다.

에바는 몇 년 동안 알고 지내면서 이미 크라이의 신산귀모가 다양한 방면에 뻗어 있다는 것을 알게 되었다.

그 우울한 표정을 보고 무심코 인상을 찌푸렸다. 크라이는 신산귀모를 자랑하지만, 그 내용을 주위 사람들에게 잘 말하지 않는다. 에바는 자연스럽게 그 표정을 보고 추측하게 되었다.

"안 좋은 소식, 말씀이신가요…………? 뭔데요?"

"……아니, 아무것도 아니야. 에바가 신경 쓸 만한 일은 아니라고. 지극히 개인적인 일이라서…… 어젯밤에 문득 생각났는데── 하지만 이미 늦었어. 아쉽네."

그렇게 말하는데 신경이 안 쓰일 리가 없다.

안 좋은 소식.

에바가 알고 있는 《천변만화》는 안 좋게 말하면 건방지고, 좋게 말하면 태연한 사람이었다.

'백검 모임'에 초대를 받았을 때도, 바캉스를 가서 국제적으로 지명수배된 도적단과 대결했을 때도, 황제 호위에 배신자를 두 명이나 데리고 갔을 때도, 안 좋은 소식이라는 말을 하지는 않았다. 애초에 제도에서 최연소 레벨 8 헌터가 되었고, 우는 아이도 울음을 그치는 《비탄의 망령》의 리더인 크라이가 대처하지 못할 일은 그리 많지 않다.

그런 크라이가…… 안 좋은 소식이라고?

"……………살까요? 아니면…… 팔까요?"

에바 렌피드는 상인이다. 여기저기에 투자를 하고 있다.

제도를 뒤흔들 만한 큰 사건을 아무런 정보도 없이 예지하는 크라이는 믿음직스럽지는 않지만, 그래도 귀중한 정보원이다.

에바가 조심조심 말꼬리를 흐리며 묻자 크라이는 눈을 깜빡이고는 느긋하게 말했다.

"어……? 귀한 몸이니까 사고 싶긴 하지."

"네??? 네???"

"그리고………… 에바는 재미있네. 팔면 좋긴 하겠어."

"팔면………… 팔라는 거군요! 알겠습니다."

크라이가 안 좋은 소식이라고 할 정도다. 제도에 황제 암살 미수 이상의 충격이 생길 것은 틀림없다.

이 상황에서 주식을 보유하는 건 너무 위험할 것이다. 무슨 일이 일어날지는 가르쳐주지 않겠지만, 지인들에게도 경계하라고 연락할 필요가 있다.

곧바로 나가려 하던 에바에게 뒤에서 한숨과 함께 목소리가 들렸다.

"뭐, 기간 한정 파이니까 이미 늦었겠지만……."

"그, 그건 해봐야 아는 거잖아요!"

한정된 기간 안에 벌이는 파이 쟁탈전…… 다시 말해, 서둘러 팔아야 한다.

"지점장님, 에바에게서 연락이 왔습니다. 그 《천변만화》가 안 좋은 소식이 있다네요. 팔라는 것 같습니다."

"…………뭐?"

부하가 한 말을 듣고 벨즈 상회에서 제도 제블디아 방면 장사를 총괄하고 있는 지점장은 무심코 자신의 수염을 쓰다듬었다.

벨즈 상회는 세계 각국에 진출해 있으며 가장 큰 규모를 자랑하는 상회 중 한 곳이다. 그중에서도 제도 제블디아에 존재하는 이 지점의 이익은 지점 중에서도 톱클래스에 해당된다.

그 활약을 음지에서 지탱해주는 것이 예전에 벨즈 상회에 소속되어 있던 상인── 에바 렌피드가 부정기적으로 보내주는 정보다.

제블디아 제국은 번영을 자랑하면서도, 최근에는 '백검 모임'의 습격 사건처럼 수상쩍은 대사건이 연달아 일어나고 있다. 상회에서도 무시할 수 없을 만큼 정세가 불안정하다. 실제로 작은 상회 중에서는 그런 상황에 싫증이 나서 제도를 탈출한 곳도 있다.

벨즈 상회도 그 '여우'의 암약 이야기를 들었을 때는 신중하게 판단을 내려야 했다.

하지만, 제블디아 제국은 쉽사리 손을 뗄 수 있을 만큼 작은 나라가 아니다. 보구를 조달하는 곳으로서도 이 나라는 중요한 위치에 있다.

클랜에 매우 저렴한 가격으로 물건을 팔아주는 대가로 들어오는 정보는 그 판단을 조금이나마 정확하게 만들어주었다.

에바의 정보는 점성신비술원의 예지 내용처럼 애매하다. 하지만, 그래도 고마운 건 마찬가지다. 뭔가 안 좋은 일이 일어날 거라는 사실을 미리 알고 있으면 손을 쓸 수도 있다. 각오를 다질 수 있다.

경매 때는 정보가 없었지만, 에바 렌피드는 이제 《천변만화》 편이다. 원망할 이유가 없다. 벨즈 상회 쪽에서도 레벨 8 헌터의 원한을 살 생각이 없다.

팔아라. 그 말은 즉, 제블디아 전체의 정세가 악화될 가능성이 있다는 뜻이다. 곧바로 최근 제블디아 전체에서 뭔가 움직임이 있는지 확인했다.

"구체적인 정보는 있나?"

"아뇨…… 평소처럼 애매한 정보인데요, 기간 한정에—— 귀한 몸이라고. 이미 늦었다고도 하네요."

"기간 한정⋯⋯⋯⋯⋯ 귀한 몸⋯⋯⋯⋯ 아니, 고귀한 신분이라는 뜻인가!"

마침 짐작되는 것이 있다. 지점장은 날카로운 눈빛으로 부하에게 말했다.

"마침 제국 귀족이 급하게 마련해 달라고 했던 게 있었지?"

"네. 이미 준비해 두었습니다. ⋯⋯⋯⋯그래도, 식재료인데요? 딸의 생일 파티 때 내놓고 싶다고 해서요. 입수하기가 힘든 식재료도 좀 있긴 하지만──."

"식재료, 식재료란 말이지⋯⋯⋯⋯⋯⋯ 귀족의 의뢰니까 입수에 실패하면 상회의 신뢰도 떨어지겠지만── 이해가 안 되는군."

"그 안건 말고는 귀족에게서 받은 특이한 의뢰는 없네요."

부하가 딱 잘라 말했다. 벨즈 상회는 혼자서 전부 파악할 수 있을 만큼 작진 않지만, 중요한 거래는 전부 지부장의 귀에 들어온다. 귀족과의 거래는 장사를 하는 데 있어서 특히 신중함이 필요한 안건이다.

지점장은 잠시 눈을 감고 있다가 곧바로 판단을 내렸다.

"⋯⋯어쩔 수 없지. 꼭 필요한 거니까. 경비를 두 배── 아니, 세 배로 늘려. 의뢰를 받은 물건도 평소보다 여유롭게 챙기고. 남으면 그냥 줘도 되니까."

팔라는 말은 다시 말해 벨즈 상회의 가치가 떨어질 가능성이 있다는 뜻이다.

제블디아 제국의 귀족은 우두머리인 황제 폐하의 성격 때문인지 관대한 가문이 많다.

딸의 생일 파티 때 내놓을 식재료를 입수하는 데 실패했다고 해서 그렇게까지 큰 문제가 될 것 같진 않지만, 미리 준비를 해둔다고 해서 나쁠 것은 없다.

"《시작의 발자국》에서 안 좋은 소식이?"

"네. 항상 그랬듯이 자세한 정보는 없는데── 어떻게 할까요?"

곤란하다는 듯이 이마를 짚은 카이나를 보고 거크는 눈살을 찌푸리며 끙끙댔다.

에바가 준 정보는 고맙긴 하지만, 판단하기가 까다로운 상황이다.

《천변만화》의 정보가 얼마나 정확한지는 그가 헌터가 된 당일부터 알고 있는 거크도 뼈아플 정도로 잘 이해하고 있다. 하지만, 동시에 거크는 그 변덕스러운 성격도 잘 알고 있다. 그 남자에게는 다른 사람을 놀려대는 바람직하지 못한 측면이 있다.

무엇보다 지부장인 거크는 절대적인 권한을 지니고 있는 것과 동시에 책임이 있다.

탐색자 협회는 기본적으로 의뢰를 알선해주기만 하는 조직이다. 소속된 헌터는 탐색자 협회의 종업원이 아니며, 합당한 보수가 없으면 움직일 수 없다.

유사시에 대비해서 헌터를 대기시켜두려면 돈이 들고, 아무 일도 일어나지 않는다면 그 비용은 전부 탐색자 협회에서 지불하게 된다. 확실한 정보도 없이 그런 판단을 내린다는 건 원래 탐색자 협회의 우두머리로서 있을 수 없는 일이다. 현역 헌터 시절에는 이해하지 못했던 고생이다.

게다가 이번에는 필요한 인원이나 사건의 성격도 알 수가 없다. 크라이를 다그치더라도 아무것도 나오지 않을 것은 뻔하니 대비를 할 거라면 온갖 사건에 대비해서 레벨이 높은 헌터를 동원해야만 한다.

아마 《천변만화》의 신산귀모에 이렇게까지 휘둘리고 있는 건 거크 정도밖에 없을 것이다.

움직여야 할까, 그냥 지켜봐야 할까. 결론을 내리지 못하고 머리를 쥐어뜯고 있자니 갑자기 직원 한 명이 빠른 걸음으로 다가왔다.

"지부장님. 벨즈 상회에서 의뢰했던 경비의 숫자를 늘려달라고 합니다! 세 배로요! 신뢰할 수 있는 헌터로 보내달라고 하네요."

"뭐?! 그 벨즈 상회가?!"

무심코 일어섰다. 벨즈 상회라면 제도에서 손꼽히는 규모를 자랑하는 상회다. 탐색자 협회에 있어서는 단골 손님이고, 지니고 있는 정보망은 헌터들을 총괄하고 있는 탐색자 협회 못지 않다.

미리 요청했던 경비를 세 배로 늘리다니, 보통 일이 아니다.

들어온 의뢰 내용을 훑어본 다음, 무심코 눈살을 찌푸렸다.

"식재료……? 보구도, 보석도 아니고, 식재료 경비에 상급 헌터를 60명? 이익이 되긴 하나? 먹을 거잖아?! 무슨 일이 일어난다는 거야?!"

"지부장님, 평범한 식재료가 아닙니다. 고급 식재료예요. 보세요, 이건—— 대지의 줄무늬 보석이라고도 불리는——."

"그냥 과일이잖아?! 먹어본 적도 있다고!"

아무리 생각해도 이해가 안 된다. 상대는 벨즈 상회다. 그 창고에는 더 귀중한 물건들도 차고 넘칠 텐데, 겨우 식재료에 상급 헌터를 60명이나——.

같은 소모품이라 해도 포션 같은 것이라면 이해가 된다. 같은 기호품이라도 귀금속이라면 이해가 된다. 하지만 식재료라니—— 애초에 아무리 고급이라 해도 식재료를 노릴 범죄자가 제도에 있을까?

리스트에 적혀 있는 식재료는 고급품들뿐이긴 하지만, 그렇게까지 특이한 것들은 아니다.

거크는 한동안 눈을 크게 뜨고 리스트를 보다가 금방 한숨을 쉬며 말했다.

"어쩔 수 없지, 벨즈 상회는 중요한 고객이니까. 레벨 5 이상 헌터들을 픽업해서 연락해. 일단 리스크가 있다는 건 자세히 전달하고. 크라이가 한 말도 있으니까 무슨 일이 일어날지 몰라."

제도 제블디아. 퇴폐지구에 존재하는 술집 구석에서 험상궂은 남자들이 머리를 맞대고 이야기를 나누고 있었다.

"벨즈 상회가 엄중하게 지키는 창고가 있어. 귀족에게 의뢰받은 물건을 보관하고 있는 모양이야. 탐색자 협회가 레벨 5 이상 헌터를 수십 명 동원할 거라는 소문도 있고. 식재료인 것 같긴 한데, 평범한 식재료를 그렇게 엄중히 지킬 리가 없지. 뭘 지키고 있는지 신경 쓰이지 않아?"

"그래. 나도 그 이야기를 들었다고. 그 《천변만화》가 탈취당하는 걸 경계하고 있다던데. 그 소문을 듣고 규모가 큰 조직 여러 곳이 손을 잡고 노린다더군. 레벨 8이 경계할 만한 물건이잖아. 정말 귀한 물건일 게 틀림없어⋯⋯⋯⋯. 어수선해지겠군."

"⋯⋯⋯⋯마스터어, 오늘은 왠지 축 처지신 것 같은데요? 무슨 일 있나요?"

클랜 마스터실. 내 지정석에서 느긋하게 지내고 있자니 티노가 조심조심 물었다.

아침에도 에바가 그런 말을 하던데, 혹시 내 얼굴에 다 드러난 건가?

짐작되는 건 한 가지밖에 없다. 그건── 어젯밤에 생긴 일이었다.

"아, 딱히 대단한 건 아닌데, 좀 안 좋은 소식이⋯⋯."

"아, 안 좋은 소식요?! 뭐, 뭔데요?"

티노가 호들갑스럽게 놀라며 분위기를 부드럽게 만들어 주었다. 착한 아이구나.

하지만, 공교롭게도 그렇게까지 심각한 이야기는 아니다. 아니, 내 마음속에서는 정말 안 좋은 소식이긴 하지만 말이지.

단골 제과점에서 기간 한정으로 판매하던 수박 파이가 어제까지였다는 게 생각났을 뿐이다.

수분이 많은 수박을 이용해서 어떤 파이를 만들지, 어떻게 만들 생각인지 신경 쓰였는데, 깜빡 잊었다. 남몰래 단것을 좋아하는 헌터로서 실격이다.

"이런, 이런, 나도 아직 멀었네……. 어설퍼서 문제라니까."

"?! 마스터어께 대체 무슨 일이…………."

그래, 수박처럼 물러터졌다니까………… 후후.

너무 시시한 일이라 우울하게 미소를 짓고 있자니 티노가 시계를 보고는 급하게 말했다.

"아, 저는 벨즈 상회에서 경비를 맡기로 했거든요! 다녀올게요! 식재료를 경비하는 것 같던데, 왠지 모르겠지만 헌터를 많이 모집해서………… 리스크가 있다고 하던데, 저기, 짐작되는 거, 있으신가요?"

"아니, 없어. 그래도…… 경비를 하는 거니까 리스크는 있는 게 당연하지 않을까?"

리스크가 없는 경비 같은 건 없잖아. 나는 그런 의뢰를 맡아서 아무 일 없이 끝난 적이 없다고.

"무사히 임무를 달성하면 현물도 지급해주는 모양이에요. 마스터어, 뭐 드시고 싶으신 거 있으신가요?"

현물로 지급한다고…………? 꽤 특이한 의뢰네.

잠시 생각하다가 고개를 갸웃거리며 말했다.

"음……………… 수박?"

"수…………박요?"

뜻밖이었는지, 티노가 눈을 깜빡였다.

뭐, 그냥 생각하면 수박 같은 걸 지킬 리가 없지. 아직 제철도 아니고…… 오히려 제철이 아닌데도 수박 파이를 팔길래 신경이 쓰였단 말이야.

미소를 짓고 손을 살랑살랑 흔들며 부지런한 티노를 배웅했다.

"다녀와. 경비 열심히 하고! 조심해."

"네, 네! 다녀오겠습니다!"

티노는 고개를 흔들며 당황하던 표정을 털어내고는, 힘찬 목소리로 말하고 나서 클랜 마스터실을 나섰다.

# 겨울의 《천변만화》 쟁탈전

겨울이 깊어, 항상 떠들썩하던 제도 제블디아도 왠치 차분한 분위기에 감싸여 있다.

지역이나 기후에 따라 다르긴 하지만, 트레저 헌터는 겨울에 활동을 자중하는 경우가 많다. 보물전이 계절의 영향을 받아 특성이 바뀌기 때문이다. 특히 겨울 같은 경우에는 발치가 얼어붙거나 대책을 세우기 힘든 냉기 계열 공격을 가하는 팬텀이 나타나는 등, 헌터에게 있어서 불리한 변화가 생길 경우가 많기에 탐색자 협회에서도 경계하라며 주의를 준다.

물론 아무렇지도 않게 활동하는 헌터도 있긴 하지만, 적어도 나는 겨울 동안에는 최대한 밖으로 나가지 않는다.

어젯밤에 눈이 내려서 그런지 클랜 마스터실에서 내려다본 제도는 전체적으로 눈이 쌓인 경치로 바뀌어 있었다.

아래쪽 큰길에는 눈을 치우는 사람들이 여러 명 보인다.

이 시기에 탐색자 협회에는 눈을 치워달라는 의뢰가 많이 들어온다. 어쩌면 저 사람들 중에도 일을 잠깐 쉬면서 한가해진 헌터가 있을지 모르겠다.

나는 제블디아의 겨울을 좋아한다.

바깥으로 나가지 않고 따뜻한 방에서 지내는 게 전제이긴 하지만, 은빛으로 물든 제도는 아름답다. 항상 떠들썩한 헌터들이 약간이나마 조용해지는 것도 마음에 든다. 따뜻한 것도 맛있고, 라운지에 가면 평소에는 잘 보이지 않던 멤버들이 모여 있는 것도 좀 즐겁다.

감탄하며 살짝 한숨을 쉬고는 부클랜마스터가 내준 차를 마시며 눈을 가늘게 떴다. 자그마한 행복을 곱씹고 있자니 갑자기 문이 힘차게 열렸다. 나도 모르게 어깨를 움찔거리며 떨었다.

"크라이! 그라티아 산맥에 앱솔루트 그레이셜 드래곤이 나타났대! 사냥하러 가자!"

뛰어들어온 사람은 리즈였다. 겨울인데도 리즈는 기운이 넘치는 데다 차림새도 여름과 마찬가지로 그을린 피부를 많이 드러내고 있다. 그녀가 하얀 숨결을 내쉬며 눈을 반짝반짝 빛냈다.

리즈는 나와 달리 겨울에 활동을 자중하지 않는 모양이다.

그라티아 산맥이란 제도를 나선 다음 북쪽으로 쭉 가면 있는 큰 산맥이다. 해발 수천 미터, 계절과는 상관없이 정상 근처에는 항상 눈이 쌓여 있고, 강력한 마물이 우글대고 있어서 여름에도 가고 싶지 않은 곳이다.

"안셈이나 루크에게 부탁해."

"안셈 오빠랑 루크는 정신 수양을 위해 폭포수를 맞고 있으니까 안 돼!"

이렇게 추운데 대체 뭐하는 거야…….

"……루시아에게 부탁해."

"루시아는 지금 지닌 마력으로 제도 전체의 눈을 녹일 수 있을지 시험해 본대."

내 소꿉친구들은 가만히 있을 수가 없는 건가…….

리즈가 책상을 두 손으로 짚고 내 쪽으로 몸을 내밀었다. 아마 꼬리가 있다면 마구 흔들고 있었을 것 같은 표정이다. 싫어, 왜 이렇게 추운데 목숨을 걸고 등산을 해야만 하는 건데.

"……시트리에게 부탁하지 그래?"

리즈에게는 미안하지만, 나는 겨울 내내 클랜 하우스 밖으로 한 발짝도 나갈 생각이 없다. 대놓고 의욕이 없는 태도를 보여주던 와중에 다시 문이 열렸다.

"크라이 씨! 예전부터 감시하고 있던 라툼 호수에 아이스 엘리먼트가 잔뜩 나타났어요! 천재일우의 기회예요. 혹시 시간 있으시면 채집하러 가실래요?! …………언니?"

마침 내가 말을 꺼냈던 시트리였다.

라툼 호수란 제도를 나선 다음에 남쪽으로 쭉 가면 있는 거대한 호수다. 아름다운 것으로 유명하지만, 주위가 숲과 산으로 둘러싸여 있고 마물이 차고 넘칠 만큼 많기 때문에 개척도 되지 않은 곳이다. 겨울이 되면 기온이 떨어져서 호수 전체가 얼어붙는 모양이다. 그라티아 산맥 정도까지는 아니지만, 절대로 겨울에 갈 곳은 아니다. 리즈랑 시트리는 정말 닮았네.

"뭐어? 크라이는 나랑 앱솔루트 그레이셜 드래곤을 퇴치하러 갈 거거든? 방해하지 말아줄래? 시트는 혼자 쓸쓸하게 다녀오지 그래? 아, 티이를 빌려줄게."

안 갈 거야…….

내 마음의 소리를 무시하고 리즈가 견제하기 시작했다. 시트리의 표정에서 미소가 사라졌다.

"애그(앱솔루트 그레이셜)드래곤? 언니, 대체 무슨 생각이야?! 그건 레벨 7 파티가 전멸해서 레벨 8 인정을 받은 용이잖아?! 겨울에 애그드래곤에게 도전하다니── 혼자서 갈 거라면 말리진 않겠지만, 크라이 씨를 위험한 일에 끌어들이지 마! 크라이 씨는 나랑 같이 아이스 엘리먼트를 채집하러 갈 거니까! 지금 같은 시기에만 잡을 수 있으니까!"

채집 안 할 거야…….

"뭐어? 애그드래곤이 강적이긴 하지만, 크라이랑 같이 가면 분명 이길 수 있을 거라고! 애초에 겨울에는 눈의 정령도 비슷할 정도로 위험하잖아! 그 녀석들은 그래 봬도 신의 후예인데 마도사 없이 도전하겠다니, 정신 나간 거 아니야? 어차피 꽁꽁 얼어붙어 버릴 거라고?! 무모한 탐색을 할 바에는 크라이도 애그드래곤에게 도전하는 게 낫겠지? 응?"

채집이라고 하길래 착각했는데, 아이스 엘리먼트라는 건 생물이었구나. 둘 다 싫어.

"평범한 아이스 엘리먼트가 아니라고! 정말 귀중한 하이 아이스 엘리먼트란 말이야! 나 혼자서는 힘들지도 모르겠지만, 크라이 씨랑 같이 한 달 정도 차분히 시간을 들여서 상대하면 충분히 승산이 있어! 장기전을 예상하고 근처에 거점도 만들어 두었으니까! 티이는 필요 없으니 같이 애그드래곤이라도 사냥하고 오지 그래?"

대단하네. 나와 티노의 생각은 전혀 고려하지 않는 것 같다. 치열하게 말다툼을 벌이고 있는 두 사람을 보니 한숨이 나왔다.

기운이 넘치는 건 좋지만, 애초에 내가 가봤자 아무런 도움도 안 될 것 같은데.

리즈가 콧김을 거세게 내뿜으며 시트리에게 손가락을 내밀었다. 그리고 터무니없는 소리를 꺼냈다.

"알았어. 크라이가 정해줄래? 그러면 원망하지도 않겠지? 저기, 크라이. 시트보다는 내가 더 낫지?"

"…………알았어. 크라이 씨, 번거로우시겠지만, 항상 폐만 끼치는 언니에게 확실하게 말해주세요! 저와 함께 있고 싶다고요!"

시트리가 내 팔을 잡고 촉촉한 눈으로 꼬옥 끌어안았다. 그리고, 싸움이 시작되었다.

리즈가 눈을 반짝반짝 빛내며 내 뒤에서 목을 팔로 감싸고 몸을 기대며 힘차게 말했다.

"있지, 크라이. 겨울에 그라티아 산맥에 가면 정말 예쁠 거야. 크라이는 눈이 쌓인 경치를 좋아하잖아? 거기는 신들이 사는 산이라 등반 기록이 거의 없을 정도고, 조금 추울지도 모르겠지만 엄청 로맨틱할 것 같지 않아? 그야 애그드래곤은 겨울엔 용종 중에서도 최강급이라 위험하긴 하지만, 둘이서 쓰러뜨리면 분명 자랑할 수 있을 거거든? 그리고, 그리고, 애그드래곤은 지금 나로

서는 이길 수 없을지도 모르겠지만, 사실 그래도 괜찮아! 상상해
봐. 눈보라가 몰아쳐서 1미터 앞도 안 보이는 와중에, 다쳐서 정
신을 잃은 나를 크라이가 애그드래곤을 물리친 다음에 업고 가주
는 거야! 그리고 아슬아슬하게 목숨을 건져서 설산의 동굴을 발
견하고는 거기에 나를 눕히는 거지! 체온이 떨어져서 완전히 얼
어붙기 직전인 나를 보고 크라이가 망설임없이 내 옷을 벗기고
살을 맞대며 데워주고 말이야! 나는 겨우 의식을 되찾아서 크라
이의 얼굴을 보고 안심하는 거지! 응? 그런 거 정말 좋지 않아?
대모험이라는 느낌도 들고, 로맨틱하지 않아? 응? 괜찮지?"

시트리가 내 팔을 살짝 잡아당기고는 마치 좋은 생각이 났다는
듯이 말했다.

"라툼 호수도 예뻐요! 라툼 호수는 겨울에 수면이 완전히 얼어
붙어서 거울처럼 빛나거든요! 그 위에서 수많은 눈의 정령들이
춤추는 모습은 이 세상 것이 아닐 만큼 아름다운 광경이래요. 그
리고 저는 언니와는 달리 준비도 완벽하게 해두었어요! 여름에
고생스럽게 왕복하면서 근처에 멋진 집을 지어두었거든요! 난방
완비, 식량도 3개월은 여유롭게 지낼 수 있을 만큼 비축해두었으
니 전혀 불편하지 않을 거거든요? 욕탕도 있고요. 침대도 푹신푹
신해요. 그야 하이 아이스 엘리먼트 무리는 애그드래곤과 맞먹을
정도로 위험하고, 실력이 뛰어난 마도사도 건드리지 않는 대상이
긴 하지만, 크라이 씨와 함께 가면 분명 잘 풀릴 거예요! 거기 머
무르는 동안에는 제가 돌봐드릴게요. 크라이 씨께서 좋아하시는
요리도 해드리고, 등도 씻어드릴게요! 원하신다면 저를 마음대로

하셔도 상관없어요! 잠깐 휴가 간다고 생각하시면——."

분위기가 너무 뜨거워진 것 아닐까. 열렬한 스카웃을 흘려듣고 있자니 다시 방문이 열렸다.

조심스럽게 들어온 사람은 리즈의 제자—— 아까부터 소유권이 이리저리 옮겨다니고 있던 티노였다. 티노가 눈을 내리깔고 나에게 물었다.

"저기이…… 마스터어. 눈이 왔으니까…… 같이 눈사람 만드실래요?"

이런이런, 인기가 많네? 나는 세 사람을 번갈아가며 보고는 눈을 부릅뜨고 힘을 잔뜩 준 다음, 딱 잘라 말했다.

"추우니까 싫어!!"

# 《천변만화》의 보구 도감

보구. 그것은 이 세계에 존재하는 신비 중에서도 가장 유명한 물건이다.

세계 각지에 존재하는 보물전에서 산출되는 그것은 마나 머티리얼에 의한 과거의 재현이며, 그중 대부분은 현대 기술로는 도저히 재현할 수 없는(또는 재현할 생각이 들지 않는) 신기한 힘을 지니고 있다.

재현된 과거 문명은 고대에 이미 멸망해서 자료조차 남지 않은 것들뿐이기에 보구는 실용적인 면에서도, 학술적인 측면에서도 매우 가치가 높다.

위험한 보물전에서 목숨을 걸고 보구를 가져오는 트레저 헌터라는 직업이 매우 일반적으로 정착된 것도 아마 그 보구의 매력에 사로잡힌 사람들이 많기 때문일 것이다.

나 《천변만화》가 트레저 헌터가 된 계기는 어렸을 때 만난 트레저 헌터의 모험담을 듣고 나도 그런 모험을 해보고 싶다는 어린애 같은 막연한 동경심 때문이었다. 하지만 실제로 트레저 헌터가 되고 나서 재능이 없다는 사실이 밝혀진 지금도 아직 완전히 벗어나지 못한 건 보구의 매력에서 헤어나오지 못하고 있기 때문이다.

내 취미는 보구 수집이다. 그 숫자는 헌터가 되고 나서 계속 늘어나기만 했고, 한때는 보구용 창고를 빌리기까지 했다. 도둑이 들어서 그만두었지만 말이지.

온갖 수단을 동원하고 시트리에게 빚까지 지면서 수집한 보구는 지금 시점에서도 수백 개가 존재하고, 딱히 쓸모가 없는 것들이 대부분이긴 하지만 꽤 대단한 콜렉션이라고 자부한다. 보통 트레저 헌터는 마력 충전과 숙련도로 인해 보구를 많아도 네다섯 개만 지니곤 하기에 아마 제도의 트레저 헌터 중에서는 내가 보구를 가장 많이 모은 남자일 것이다.

박물관에도 이렇게 많은 보구가 모여있진 않다. 내 콜렉션에 필적하는 것은 보구 감정사임과 동시에 보구 콜렉터이기도 한 내 스승님—— 보구 상점 '마기즈 테일'의 마치스 씨 정도밖에 없을 것이다.

오늘은 내가 트레저 헌터가 되고 나서 모은, 도움이 되거나 도움이 별로 안 되지만 유쾌하고 즐거운 보구들을 소개하려 한다.

이번에 소개할 것은 사슬 형태(체인 타입)의 보구다.

일반적으로 사슬은 친숙하지 않은 도구일지도 모르겠지만, 보구 중에는 사슬 형태가 꽤 많다. 고대에는 일상적으로 다양한 사슬을 다루며 번영을 누린 문명이 존재했다고 하는데, 규모가 좀 큰 보구 상점에 가면 거의 다 코너가 따로 있다. 그 정도로 사슬 형태는 종류가 풍부하고 산출량도 많다.

어지간한 사슬 형태의 보구가 지닌 힘은 '구속'이다. 던져서 맞추면 알아서 감겨서 적을 구속하는 것이 기본이다. 거기에 유용한 부가 가치가 붙으면 가격이 비싸진다.

사슬 형태의 보구는 헌터들 사이에서는 인기가 별로 없는 장르다.

척 보기에는 범죄자를 구속할 때 써먹을 수 있을 것 같기도 하지만, 구속만 따지고 보면 애초에 굳이 보구를 사용할 필요가 없다.

밧줄로 묶어도 되고, 시판되는 평범한 사슬로 묶어도 된다. 수갑을 쓰거나 힘으로 기절시켜도 되고, 대부분의 경우—— 그쪽이 훨씬 더 싸게 먹힌다. 구속술은 숙련된 헌터에게는 기본이니 몇 안 되는 보구 중에 사슬을 선택하지 않는 것도 이치에 맞는 행동이다.

하지만, 나는 그 생각에 이의를 제기하고 싶다. 사슬 형태의 보구가 지닌 장점은 접근하지 않아도 적을 구속할 수 있다는 것이다. 그 장점을 살릴 수 있는 기회는 별로 없지만——.

예를 들어, 이건 내 콜렉션 중 하나다.

은빛 사슬과 끄트머리에 달린 멋진 분동. 내가 초창기에 손에 넣은 뒤로 계속 소중하게 다루며 애용하고 있는 이 사슬의 이름은——『독 체인(개 사슬)』이라고 한다.

능력은 자율 행동이다. 이 독스 체인은 기동시키면 개의 모습을 띠고, 주인이 지시한 대상에게 달려들어 구속한다. 구속 이외에도 지정한 물건을 가지고 올 수도 있다. 이빨이나 발톱은 없지만, 꽤 믿음직한 녀석이다.

생물 형태의 사슬은 사슬 형태의 보구 중에서 거의 절반을 차지할 정도로 비중이 크다. 아무래도 이 사슬 형태의 보구의 기원인 문명은 사슬로 다양한 생물들을 만들어내 공존했던 모양이다. 그런 것을 만들어낸 이유를 지금은 알 수가 없지만, 이렇게 사슬로 이루어진 개도 오랫동안 쓰니 애착이 드는 것을 보면 혹시나 애완동물로 삼았을지도 모르겠다.

독스 체인은 얇은 사슬이지만, 그중에는 팔뚝 정도 두께의 사슬로 구성된『빅캣 체인(사자 사슬)』이나, 구속뿐만이 아니라 상대방을 그대로 졸라서 죽이는『스네이크 체인(뱀 사슬)』, 나도 가지고 있고 변덕스러운 데다 장난꾸러기인『캣 체인(고양이 사슬)』등, 재미있고 흥미로운 사슬이 많이 존재한다. 그 다양한 종류로 인해 트레저 헌터 중에서는 보물전에서 사슬 보구를 발견하면 눈살을 찌푸리는 사람도 있는 모양이다.

또 하나의 특징으로 생물 형태의 사슬은 주인을 알아보고 잘 따른다. 먹이는 안 먹고 배설도 하지 않지만, 자주 기동시켜서 귀여워해주면 재주를 가르칠 수도 있다.

내 사슬도 처음에는 말을 잘 듣지 않았지만, 루시아가 확실하게 길들여준 덕분에 지금은 충실하고 믿음직스러운 파트너다. 별로 알려지지 않은, 아니, 아무도 흥미를 가지지 않았던 지식이다.

어쩌면…… 그렇게 귀찮은 부분도 사슬 형태의 보구가 별로 인기를 끌지 못하는 이유일지도 모르겠다. 나는 나 말고 다른 헌터가 생물 형태의 사슬을 써먹는 걸 본 적이 없다.

맞다. 단점이 한 가지 더 있다. 생물 형태의 사슬은 연비가 정말 안 좋다.

잠깐 걷게 하기만 해도 금방 마나가 바닥나서 평범한 사슴으로 돌아가 버린다. 거세게 날뛰는 대상을 구속하고 조이려 하면 한 번 쓰기만 해도 마력이 바닥날 각오를 해야만 한다.

독 체인은 멋대로 달려들었다가 멋대로 돌아오지만, 중간에 마력이 바닥나면 당연히 돌아오지 않기 때문에 주의할 필요가 있다.

자, 생물 형태의 사슴 이야기를 했는데, 사슴 형태의 보구 중에는 그것 말고도 다양한 것들이 있다.

예를 들어 이 100미터가 넘을 정도로 길며 중간에 수갑이 106개 달린 사슴은 『크라임 퍼레이드(복종의 권위)』라 불리는 보구다.

원래는 죄수를 구속하는 데 쓴 사슴이었을 것이다. 기동시키면 수갑을 찬 대상은 저항하지 못하고, 끄트머리를 잡은 사람을 따라 걷게 만들 수 있다.

전혀 저항하지 못하게 되기 때문에 굳이 말하자면 정신 조작 계열 보구에 속하지 않을까.

말만 들으면 강력하다고 생각할지도 모르겠지만, 이 보구에는 치명적인 단점이 한 가지 있다.

사람들이 모든 수갑을 차야 기동시킬 수 있다. 게다가 모두 차지 않는 한, 수갑을 잠글 수도 없다. '크라임 퍼레이드'에는 수갑이 106개, 53쌍 있으니 죄수가 53명 필요하다. 제대로 운용할 수 있긴 한지 꽤 의심스러운 물건이다. 덤으로 마력이 바닥나도 효과가 사라지기에 써먹을 데가 없다.

보구 중에는 이렇게 의미를 알 수 없는 제약이 걸린 물건들이 많이 있다. 마나 머티리얼은 과거의 문명을 재현하여 보구를 만들어내지만, 완전히 재현하는 것은 아니다. 만들어진 보구는 생김새만 모방한 것이다.

'크라임 퍼레이드'의 인원 제한은 십중팔구 고대의 문명에 존재할 때는 없었던 제약일 것이다. 일부러 모두가 차지 않는 한 효과가 발휘되지 않게끔 만들 이유가 없다. 아마 이 사슬이 재현한 것은 과거에 존재했던 '크라임 퍼레이드' 그 자체가 아니라 원본이 된 그 도구가 만들어냈던 '광경'일 것이다.

하지만, 사실 이 보구는 엄밀하게 따지면 사람이 53명 필요한 게 아니다.

손뿐만이 아니라 발목에 채워도 인식되기에 한 명이 수갑을 네 개 찰 수 있다. 다시 말해 필요한 죄수는 27명(한 명은 손목에만 수갑을 찬다)이다. 어찌 됐든 사용감이 최악이기에 그 사실이 알려지더라도 이 보구가 재평가를 받을 일은 없겠지만……

아, 안심해도 된다. 지금까지 한 이야기를 듣고 보면 사슬 형태의 보구는 못써먹을 물건이라는 생각이 들지도 모르겠지만, 물론, 사슬 형태의 보구 중에도 강력한 것이 있다.

이 아름다운 사슬을 봐 주었으면 한다.

넝쿨처럼 생겨서 척 보기에는 사슬 같지 않은 이 까만 사슬. 이것은 그 보구 감정사, 마치스 카돌이 가지고 있었던 물건이다. 한눈에 반해서 꼭 가지고 싶었기에 티노를 데리고 가서 얻어왔다.

척 보기에 예술품 같기도 한 이 사슬 형태 보구의 이름은『슬리 핑 뷰티(잠자는 가시)』라고 한다.

사슬 형태의 보구 중 대부분은 푼돈으로 거래되지만, 유일하게 비싼 가격에 거래되는 것이 있다.

그것이—— 상태이상을 부여하는 타입의 사슬이다.

이 사슬은 허약하고, 아름답고, 대상을 알아서 구속하는 힘도 없지만, 묶은 대상을 깊은 잠에 빠지게 만들 수 있다. 그것도 수면제 등에 내성을 지닌 헌터에게도 통할 정도로 강력한 잠이다.

사슬의 힘에 의해 잠에 빠진 자는 결코 스스로 깨어나지 못한 다. 생명 기능은 마치 얼어붙은 듯이 완전히 정지하고, 다른 사람 의 도움을 받지 못하면 잠든 채로 오랜 세월을 살아가게 된다. 물론 실제로는 보구의 마력이 바닥나기 때문에 영원히 계속 살아갈 수는 없겠지만, 정기적으로 외부에서 충전을 해주면 몇 년 정도 는 계속 잠들어 있게 할 수 있을 것이다.

범죄에도 이용할 수 있을 정도로 무시무시한 보구다. 마치스 씨는 나에게 이 보구를 넘길 때 결코 함부로 사용하지 말라는 조건을 내걸었다. 실제로 내가 이 보구를 사용한 적은 손에 꼽을 정도밖에 없다.

하지만 다행히도 이 보구에는 실용성이 매우 떨어지는 제약이 있다.

그것이 내가 이렇게 강력한 보구를 방에 장식해둔 채 항상 가 지고 다니지 않는 이유이며, 아마 마치스 씨가 이 보구를 나에게 넘긴 이유이기도 하겠지만, 첫 번째로—— 이 보구는 움직이는 상대에게 효과를 발휘하지 않는다. 두 번째로는 누워 있는 상대에게만 통한다. 세 번째로 잠든 상대는 흔드는 것 정도로는 깨어나지 않지만, 몸을 옮기려 하면 금방 깨어나 버린다.

꽤 한정적인 보구다. 이렇게까지 강한 제약이 있으니 탐색 때는 써먹기가 힘들다. 역시 마치스 씨의 콜렉션이다.

마치스 씨는 이 보구에 대해 설명할 때 고대 사람들에게도 양심이 있었던 거라며 말했다.

하지만, 내 견해는 조금 다르다.

이 보구를 받고 나서 검증하며 몇 가지 새로운 사실을 발견했는데, 내 견해에 따르면── 아마 고대 사람들은 로맨티스트였을 것이다.

이 보구는 대상을 옮기면 효과가 사라지지만, 유일하게 눕힌 채로 살며시 안아들 경우── 속된 말로 공주님 안기를 할 경우에는 깨어나지 않는다. 그리고 움직이지 않는 한 대상은 자연스럽게 깨어나지는 않지만, 유일하게 키스를 하면 깨어나게 할 수 있다.

이런 것 또한 기묘한 제약이라 할 수 있을 것이다. 조건이 몇 가지 더 있을 것 같긴 하지만, 나는 검증을 멈추고 이 보구를 영원히 보존하기로 했다.

참고로 잠든 상대에게 성적인 장난을 치는 건 불가능하다. 허용되는 건 키스뿐이고, 그 이상은 사슬에 독이 발린 가시가 돋아나 바깥에서 건드린 자에게 심한 상처를 입히는 모양이다. 리즈와 시트리가 만신창이가 된 것이 검증을 그만둔 이유이기도 하다.

이야기가 길어졌는데, 이번 소개는 이걸로 끝이다. 내 소장품은 아직 많이 있지만 전부 이야기하려면 한 달이 걸려도 부족하다.

보구에는 다양한 능력이 있고, 제약이 있다. 보구 감정사의 감정 결과 말고도 예상하지 못한 성질을 지니고 있는 경우도 있기에 단순한 것이 아니다. 헌터들이 보구를 많이 가지고 다니지 않고 믿을 만한 몇 개만 다루게 되는 것도, 조금 안타깝긴 하지만 당연하다고 할 수 있을지 모르겠다.

그러나 보구는 일반인이 영웅으로 올라설 수 있는 유일한 방법이기도 하다.

이번에 소개한 보구는 극히 일부다. 하지만, 이 이야기를 듣고 보구의 매력에 대해 조금이라도 이해하게 되었다면 좋을 것 같다.

## 크라이 안드리히의 하루

기분 좋게 깨어나는 요령은 잠이 안 올 때까지 계속 자는 것이다. 헌터 시절에는 이른 아침부터 활동하는 경우가 많았지만, 잠을 푹 잘 수 있게 된 것은 클랜을 운영하는 데 주력하기로 하고 나서 좋았던 점 중 하나다.

큼직한 침대 안에서 자연스럽게 눈을 뜬 다음, 기지개를 켜며 조명을 켠다. 시계를 확인해 보니 정오가 되기 조금 전이었다. 샤워를 하고, 몸단장을 한다. 옷을 대충 다 입은 다음에는 마지막으로 콧노래를 흥얼거리며 침실에 잔뜩 진열되어 있는 것들 중에서 장비할 보구를 고른다.

오늘은 외출할 예정이 없으니 차고 갈 보구는 능력보다는 요즘 마음에 드는 것을 골라야겠다.

마지막으로 전신 거울을 보니 왠지 시원찮아 보이는 청년의 모습이 보였다.

『리버스 페이스(전환하는 인면)』이 남아 있었다면 얼굴도 바꿀 수 있었을 텐데…… 한순간 그런 생각이 들었지만, 이미 지나간 일을 계속 따져봤자 소용이 없다. 애초에 익숙해진 내 얼굴이다. 나는 타협하기로 했다.

오늘도 평소처럼 좋은 아침이다.

"좋은 아침입니다, 크라이 씨."

"그래, 좋은 아침이야."

클랜 마스터실 책상 앞에 앉아 마치 재고 있었던 것처럼 에바가 들어왔다.

뒤로 묶은 머리카락과 풀을 잔뜩 먹인 제복. 항상 그랬듯이 완벽한 부클랜마스터다.

나와는 달리 자다 일어난 게 아니다. 클랜 마스터와는 달리 부클랜마스터는 할 일이 많으니까…….

방금 일어난 내 모습을 보고도 에바는 싫은 기색을 전혀 보이지 않았다.

내가 그녀를 클랜에 데려올 수 있었던 것은 항상 운이 안 좋은 나에게는 드물게도 운이 좋았던 일이라 할 수 있을 것이다.

의자에 몸을 기댄 채 에바에게 물었다.

"오늘은 뭔가 일정이 있었던가?"

"가입 신청이 일곱 파티 들어와 있네요."

클랜 마스터가 할 일은 별로 없다.

그 몇 안되는 업무 중 하나가 새롭게 클랜에 가입하기 원하는 파티의 심사다.

《발자국》은 어느새 규모가 큰 클랜이 되어버렸다. 에바나 사무원분들의 노력 덕분이지만, 그 때문에 가입하기를 원하는 파티도 끊임없이 생긴다.

클랜의 가입 조건은 소속 멤버의 추천과 내 심사를 통과하는 것이다.

그것은 내가 처음에 적당히 정한 조건이었다.

클랜을 만들었을 때는 이렇게까지 규모를 키울 생각이 없었다.

소꿉친구들의 사회성 향상을 목적으로 잡았기에 평판이 좋은 파티들을 모으긴 했지만, 나는 클랜 운영면으로는 초보였고, 자신감도 없었던 데다 연줄도 없었다.

엎드려 빌어서 큰 상회에서 일하던 에바를 데려온 것도 확실한 이유는 없었고, 최소한 클랜으로서 체면을 유지하기 위해서는 유능한 사람이 필요할 거라고 어렴풋하게 생각했기 때문이고, 당연히 에바가 이렇게까지 해줄 거라고는 상상하지 못했다. 해줄 거라고 상상하지 못했고, 놀랍게도—— 해줬으면 한다는 생각도 하지 않았다.

물론, 부클랜마스터가 유능한 건 좋은 일이다. 하지만, 너무나도 유능했다.

가장 먼저 에바가 없을 때 정했던 규칙이 족쇄가 되었다. 클랜에 가입할 때 반드시 심사를 거쳐야 한다고 정한 이유는 이상한 녀석들이 왔을 때 최소한의 안전장치로 삼기 위해서였다. 만약에 가입 신청이 이렇게 많이 들어올 줄 알았다면 그런 조건을 내걸진 않았을 것이다.

질색하면서 책상 위에 놓여 있던 가입 신청 멤버 리스트를 확인했다. 거기에는 각 파티의 능력과 평판, 실적이 나열되어 있었다.

지명도가 높은 클랜에게 있어서 소속 멤버의 불상사는 어떻게 해서든 피해야만 하는 일이다. 그 사실은 잘 알고 있긴 하지만, 솔직히 신청이 이렇게 잔뜩 들어오니 하나하나 제대로 확인할 수가 없다.

애초에 소속 멤버의 추천이 전제인 이상, 이상한 파티가 들어오진 않는다.

나는 옆에 가만히 서 있던 에바 쪽으로 몸을 내밀며 말했다.

"가입 조건은 바꿔야 할 것 같은데."

"안 됩니다. 클랜의 힘은 소속 헌터의 힘이에요. 가장 중요한 부분을 게을리할 수는 없어요."

"…………."

에바가 단호한 태도로 거부했기에 어쩔 수 없이 내용을 보았다. 면접까지 하는 건 서류 심사를 통과한 사람들뿐이다.

이제 클랜은 충분히 커졌으니 더 이상 멤버를 받을 필요는 없다. 전부 떨어뜨려야지.

리스트 중에는 예전에 몇 번 떨어졌던 파티의 이름도 있었다. 항간에서는 한 번 떨어지더라도 단점을 고치고 다시 오면 합격할 가능성이 있다는 소문이 도는 모양이다. 그럴 리가 없……을 것 같은데, 아무래도 내가 탈락시켰다는 걸 잊어버리고 나중에 합격시킨 적이 있었던 모양이다.

라운지에서 고맙다는 인사를 받은 적도 있다. 내 눈은 옹이구멍이다.

"그러고 보니까, 요즘은 멤버를 안 받으셨네요."

에바가 마치 일상적인 대화를 하는 듯한 분위기로 압박을 가했다. 아무래도 클랜은 인원에 따라 나라에서 다양한 대우를 받는 모양이고, 에바는 클랜의 세력을 확대시키는데 매우 의욕적이다.

이렇게 된 이상 나도 물러설 수밖에 없다.

클랜을 설립한 목적은 이미 충분히 달성했다. 이제 최대한 문제가 없게끔 운영을 계속 해 나가고, 언젠가 에바에게 클랜 마스터 자리를 물려주고 나서 은퇴하기만 하면 된다. 리스트를 팔랑팔랑 넘기던 나는 인원이 가장 적어서 실패했을 때 영향이 크지 않을 것 같은 파티를 손가락으로 가리켰다.

솔로 파티 가입 신청이다. 문제 파티를 잘못 들이면 돌이킬 수 없는 일이 벌어지겠지만, 솔로라면 문제를 일으킨다 하더라도 큰 일이 벌어지진 않을 것이다.

"이 사람, 면접 보자. 나머지는 기각하고."

"……지명도가 있는 파티의 가입신청도 들어와 있던데…… 이유를 여쭤봐도 될까요?"

에바가 눈을 깜빡이며 물었다. 그녀는 아직 내가 리스트를 적당히 훑어보았다는 사실을 모른다. 슬슬…… 눈치채도 될 것 같은데.

나는 심각한 표정을 지으며 고개를 끄덕였다.

"뭐, 이유는 이것저것 있긴 한데── 간단히 말하자면, 마음에 안 들어."

"알겠습니다. …………그럼, 이분의 면접 일정을──."

적당하기 짝이 없는 대답이었지만, 성실한 에바는 아무런 말도 하지 않았다.

에바가 내 스케줄 수첩을 넘기기 시작했다. 내가 건망증이 심한 탓에 완전히 비서처럼 되어버렸다.

그때, 나는 마음이 바뀌었다. 면접…… 내가 말해놓고 좀 그렇지만, 귀찮네. 인간 말고 초콜릿이랑 면접을 보고 싶은데.

어차피 추천을 받았으니까. 그냥 받아버려도 괜찮지 않을까?

지금까지 적당히 해 왔으니 이제 와서 대충 진행하는 걸 망설일 필요도 없고.

나는 깍지를 끼고 하드보일드한 표정을 지으며 말했다.

"아니, 잠깐만. 면접을 볼 필요는 없어. 합격 통지를 보내도 돼."

"……네? 제정신이세요? 아직 만나보지도 않았는데요?"

제정신? 제정신이지. 나는 언제나 제정신이야. 능력이 거의 없고 조금 귀찮아할 뿐이지.

나는 리스트를 툭툭 두드리며 힘주어 말했다.

"아니, 만나보지 않아도 알아. 솔로라거나 지명도가 없다는 것도 상관없어. 그야 단점이 있을지도 모르겠지만, 종합적으로 보면 나쁘지 않아. 합격이야, 합격이라고."

에바는 일하고 싶지 않다는 내 마음만으로 한 말을 듣고 멍한 표정을 짓다가 잠시 후에 고개를 살짝 끄덕였다.

"네, 네에………… 그러시다면……."

좋아, 일이 하나 줄었다.


클랜 마스터실의 장식품처럼 앉아 있자니 시간이 엄청난 기세로 지나갔다.

보구를 닦고, 선물로 받은 초콜릿을 먹고, 세계 지도를 보며 모험을 하는 기분을 내거나 책장에 꽂혀 있던 강한 무기 사전이나 보구 사전을 보기도 했다.

이미 클랜 마스터실에 틀어박히게 된 지 2년 정도가 지났다. 바깥으로 나가지 않고 지내는 것도 익숙해졌다.

이것저것 마련해 두었기에 시간을 때울 방법은 부족하지 않다. 만약에 정 할 일이 없으면 훈련장에 가서 클랜 멤버들이 훈련하는 모습을 구경해도 된다.

에바가 빠른 걸음으로 들어왔다. 초조한 듯이 입을 열었다.

"크라이 씨, 리즈 씨가——."

"흐음…… 오랜만에 엎드려 빌 때가 온 건가."

"——하지만, 저희가 어떻게든 할게요."

왠지 모르겠지만, 에바가 곧바로 돌아서서 나갔다.

리즈가 무슨 짓을 한 건지는 모르겠지만, 모처럼 최근에 습득한 스타더스트 엎드려 빌기(별가루처럼 덧없이 빛나는 엎드려 빌기)를 선보일 수 있을 줄 알았는데…….

나는 느긋하게 앉아있기만 하지만, 에바는 정신없이 바쁘다.

무슨 일이 생길 때마다 알려주러 방에 온다. 어떤 의미로 그녀가 나에게 들어오는 업무의 필터 역할을 맡고 있다고 해도 무방할 것 같다.

다음에 시간을 내서 치하해 줘야지.

"거크 씨가 와 있어요."

"나는 없는 거야, 알겠지?"

"사무원을 늘릴까 하는데요……."

"맡길게. 전부 맡길 거야. 예산이 부족해지면 말하고."

"⋯⋯⋯⋯왠지 모르겠지만 신작 초콜릿 케이크의 시식 의뢰가⋯⋯ 뭔가 착각한 것 같긴 한데요── 거절하겠습니다."

"! 잠깐만 기다려. 시민과 교류하는 것도 클랜 마스터의 업무지. 단것은 별로 안 좋아하지만, 받아들이지 못할 것도 없어."

"그리고 유물조사원에서 호출이 와 있네요. 낯선 팬텀을 발견해서 견해를 말해줬으면 한다는데요. 위치도 가까우니 가는 김에 다녀오시죠?"

"──그럴까 했는데, 바쁘기도 하니 시식 의뢰는 티노를 보내자. 유물조사원에서 들어온 의뢰는 아크가 적합할 거야."

"《성령의 자제》는 탐색하러 나가서 자리를 비웠는데요."

"그럼⋯⋯ 스벤."

"《흑금십자》도 호위 의뢰를 맡아서 제도를 떠났습니다."

"⋯⋯어쩔 수 없지. 못 들은 걸로 하자. 어차피 시간이 지나면 해결될 안건이야. 나는⋯⋯ 저기, 조금 바쁘거든."

"알겠습니다. 그렇게 전하도록 하죠."

이런, 이런, 다들 나에게 너무 의지한다니까. ⋯⋯좀 봐주세요.

나는 에바가 사라진 것을 확인한 다음, 요즘 나만의 유행인 『독체인』에게 재주를 가르치는 것에 착수하기로 했다.


해도 완전히 졌고, 밤이 다가온다. 시계의 짧은 바늘이 8과 9 사이를 가리킬 무렵, 평소처럼 에바가 방으로 들어왔다.

아무리 바빠도 그녀는 날마다 이 시간에 여기로 온다. 그래서 나도 볼일이 따로 없는 한, 이 시간에는 방에 있게끔 하고 있다.

에바는 낮과 마찬가지로 제복 차림이었다. 하루 종일 계속 클랜 마스터실에 앉아 있던 나와는 달리 계속 돌아다녔을 텐데도 피곤한 기색이 없다.

"오늘도 고생 많으셨습니다."

"고생했어."

가볍게 인사를 한 다음, 에바가 오늘 업무 보고를 시작했다. 나는 멍하니 흘려들었다.

보아하니 오늘도 대충 잘 넘긴 것 같다. 고생했다고 하는데, 나는 바쁘다고 하면서 멍하니 있기만 했기에 전부 에바의 실력이다.

상여금을 얹어줘야겠다. ………상여금 액수를 정하는 것도 에바의 업무지만.

"방 청소는 해두었어요."

"……에바는 말이야, 너무 일을 많이 하는 거 아니야? 숨도 좀 돌려야지. 나처럼."

에바를 마구 부려먹고 싶은 건 아니다.

방 청소 정도는 나도 할 수 있다. 저번에 시험 삼아 해봤을 때는 이미 청소가 되어 있다는 걸 모르고 다시 하게 되었지만.

여러모로 걱정이 되어서 그렇게 말하자 에바는 한순간 눈을 동그랗게 뜨더니 입술을 살짝 치켜올리며 웃었다.

"아뇨, 이건 제 일이에요. 좋아서 하는 거니까 신경 쓰지 마세요."

정말로 특이하네.


시계가 밤 11시를 가리키고 있다.

오늘도 하루가 끝난다. 보구를 정리하고 샤워를 한 다음에 잠옷으로 갈아입었다. 침대 안으로 들어가자 곧바로 잠이 왔다. 피곤하지 않아도 금방 잘 수 있는 건 내 몇 안 되는 자랑거리다.

아무 일도 없었던 하루였지만, 평화로운 하루였다. 부디 내일도 평화롭기를.

"크라이, 안녕~! 어라? 벌써 자? 정말~, 모처럼 왔는데, 너무 일찍 자잖아………… 뭐, 됐어. 나도 자야지…………."

## 크라이 안드리히의 연애 사정

"어라? 어디 나가시나요?"

"아니………… 저번에 엄청 귀여운 애를 발견해서……."

더할 나위 없이 신이 난 크라이의 말을 듣고 시트리는 어떻게 해보지도 못한 채 얼어붙었다.

"오늘도 좀 만나러 갈까 하거든. 서둘러야 하니까 나중에 봐──."

크라이는 미소를 지은 채 굳어버린 시트리를 전혀 신경 쓰지 않고 미소를 지으며 나갔다.

결국, 일을 가지고 온 에바가 어깨를 흔들 때까지 시트리는 그곳에 멍하니 서 있었다.

"기, 긴급 탄령 회의예요! 큰일이라고요, 크라이 씨가 바람을!"

"뭐어? 너, 그게 무슨 소리야? 이렇게 사람들을 많이 모아놓고──."

완전히 냉정함을 잃은 시트리를 보고 리즈가 바보를 보는 듯한 눈빛으로 말했다.

좁은 회의실에는 《비탄의 망령》 멤버를 포함한 헌터 여러 명, 클랜 직원, 탐협 직원, 티노와 기타 다른 사람들이 잔뜩 모여 있었다. 시트리가 당황하며 허둥지둥 모은 멤버들이다.

민폐라고 생각하는 시선이 수없이 쏠리는 와중에 시트리가 상황을 설명했다.

이야기를 듣고 모여 있던 멤버들 중 한 명, 스벤이 어이없다는 목소리로 말했다.

"뭐어? 갑자기 불러내길래 무슨 일이 생겼나 싶었더니…… 크라이도 사람이니 좋아하는 녀석 정도는 생기겠지."

"이건 틀림없는 바람이에요! 크라이 씨에게는 제가 있고, 빚도 졌는데!"

"……………………바보구나, 시트. 크라이가 바람 같은 걸 피울 리가 없잖아! 이 리즈가 있는데! 도둑고양이는 너만으로도 충분하다고!"

"…………크라이 녀석, 그런 이야기는 전혀 안 들린다 싶었더니…… 안심했어. 왜 나를 부른 건지는 모르겠다만."

"……요즘 기분이 좋아보이긴 했는데요…… 어느새 그렇게 된 거죠? 크라이 씨는 항상 클랜 마스터실에 있고, 외출할 때는 항상 누군가와 함께──."

"내, 냉정하게, 냉정하게 생각해 보죠. 그러니까, 거크 씨와 에바 씨의 증언에 따르면── 크라이 씨는 제가 있으니까 그런 이야기가 들리지 않았어요. 그리고 제 덕분에 최근에 기분이 좋아보였고요. 외출할 때는 항상 누군가와 함께── 혹시…… 이 안에 배신자가?!"

"……………………시트, 진정해. 오빠랑 사귈 수 있을 만한 사람이 있을 리가 없잖아."

"잠깐만, 잠깐만, 인간이라는 보장은 없다고. 혹시 뭔가 멋진 검이라도 발견한 거 아닐까? 나도 멋진 검을 보면 엄청 사람을 베고 싶어지는데."

"저기…… 아무리 그래도 무기물을 보고 귀여운 애라고 말하진 않을 것 같은데요? 당신도 아니고."

"?! 멋진 검…… 혹시── 남자? 여자가 아니라 남자가 생긴 건가요?! 그래서 저는 안 된다는 건가요?!"

"윽…… 진정해, 바보 시트! 크라이는 절대로, 절대로 바람 같은 걸 피울 사람이 아니니까! 짐작되는 구석도…………………………"

"류류류~류~, 류~류류!"

"키르키르."

"냐~, 냐~."

"으음, 으음……."

"이, 이봐, 잠깐만. 네놈들…… 왜, 어째서, 나를 부른 거냐?! 이 공간은 뭔데! 이 《호뢰파섬》이 누군줄── 나는 네놈들의 적이란 말이다?!"

"아놀드 씨, 포기하시죠. 이 녀석들 맛이 갔어요."

"……………………고양이예요."

"?!"

"마스터어는…… 바람 같은 걸, 피우지 않아요! 그 귀여운 애라
는 건 분명 고양이일 거예요! 저기 있는 먹거리처럼 냐냐~ 울기
만 하는 키메라가 아니라, 귀엽고 작은 새끼 고양이일 거라고요!"

"냐?!"

"…………하긴, 약한 인간이 평범한 인간과 사랑에 빠질 것 같
지는 않아, 입니다. 이 클랜에는 나를 포함해서 정령인이 여섯 명
이나 있고, 보통 사랑에 빠진다면 그중 누군가일 테니까, 입니다."

"으음…………?"

"그건, 있을 수 없는 이야기예요! 크라이 씨는 딱히 고양이파도
아니고, 애초에 아시잖아요?! 고양이 같은 루시아가 평소에 어떤
취급을 당하는지!"

"?! 뭐, 뭐어어어어어어?! 고, 고양이 같다니, 취급이라니, 누
가──."

"으으…… 루시아에게 맞선 이야기가 들어왔을 때는 나보다 레
벨이 높은 사람이 아니면 인정 못한다고 말도 안 되는 소리를 한
주제에, 자기만 멋대로 바람을 피우다니── 내가 대체 어떻게
해야──."

"그럼, 고양이가 아니라 개일 거예요! 분명 복슬복슬하고 하얗
고 큰 개겠죠. 마스터어는 바람 같은 거 안 피워요! 마스터어는
신. 저는── 믿어요!"

"앙갸아!"

"흐음…… 뭐, 바람을 피웠는지 여부는 제쳐두고, 신경 쓰이긴
하는군. 좀 품위 없는 이야기이긴 하지만, 상대가 누군지 전혀 상

상이 되지 않아."

"아크 씨…… 이제 돌아가죠. 시간 낭비인 것 같으니까——."

"인정 못해…… 인정 못해요. 적어도 저보다 부자인 사람이어야 하니까!!"

"……………………시트, 너, 그래도 괜찮겠어?"

"개도 아니라면 토끼나 여우일 거예요! 분명 귀와 꼬리로 마스터의 마음을 사로잡았겠죠! 마스터어는 바람을 피우지 않아요! 마스터어는 결백해요!"

"여우 귀와 꼬리…………."

"결백…………! 그, 그래! 전부 백지! 빚을 전부 백지로 만들면—— 여우?! 여우 귀와 꼬리?! 루시아? 서, 설마—— 여동생인 주제에, 어렸을 때 소꿉장난을 하면서 프로포즈를 했다가 OK를 받았던 걸 진심으로 생각한 거야?!"

"?! 뭐어어어어?! 시트, 적당히 좀, 하라고!!!"

"검사야?! 혹시 실력이 엄청난 검사인가?! 크라이가 고른 거잖아?! 검사겠지!"

"지…… 진정해! 부디, 다들, 진정좀 하라고!"

"루, 루다 말이 맞아! 이런 곳에서 이야기를 나눠봤자 소용없다고. 진실을 알고 싶다면 미행이든 뭐든 하면 되잖아!"

"윽………… 그렉은 아무것도 몰라! 레벨 8에게 미행 같은 건 통하지 않아! 마스터어가 그걸 숨기려 한다면 우리는 절대로 눈치챌 수 없어. 다시 말해서, 마스터어…… 아직 가시면 안 돼요."

"티노까지…… 그 녀석, 의외로 인망이 없끄아악?!"

"?! 길베르트ㅇㅇㅇㅇㅇㅇㅇㅇㅇㅇ?!"

"윽………… 쳇. 이런 곳에서 이러쿵저러쿵 떠들어 봤자 소용없어. 시트는 글러먹었고, 잠깐 크라이에게 물어보고 올게!!"

"?! 자, 잠깐만 기다려, 언니! 아직 마음의 준비가——."

"어라? 무슨 일이야? 이렇게 작은 방에 잔뜩 모여서—— 거크 씨까지……."

"?! 크크크, 크라이 씨?! 어서 오세요냐아! 아무것도 아니에요냐아!"

"?? 그래, 다녀왔어, 시트리. 그건 그렇고 이거 봐. 아까 말했던 귀여운 애인데, 기어코 사버렸어. 저번에 마치스 씨네 가게에서 봤는데 꼭 가지고 싶어서…… 이 토우 보구. 딱히 도움이 되는 건 아니지만, 기동시키면 노래를 부르면서 춤을 추거든. 정말 귀여워서—— 아, 루시아. 충전 좀 부탁할게!"

"윽……………… 오빠, 잠깐 거기에 정좌하세요."


등장인물 / 크라이, 시트리, 리즈, 스벤, 거크, 에바, 루시아, 루크, 클로에, 류란, 키르키르, 먹거리, 안셈, 아놀드, 에이, 티노, 크류스, 온천 드래곤, 아크, 이자벨라, 루다, 그렉, 길베르트
모두 알아보신 당신은 비탄 마스터! (끝)

# 《비탄의 망령》은 은퇴했습니다

──그리하여 나는 모두가 아쉬워하는 가운데 무사히 은퇴했다.

전 레벨 8 헌터, 크라이 안드리히의 아침은 늦게 시작된다. 일정 같은 게 없기 때문이다.

해가 높게 뜬 뒤에 깨어나면 단골 카페에 가서 아침 식사를 한다.

클랜 하우스를 떠나 새로 제도 구석에 지은(아니, 시트리 일행이 지어준) 집은 호화롭지는 않지만 살기 편하고 여생을 지내기에는 충분하다. 뜰도 있고 가드닝도 할 수 있다. 지금은 이유가 없는 한 거의 날마다 찾아오는 시트리와 루시아가 허브 같은 것들을 키우고 있지만, 언젠가 나도 한가해지면 시험해 볼 생각이다.

나는 일을 하지 않는다. 《시작의 발자국》의 클랜 마스터는 헌터 등록을 하고 레벨을 5까지 올린 에바에게 물려주었고, 모았던 보구 중 대부분은 기부했다. 트레저 헌터를 그만두어 버린 나에게는 필요가 없는 것들이다. 그중 대부분은 아직 내 방이었던 보구 창고에 장식되어 있는 모양이다.

저축한 돈은 거의 없었기에 은퇴하기 전에는 어떻게 될지 불안했지만, 의외로 어떻게든 돌아가고 있다.

은퇴했다고 해도 교우 관계가 사라지는 것은 아니고, 루크와 다른 《비탄의 망령》 멤버들이 꽤 자주 온다. 아크를 비롯한 클랜 멤버들이나 티노도 놀러오곤 한다. 혼자 사는데 침실이 잔뜩 있거나 방이 많은 것은 그런 이유 때문이다.

루크 일행은 금전감각이 마비되어서 자주 귀중한 '선물'을 가지고 오기 때문에 아마 그걸 팔기만 해도 먹고 살 수는 있을 것이다.

하지만, 나에게도 일이라고 할 정도는 아니지만 용돈을 벌 방법은 있다.

은퇴할 때, 나는 제블디아를 떠날 생각이었지만 그러지는 못했다.

《시작의 발자국》의 클랜 하우스는 제블디아에 있고, 에바는 부클랜마스터로서 더할 나위없이 실력이 뛰어났지만 마스터로서는 신입이다. 내가 남아봤자 무슨 도움이 될까 싶었지만, 에바가 여차할 때를 대비해서 한동안 남아달라고 했기에 거절할 수가 없었다. 그리고 소꿉친구인 루크 같은 사람들에게도 입장이 있다. 루크는 괜찮더라도 내가 이사하면 함께 따라와 버릴 것 같은 애도 있다. 적응할 시간이 필요한 것이다. 은퇴를 억지로 밀어붙였기에 더 이상 폐를 끼칠 수는 없다.

내가 요즘 하는 아르바이트는 이야기를 들어주는 것이다. 에바와 별것 아닌 잡담을 하거나, 시트리와 별것 아닌 잡담을 하거나, 가끔 거크 씨가 올 때도 있다. 왠지 모르겠지만 모르는 사람이 상담을 하러 오는 경우도 있고, 파티셰가 상담을 하러 오는 경우도 있다. 마치스 씨가 보구 관련 상담을 하러 올 때도 있다. 그리고 내 조언을 통해 기적적으로 잘 풀리면 뭔가 보수를 받기도 한다.

사람의 인연이란 그렇게 쉽사리 끊을 수 없는 법인 것 같다. 아무래도 헌터가 은퇴해서 전 헌터가 되었다고 해도 그들과는 별로 상관이 없는 모양이다.

책을 읽거나, 낮잠을 자거나, 직소 퍼즐을 맞추거나, 단것을 먹으러 가거나, 시트리와 잡담을 하거나, 찰싹찰싹 달라붙는 리즈를 달래주거나, 헌터를 그만둔 뒤에도 여전히 '마스터어'라고 부르는 티노와 놀거나(그리고 가끔 루크 일행과 함께 소풍을 갔다가 험한 꼴을 당하거나) 하다 보면 금방 해가 진다. 무엇과도 바꿀 수 없는 나날이다.

하지만, 나는 행복하다.

이렇게 평온한 생활이야말로—— 내가 계속 추구하던 것이니까.

"……그건 지금 생활하고 뭐가 다른가요?"

"…………어?"

에바는 내가 어젯밤에 꾼 꿈 이야기를 다 듣고 나서 손바닥을 이마에 대고는 나를 빤히 바라보았다.

# 돌격! 《시작의 발자국》

"이미지 업 작전을 결행하겠습니다."

"뭐어……? 무슨 소릴 하는 거야? 너."

힘차게 선언한 나를 보고《남격》, 스벤 앵거가 눈살을 찌푸렸다.

클랜《시작의 발자국》. 그 2층에 존재하는 회의실에 지금 클랜에 소속된 상위 파티 멤버들이 모여 있다. 《흑금십자》와《성령의 자제》. 그 밖에도 여러 파티가 모여서 널찍한 실내도 꽤 좁아보인다.

"요즘 헌터들의 이미지 저하가 심각해."

"이미지를 떨어뜨리고 있는 건 크라이네 파티 녀석들이잖아."

정론은 필요없어. 옆에 있는 에바도 어이없어하는 표정을 짓고 있다. 나는 미소를 지으며 어깨를 으쓱였다.

트레저 헌터는 원래 일반 시민들에게 두려움을 사는 법이다. 어찌 됐든 험상궂고 인간을 초월한 듯한 힘을 지니고 있는 데다 협조성이 없어 난폭한 사람도 많다. 제블디아는 헌터의 성지라 불리며 나름대로 받아들여지고 있긴 하지만, 전체적으로 그런 건 마찬가지다.

그리고 나는 그 사실을 항상 우려하고 있었다.

명실공히《발자국》의 톱 헌터, 아크 로댕이 부드러운 말투로 물었다.

"왜 갑자기 그런 말을 꺼내는 건지는 모르겠지만, 작전이라니, 뭘 할 건데? 사람들을 도와주고 다닐 거야?"

말이 잘 통해서 다행이다. 나는 우리 클랜의 정예 멤버들을 둘러본 다음, 미소를 지으며 말했다.

"그러니까………… 멤버들의 팬 굿즈를 만들어서 팔기로 했습니다."

"?! 뭐? 어?? ……어째서??"

"팬 서비스도 할 겁니다. 악수회 같은 거."

왜냐고……? 그야 물론…… 요즘은 평화로워서 할 일이 아무것도 없으니까.

《시작의 발자국》을 운영하는 사람은 에바다. 클랜의 통상 업무에 내가 끼어들 일은 거의 없다.

다시 말해, 딱히 아무런 일도 생기지 않는 한, 나는 한가하다. 한가한 건 대환영이다. 계속 뒹굴거리거나 단것을 먹으며 지낼 수 있다면 행복할 것이다. 하지만, 이게 문제인데—— 내 소꿉친구들은 그렇게 생각하지 않는 모양이다.

그들(주로 리즈와 루크)은 내가 오랫동안 한가하게 지내면 가엾어 보이는지 갑자기 보물전으로 납치하곤 한다. 이건 농담이 아니다. 실제 사례도 있다.

상상해 보시라고요. 침대에서 자고 일어났더니 어둑어둑한 보물전 안에 있는 상황을.

심심해 보이길래 불쌍해서 그랬다니, 정말 쓸데없는 참견이다. 그리고 그들은 아무리 내가 그럴 필요가 없다고 타일러도 반년 정도만 지나면 깔끔하게 잊고 내가 평온한 생활에 질려서 위기를 추구하는 것처럼 보이는 모양이다. 평온을 즐기는 게 겸손처럼 보인다니, 그게 대체 무슨 소리야?

"트레저 헌터의 이미지 업은 탐색자 협회의 숙원 사업이기도 하지. 우리도 할 수 있는 일이 있을 거야. 괜찮아, 너희들은 얼굴만은 괜찮으니 차림새를 바꾸고 노출을 늘리면 금방 인기를 끌테니까."

"그렇다고 해서 팬 굿즈라니…… 헌터는 그런 존재가 아니잖아?!"

"아무리 그래도 클랜 마스터의 권한을 넘어섰는데. 협력할 생각은 없어."

《성령의 자제》의 아름다운(그리고 나에게 사납게 대하는) 멤버들이 분통을 터뜨렸다. 아크는 쓴웃음을 짓고 있다.

보아하니 다른 파티 멤버들도 같은 의견인 모양이다. 남자 일행들은 꽤 의욕이 있는 것 같긴 한데, 어차피 남일이라고 생각하기 때문일 것이다. 다들 이런 축제를 정말 좋아하니까.

나는 고개를 끄덕이며 의견을 대충 흘려넘기다가 말했다.

"헌터 아이돌화 계획. 제1탄의 대상은 스벤과 아크입니다."

아크의 표정이 쓴웃음을 지은 채 얼어붙었다. 스벤이 당황하며 따지고 들었다.

"?! ……뭐? …………뭐어? 어째서?! 나보다는 보통 마리에타 잖아!"

"잠깐?! 스벤?!"

"마, 맞아. 스벤 말을 따라 하는 건 아닌데…… 어차피 할 거면 내가 아니라 여자 멤버들이 더 화사하고 좋지 않을까?"

아크의 말을 듣고 파티 멤버인 이자벨라 같은 사람들이 신기하게도 깜짝 놀라고 있었다.

응, 그래, 그렇지. 화사하긴 하겠지만…… 나는 그녀들을 설득할 자신이 없어.

아니, 일을 하고 있는 모습을 리즈와 루크에게 보여주고 싶은 것뿐이니까 성공은 부차적인 문제다.

음…… 그래. 나는 어깨를 으쓱이고는 하드보일드하게 말했다.

"뭐, 스벤하고 아크가 그렇게 말한다면 딱히 여자 멤버들이라도 상관없긴 한데………… 그럼 설득은 맡길게."

"?!"

"기대되네. 내일부터는 너희가 우리 클랜의 홍보탑이야."

스벤과 마리에타의 시선이, 아크와 파티 멤버들의 시선이 맞부딪혔다.

"속였구나, 크라이!"

"어떻게 프로듀스할 건지는 맡길게. 너희 리더의 매력을 전달하는 거라고."

"클랜을 위해서니까, 어쩔 수 없겠네…… 아크 씨. 괜찮아. 아크 씨라면 분명히 우리보다 화사해질 수 있을 거야."

이자벨라의 박력 어린 미소를 보고 최강 헌터의 표정도 굳어버렸다.

딱히 속이진 않았어. 헌터의 이미지 업이 필요하다는 건 사실이니까.

뭐, 이 계획을 생각하게 된 계기는 시간 때우기지만. 오늘 나는…… 머리가 잘 돌아가나?

옥신각신 말싸움이 벌어졌다. 내분이 일어나지 않으면 좋겠는데…….

그때, 회의실 문이 힘차게 열렸다.

들어온 사람은 오늘 회의에 부르지 않았던 상위 파티, 《별의 성뢰》의 멤버 크류스. 그녀는 성큼성큼 들어와서는 화를 내며 소리쳤다.

뒤에서 조용히 따라온 라피스가 여전히 싸늘한 눈빛으로 회의실에 있던 사람들을 둘러보았다.

"이놈! 약한 인간! 왜 상위 파티 회의에 우리를 부르지 않은 거냐, 입니다!"

"…………부르지 않은 건 미안해. 아니, 이번 작전에는 부적절하려나~ 싶어서."

정령인은 인간들의 마을에서 거의 찾아볼 수 없을 정도로 인간을 싫어하니까.

아름답고 희귀한 정령인은 입을 다문 채 방긋방긋 웃고 있기만 해도 인기가 생길 것 같긴 하지만, 인간을 깔보고 있는데 아이돌이 될 순 없을 것이다.

어깨를 으쓱인 나를 보고 크류스가 마구 소리를 질렀다.

"뭐어?! 인간이 할 수 있는데 우리가 못하는 일이 있을 리가 없잖아, 입니다!"

"그렇다, 크라이 안드리히. 아무리 클랜 마스터라고 해도 우리를 얕보면 곤란하다.”

라피스도 목소리는 조용했지만, 같은 의견인 모양이었다. 주위 사람들이 산 제물을 보는 듯한 눈초리로 자신들을 보고 있다는 걸 눈치채지도 못했다. 그리고, 라피스가 말했다.

“크류스, 명령이다. 네놈이 해라. 정령인의 긍지를 걸고, 우리의 힘을 보여줘라!”

“그래. 내게 맡겨라, 입니다! 자, 약한 인간, 작전이라는 걸 말해 봐라, 입니다!”

예전부터 생각하던 건데, 이 사람 크류스를 가지고 노는 거 아닌가?

결국, 내가 반쯤 시간 때우기로 세운 이미지 업 계획은 크류스의 자존심을 희생한 활약 덕분에 일부 계층에서 열렬한 지지를 받으며 예상보다 큰 성공을 거두게 된다.

그리고 루크가 팬을 베어서 전부 망쳐버리긴 하지만, 그건 또 다른 이야기다.

# 첫 레벨 10 헌터가 탄생했기에
# 5월 31일은 헌터의 날!

평일과 휴일이 따로 없는 트레저 헌터에게도 1년에 단 하루 휴일이 존재한다.

그것이 5월 31일. 최초의 레벨 10 헌터가 탄생한 것을 기념하며 제정된 이 휴일은 평소에 24시간 연중무휴인 탐색자 협회도 문을 닫고, 거의 모든 헌터가 일을 쉰다. 트레저 헌터로 구성된 클랜도 쉬고, 암묵적인 규칙으로 그날에 걸치는 의뢰는 하지 않는다.

그리고, 그날은 내가 모든 책무로부터 해방되는 귀중한 날이기도 했다.

"우오오오오오오오오오오오오오오, 나는 자유다아아아아아아아아아!"

시원스러운 아침 햇살을 맞으며 조용해진 클랜 하우스에서 포효했다.

헌터의 날에는 《시작의 발자국》도 당연히 쉰다. 항상 사무 업무 때문에 교대로 클랜 하우스에 머무는 직원들도 없고, 항상 거의 휴일도 없이 보이는 에바도 쉰다.

나는 평소에 대단한 일을 하는 것도 아니기에 평소와 딱히 다를 게 없지만, 공적인 휴일에서는 의미 없이 상쾌한 느낌이 든다.

헌터의 날에 클랜 하우스에 오는 사람은 클랜 하우스에서 살고 있는 나 정도밖에 없다.

헌터의 날은 항상 무료로 가벼운 식사나 음료를 제공해주는《발자국》의 자랑거리인 라운지도 쉰다. 하지만, 오늘 이 날을 위해 나는 어제 바로 먹을 수 있는 식료품과 과자, 음료 등을 잔뜩 사서 방에 있는 냉장고 형태의 보구 안에 보존해 두었다. 항상 죄책감에 시달리며 게으름을 피우는 나도 오늘은 마음껏, 아무런 양심의 가책도 없이 게으름을 피울 수 있는 것이다!

비일상감과 해방감으로 인해 의미 없이, 평소에는 하지도 않는 체조를 하고 있자니 갑자기 문을 노크하는 소리가 들렸다.

"좋은 아침입니다, 크라이 씨. …………뭐 하고 계신가요?"

"에바………… 그건 내가 할 말인데. 오늘은 헌터의 날이니까 쉬어야지."

들어온 사람은 클랜 마스터실에 출입이 허락된 몇 안 되는 사람 중 한 명, 에바였다.

하지만 차림새는 항상 입던 제복이 아니었다. 사복………… 사복이다! 단정하게 입은 건 평소와 마찬가지지만, 시크한 원피스에 안경도 끼지 않아서 인상이 전혀 달라보였다.

"어제는 오늘 쉬려고 여기에 머물면서 일을 해서요……."

"흐음~, 고생이 많네. 왠지 에바의 사복 차림은 신선하네."

클랜 마스터실에서 거의 나가지 않는 내가 만나는 에바는 거의 제복 차림이다. 휴일도 챙기라고 해서 일단은 챙기고 있을 텐데, 언제 챙기는지는 모르겠다.

머리부터 발끝까지 빤히 바라보고 있자니 에바가 한숨을 크게 쉬었다. 나도 모르게 감상을 말했다.

"……아침부터 밤까지 에바."

"?! 갑자기 의미를 알 수 없는 말을 하지 말아주세요! 자, 크라이 씨. 라운지로 가시죠. 아무리 휴일이라고 해도 몸에 안 좋은 것만 드시면 안 돼요."

"……아니, 라운지는 오늘 쉬는데."

항상 에바에게 도움만 받아서 그런지 딱 잘라 거절할 수가 없다. 별생각 없이 변명을 하던 나에게 에바가 딱 잘라 말했다.

"괜찮아요. 어제 당신이 과자를 잔뜩 사오는 걸 보고 식재료를 사두었으니까요. 제가 만들어 드리죠."

쉬어…… 엎드려 빌 테니까 쉬세요.

"크라이~! 쇼핑하러 가자~!"

라운지에서 에바가 해준 밥을 먹고 있자니 리즈가 총알 같은 기세로 뛰어들어왔다. 사복 차림이긴 하지만, 그 몸에서 솟구치는 에너지는 평소보다 더 강했고 미소도 빛나고 있다.

보아하니 휴일을 만끽하고 있는 모양이다. 나는 포크를 입에 문 채 리즈에게 시선으로 호소했다.

리즈, 오늘은 휴일이야. 쉬는 날이라고. 쇼핑은 평일에 하러 가자…….

"나는 말이지, 오늘을 위해서 완벽한 데이트 계획을 짜 왔어!"

계획을 짰는데 함께 할 나에게 미리 정보가 들어오지 않는 건 이상하지 않나?

그러던 와중에 사복 차림인 시트리가 슬쩍 라운지로 들어왔다.

"크라이 씨, 모처럼 휴일이니까 오랜만에 저희 집에 오실래요? 항상 고생이 많으실 테니 마사지를 해드릴게요!"

"뭐어? 왜 네가 여기 있는 건데, 시트으으! 오늘은 내가 데이트 할 거라고 했잖아!"

"그랬지. 근데 그게 나랑 무슨 상관인데?"

만난 지 3초만에 불꽃을 튀기는 리즈와 시트리를 보고 나는 차를 마셨다.

그 계획도 나는 방금 처음 들었는데.

"우오오오오오, 오늘은 헌터의 날이야! 크라이, 새로운 검술이 생각났거든, 안셈에게 시험해 볼 거니까 지켜봐줘!"

"으음, 으음."

"오빠, 가끔은 친가에 얼굴이라도 비추러——?!"

"저기~, 마스터어…… 혹시 괜찮으시면?! 왜 이렇게 많이—— 아, 아뇨, 아무것도 아니에요!"

모여든 소꿉친구들을 보고 루시아가 굳었고, 위기를 감지한 티노가 도망쳤다.

에바가 눈을 흘기며 나를 보았다.

"크라이 씨, 인기가 정말 많으시네요."

왜 어제 말하지 않은 건데? 아니, 어제 말해도 똑같았을 것 같긴 하지만.

쉬는 날인데 왜 다들 그렇게 기운이 넘치는 거야? 모처럼 기념일이니까 집에서 느긋하게 지내라고.

질색하고 있자니 루크가 팔을 걷어붙이고 사나운 미소를 드리우며 말했다.

"좋아, 알겠어. 누가 크라이권을 얻게 될지, 배틀로얄로 정하자!"

크라이권 같은 단어는 존재하지도 않고, 배틀로얄로 정하지도 않아요!

나는 오늘 하루, 에바와 느긋하게 지낼 거라고(허락받지 않았음)!

리즈가 일어서서 주먹을 쥐었다. 귀여운 사복 차림인데, 정말 살벌하다.

"좋아, 그러자! 오랜만에 누가 제일 센지 확실하게 알려주겠어."


"…………으음."

"……언니는 정말 폭력적이라니까── 제일 센 오빠를 내 편으로 끌어들인 내가 당연히 제일 세지!"

"으음?!"

《부동불변》 안셈을 동요하게 만들 수 있는 건 여동생들뿐이야!

"어쩔 수 없지, 얼른 끝내자고요. 리…… 오빠, 귀성할 준비를 해주세요."

루시아가 어이없다는 듯이 한숨을 쉬었지만, 보아하니 참전에는 의욕적인 것 같았다.

귀성 같은 건 절대로 안해! 오늘은 에바랑 느긋하게 카드 게임을 할 거라고(허락받지 않았음)!

리즈 일행이 의욕을 드러내며 라운지에서 나갔다. 왠지 내버려두면 큰일이 날 것 같았기에 어쩔 수 없이 따라갔다.

──하지만, 나는 그것이 악몽의 시작이라는 사실을 깨닫지 못했다.

"뭐라고?! 크라이 녀석을 하룻동안 부려먹을 수 있는 권리?! 재미있네."

"스벤, 거기 끼어들면 또 쓴맛을 볼 거야."

"정말, 약한 인간, 휴일인데 대체 무슨 생각을 하는 거냐, 입니다! 마구 부려먹어 주마, 입니다!"

"절대로 지지 마라, 크류스. 이건 루시아를 손에 넣을 좋은 기회다, 우리의 힘을 보여주거라."

"1년에 하루뿐인 헌터의 날에 배틀로얄이라. 또 재미있는 생각을 했구나."

"아크 씨, 리즈 같은 녀석들을 합법적으로 날려버릴 수 있는 기회예요. 참가하시죠!"

"쉬는 날에 대체 무슨 생각을 하는 거야! 그 녀석!"

"지부장님, 오늘은 업무도 쉬는 날이에요."

"류류류~류류~!"

그곳에는 지옥이 있었다. 멈출 틈도 없이 싸움의 막이 올라갔다.

어디선가 소문을 듣고 온 클랜 동료들이, 외부 헌터들이, 거크 씨가, 언더맨(진짜 어디서 온 거야?)이, 훈련장으로 우르르 내려왔다.

딱히 신호도 없이 시작된 그 너무나도 처참한 싸움은 새로운 참가자가 차례차례 나타났기에 진흙탕 같은 장기전이 되었다. 보통은 단독 최강인 아크나 루크 같은 사람들이 이기겠지만, 참가자들끼리 협력할 수도 있는 배틀로얄이었기에 승부가 나질 않았다. 이리저리 날아다니는 마법과 검, 부상자, 튼튼한 훈련장이 점점 너덜너덜해지기 시작했다. 에너지가 너무 넘쳐나잖아, 이 녀석들.

애초에 중간에 참가할 수도 있다니, 그건 배틀로얄이 아니잖아?

결국, 배틀로얄이 마무리되고 사람들도 거의 다 돌아갔을 때는 밤이 깊었고, 헌터의 날이 끝난 뒤였다. 마지막에 서 있던 게 구석에서 나와 함께 싸움을 견학하던 에바(무뚝뚝한 표정)였으니 정말 아이러니하다.

다음 날 에바의 첫 업무가, 클랜 하우스 안에서 배틀로얄을 금지하는 규칙의 추가였다는 이야기는 여담이다.

# 《시작의 발자국》 창립기념일

제도의 중심부에 솟아 있는 《시작의 발자국》의 클랜 하우스. 그 꼭대기층에 존재하는 클랜 마스터실의 지정석에서 오늘도 느긋하게 게으름을 피우고 있자니 에바가 문득 생각났다는 듯이 말했다.

"그러고 보니 슬슬 《시작의 발자국》의 창립기념일이군요."

"아………… 벌써 그런 시기인가?"

트레저 헌터의 성지라고도 불리는 제도 제블디아에는 헌터들의 모임—— 클랜이 여럿 존재한다. 그중에는 제도가 생긴 초기부터 존재했을 정도로 역사가 긴 클랜도 있을 정도이기에, 몇 년 전에 생긴 《시작의 발자국》은 신흥 중의 신흥 클랜이다.

그리고, 신흥 클랜이기에 이 클랜은 유망한 젊은 헌터를 끌어들이기 위해 참신한 시스템을 도입했다. 클랜 마스터를 다수결로 정하는 제도도 그렇고, 가벼운 식사를 무료로 제공해주는 라운지를 비롯한 풍부한 설비도 그렇다. 물론—— 정기적으로 이벤트도 진행하고 있다. 축제를 좋아하는 소꿉친구들을 즐겁게 해주기 위해 직권을 남용하고 있다고도 할 수 있다.

다행히도 설립한 이래 우리 클랜은 계속 성장하고 있다. 다들 계속 바빴고, 나 자신도 자주 사건에 휘말리곤 했기에 창립기념일에 대해 전혀 생각하지 못하고 있었다. 제대로 스케줄을 관리해 주는 에바에게는 정말 고개를 들 수가 없다.

"음………… 작년에는 뭘 했었지?"

내가 묻자 에바가 무뚝뚝한 표정으로 대답했다.

"네. 다 함께 사냥 이벤트를 했었죠."

"아………… 험한 꼴을 당했었지."

"………………뭐, 그렇죠."

생각났다. 저번에는 제도 밖에서 1주년 기념 바비큐 파티를 했었다. 그건 정말 지독했다.

계획을 짠 시점에서는 제도 밖 산속(물론 비교적 안전한 곳)에서 식재료를 현지 조달하는 매우 헌터다운 이벤트였고, 평소에는 좀처럼 한곳에 모이기 힘든 클랜 멤버들이 교류하는 기회로 삼으려는 목적이었지만, 어느새 장소부터 취지까지 내가 예상했던 것과는 전혀 다른 행사가 되어버렸다(게다가 내가 그 사실을 눈치챈 것은 현지에 도착해서 시간이 좀 지난 뒤였다).

아무래도 정보 전달에 문제가 있었던 모양이다. 지금 생각해 봐도 뭘 어떻게 해야 즐거운 바비큐 교류회가 두근두근 비경에서 서바이벌 대회가 되는 건지 이해가 안 된다.

나중에 은근슬쩍 조사해 보니 루크가 멋대로 이벤트를 오해해서 이상한 말을 퍼뜨리고 다녔다는 가설이 유력했지만, 믿는 쪽도 마찬가지다. 헌터의 긍지를 자극한 건지 항의가 그렇게까지 많이 들어오지 않았고, 리즈 같은 사람들은 매우 기뻐했다는 것만이 불행 중 다행일 것이다.

올해는 좀 원만하게, 오해할 수 없는 이벤트를 하고 싶은데…….

떠들썩한 것도 즐겁지만, 평소에도 소란스러우니 기념일까지 소란스럽게 지낼 필요는 없을 테니까.

그때, 문득 좋은 아이디어가 생각나서 손을 탁 치며 말했다.

"좋아, 올해는 내가 선물을 주도록 할까."

"네? 선물요……?"

"뭐, 그렇게 많은 사람들에게 나누어줄 수는 없지만…… 항상 클랜 멤버들에게 폐를 끼치고 있으니까, 감사하는 마음을 담아서 말이야."

작년보다는 꽤 수수하지만, 이렇게 하면 원만하기도 하고 오해할 여지도 없을 것이다.

"당일에 나와 마주친 사람에게 선착순으로 줄까……."

그래, 그러는 게 좋겠다. 선착순으로 나를 잡은 사람에게 선물을 주면 헌터 요소도 어느 정도 들어가 있으니까, 내가 생각한 것 치고는 나쁘지 않은 아이디어.

에바는 내 아이디어를 듣고 잠시 입을 다물고 있다가 잠시 후에 조금 낮은 목소리로 물었다.

"…………선물이라면, 뭘 주실 건가요?"

"그야………… 사람마다 다르지. 아, 그래도 리즈 같은 《비탄의 망령》 멤버들은 제외야."

"…………어째서죠?"

에바가 심각한 표정을 짓고 있다. 내가 무슨 이상한 말을 했나?

"왜냐니…… 친구들까지 주면 편애한다고 생각할지도 모르잖아? 친구들한테는 언제든 선물을 줄 수 있으니까. 아, 괜찮아. 선물은 내가 준비할 거니까 에바에게는 폐를 끼치지 않을 거야.”

예산을 신경 쓰나 싶어서 덧붙여 말했지만, 에바의 표정은 바뀌지 않았다.

“…………창립기념일인데요?”

“? 그래. 그날에 어울리는 이벤트로 만들어야지. 기대되네…….”

다짐을 받으려는 듯이 묻는 에바에게 나는 하드보일드한 미소를 지으며 대답했다.

“이봐! 큰일이야! 이번 클랜 창립기념일 이벤트는 술래잡기인 것 같아!《천변만화》에게 붙잡힌 한심한 헌터에게는 벌칙으로 천 개의 시련이 주어진대!!”

“어?!”

평온한 시간이 흐르고 있던 라운지에 비명이 울려 퍼졌다.

# 크라이 안드리히의 여름방학

"해변에 별장이 완성되었어요…… 혹시 생각 있으시면 놀러 오실래요?"

냉방이 잘 돌아가서 시원한 클랜 마스터실. 시트리가 방긋방긋 웃으며 그렇게 제안했다. 여름도 한창이라, 강한 햇빛과 높은 기온 탓에 외출하지 않게 된 지 꽤 오래 지났을 무렵이었다.

의자에 축 늘어져 있던 몸을 일으킨 다음, 오늘도 기운이 넘치는 시트리를 보았다.

시트리 스마트는 《비탄의 망령》 중에서도 톱클래스로 부자다. 돈도 많고, 여러 방면으로 발도 넓고, 별장도 가지고 있다. 그리고 가난하고 빚도 잔뜩 진 나에게도 자상하게 대해준다.

"해양 연구를 위해 만들었는데…… 다른 사람들도 없고 정말 조용한 데다 바다도 예뻐요. 설비도 여차할 때 아지트로 이용할 수 있을 정도로는 갖추어 두었어요."

시트리가 황홀한 목소리로 말했다. 여전히 행동의 스케일이 크다. 내가 멍하니 지내던 사이에 엄청난 기세로 진화하고 있다.

"바다라…… 요즘은 안 갔지."

"해수욕을 해도 좋고, 낚시를 해도 좋을 것 같아요. 별을 봐도 좋고, 저녁놀도 분명히 정말 로맨틱할 거예요."

말재주가 좋네. 그래도 이야기를 듣고 보니 바다도 나쁘지 않을 것 같다는 생각이 들기 시작했다. 모처럼 여름이니까, 아무리 덥다고 해서 계속 실내에 있는 건 건강에 안 좋을 것 같다는 생각이 들던 참이다. 보물전에 가자는 거면 모를까, 놀러 가자는 제안이라면 대환영이다.

"수영복도…… 새로 맞췄어요. 가슴이 좀 답답해져서……."

시트리가 조금 쑥스러운 듯이 말했다. 항상 로브에 가려져 있어서 알아보기 힘들지만, 시트리는 몸매가 꽤 좋다. 왜 나한테 말하는 건지는 모르겠지만.

바다는 위험하지…… 특히 심해는 뭐가 나타날지 모르는 미지의 세계다. 게다가 거기 생물들은 크기도 육지에 비해 크다. 뭐, 그런 걸 따지면 아무것도 못하려나.

"그리고, 최근에는 크라이 씨랑 같이 놀지도 못했고…… 한여름의 추억을 만들었으면 해서요……."

추억이라, 좋네. 갈 가치는 있을 것 같다.

"그래…… 요즘은 계속 틀어박혀 있기만 했으니 말이야. 갈까?"

"! 앗싸! 약속이에요?!"

시트리가 꽃이 피어나는 듯한 미소를 지으며 주먹을 살짝 쥐었다. 혹시 나 잘 안 어울려주는 이미지였던 건가?

초대해주면 놀러가는 것 정도는 상관없지. 예전에 시트리의 집에 초대받았을 때는 시간 가는 줄 모르고 늘어져 버려서 조금 걱정이 되긴 하지만, 별장이라면 괜찮을 테니까. 그리고 나는 산보다는 바다파다.

시트리가 즐거운 추억을 만들 수 있게끔 만반의 준비를 하고 가야지…… 나는 오랜만에 각오를 다지고는 루크 일행에게 시간이 되는지 물어보러 가기로 했다.

　내리쬐는 강한 햇살, 눈앞에는 코발트 블루색 바다가 펼쳐져 있다. 제도에서 그리 멀지 않은 해안은 그리 유명하지 않은 곳인지 다른 사람은 보이지 않았다. 모래사장에 지어진 세련되고 근대적인 시트리의 별장은 유일한 인공물이었지만, 신기하게도 풍경과 조화를 이루고 있어서 위화감이 들지 않았다.

　널찍한 모래사장 한복판에서 팬티 한 장만 걸친 적발 남자──루크 사이콜이 포효했다.

　"우오오오오오오오오오오오오오오! 바다다아아아아아아아아아아아아!"

　"흐응~. 시트치고는 꽤 괜찮은 선택을 했네."

　"와아아! 멋진 곳이에요, 마스터어."

　수영복 차림인데도 평소와 노출한 부분이 별로 차이가 없는 리즈와, 색이 시원스럽고 리본이 달려서 귀여운 수영복을 입은 티노가 따라왔다. 그리고 아침부터 계속 무뚝뚝한 표정을 짓고 있던 시트리가 그제야 큰 목소리를 냈다.

　"어째서…… 어째서, 다들 온 건가요, 크라이 씨!"

　"어……? 다 같이 가는 거 아니었어?"

시트리의 수고를 조금이라도 덜어주려고 내가 불렀는데……
지금까지는 보통 다 같이 활동해서 착각했네. 시트리가 몸을 조
금씩 떨면서 내성적이었던 예전 무렵이 생각나게 만드는 듯한 표
정으로 말했다.

"오늘은 단둘이 오고…… 싶었는데…….."

"아…… 미안해. 그래도, 그 왜…… 바다는 위험하니까."

"제일 위험한 건 시트리인 것 같기도 한데…….."

의붓 여동생인 루시아가 어이없어하는 듯한 표정으로 가슴 앞
에 팔짱을 꼈다. 차림새는 리즈 일행과 마찬가지로 여름 사양이
었고, 평소 로브에 가려져 있던 하얀 피부가 드러나서 햇빛을 반
사하며 빛나고 있다.

아직 답답한 로브 차림인 건 시트리뿐이다. 정말 미안하게 됐네.

"……엘리자 씨랑 오빠가 안 보이는데요…….."

"안셈은…… 볼일이 좀 있다고 둘이서 재미있게 놀다 오라던데."

엘리자는 행방불명이라 못 찾았다.

"…………그런가요? 제 편은 오빠뿐인가요……?"

그렇지 않아. 다들 악의는 없다고. 다들 악의 없이 바다에 놀러
왔을 뿐이라니까.

애초에 나와 둘이서 바다에 오는 것보다는 다 같이 오는 게 더
즐거울 거야. 그래도 내 실수인 건 마찬가지다.

뒤로 돌아가서, 바다에 가자고 말하러 왔을 때 보여주던 미소
가 사라져버린 시트리의 어깨를 주물러주며 비위를 맞췄다.

"시트리의 새 수영복, 보고 싶은데. 기대하고 있었거든."

"…………."

"애초에 루크 같은 사람들은 호위 느낌이니까. 그 왜, 바다는 위험하기도 하고……."

"호위?! 방금 호위라고 했어?!"

시트리에게 말을 걸고 있었는데, 해변을 뛰어다니고 있던 루크가 흙먼지를 휘날리며 이쪽으로 달려왔다. 루크는 새빨간 바지 수영복을 입고 있다. 옷을 다 벗으려고 하다가 주위 사람들이 말렸다.

여전히 기운이 넘친다. 루크가 눈을 반짝이며 말했다.

"내 적은! 누구냐! 뭐든지 두 동강 내줄게! 오늘은 정말 주먹이 운다고."

"…………저기, ……거북이려나. ……섬만큼 큰 녀석."

"우…… 우오오오오오오오오오! 그거 정말, 벨 맛이 나겠는데!"

즐거워 보이네.

"리즈 상대는…… 상어야."

"어어?! 나도 크라이랑 놀고 싶어~."

"티노는…… 오징어려나. 커다란 오징어."

"?!"

"리더, 농담하지 마세요! 재수없게!"

루시아가 화들짝 놀라며 말리러 나섰다. 그래, 그냥 농담이야…… 그렇게 화를 낼 필요는 없잖아…….

떠들썩한 모습을 보고 기분이 풀렸는지, 시트리가 조금이나마 부드러워진 표정으로 말했다.

"같이 추억, 만들어 주실 건가요?"

"물론이지. 만들자, 만들어."

"…………선오일도, 발라 주실 건가요?"

"그건 제가 발라드릴게요!"

나를 올려다보며 응석을 부리는 시트리를 보고 루시아가 사이에 끼어들어서 큰 목소리로 대답했다.


하늘…… 예쁘다. 바다…… 예쁘다. 음료수…… 맛있다.

바다…… 최고다. 좋아.

"이봐~, 크라이! 이 거북이 맞아?! 왠지 작은 것 같은데?! 다른 거북이인가?"

"크라이, 이 상어 맞아?! 맞지?! 응? 이제 끝내도 되지?!"

루크가 의기양양하게 거북이 시체를 끌고 왔다. 리즈도 뒤따라서 몇 미터나 되는 상어를 가져왔다. 대체 어디서 사냥해 온 건지, 나는 이제 아무것도 모르겠다.

"뭐어어어어어어어? 그, 그렇게 파렴치한 수영복으로! 선오일?! 믿기지가 않네! 가슴이 좀 크다고 해서—— 오빠에게 무슨 짓을 할 셈이야?!"

"루, 루시아하고는 상관없는 일이잖아!! 애초에 나는, 크라이 씨랑 느긋하게 지내려고 별장을 지은 거야! 방해하지 마!"

별장 쪽에서는 루시아와 시트리가 말다툼을 벌이고 있었다. 몸싸움을 시작할 분위기 같지만, 그녀들은 원래 이렇게 지내는 친구다. 시트리가 입고 있던 건 하얀 비키니였다. 색은 수수하고 천

박하진 않지만, 천 면적이 좀 부족한 것 같긴 했다.

시트리도 평소에는 차분한 느낌인데, 의외로 대담하네.

"아, 알겠어요. 알겠다고요. 듬뿍 발라드릴게요!"

"흐악!"

루시아가 소리를 지르며 시트리를 쓰러뜨리고는 억지로 등에 오일을 마구 발라대기 시작했다.

굴욕으로 인해 얼굴을 새빨갛게 붉힌 시트리의 등에 구석구석 바른 다음, 다시 손에 듬뿍 묻히고 나서 입가를 일그러뜨리며 말했다.

"저도 알아요. 네, 저도 안다고요. 시트리, 어차피 오빠에게—— 앞에도 발라달라고 할 생각이었죠?"

"어?!"

"제가, 대신 발라드릴게요! 이놈! 이놈! 변태!"

"윽?!"

시트리의 교성이 해변에 울려 퍼졌다. 루시아의 손이 사정없이 시트리의 가녀린 배를 쓰다듬었고, 수영복 안의 가슴으로 침입했다. 수영복이 떨어졌고, 오일이 묻은 손으로 가슴을 마구 만져대자 시트리가 몸을 틀었다. 얼굴이 새빨개졌다. 반면, 루시아의 눈에는 힘이 잔뜩 들어갔다.

"잠깐…… 안 돼애! 그런 곳은 햇볕에 그을리지 않으니까아!"

"이놈! 항상, 항상, 오빠를, 유혹하고! 슬금슬금, 다가와서! 그런 행동 때문에, 파티가 붕괴한다고! 이제 두 번 다시, 그런 생각을, 못하게 해주겠어! 오빠, 이쪽 보지 마!! 누구 때문에 이러는

건데요!"

"…………사이좋네."

오일을 발라주는 것 정도로 그렇게 화를 낼 필요는 없잖아…….
오히려 나한테 발라줬으면 하는데.

눈을 돌리고 목소리만 듣기로 했다. 적어도 내 앞에서 할 일은
아닌 것 같다.

그때, 물가에서 티노의 비명이 들렸다.

"마스터어! 안 되겠어요! 이건 안 되겠어요, 마스터어어어어어!!"

티노가 촉수에 감긴 채 높게 매달려 있었다. 티노를 휘두르고
있던 것은 길이가 10미터는 넘을 것 같을 정도로 거대한── 문
어였다. 오징어가 아니라 문어다.

리즈가 손뼉을 치며 기뻐했고, 루크가 진지한 표정으로 불쌍한
티노를 바라보고 있었다.

티노는 필사적으로 몸을 비틀고 있었지만, 아무래도 그 구원
요청은 스승님에게 통하지 않는 것 같았다.

"아하하하하하하하! 티이, 그게 뭐야! 그건 오징어가 아니라 문
어라고! 오징어랑 문어의 차이도 몰라?! 웃기네!"

"아니, 잠깐만…… 크라이가 한 말이 사실이라면 저게 오징어
일 가능성도 있다고. 나는 알아. 촉수가 열 개 있으면 오징어야.
제대로 세어 보자고."

유일하게 말이 통하지만 실력이 없는 나는 의자에 몸을 기댄 채
지시만 내렸다.

"미안한데, 누가 티노를 좀 구해줘."

왜 바다에 놀러오기만 했는데 이런 꼴을 당하는 거지?

예전부터 운이 없긴 했다. 경품이 당첨된 적도 없고, 가위바위 보도 매번 진다. 헌터가 된 이후로도 그 불운은 악화되기만 하고 있다. ……하지만, 나도 나름대로 익숙해진 것 같은 느낌이 든다.

바다가 위험하다는 것 정도는 나도 알아. 거북이와 상어, 문어(오징어?) 정도는 이미 예상하고 있었다고. 그래서 루크 같은 사람들을 데리고 온 거지. 나는 오기로라도 놀 거야! ……바다에 들어가진 않겠지만.

"마스터어어어어어어어! 무서웠어요!!"

시트리 특제 트로피컬 주스를 마시며 멍하니 있자니 무사히 구출된 수영복 티노가 달려들었다. 촉수에 휘감겨 있었는데도 머리카락이 조금 흐트러지기만 했을 뿐, 다친 곳은 없다.

티노도 정말 듬직한 애다. 수영복을 다시 제대로 입은 시트리가 이쪽을 보고 비명 같은 목소리를 냈다.

"저거 봐! 루시아, 보라고! 티이도 치사하잖아?! 나만 그런 게 아니잖아?! 나만 방해하고! 다른 사람에게도 그러란 말이야?!"

"티이는…… 여동생 같은 애니까. 그럴 생각도 없고요."

"?! 미리 말해두겠는데, 티이는 여동생 캐릭터일 뿐, 루시아처럼 진짜 여동생이 아니니까!! 방심하면 가로챌 거라고! 저거 봐, 제대로 보라고! 애교 부리고 있잖아?!"

"……닥쳐."

애교 부린다는 말을 들은 후배는 확실히 그런 소리를 들을 법한 행동을 하고 있었다.

리본과 프릴이 달린 수영복은 조금 어린애 같지만, 충분히 귀엽다. 가슴도 조금 강조되어 있고, 다가오면 무심코 머리를 쓰다듬고 싶어진다. 스승님에게 안 좋은 영향을 받은 것이다.

머리를 쓰다듬기 편한 위치에 둔 채 안절부절못하고 있는 티노에게 어떻게 대처해야 할지 망설이고 있자니 거대 문어를 맨손으로 갈기갈기 찢어버린 루크와 리즈, 야생아 콤비가 성큼성큼 돌아왔다.

"역시 팔이 잔뜩 있어도 검을 안 들고 있으니 안 되겠어."

"시트, 오늘 밤은 해산물로 부탁할게. 아, 티이, 너는 놀고 있을 시간 없으니까 수행을 처음부터 다시 하자."

이 두 사람에게는 무서운 게 없는 건가?

리즈는 비명을 지르는 티노의 목덜미를 붙잡은 다음, 눈앞에서 빙글 돌았다.

붉은색 비키니. 건강하게 그을린 피부에서 왠지 말로 표현하기 힘든 색기가 느껴졌다. 리즈가 태양같은 미소를 지으며 말했다.

"어때? 크라이, 어울려?"

"정말 잘 어울려. 평소와 별로 다를 게 없지만."

"이봐, 크라이. 나도 어울려?"

……경쟁하지 말라고. 리즈 같은 여자들의 수영복 차림은 눈보신이 되지만, 루크의 수영복은 아무래도 상관없으니까.

"검을 못 차잖아."

"그래, 아무래도 걸리적거리니까. 하지만, 이 상태로 훈련함으로써 나는 언제든 무적의 검사가 될 수 있을 것 같거든."

루크가 진지한 표정으로 말했다. 여전히 무슨 말을 하는 건지 잘 모르겠다.

"뭐, 바다에서 놀다 오지 그래?"

"그래! 모처럼 좋은 기회가 생겼으니까. 가볍게 놀아주겠어!! 우오오오오오오오!"

나는 미소를 지으며 마치 멧돼지처럼 바다에 뛰어드는 루크를 바라보았다. 그에게 패배한 검사는 다들 그 성격과 너무나도 뛰어난 검술 실력 때문에 자신감이 박살 난다고 한다. 진심으로 검사가 아니어서 다행이라고 생각한다.

이번에는 아직 시트리와 눈싸움을 벌이고 있던 루시아에게 말을 걸었다. 아무리 사이가 좋다고 해도 모처럼 바다에 왔는데 한 번도 안 들어가는 건 아깝다.

"루시아도 놀고 오지 그래?"

"어…… 그래도…….'

"수영복, 잘 어울려. 가는 김에 저녁 식사거리를 잡아왔으면 좋겠는데. 이대로 가다가는 괴수를 먹게 생겼어."

"…………네에. 알겠어요. 정말 마이페이스네요, 리더는…….'

루시아가 투덜거리면서 바다로 들어갔다. 리즈와 루크는 마물이든 뭐든 먹기에 예전부터 그나마 제대로 된 식재료를 모으는 건 루시아의 몫이었다.

풀려난 시트리가 그제야 미소를 지으며 내 옆에 앉았다. 항상 로브에 가려져 있던 하얀 피부가 눈부시다. 루시아가 선오일을 잔뜩 발라주어서 그런지 왠지 요염하게 빛나는 것 같았다.

"아~, 미안해. 사람들을 잔뜩 불러서."

적어도 미리 확인했어야 했다. 설마 비밀로 했을 줄은 몰랐다.

"아뇨…… 저도 미리 눈치챘어야 했는데요. 그래도 이런 것도 나름대로 즐거우니까……."

우리는 서로 조심스러워 할 사이는 아니다. 시트리의 표정에는 거짓말을 하는 듯한 느낌이 없었다.

보아하니 다 망친 건 아닌 모양이다.

"그리고…… 아직 낮이고…… 루시아를 어떻게든 하면, 밤에는——."

"시트리는 바다에 안 들어가?"

"바다는 끈적거려서 별로 안 좋아하거든요……."

시트리가 활짝 웃으며 다가왔다. 그런 모습으로 다가오면 아무리 소꿉친구인 나도 곤란한데. 그리고 바다가 싫으면 왜 해변에 별장 같은 걸…… 해양 연구를 하려던 건가?

시트리가 방긋방긋 웃으며 새 주스를 건넸다. 새하얀 비키니가 눈부시다. 가슴이 자랐다는 것도 거짓말이 아닌 모양이라, 조심하지 않으면 가슴 쪽으로 시선이 쏠릴 것만 같다.

같은 유전자를 지니고 있을 텐데, 언니와의 차이가 명백하다. 마나 머티리얼의 힘인가?

"크라이 씨…… 어울리나요?"

"정말 잘 어울려………… 대담하네."

시트리가 쑥스러운 듯이 웃고는 내 팔을 끌어안았다. 부드럽고 매끈한 감촉이 팔에 눌렸다. 서비스 정신도 뛰어나네. 딱히 서비스를 원한 건 아니지만, 그런 미소를 보여주니 싫다고 할 수도 없다. ……싫지도 않고.

날씨가 정말 멋지다. 눈부신 태양과 바다 냄새. 수영복을 입고 신나게 놀고 있는 소꿉친구들(과 제자). 시트리를 비롯한 여자 일행의 수영복 차림은 신선해서 자주 보던 나도 넋이 나갈 정도고, 정말 달콤한 특제 주스까지 있으니 더 이상 바랄 게 없다. 별장도 세련된 느낌이고, 활어조로 쓰려는 건지 큼직한 수조까지 있었다.

그때, 나는 부자연스러운 것을 발견하고는 시트리의 팔을 뿌리치고 몸을 일으켰다.

수평선 건너편. 자세히 살피자 하늘과 바다의 경계선에 검은 얼룩 같은 것이 퍼지고 있었다. 그것은 눈 깜짝할 새에 퍼져서 하늘을 뒤덮으며 침식하는 듯이 이쪽으로 다가오고 있었다.

구름이다. 햇빛을 완전히 차단할 정도로 진하게 낀 먹구름. 번개가 반짝였고, 뒤늦게 큰 소리가 울렸다.

폭풍이 오고 있다. 이렇게 맑은데…… 폭풍?

"……왠지, 미안하네……."

사실 나는 비를 부르는 남자다. 평소에는 그 정도까지는 아니지만, 이럴 때는 높은 확률로 폭풍을 부르게 된다.

지나친 생각일지도 모르지만 확실한 실적이 있다. 그리고 시트리 일행은 항상 휘말리곤 한다. 이래선 모처럼 초대해준 해수욕을 다 망치게 된다. 선오일도 발랐는데.

미안해하는 나를 보고도 시트리는 아무 말도 하지 않고 눈을 동그렇게 뜨며 수평선 건너편을 보고 있었다.

나도 그쪽을 보았다. 큰 파도에 뭔가 까만 것이 섞여 있다. 내 시력으로는 잘 보이지 않지만——.

그것은 번개구름과 폭풍을 거느린 채 눈 깜짝할 새에 이쪽으로 다가왔다. 저게 뭐야…….

바닷속에서 먹을 것을 찾고 있던 루시아가 급하게 돌아왔다. 두 손을 들고 도망치는 티노를 리즈가 쫓아다니고 있다. 루크 는…… 루크는 어디 갔지?

쏜살 같은 기세로 루크가 바다에서 뛰쳐나와 내 곁으로 와서 흥 분하며 소리쳤다.

"이봐, 크라이, 저거 봐! 오징어 무리야! 네 말이 맞았어!"

오징어?! 저게 오징어야?! ……내가 알고 있던 오징어와는 다 른데.

……오징어는 오징어인데, 오징어 마물인가? 바깥 세계는 너 무 위험하네. 설마 나는 마물이 좋아하는 페로몬을 뿜어내기라도 하는 건가…… 이왕이면 마물 말고 여자애가 좋아해줬으면 좋겠 는데.

시트리에게는 정말 미안하네——. 시트리가 큰 소리로 외쳤다.

"아니에요! 저건—— 평범한 오징어가 아니에요. 해저인이라 고요!"

시트리는 가끔 이해가 잘 안 되는 말을 한단 말이지.

툭, 얼굴에 빗방울이 떨어졌다. 잔뜩 낀 먹구름이 이쪽까지 닿 은 것이다.

금방 빗발이 거세졌고, 까만 하늘에 연달아 번개가 번쩍였다. 다들 나오는 달리 세이프 링을 장비하지 않아서 번개를 제대로 맞으면 큰 대미지를 입을 텐데, 전혀 신경 쓰지 않는 것 같았다. 수영복 차림임에도 보구로 완전무장하고 있는 내가 훨씬 번개를 겁내고 있다. 실제로 맞은 적이 있어서 말이지…….

미쳐 날뛰는 듯한 파도가 모래사장을 집어삼켰고, 물가에서 뛰어다니고 있던 리즈와 티노가 휩쓸렸다. 그제야 나는 루크가 말했던 오징어의 모습을 볼 수 있었다.

그것은 좀 전에 루크가 갈기갈기 찢어놓은 거대한 문어보다는 작았지만, 그래도 충분히 큰 오징어였다. 단, 평범한 오징어와는 달리 열 개 달린 촉수에 각각 무기를 들고 있었고── 머리에 달린 두 커다란 눈이 이쪽을 또렷하게 바라보고 있다. 그 모습에서는 분명히 지성이 느껴졌다.

게다가 한두 마리가 아니다. 마치 파도 같은 모습으로 수없이 밀어닥치고 있다. 장난이 아니다.

뭐야, 저게…… 장난 아닌데. 장난 아니라는 말밖에 안 나온다. 의자에서 일어나 멍하니 서 있었다. 시트리의 별장은 정말 세련되어 보였지만, 딱히 방어력이 높은 것 같지는 않았다. 안에서 버틸 수 있으려나?

이 갑작스러운 악천후와 번개는 이 괴물들이 끌고 온 건가?

한층 더 거대한 오징어가 파도 밖으로 힘차게 뛰쳐 나온 다음, 모래사장으로 기어올라왔다. 위압감이 엄청나다.

그리고 놀랍게도…… 그들은 귀에 거슬리는 목소리를 냈다.

"네놈들이냐, 우리의, 신을, 갈기갈기, 찢은 것이! 오오, 참으로 안타깝도다……."

말을 하는 것만으로도 놀라운데, 그 거대한 오징어는 루크가 좀 전에 갈기갈기 찢어 놓은 거대한 문어의 다리를 보고 촉수를 꿈틀대며 엉엉 울었다. 엉망진창이다. 어떻게 해야 할지 모르겠다.

"용서 못 해…… 용서 못 한다, 그 죄, 그 목숨으로, 속죄하거라."

오징어들이 바다에서 차례차례 올라와 각각 손에 든 무기를 이쪽으로 겨누었다.

루크가 눈을 빛내며 주먹을 쥐고 자세를 취했다. 그러고 보니 저번에 검술 실력을 키우기 위해서 손이 잔뜩 달린 검사와 싸우고 싶다고 했었지…… 잘됐네. ……엎드려 빌면 용서해주지 않으려나?

오징어들이 슬금슬금 기어들며 우리를 포위했다. ……이제 집에 가고 싶다.

시트리…… 미안해. 마음속으로 사과하는데, 하늘에 구멍이 뚫린 것처럼 비가 내리는 와중에 입을 다물고 있던 시트리가 떨리는 목소리로 외쳤다. 눈을 빛내고 있다.

"제, 제가, 연구하고 싶었던, 해저인이에요!! 이 근처에 있다는 이야기를 듣고 별장을 세웠는데, 설마 이렇게 금방 찾아낼 줄이야!! 크라이 씨, 정말로…… 정말로 감사합니다!"

시트리는 가끔 이해가 잘 안 되는 말을 한단 말이지…… 무슨 소리를 하는 건지 진짜 모르겠다.

시트리 뒤에서 대기하고 있던 키르키르 군이 소리를 지르며 가장 가까이 있던 오징어에게 덤벼들었다. 그것을 신호 삼아 루크가 맨손으로 돌진했고, 루시아가 오징어 무리 한가운데에 번개를 떨어뜨렸다.

"앗! 앗! 안 돼, 안 된다고요! 산채로 잡아야 해요── 최대한 상처 없이!"

시트리가 급하게 소리쳤다. 아, 저 별장의 수조…… 그러려고 만든 거구나.

…………다음에는 산으로 가야지. 역시 바다는 위험해.

나는 눈을 가늘게 뜨고 갑자기 시작된 오징어잡이를 구경하다 슬쩍 별장으로 도망치기로 했다.

# 천 개의 시련을 만드는 법

트레저 헌터는 이 세계에서 가장 자유로운 직업 중 하나다.

지닌 스킬이나 목적, 활동 내용도 헌터마다 각각 다르고, 헌터를 총괄하는 대규모 조직인 탐색자 협회에 가입하는 것도 필수는 아니다.

그리고 무엇보다, 트레저 헌터는 이 세계를 자유롭게 돌아다닐 수 있는 몇 안 되는 존재다.

도시 밖은 위험한 것들로 가득하다. 마물도 서식하고 있고, 전 세계에 혈관처럼 퍼져 있는 지맥 위에는 강력한 팬텀도 나타난다. 도시 사이는 정비된 도로로 이어져 있는 경우가 많긴 하지만 그곳도 반드시 안전한 것은 아니다. 일반 시민이 도시 밖을 이동할 때는 호위를 반드시 데리고 갈 필요가 있고, 자유롭게 세계를 돌아다닐 수는 없다.

도시 밖에는 무심코 눈을 부릅뜨게 될 만큼 아름다운 곳이나 고대 문명의 유적 같은 것이 여기저기에 존재한다. 마음이 내킬 때 그런 곳에 갈 수 있다는 것은 어떤 의미로 헌터의 묘미라고도 할 수 있다. 물론 위험하다는 건 굳이 말할 필요도 없겠지만, 헌터들은 대부분 호기심이 강하기에 밖을 돌아다닐 때 위험 부담을 크게 고려하지 않는다.

호기심. 트레저 헌터로서 활동을 오랫동안 하고 싶다면 그것을 잘 다루는 법을 익혀야만 한다.

위험한 것에 너무 가까이 갈 경우, 헌터는 그 대가를 몸소 치르게 된다.

헌터를 죽이는 것은 호기심뿐이라는 말이 있다. 헌터라는 존재는 항상 자신과의 싸움을 강요받고 있는 건지도 모르겠다.

《비탄의 망령》 멤버들도 다른 고레벨 헌터들처럼 호기심이 왕성하다.

도로에 강력한 마물이 갑자기 나타났다는 소문을 들으면 그 마물을 구경하러 가고, 간 김에 쓰러뜨린다. 숲속에 골치 아픈 범죄자가 자리잡았다는 소문을 들으면 기사단에게 추월당하기 전에 가야한다며 만반의 준비를 갖추고 경계하는 범죄자들을 기습한다. 그런 행동을 소수로 하고 있으니 리더 겸 집 지키기 당번인 나로서는 조마조마하기만 했다.


《시작의 발자국》 클랜 마스터실. 평소처럼 집을 지키며 두꺼운 노트를 펼쳐놓고 만년필을 놀리고 있자니 마침 보고하러 왔던 에바가 말을 걸었다.

"웬일로 필기를 하시네요…… 일하시나요? 제가 할 수 있는 거라면 대신 해드릴 텐데——."

"아, 고마워. 괜찮아. 일 같은 건 아니니까. 마물 도감을 좀 만들고 있었거든."

"…………네?"

글씨를 예쁘게 쓸 수 있다는 건 내가 자랑할 수 있는 몇 안 되는 장점이다. 그리고, 헌팅에는 도움이 전혀 되지 않는 그 스킬도 써먹기에 따라서는 무기가 된다.

흥미가 있는 것 같았기에 에바 쪽으로 작성 중이던 도감을 내밀었다. 평소에 공부를 열심히 하는 성격이라 어느새 헌터에 대해서도 잘 알게 된 에바는 도감을 팔랑팔랑 넘기다가 미심쩍어하는 표정을 지었다.

"…………왠지 들어본 적 없는 마물들만 있는 것 같네요."

"평범한 마물이 나와 있는 도감은 얼마든지 있잖아?"

모르는 마물만 있는 건 당연하다. 이건 《비탄의 망령》용 마물 도감이니까!

여기에는 규격을 벗어난 강한 마수, 한 번쯤 보고 싶을 정도로 이상한 특징을 지닌 환수나 팬텀 등, 다른 마물 도감에는 절대로 나와 있지 않은 생물들만 잔뜩 적혀 있다고!

아직 다 쓰진 못했지만, 분명히 루크 일행도 이 도감을 보면 호기심이 잔뜩 생길 것이다.

에바가 감탄한 듯이 진지한 표정으로 고개를 끄덕였다.

"그렇군요………… 크라이 씨께서 마주친 적이 있는 마물의 도감인가요? 제가 모르는 걸 보니 꽤 희귀한 마물들만 나와 있는 것 같은데, 잘만 내놓으면 꽤 비싸게 팔리겠네요."

"아니, 팔 건 아닌데."

애초에 마주친 적이 있을 리가 없다.

왜냐하면 이 도감은 창작한 거니까.

나는 지금까지 루시아와 다른 멤버들에게 마도서나 검술서, 도적의 오의서나 포션 레시피 등, 다양한 오리지널 기술서를 제공해 왔다. 이건 그 마물 도감 버전이다.

루크 일행은 위험한 마물이나 팬텀을 정말 좋아한다. 그리고 피튀기는 접전을 항상 바라고 있다. 이 도감은 그렇게 언제든지 온 힘을 다해 활동하는 루크 일행이 잠깐이라도 쉴 수 있게끔 만든 것이다.

이 마물들은 전 세계 어딜 찾아봐도 절대 없을 것이다. 있을 리가 없다. 오리지널 검술서나 마도서는 재현해버렸지만, 마물을 재현하는 건 절대로 불가능하다.

다시 말해, 이 도감에 나온 마물을 찾는 동안 루크 일행은 몸을 쉴 수가 있는 것이다. 루크가 가끔 요구하는 시련? 이라는 것을 대신할 수도 있을 테니 완벽한 작전이다.

"특징만 적혀 있고 그림은 없네요………… 나메르곤……? 드래곤의 친척인가요?"

"아, 그건 자신작이야."

"…………네? 방금 뭐라고 하셨죠?"

뭐, 글씨는 그럭저럭 예쁘게 쓰지만, 그림은 못 그리니까…….

탐탁치 않아하는 에바에게서 도감을 돌려받은 다음, 다시 만년필을 들었다.

마수와 환수를 창작하는 건 꽤 힘들지만, 내가 할 수 있는 건 겨우 이 정도다. 루크 일행을 위해서 조금만 더 힘내야지.

다시 의욕을 보이던 나에게 에바가 말했다.

"그 도감, 나중에 복사해도 될까요?"

"어……? 비밀 도감이니까 안 돼."

만에 하나 진짜 도감이라고 생각하면 골치 아픈 일이 벌어질 테니까. 루시아에게 준 마도서 같은 것도 루시아가 거기 적혀 있던 마술을 재현해 버린 탓에 진짜라고 착각하는 모양이니까, 오해가 생길 만한 일은 하지 않는 게 제일이다.

"마물 도감이 완성되었군요."

"꽤 힘들긴 했지만 말이지…… 일단 제1권이야."

수제 마물 도감을 본 루크는 내가 미안해질 만큼 매우 기뻐했다. 검술서를 줬을 때도 그걸 받고 미쳐 날뛸 만큼 기뻐해서 미안했었는데, 내가 생각해도 나는 학습 능력이 없는 것 같다.

마물을 창조하는 건 내가 생각했던 것보다 더 힘든 일이었다. 뭐가 힘드냐면, 두꺼운 노트를 골라버려서 페이지를 채우는 게 힘들었다. 한두 마리 정도라면 괜찮지만, 열 마리, 스무 마리쯤 되니 상상력이 바닥났다. 뒤쪽에 적혀 있는 마물은 기존 마물을 재탕한 것들이고, 초반에 즐겁게 만든 마물에 비해 대충 만들어 버린 건 어쩔 수 없는 일이다.

에바가 뭐라 말하기 힘든 표정으로 가르쳐 주었다.

"루크 씨 일행은 정말 신이 나서 날마다 밤낮으로 혈안이 되어 도감에 나온 마물을 찾아다니고 있는 모양이에요. 라운지에서 소문이 돌던데요. 도감 이야기만 하고 있다고요…… 루크 씨 일행이 자랑하고 다니니까."

그건………… 뜻밖이네. 일단 루크 일행에게는 도감 이야기를 함부로 하고 다니지 말라고 입막음을 해두었는데, 기쁨이 폭발해 버린 모양이다.

그리고 날마다 밤낮으로 도감에 나온 마물을 찾아다니고 있다는 것도 조금 뜻밖이다. 일시적인 거겠지만, 그렇게 온 힘을 다해 돌아다니면 휴식이 안 되잖아. '도감에 나와 있는 마물은 희귀해서 너희도 쉽사리 발견하진 못할 테니 시간이 있을 때나 찾아보도록 해'라고 제대로 말했을 텐데—— 그 기력을 좀 나눠주었으면 좋겠다.

한숨을 쉰 나에게 에바가 조심조심 말했다.

"그런데, 저기…… 우리 클랜의 다른 멤버들도 신경이 쓰이는 모양이라서요………… 도감을 복사해 달라고 합니다만."

이거………… 정말 골치 아프네.

트레저 헌터는 흥미를 품은 대상에 상당히 잘 파고든다. 루크가 대놓고 자랑하고 다닌다니 내가 거부해봤자 언젠가 도감이 복제되어버릴 것이다. 그럴 거라면 내가 정보의 출처를 제대로 컨트롤하는 게 그나마 나을 것 같다.

팔짱을 끼고 뜸을 들이며 말했다.

"으음~, 그렇게까지 말한다면 상관없긴 한데—— 일단 말해두지만, 희귀하고 위험한 마물뿐이니까 어지간한 실력으로 도전하는 건 그만두는 게 좋을 거야."

"?! 크라이 씨께서…… 그렇게 말씀하실 정도인가요?"

"그리고, 정보가 클랜 밖으로 새어나가지 않게끔 세심하게 주의를 기울여줘. 비밀 도감이니까."

"알겠습니다."

에바가 침을 꿀꺽 삼키고는 진지한 표정으로 고개를 끄덕였다.

도감에 적혀 있는 마물은 존재하지 않으니 위험할 건 없지만, 서식 지역은 리얼리티를 감안해서 위험한 곳으로 설정해 두었고, 초보가 있지도 않은 마물의 존재를 곧이곧대로 믿고 찾으러 갔다가 만에 하나라도 죽기라도 하면 꿈자리가 사나울 테니까.

정보가 이 《발자국》 내부에서만 공유된다면 아마 문제는 없을 것이다. 이 클랜의 헌터들은 정예들뿐이고, 내가 적당히 하는 말에도 익숙해졌다. 지금은 루크 일행이 떠들고 다니니 주목이 쏠리는 것뿐이고, 찾아봤는데 아무런 흔적도 찾지 못하면 적당히 포기할 테니까.

그런데 아무리 그래도 영향이 너무 빨리 나타나잖아…… 혹시 다들 한가한가?

그렇게 생각하며 한숨을 쉰 순간, 클랜 마스터실의 문이 힘차게 열렸다.

문을 때려부술 듯한 기세로 열고 들어온 사람은 온몸이 진흙투성이가 된 루크였다. 바닥에 깔린 융단을 잔뜩 더럽히면서 클랜 마스터실 가운데로 성큼성큼 다가와서는 나를 보고 기뻐하며 보고했다.

"크라이! 이제야 도감에 나와 있던 마물들 중 한 마리를 발견했어!"

"?! 어? 진짜로?"

"아, 고생했다니까. 진흙을 전부 뒤엎으면서 찾았는데 없으면 어떻게 해야 하나 싶어서……."

루크가 고개를 끄덕이고 있다. 나는 오히려 찾아내서 어떻게 해야 하나 싶은 기분인데——.

……아니, 진짜로? 있을 리가 없는 마물을 찾아오다니, 무슨 마법을 쓴 거야?

어떻게 해야 할지…… 모르겠다. 진짜로 뭘 찾아낸 거야?

"그래서, 일단 크라이가 확인해줬으면 좋겠는데…… 그 도감은 그림이 없었으니까. 생김새 같은 특징이나 서식 지역은 일치하니 틀림없는 것 같긴 하지만…… 마물 박사에게도 확인해 봤는데 본 적 없는 마물이라고 해서——."

"그, 그렇지. 그냥 닮기만 한 마물일지도 모르니까……."

꽤 적당히 쓴 마물 도감이었는데, 세계는 정말 넓구나.

장난기를 듬뿍 담아 쓴 도감의 설명 문구와 서식 지역, 생김새 같은 특징이 일치한다면 그건 이미 도감에 나와 있는 마물이다. 진짜로 용케 발견했네.

"정말 용케도 찾아냈구나…… 거기 나와 있는 마물은 정말 희귀할 텐데, 역시 루크는 대단해. 그래서, 뭘 발견했어?"

말도 안 되는 상황에 동요하는 모습을 숨기지 못하고 있던 나에게 루크가 자신만만하게 말했다.

"아. 그거야………… 나메르곤? 설마 탐색이 완전히 끝난 줄 알았던 습지에 아직 보지도 못했던 마물이 있을 줄은 몰랐지. 라운지에 가져다 두었으니까 확인해줘!"

아, 나메르곤. 나메르곤 말이지.

마침 나도 한번 보고 싶었던 참이었어…… 사실 나메르곤은 자신작이거든.

루크가 잡아온 나메르곤의 시체는 내가 상상했던 것과는 전혀 달랐지만, 생김새 등의 특징은 내가 적어둔 것과 완전히 일치했다. 전문가에게 문의해보니 신종 마물인 모양이었고, 정말로 나메르곤이라는 이름이 붙게 되었다.

결국, 오리지널 마물 도감 제1권 중에서 도감에 적혀 있는 내용과 특징이 완전히 똑같은 것은 그 한 종류뿐이었다. 팬텀이나 마수가 우글거리는 이 세계에서는 신종도 드물지 않지만, 그야말로 기적적인 일치다.

그로 인해 내가 만든 창작 마물 도감의 신빙성이 커져버려서 클랜 안팎에서 도감을 둘러싸고 말썽이 생기게 되지만, 그것은 또 다른 이야기다──.

클랜 마스터실. 커다란 양피지를 펼쳐놓고 만년필로 글씨를 쓰고 있던 나에게 에바가 물었다.

"……크라이 씨, 이번에는 뭘 쓰고 계신가요?"

"보물 지도."

물론, 오리지널입니다.

제**3**장
# 최강 헌터의 이차원 레시피
Chapter Ⅲ "SPIN OFF"

담당 편집자도 모르는 사이에(!) 집필되고 있던 첫 스핀오프 '최강 헌터의
이차원 레시피'. Web에 연재된 '마스터어 카페, 개업했다는데요......'의
장에 신규 집필 에피소드를 더해 수록하였다.

# 딸기 쇼트 케이크

"카페······ '삼라만상'? 어?! 마스터어, 카페를 시작하셨나요?!"

레벨 4 헌터. 16세. 여자. 신장 162cm, 체중 45kg. 쓰리 사이즈는 비밀.

티노 셰이드는 그 간판을 보고 눈을 크게 떴다.

그것은 벽이 하얗고 지붕이 빨간 데다 귀여운 건물이었다. 크기는 작지만, 제도 제블디아의 비싼 구역에 있으니 분명 거금이 들었을 것이다.

목제로 보이는 문을 만져보니 금속처럼 단단한 감촉이 느껴졌다. 문을 열자 딸랑딸랑, 귀여운 종소리가 들렸다.

가게 안에는 자그마한 테이블이 다섯 개. 메뉴판은 없다.

카운터 안에는 티노가 자주 보던 흑발의 '마스터어'가 방긋방긋 웃으며 서 있었다. 앞치마가 아니라 화려한 무늬의 셔츠를 입고 있는 모습이 정말 의욕 없어 보인다.

트레저 헌터. 그것은 현대의 인기 직업이다.

세계 자체가 만들어내는 유적—— 보물전에 들어가 팬텀의 맹공과 위험한 함정을 피해 현대 기술로는 재현할 수 없는 기묘한 능력을 지닌 보물을 가지고 돌아온다. 목숨을 잃는 자도 드물지 않을 정도로 이 세상에서 가장 위험한 직업이지만, 대성하면 부, 명예, 힘, 모든 것을 손에 넣을 수도 있기에 꿈꾸는 자가 끊이지 않는다.

트레저 헌터의 성지라고도 불리는 제도 제블디아에서는 날마다 많은 트레저 헌터가 생겨나고 사라져간다. 그런 와중에 혜성처럼 나타난 트레저 헌터가 있었다.


크라이 안드리히.

젊은 나이에 영웅과 동의어인 레벨 8에 도달한 천재 트레저 헌터.

제도를 거점으로 삼고 있는 일류 헌터들 중에서도 틀림없이 다섯 손가락 안에 들며, 티노가 소속된 클랜, 《시작의 발자국》의 클랜 마스터이기도 한 남자.

통칭 '마스터어'.


그 힘은 하늘을 찢고 대지를 가른다. 손가락 하나 까딱하지 않고 범죄 조직을 괴멸시키는 등, 다양한 일화가 있으며 탐색자 협회에서 《천변만화》라는 별명을 받은 최강의 헌터 중 한 명.

원래라면 사는 차원이 다른 사람이다. 달성하기 힘들다는 의뢰를 차례차례, 그것도 손쉽게 해내는 그 남자와 아직 중견 헌터의 영역을 벗어나지 못한 티노가 알고 지낼 수 있는 이유는 티노의 스승이 크라이 안드리히의 소꿉친구이기 때문이다. 가끔 모험에 데리고 가주는 사이이기도 하다.


하지만, 지금은 그런 건 아무래도 상관없다.

《천변만화》라는 별명은 크라이 안드리히가 모든 것에 정통했다는 점에서 유래되었다.

하지만, 티노는 지금까지 마스터어가 요리를 하는 모습을 본 적이 없다.

조심조심 아무도 없는 가게 안을 걸어간 다음, 실례라는 것을 알면서도 마스터어에게 물었다.

"……마스터어, ……요리, 하실 수 있나요?"

"사실 예전부터 카페를 낼까 했거든. 오히려 헌터보다는 이쪽이 본직이지."

"?!"

"가게를 만드는 데 시간이 좀 걸려서. 티노가 1등이야. 앉아, 앉아."

"네, 네…………."

재촉을 받고 자리에 앉았다.

등을 쭉 펴고 무릎 위에 손을 얹은 티노를 보고 마스터어는 시원스러운 미소를 지었다.

"자, 손님, 뭐가 먹고 싶어?"

"저기…… 메뉴판 같은 건……."

"메뉴판은 아직 없지만, 식재료는 갖춰져 있어. 자랑은 아니지만 뭐든지 만들 수 있다고."

마스터어가 뽐내는 듯이 식칼을 들어 보였다.

무심코 한숨이 나왔다. 그것은 티노가 지금까지 본 적도 없을 정도로 아름다운 식칼이었다.

금빛 칼날은 티노의 얼굴이 반사될 정도로 잘 닦여 있었고, 빨려들어갈 것만 같은 빛을 뿜어냈다.

아니—— 이제 그것은 식칼의 영역을 넘어섰다.

일류 헌터 중에도 이렇게 대단한 날붙이를 가지고 있는 사람은 없을 것이다.

그야말로 영웅이 지니기에 어울리는 식칼이다.

그 식칼만으로도 척 보기에 요리를 할 차림새가 아닌 것 같은 마스터어가 일류 요리사로 보인다.

"뭐든지, 말인가요……?"

"맞다, 케이크! 케이크를 만들어줄게! 카페니까 말이지, 좋아하잖아?"

"네, 네…… 정말 좋아해요. 케이크………… 어?"

하지만 그건 식칼을 안 쓰지 않나——.

그렇게 태클을 걸기도 전에 마스터어가 폴짝폴짝 뛰며 카운터 안쪽 문으로 들어갔다.

트레저 헌터는 가혹한 직업이다. 마물이 우글거리는 곳에서 야영을 할 때도 있고, 근처에 자라난 풀로 요리를 할 때도 있다. 티노도 요리는 그럭저럭 하는 편이지만, 일류 헌터쯤 되면 뭐든지 능숙하게 해내는 법이다.

그런 일류를 넘어선 초일류 트레저 헌터가 만드는 케이크는 대체 어떤 맛일까?

긴장하며 기다리고 있자니 문득 티노의 귀에 기묘한 소리가 들렸다.

통통통통.

"어……??????"

타다다다다다다다닥.

"????"
왠지 기분 좋은 소리다. 하지만, 대충 듣기에도 식칼을 쓰는 소리다.
대체 케이크를 만들 때 어디에 식칼을 쓰는 걸까? 초콜릿이라도 다지고 있나? 아니, 애초에 지금부터 빵을 굽는 건가……?
티노가 눈을 연달아 깜빡이고 있던 와중에 마스터어가 주방에서 나왔다.
그 손에 든 쟁반 위에는 멋진 딸기가 올려져 있는 쇼트 케이크가——.

"어???? 어????"
주방에 들어간 지 아직 5분밖에 안 지났다.
눈을 동그랗게 뜬 티노 앞에 마스터어가 넋이 나갈 듯한 미소를 지으며 케이크가 담긴 은접시를 내려놓았다.
"자, 다 됐어. 먹어."

보면 볼수록 멋진 쇼트 케이크다. 평범한 카페에서 나오더라도 이상할 게 없는 물건이다.

일류 마스터어. 일류 식기. 일류 쇼트 케이크.

티노는 조심조심 은포크로 딸기를 찍었다.

"…………저기. 마스터어, 방금 주방에서 식칼 소리가──."

"아, 케이크를 만들었으니까."

"???? 처음부터 만드신 건가요?"

"물론이지. 방금 만든 거야."

'마스터어'가 왠지 자신만만하게 말했다. 티노는 다시 한번 접시를 확인했다.


대체 어떻게…….


생크림 딸기 쇼트 케이크가 5분만에 만들 수 있는 거였나? 애초에 식칼을 쓰는 과정이 있었나?

티노도 디저트 정도는 만든다.

하지만, 5분만에 쇼트 케이크를 만들라고 하면…… 매우 곤란할 것이다.

티노는 단것을 좋아한다. 딸기 쇼트 케이크도 정말 좋아한다.

경애하는 '마스터어'가 만든 케이크라면 먹을 수밖에 없다.

하지만, '맛있을 것 같다' 이전에 의문이 생겨버렸다. 시간이 조금 지나도 먹으려 하지 않는 티노를 보고 마스터어가 의아한 표정을 짓고 있다가 손을 탁 쳤다.

"아, 홍차가 없었구나. 신경 써주지 못해서 미안해."

"네?"

"카페니까 말이지. 잠깐만 기다려."

마스터어가 다시 주방으로 사라졌다.

의자에 앉아서 케이크를 빤히 노려보고 있던 티노의 귀에 다시 그 소리가 들렸다.

통통통통………… 타다다다다닥——.

"?! ?! ?!"

이건 아니다. 절대로 있을 수 없는 일이다.

케이크를 만들 때 식칼을 쓰는 경우가 있을지도 모르겠지만, 홍차에 식칼을 쓰다니——.

티노가 정색하고 있자니 마스터어가 돌아왔다.

손에 든 쟁반에는 김이 피어오르는 찻잔이 담겨 있었다.

티노의 눈앞에 차가 놓였다.

아름다운 은제 찻잔. 그 안에 담긴 액체도 잔과 마찬가지로 아름다웠다.

진짜배기…… 홍차다.

"마, 마스터어? 홍차에, 식칼을?! 쓰나요?!"

"? 응, 그래, 그렇지."

마스터어의 표정에는 전혀 껄끄러워하는 기색이 없었다. 하지만, 티노는 알고 있다.

차원이 다른 사람. 최강의 헌터인 '마스터어'의 상식은 아직 레벨 4, 조금 유망한 헌터에 불과한 티노에게 있어서 상식이 아니다.

"…………저기, ……참고로, 재료는, 뭔가요?"

"응……? 몰라."

"그렇군요. 몰라── 어?"

그냥 넘길 수 없는 말이었기에 무심코 케이크를 빤히 바라보았다.

하얗고 매끈한 생크림에 빛나는 듯한 딸기 하나.

홍차는 그렇다고 치자. 식칼을 써서 딸기 쇼트 케이크를 만든 것도 그냥 넘어가자.

하지만, 딸기 쇼트 케이크니까 딸기는 반드시 들어가야 한다. 어린아이도 아는 사실이다.

딸기 쇼트 케이크에는! 딸기가! 얹혀 있단 말이다!

티노는 조심조심 마스터에게 물었다.

"…………딸기는 썼나요?"

마스터어는 활짝 웃으며 대답했다.

"안 썼어. 대단하지?"

"?! 네, 네…… 대, 대단하네요. ………………엄청나요…….."

그렇다면 이 아름다운 쇼트 케이크 위에서 반짝이며 빛나는 붉은 보석 같은 큼직한 딸기는 대체 뭘까…….

머릿속이 의문으로 가득했지만, 경애하는 마스터어는 마치 티노가 케이크를 먹는 모습을 기대하는 듯한 시선으로 바라보고 있었다.

마스터어가 만든 일류 클랜의 멤버. 마스터어 덕분에 생긴 초일류 스승님.

그리고 지금까지 마스터어에게 정말 많은 도움을 받았다. 그 미소를 배신할 용기는 없다.

티노는 떨리는 손으로 포크를 들고는 천천히 딸기를 찍어서 신중하게 들어올렸다.

각오를 다진 다음, 입에 넣었다.

——척 보기에도 달콤할 것 같은 그 딸기에서는 전혀 달콤한 향기가 나지 않았다.

"⋯⋯⋯⋯뀨우."

카페 '삼라만상'.

이것은 요리를 전혀 하지 못하는 '마스터어'가 맛을 보지도 않고 요리를 내놓는, 그런 카페 이야기.

# 말로 표현하기 힘든 비프 카레

그 금빛 보구—— 식칼 형태의 보구의 이름은 『하늘식칼 실루엣』인 모양이다.

보구—— 보물전에 굴러다니는 그 신기한 능력을 지닌 보물은 세계에 가득 차 있는 신비한 힘, 마나 머티리얼이 축적됨에 따라 재현된 과거의 기억이라고 한다.

하늘식칼 실루엣의 기원은 기록조차 거의 남아 있지 않을 정도로 먼 옛날에 요리 실력만으로 나라를 지배했던 남자가 지니고 있던 조리기구 중 하나다.

그 식칼의 금빛 칼날은 모든 것을 가르고, 온갖 요리를 재현하는 것이 가능하다.

마스터어는 그렇게 말한 다음, 식칼을 들어올리고는 왠지 우울한 느낌이 드는 미소를 지으며 말했다.

"나는—— 이 식칼을 손에 넣었기에 카페를 낼 생각을 한 거야."

"…………."

그러지 말아주세요, 마스터어.

티노는 그 말을 아슬아슬하게 집어삼켰다.

딸기를 입에 넣은 순간 기억이 날아가 버렸다. 맛도 기억나지 않고, 자신이 어떻게 되어버린 건지도 모르겠다. 훈련 끝에 어지간한 일로는 동요하지 않게 된 티노의 기억을 날려 버리다니, 그 쇼트 케이크는 그야말로 마물이었다.

마스터어의 이야기를 들어보니 티노는 딸기를 한입 깨문 순간 뀨우, 라는 작은 목소리를 내고 쓰러져 버린 모양이었다.

보통은 부끄러워해야 할 추태였지만, 전혀 미안해하지도 않고 이야기를 하는 마스터어를 보고 있자니 그런 기분도 들지 않았다.

아니, 온갖 요리를 재현한다더니, 전혀 재현하지 못했는데요?

적어도 그 쇼트 케이크는 달콤한 향기도 나지 않았고, 딸기 향기도, 생크림 향기도 나지 않았다. 티노의 후각은 꽤 예민하니 틀림없다.

……어쩌면, 그 식칼은 요리의 형태만 재현할 수 있는 것 아닌가——.

"시리즈로 도마 같은 것도 이것저것 있을 텐데…… 경국의 조리기구 시리즈는 한 번 손에 넣으면 아무도 넘기려 하지 않아서 구할 수가 없어."

"…………다른 조리기구를 손에 넣으면 맛도 좋아지나요?"

"그야 물론………… 사용자가 하기 나름이지."

맛이 없었다고 은근히 말한 티노에게 마스터어가 방긋방긋 웃으며 대답했다.

티노는 그 모습을 보고 눈을 내리깔았다.

이 마스터어는 안 되겠다. 항상 티노에게 가혹한 시련(물론, 티노의 성장을 위해서다)을 주곤 하는데, 이번에도 완전히 확신범이다.

"카페를 내겠다고 하니까 시트리가 가게를 마련해 주었거든…… 루크나 다른 애들이 식재료를 모아다 주고 있어. 아, 좋은 친구들을 두었다니까."

마스터어는 최강의 헌터다. 최강의 헌터인 마스터어에게는 최강의 동료들이 있다.

고향의 소꿉친구들끼리 모여 결성했다는 그 파티의 이름은——《비탄의 망령》.

티노의 스승인 '언니', 리즈 스마트도 소속되어 있는 그 파티는 제블디아 주변에서는 적이 없을 정도로 뛰어난 실력을 자랑하고 있다.

"…………저기, ……맛은 식재료에 따라 달라지나요?"

티노가 조심조심 묻자, 마스터어는 마치 가엾은 아이를 보는 듯한 눈초리로 말했다.

"티노, 요리는 원래 그래."

"?!"

정말 맞는 말이긴 하지만…… 마스터어는 그 사실을 알고 있으면서도 어째서 '모르는' 재료로 쇼트 케이크를 만들어버린 걸까. 그리고 마스터어의 요리는 평범한 요리가 아닌 것 같다.

아무튼, 이대로 내버려 둘 수는 없다. 쇼트 케이크의 완성도는 장난이 아닌 수준이었다.

뭐가 장난이 아니냐면, 맛이 전혀 기억나지 않는다는 점이 그렇다.

이대로 가다가는 먹고 죽는 사람이 생길지도 모른다. 하지만,

티노가 식칼을 빼앗을 수는 없다.

티노는 결심했다. 아직 이상하게 저리는 느낌이 남은 손으로 주먹을 쥐고 선언했다.

"마스터어………… 저도, 식재료를 모아올게요!"

"어?! 아니…… 미안하잖아. 그 왜, 다른 애들도 모아다 주니까……."

세계에 가득 차 있는 마나 머티리얼은 힘 그 자체이며, 생물을 더욱 강하게 성장시켜 준다고 알려져 있다.

마나 머티리얼이 흐르는 지맥 부근은 강력한 환수와 마수가 자신의 영역으로 삼고 있는 마경이다. 그리고 마나 머티리얼의 힘으로 크고 강하게 성장한 그 존재들의 시체는 매우 비싼 가격에 거래된다.

그 소재 중 대부분은 무기나 방어구, 약, 마법 도구 등으로 바뀌지만, 티노는 알고 있다.

그런 환수나 마수는 정말 맛있다는 사실을!

너무나도 아깝기에 먹는 사람은 없지만, 일반적인 식재료와는 비교도 되지 않을 정도로 맛있다는 사실을!

분명히 마스터어의 파티 멤버들은 마스터어의 이차원 요리를 보고 차원이 다른 맛을 지닌 초고급 재료를 찾기로 결심했을 것이다. 뭘 재료로 만들면 그렇게 무시무시한 딸기 쇼트 케이크가 나오는지 전혀 예상이 되지 않지만, 이제 두 번 다시 희생자를 만들어선 안 된다.

분명 고급 식재료만 있으면 마스터어의 요리도 조금 나아질 것이다. 좀 전에 먹은 요리는 지금까지 목숨을 걸고 헤쳐나온 천 개의 시련과 비교해도 손색이 없을 만큼 괴로웠다. 그냥 요리를 먹기만 했을 뿐인데.

그때, 경애하는 마스터어가 쓸쓸한 듯이 말했다.

"그렇게 맛이 없었나…… 미안해. 지금까지 요리 같은 걸 해본 적이 없어서……."

마스터어…… 그걸 요리라고 부르는 건 요리에 대한 모독이에요. 아무리 티노라 해도 옹호해줄 수 없는 맛이다.

"음~, 단맛이 부족했나?"

"…………저로서는 역부족이에요, 마스터어."

아, 이게 대체 무슨 일일까. 티노는 맛의 감상을 말해줄 수도 없다. 기억이 나지 않기 때문이다.

말할 수 있는 게 한 가지 있다면── 가혹한 지역을 탐색하기 때문에 어지간한 것들은 대부분 먹을 수 있게끔 훈련을 받은 헌터를 한입에 기절시킨다는 것은 정말 대단한 경지다.

가게가 꽤나 세련되어서 척 보기에 평범한 카페 같다는 점이 정말 무시무시하다.

입을 다문 채 식칼을 보고 있던 마스터어에게 조심조심 말을 꺼냈다.

"저기…… 마스터어. 우선 간단한 것부터 만들어 보는 건, 어떨까요?"

"간단한…… 거?"

뭐든지 순서가 있는 법이다. 애초에 딸기 쇼트 케이크도 레시피만 알고 있으면 그렇게 어려운 편은 아니지만, 이 세상에는 더 간단한 요리도 있다.

비록 딸기 쇼트 케이크로 인해 기억이 날아가 버릴 정도로 큰 대미지를 입었지만, 티노가 마스터어에게 입은 은혜는 사라지지 않는다. 티노는 손가락을 하나 펴고 말했다.

"카레예요. 그건 식재료를 썰고 시판되는 루를 넣은 다음에 끓이기만 하면 되니까, 바보라도 만들 수 있어요. 헌터의 기본이죠."

카레는 좋다. 카레는 트레저 헌터의 든든한 아군이다.

트레저 헌터를 대상으로 장사를 하는 가게라면 대부분 고형 루를 판다. 현지에서 채집한 식재료와 함께 넣고 적당히 끓이기만 하면 맛있는 카레가 완성되는 마법 같은 아이템이다. 뱀이든 개구리든 토끼든, 뭐든지 카레가 되는 것이다.

티노는 카레를 좋아한다. 정말 좋아한다. 항상 외출할 때는 식사를 대부분 카레로 한다. 그렇기에 요즘은 약간 질렸지만, 그래도 카레는 멋지다.

마스터어는 티노가 한 말을 듣고 눈을 크게 뜨고는 하드보일드하게 손가락을 튕겼다.

"그렇구나………… 그런 방법이 있었나!"

"저는 카레를 좋아해요."

"카레를 싫어하는 헌터는 없지!"

"없어요!!"

지금, 티노와 마스터어의 마음은 하나가 되었다. 경애하는 마스터어가 멋지게 주먹을 쥐었다.

"티노, 잠깐만 기다려. 금방 최고의 카레를 만들 테니까!"

"평범한 카레라도 상관없어요!"

마스터어가 주방으로 들어갔다.

다행이다…… 카레다. 트레저 헌터용 카레 루는 멍청한 사람도 카레를 만들 수 있게 되어 있는 물건, 이 세상에서 가장 위대한 발명 중 하나다.

눈을 감고 감상에 젖은 티노의 귀에 기분 좋은 소리가 들렸다.

통통통……………… 타다다다닥──.

카레는 식재료를 썰어서 만드니까 소리가 들려도 상관없다.

"티노, 다 됐어! 고기를 듬뿍 넣은 비프 카레야!"

…………마스터어, …………끓이는 소리가 안 들렸는데요?

티노의 눈앞에 놓인 은제 카레 접시. 그 위에 담겨 있던 것은 마스터어가 말한 대로 큼직하게 자른 고기가 잔뜩 들어있는 비프 카레였다.

보고 있기만 해도 배에서 꼬르륵 소리가 날 것처럼 맛있어 보이는 카레다. 하지만, 티노의 배에서는 소리가 나지 않았다.

마스터어가 넋이 나갈 것 같은 미소를 지으며 말했다.

"어서 먹어!"

"………………………자, 잘 먹겠습니다."

티노는 질문을 포기했다. 포기하고 은수저를 들었다.

괜찮아, 이건 카레야. 딱 좋게 끈적이는 카레와 잘 익은 채소, 그리고 부드러운 소고기. 수저에 뜬 카레를 코 앞에 가져다 댔다.

카레 냄새는──.

티노는 침을 꿀꺽 삼킨 다음, 마스터어에게 조심조심 물었다.

"…………마스터어, 이 큼직한 고기가 정말 소고기인가요?"

사실은 그런 질문을 하고 싶지 않았다. 소고기인지 여부보다도 정말로 그게 고기인지 물어보고 싶었다. 하지만, 티노는 포기했다.

티노는 마스터어에게 큰 은혜를 입은 헌터다. 마스터어가 없었다면 지금 티노는 없다.

때로는 패배할 게 뻔한 상대와 용감하게 맞서 싸워야 할 때도 있다. 티노는 그 사실을 마스터어에게 배웠다.

이건 카레다. 이건 카레고, 이건 소고기다. 당근하고 양파, 감자── 그리고 밥이다. 이건 비프 카레다. 척 보기에도 분명히 비프 카레다. 비프 카레말고는 아무것도 아니다. 티노는 트레저 헌터다. 비프 카레를 두려워하는 트레저 헌터 따위는 없다.

자기 암시를 걸고 있던 티노에게 마스터어가 눈을 깜빡이며 말했다.

"음………… 아마, 도마?"

마스터어는 저를 싫어하시나요?!

"잘 먹겠습니다! ………………규우."


[오늘의 교훈]

도마는 아무리 소고기와 비슷하게 생겼더라도 먹을 수 없다.

# 나메르곤 부부베르베

제도의 하늘은 오늘도 구름 한 점 없이 맑다.

카페 '삼라만상'. 최근에 제도의 비싼 땅에 지어진 그 가게의 문에는 폐점 팻말이 걸려 있다.

아니, 삼라만상은 사실 아직 정식으로 문을 열지 않았다. 식재료와 기재가 아직 부족하기 때문이다.

티노가 지금까지 대접받았던 것은, 대접받아 버린 것은, 티노가 친한 사이이기 때문이다.

특별 취급 해주실 거면 다른 쪽으로 해주세요.

빠르게 문을 열 준비를 하고 있는 것 같긴 하지만, 티노는 영원히 문을 열지 않았으면 좋겠다고 생각한다. 그리고 점장인 마스터어의 이야기에 따르면 비밀의 아지트 같은 카페로 만들고 싶다고 하는데, 그냥 계속 비밀에 감싸여 있으면 좋겠다고 생각한다. 뭐라고 표현해야 할까, 결코 소리내어 말할 수는 없지만, 티노는 생각한다.

식사란 행복한 기분이 들어야만 한다. 시련이어서는 안 된다, 라고.

뭐, 그건 그렇다 치고, 오늘 티노가 카페에 찾아온 것은 식사를 하기 위해서가 아니었다.

가게 안으로 들어오는 기재를 바라보며 마스터어에게 물었다.

"? 뭐죠? 마스터어, 이 기재——."

"아, 이건—— 드링크 바야. 이 카페는 모두의 휴게소로 만들고 싶거든."

"그건……."

생각 자체는 훌륭하지만, 비프 카레와 쇼트 케이크를 먹은 입장에서는 찬성하기가 힘들다.

운반된 멋진 상자가 받침대 위에 설치되었다. 수도꼭지가 달려 있고 반짝반짝 빛나는 상자. 세련된 데다 평범한 카페에서는 보기 힘든 물건이었다.

가격도 꽤 비싸 보여서 마스터어의 카페 매출로는 도저히 구입할 수 없을 것 같다.

왜냐하면 카페에 오는 손님들 중 대부분은 시련을 원하지 않기 때문이다. 아무리 비싼 땅에 가게를 내더라도 다시 찾는 손님이 없으면 카페도 언젠가는 적자로 허덕이다 문을 닫게 될 테니까.

"아니, 뭔가 부족하다 싶긴 했거든. 응, 그래, 괜찮은 느낌이야."

"그러…………게요."

하지만, 안타깝게도 이 카페가 적자로 인해 문을 닫는 일은 없을 것이다.

트레저 헌터는 위험하지만 돈을 많이 버는 직업이다. 레벨 8 헌터쯤 되면 티노가 예상하지 못할 정도로 수입이 많을 것이다. 예전에 마스터어는 빚이 열 자리라고 했는데, 그런 상태에서도 이렇게 어지간한 카페는 엄두도 못 낼 정도로 비싼 땅에 멋진 가게를 냈다는 것이 그 가설을 증명해주고 있다.

"시트리가 개점 축하 선물로 사줬어. 역시 카페 하면 드링크 바지."

게다가 마스터어에게는 돈이 많은 후원자도 있다.

티노의 스승님의 여동생이기도 한 시트리 스마트는 마스터어의 파티 멤버 중 한 명이자 일류 연금술사다. 연금술사는 전투 능력이 약하다고 하지만, 실력에 따라서는 막대한 부를 만들어낼 수 있는 직업이다. 실제로 시트리 언니는 헌터의 영역을 뛰어넘은 부자이며, 귀족들과도 연줄이 있어 《비탄의 망령》 중에서도 제일 적으로 만들면 안 되는 사람이다.

그리고 그 시트리 언니는 마스터어의 '친한 친구'이고, 친구를 위해서라면 돈을 물 쓰듯 쓴다. 티노는 가끔 시트리 언니에게 있어서 '마스터어'가 돈이 제일 많이 드는 취미인 것 같다고 생각한다.

"…………."

"왜 갑자기 말이 없어?"

"……아, 아뇨."

티노는 고개를 마구 저으며 그 생각을 떨쳐내고는 잘 닦인 드링크 바 기계를 보았다.

드링크 바. 냉정하게 생각해보니 훌륭한 생각이다.

"좋네요. 드링크 바. 드링크 바, 최고. 저도, 정말 좋아해요!"

"그렇구나. 티노는 공짜로 먹어도 돼. 언제든 와!"

"그래도 기계 정비 같은 것도 하려면 힘들지 않나요?"

"괜찮아. 그런 건 시트리가 업자를 보내서 해준다니까."

마스터어도 기뻐하는 모양이다. 마스터어가 기뻐하면 티노도 기쁘다.

드링크 바. 아, 정말 멋진 단어다. 이 드링크 바에 뭐가 들어갈지 티노는 모른다. 하지만, 적어도 이 드링크 바에 들어갈 음료에 그 '식칼'은 개입하지 않을 것이다.

이제 그 통통, 타다다닥 하는 리드미컬한 소리도 듣지 않아도 된다!

평범하게 맛있는 홍차를 마실 수 있는 것이다!

제일 처음 먹었던 케이크와 홍차. 티노는 지금도 악몽을 꾼다. 맛은 기억나지 않지만, 그 체험이 자칫하면 죽을 수도 있는 전장을 내달리는 것과 비슷하거나 그 이상이라는 사실을 티노의 본능이 기억하고 있기 때문이다.

티노는 주먹을 쥐고 힘차게 들어올렸다.

"예언할게요, 마스터어! 이 드링크 바는 제일 인기가 많을 거예요!"

"정말이야? 오늘 나는 머리가 잘 돌아가나?"

"잘 돌아가네요, 마스터어! 그런데 뭘 넣으실 건가요?"

"넣을 건 시트리가 준비해준다고 했어. 음── 회복약, 해독약, 마력 회복약…………."

"…………."

아무래도 시트리 언니는 이 카페의 실태를 정확하게 파악하고 있는 것 같다. 그렇게 잘 파악하고 있다면 말려야 할 텐데.

아니, 회복약하고 해독약은 백보 양보한다고 치고………… 마력 회복약이라니…… 마스터어, 당신이 한 요리는 마력까지 줄어들게 만드나요…….

마스터어는 그 후원자의 지원 내용의 의미를 전혀 이해하지 못한 듯한 미소를 지으며 말했다.

"아하하하하, 나는 특제 커피 같은 걸 내놓을까 했는데, 시트리가 드링크 바는 섬세하게 다뤄야 하니까 그러지 않는 게 좋을 것 같대. 뭐, 포션도 트레저 헌터였던 사람이 경영하는 카페 같은 느낌이라 꽤 괜찮지 않나?"

"그, 그렇군요…………."

보아하니 이 마스터어는 이미 트레저 헌터를 그만둔 기분인 모양이다. 평소였다면 지적했겠지만, 티노의 마음은 이미 꺾인 상태다.

적어도 드링크 바에서 제공할 포션이 손님들의 죽음을 막아주길 바랄 뿐이다.

아무튼, 오늘 티노가 온 이유는 돕기 위해서다.

마스터어의 지시를 받고 기재를 이것저것 움직이거나 테이블을 움직이기도 했다.

마스터어는 구조를 신경 쓰기보다 먼저 요리의 맛을 어떻게 해야 할 것 같지만, 그런 말은 꺼내지 않았다.

그건 의도적이다. 그건 최근의 연약한 헌터들에 대한 시련이다. 그렇지 않다면 마스터어는 진짜로 요리 실력이 괴멸적이고, 그냥 그 요리를 티노에게 먹이려 하는 악귀가 되어버린다.

기재는 꽤 무거웠지만, 트레저 헌터인 티노에게는 그리 힘든 일이 아니었다.

어느 정도 기재를 움직이자 마스터어가 만족스러워하며 고개를 끄덕였다.

"아, 고마워. 이런 느낌으로 하면 되겠네. 덕분에 살았어."

"아뇨, 아뇨. 그렇게 말씀하실 정도는———."

그렇게 말하려던 순간, 마스터어가 문득 생각났다는 듯이 손을 탁 치고 믿기지 않는 말을 꺼냈다.

"아, 맞다. 티노, 오늘은 괜찮은 나메르곤이 들어왔거든. 모처럼 왔으니까 도와준 보답으로 먹고 가."

"?!"

나…………… 나메………… 뭐?

티노의 머릿속에는 없는 단어에 한순간 사고가 정지했다. 그 사이에 마스터어가 폴짝폴짝 뛰며 주방으로 사라졌다.

나메르곤…… 나메르곤이 뭐지?

동물? 마물? 식물은…… 아닐 테고.

티노는 이래 봬도 트레저 헌터로서는 중견이다. 동물, 식물의 지식은 비경을 여행할 경우도 있는 헌터에게 있어서 필수다. 그런 티노가 모르는——— 나메…………곤?

통통통통통………… 타다다다다다다다다닥———.

두근, 심장이 크게 뛰었다. 왠지 모르겠지만, 팔다리가 떨리고 심장이 열 시간 정도 전력질주했을 때처럼 빠르게 뛰었다.

숨이 거칠어졌다. 하지만, 어떻게 해야 될지 모르겠다.

머릿속이 엉망진창이다. 시간아 멈추어다오, 티노는 그렇게 생각했다.

식칼 소리가 멈췄다. 주방 문이 열렸고, 마스터어가 멋진 은쟁반을 들고 나왔다.

마스터어는 자신만만하게 티노 앞에 쟁반을 내려놓았다.

쟁반에는 두툼한 은제 덮개(클로시라고 하던가?)가 덮여 있어서 내용물이 보이지는 않았다.

밉살스러운 연출이다. 당장에라도 심장이 멎어버릴 것만 같다. 마스터어가 넋이 나갈 듯한 미소를 지으며 말했다.

"오래 기다렸지! 오늘 메뉴는, 나메르곤 부부베르베야⋯⋯⋯⋯ 식기 전에 먹어!"

?! ?? ?! 나메⋯⋯ 부부⋯⋯⋯⋯ 뭐, 뭐라고?

마스터어가 덮개를 천천히 들어올렸다.

안 돼요, 마스터어⋯⋯ 아직 이 가게에는 드링크 바가── 포션 드링크 바가 들어오지──.

"⋯⋯⋯⋯⋯⋯⋯⋯⋯⋯⋯⋯⋯규우."


[오늘의 교훈]
드링크 바 없이 창작 요리를 먹으면 안 된다.

# 승천할 것만 같은 플래티넘 페퍼

아침에 일어났을 때부터 티노는 우울한 기분이었다.

보물전에 끌려가기 전날이나 힘든 훈련을 하기 전날보다도 지독한 기분이다.

티노는 마스터어를 존경한다. 정말 좋아한다. 부르면 자율 훈련을 내팽개치고 금방이라도 마스터어의 곁으로 달려가고, 부탁하면 뭐든지 하겠지만, 지금 티노의 기분은 최악에 가까웠다.

모든 원흉은 '삼라만상'—— 마스터어가 시작한 도저히 카페 같지 않은 이름의 가게다.

마스터어가 만들어낸 이차원 레시피는 겨우 몇 번만에 티노의 마음을 팍팍 꺾어놓았다.

통증보다, 공포보다, 신기하기 짝이 없는 맛이 정신을 더 깎아낼 수 있다는 사실을 티노는 이번에 처음 체감했다.

하지만, 부르는 이상 안 갈 수는 없다. 마스터어가 티노를 불러주는 건 완전히 선의다. 거절했다가(물론, 거절하면 언니에게 혼쭐이 나겠지만) 앞으로 불러주지 않게 되면 뭘 위해 헌터가 되었는지 알 수가 없게 된다.

무거운 발을 질질 끌며 마스터어의 가게로 갔다. 오늘 티노는 완벽한 준비를 갖추었다.

소화제도 먹었고, 해독약 같은 것도 준비해 왔다. 어젯밤부터 굶어서 공복이라는 조미료까지 준비해 보았다. 이 정도면 마스터어가 한 요리도 다 먹을 수 있을 것이다.

카페 '삼라만상' 앞에는 메뉴 입간판이 생겨나 있었다. 제도의 비싼 땅에 있는 이 건물은 올 때마다 설비가 늘어나서 문을 열 날이 다가오고 있다는 사실이 점점 느껴지고 있다.

제도의 비싼 땅에 새로 문을 연 카페. 아마 많은 사람들이 올 것이다. 그리고 티노보다 위장이 튼튼하지 못한 그 사람들은 마스터어의 시련을 견뎌내지 못할 것이 분명하다.

세계가 끝나는 날이 다가오고 있다.

티노는 숨을 고르고 각오를 다진 다음, 천천히 문을 열었다. 이제는 반쯤 트라우마가 된 종소리가 들렸다.

"안녕하세요, 마스터어."

"……아, 좋은 아침이야, 티노. 지금은 오픈을 대비해서 준비 중이라…… 어수선해서 미안해."

가게 내부의 모습은 저번에 왔을 때에 비해 완전히 달라져 있었다.

천장에 매달린 아름다운 샹들리에와 벽에 걸린 비싸보이는 그림.

목제 받침대 위에 놓인 얼룩 하나 없는 드링크 바 기계. 불과 얼마 전까지는 텅 비어 있던 카운터 안쪽 선반에는 병이 잔뜩 늘어서 있었고, 어차피 식칼을 써서 만들 거면서 커피 그라인더까지 놓여 있었다.

유일하게 여기저기 쌓여 있는 나무 상자가 아직 이 가게가 개

장중이라는 사실을 나타내고 있었다.

…………계속 개장 중이면 좋을 텐데.

"드디어 메뉴판이 완성되었거든! 티노 같은 아이들이 잔뜩 와 줬으면 하는데, 확인 좀 해줄래?"

"…………."

제도의 젊은 헌터들을 완전히 솎아낼 셈이다. 주춤거리고 있던 티노에게 마스터어가 활짝 웃으며 메뉴판을 건넸다.

목제 판자에 적혀 있는 멋진 메뉴판이다. 나열되어 있는 요리의 숫자는 일반적인 카페와 비교하면 꽤 많긴 했지만(사용하는 소재는 그렇다 치고) 딱히 이상한 요리 이름은 없었다.

티노는 죽은 듯한 눈으로 리스트를 대충 훑어 보고는 조심조심 물었다.

"마스터어………… 나메르곤, 부부베르베가 없는 것 같은데요…….."

나메르곤 부부베르베. 얼마 전에 티노가 대접받았던 요리다.

나메르곤도, 부부베르베도, 둘 다 지식이 부족한 티노의 사전에는 없는 단어였다.

그리고── 실제로 대접을 받은 지금도 그것이 무엇인지 티노는 모르고 있다. 기억이 날아가 버렸기 때문이다.

티노가 묻자 마스터어는 항상 그랬듯이 넋이 나갈 것 같은 미소를 지으며 말했다.

"아, 그건 신선한 나메르곤이 들어와야 내놓을 수 있는 요리라서…… 먹고 싶어? 미안하지만 오늘은 안 들어왔거든."

"……비프 카레도 신선한 도마가 있어야 내놓을 수 있지 않나요?"

무심코 비꼬는 말이 입밖으로 나와버렸다. 곧바로 정신을 차리고 나서 실수했다고 생각했지만, 마스터어는 눈을 동그랗게 뜨고는 딱히 불쾌해하지도 않고 말했다.

"아니, 비프 카레는 도마가 없어도 만들 수 있으니까."

……보통은 도마로 만들 수 없어요, 마스터어.

어째서 티노와 함께 카페에 갔고, 티노와 똑같은 걸 먹으면서 맛있다고 이야기를 나누었던 마스터어가 다른 사람을 성장시키는 카페 같은 지독한 계획을 떠올린 건지 이해가 잘 되지 않았다.

"오늘은 주방 쪽을 정리할까 싶어. 도와줄래?"

"네, 물론이죠."

주방…… 그곳은 티노에게 있어서 미지의 세계다.

물론, 티노의 집에도 부엌 정도는 있고 일반적인 카페나 레스토랑의 주방을 본 적도 있지만, 삼라만상의 카운터 안쪽에 있는 주방에 들어간 적은 없다.

마스터어가 우쭐거리는 표정을 지으며 손가락을 펴고 티노에게 말했다.

"주방은 가게의 성역이야. 특별히 들여보내주는 거다?"

"……루시아 언니가 항상 마스터어에게 펀치를 날리는 이유를 방금 알았어요."

루시아 언니는 마스터어의 파티 멤버 중 한 명이자 마스터어의 여동생이다.

실력이 대단한 마도사인 것과 동시에 《비탄의 망령》에서는 1,

2위를 다투는 상식인이며, 마스터어가 무슨 짓을 저지를 때마다 펀치로 혼내는 실력자다.

애초에 당신은 앞치마조차 걸치지도 않았잖아요! 주방에 대해 그런 말을 해도 되는 건가요?

신조차 두려워하지 않는 태클이 머릿속에 떠오른 채 사라지지 않는다.

아무튼, 어수선한 마음으로 마스터어를 따라 주방으로 들어갔다.

그리고 티노는 펼쳐진 광경을 보고 눈을 크게 떴다.

"어때? 대단하지?"

"네, 네……………… 역시 대단하세요, 마스터어."

나도 모르게 목소리가 작아졌다. 마스터어의 주방은 지금까지 티노가 본 적도 없을 만큼 훌륭한 곳이었다.

반짝반짝한 주방은 가게와 비슷할 정도로 넓었고, 선반에는 수많은 조미료가 빽빽하게 늘어서 있었다. 커다란 업무용 냉장고와 멋진 오븐까지 있었고, 식기 선반에는 은제 식기가 깔끔하게 정돈되어 있었다.

돼지 목에 진주 목걸이다. 척 보기에도 한 명이 감당할 만한 주방이 아니다. 하지만, 무엇보다 눈에 먼저 띈 것은 주방 대부분을 차지하고 있을 정도로 이상하게 넓은 개수대였다. 그 개수대에는 홈이 있었고, 물로 씻어낼 수 있게끔 되어 있었다.

"루크 같은 사람들이 사냥해 오는 것들은 크니까…… 손질하려면 공간이 필요하거든."

"그렇…………군요?"

마스터어, 이 주방에서 나오는 요리는 훌륭한 요리여야만 해요.

《비탄의 망령》이 사냥해 오는 것들은 평범한 요리사라면 침을 흘릴 만큼 요리하고 싶은 식재료일 것이다. 일류 요리사도 요리해 본 적이 없는 것들일 게 틀림없다.

그리고 마스터어는 그러한 초고급 식재료로 이차원 요리를 내놓는다.

실제로 마스터어의 메뉴판에는 비싼 환수와 마수의 이름이 적혀 있었고, 가격은 시가였다. 시가 요리를 내놓는 카페…… 마스터어, 당신의 목표는 대체 뭔가요?

아무래도 제가 열심히 노력해서 맛있는 고위 마수를 사냥해 와도 의미가 없을 것 같네요…….

마스터어가 자신만만하게 반짝이는 화로를 가리켰다.

"봐, 좀 전에 특제 화로도 들어왔어! 이제 불도 쓸 수 있다고."

마스터어, 어째서 당신은 불을 쓰지 않고 비프 카레를 만들었다는 것에 의문을 품지 않는 건가요…….

티노는 머릿속에 스쳐간 다양한 의문을 전부 억누르고 주방 안을 두리번거리며 둘러보았다.

"마스터어, 레시피 같은 건 있나요?"

"레시피는 전부 여기 있어."

마스터어가 머리를 집게손가락으로 툭툭 두드렸다.

이 마스터어, 안 되겠다…… 완전히 사람을 죽일 셈이다.

정색하는 표정으로 올려다보고 있던 티노에게 마스터어가 장난스러운 미소를 지으며 말했다.

"농담이야. 뭐, 나에게는 하늘식칼 실루엣이 있으니까…… 레시피 같은 건 필요 없거든."

"그, 그런가요……."

"식칼 하나만으로 뭐든지 만드는 요리사. 멋지지 않아?"

"?! 진짜 요리사는 제대로 냄비 같은 것도 쓸 것 같은데요!!"

애초에 마스터어가 만드는 건 요리가 아니라 시련이다. ……아니, 반대로 진짜 요리사도 기억을 잃게 만드는 요리 같은 건 하지 못할 것 같은데? 역시 마스터어는 대단하다.

티노가 한 말을 듣고 마스터어가 우울한 느낌이 담긴 미소를 드리웠다.

"평범한 요리사라면 그렇지. 실루엣은 경국의 식칼이라고. 나라를 기울게 만든다는 뜻이지. 이 보구는 나라를 기울게 만들 정도로 실력이 대단했던 경국의 요리사가 사용하던 식칼을 기원으로 삼고 있어. 그 사람은 식칼 하나로 온갖 요리를 만들어냈다는데."

……그거, 어떤 의미로 나라를 기울게 만든 건가요?

티노는 고개를 마구 흔들고는 화제를 돌렸다.

"그런데, 주방이 꽤 넓네요……."

"질리면 사람을 고용할까 해서."

"?!"

마스터어는 진심인지 농담인지 알 수 없는 말을 꺼냈다. 혹시 진심이라면 티노로서는 하루라도 빨리 질리기를 기원할 뿐이다.

마스터어의 지시에 따라 잡일을 해나갔다. 냉장고에 가득 차 있던 고깃덩어리를 보고 놀랐고, 상자에 잔뜩 들어차 있던 신선한 채소를 보고 눈을 동그랗게 떴다. 음료도 꽤 풍부하다. 와인 셀러까지 있는 모양이다. 매출이 잘 나올 것 같지도 않은데, 시트리 언니가 돈을 너무 많이 쓴 듯하다.

조미료도 엄청나게 많다. 선반에 늘어서 있는 병의 숫자가 장난이 아니다. 각각 꼼꼼하게 라벨을 붙여두었다. 소금과 설탕, 후추처럼 티노도 자주 쓰는 것들도 있지만, 대부분은 티노가 본 적도 없는 것들이었다.

카페에서 내놓는 요리에 조미료가 이렇게 많이 필요한가?

"꽤 많이 모으셨네요."

"요리는 조미료가 생명이니까."

……그거, 진짜로 쓰긴 하시나요?

"그리고, 조미료병이 이렇게 잔뜩 늘어서 있는 걸 보면 두근거리잖아! 뭐, 대부분 안 쓰긴 하지만 말이지!"

"그, 그러게요……."

아무래도 마스터어는 형태부터 잡고 보는 스타일인 모양이다. 그래서 삼라만상도 겉으로 보기에는 세련된 카페일 것이다. 그때, 선반에 있던 어떤 병이 눈에 들어왔다.

반짝이는 은백색 가루가 들어있는 큼직한 병이다. 라벨에는 플래티넘 페퍼라고 적혀 있다.

무심코 눈을 크게 떴다. 그리고 눈을 깜빡인 다음, 마지막으로는 볼을 꼬집었다. 아프다. 꿈이 아니다.

"…………?! 어?! ? 플래티넘 페퍼?? 같은 무게의 황금보다 비싸게 거래된다는 플래티넘 페퍼가, 이렇게 많이?!"

"아~, 대단하지?"

"대, 대단해요·················· 대단히, 아깝네요······."

높이가 30센티미터 정도는 되는 커다란 병에 거의 7할 정도가 차 있었다.

플래티넘 페퍼는 세계에서 가장 비싸다는 조미료다.

그 이름대로 백금색 가루이며, 페퍼라는 이름이 붙어 있긴 하지만, 후추는 아니다.

그 정체는── 감칠맛 조미료다. 한 스푼 넣기만 해도 모든 요리의 맛을 세 단계 끌어올려주고, 초보가 만든 요리가 일류 요리사의 맛으로 승화된다고 하는 그야말로 마법의 가루.

그만큼 수요와 공급의 균형이 맞지 않아서 고급 레스토랑이 아니면 쓰지 않는다.

소문에 따르면 플래티넘 페퍼를 평소 식사에 사용하는지 여부에 따라 귀족의 격을 알 수 있다는 이야기조차 있다. 그 정도로 희귀하고 비싼 물건이다. 아마 이 양만으로도 작은 저택 정도는 살 수 있을 것이다.

원래는 카페에서 절대로 쓸 일이 없는 물건이다.

하지만, 티노는 신기하게도 납득하고 있었다.

플래티넘 페퍼는 돈만 있으면 손에 넣을 수 있는 물건이 아니다. 부자인 시트리 언니도 구하느라 고생했을 것이다. 그렇기 때문에 그 병에서는 눈물나는 노력이 느껴졌다.

플래티넘 페퍼는 마법의 가루다.

일류 요리사가 잘 활용하면 승천할 것 같은 요리를 만들 수 있다고 들었지만, 요리를 해본 적이 없는 초보도 그걸 넣기만 하면 나름대로 맛있는 요리를 할 수 있다.

너무나도 아까운 데다 카페에서 내놓을 요리에 쓰면 적자겠지만, 그래도 이 시트리 언니의 배려는 마스터어의 요리를 사람이 죽지 않는 수준으로 승화시켜 줄 것이다.

플래티넘 페퍼를 뿌리면 책상도 먹을 수 있다는 말까지 있다. 티노는 오히려 플래티넘 페퍼만 핥아먹고 싶다.

어째서 이렇게 좋은 것이 있는데 쓰지 않는 걸까?

티노는 방긋방긋 웃고 있던 마스터어에게 진지한 표정으로 충고했다.

"마스터어, 이건 시트리 언니의 호의예요. 조금 아깝긴 하지만, 자존심을 버리고 쓰시죠! …………마스터어의 요리가 더 맛있어질 거예요!"

일반적인 감칠맛 조미료를 싫어하는 요리사는 있겠지만, 플래티넘 페퍼를 싫어하는 요리사는 없다. 그만큼 맛의 차원이 달라진다.

마스터어는 소재의 맛으로 승부하기 위해 쓰지 않았을지도 모르겠지만, 도마의 맛을 즐기려 하는 사람은 없을 것이다. 원래는 어느 정도 맛있는 요리를 만들 수 있게 된 이후에 써야겠지만, 그런 걸 신경 쓸 때가 아니다. 시련 같은 건 이제 아무래도 상관없다. 어떻게든 쓰게끔 해야 한다!

의욕을 드러낸 티노에게 마스터어가 말했다.

"물론, 이미 쓰고 있지."

"…………네?"

믿기지 않는 말을 듣고 자기도 모르게 마스터어를 바라보았다. 마스터어는 여전히 미소를 짓고 있다.

이미 쓰고 있다고? 그렇다면 어째서 티노는 쇼트 케이크와 비프 카레, 그리고 부부베르베의 맛을 기억하지 못하는 거지?

플래티넘 페퍼다. 요리의 역사를 바꾸어놓은 최강의 조미료다. 신이 눈물을 흘린 맛이다. 과거에는 왕이 플래티넘 페퍼를 한 주머니 가지고 온 상인에게 작위를 주었다는 이야기까지 있다. 플래티넘 페퍼를 사용하는 고급 레스토랑은 예약이 1년 뒤까지 꽉 차있다!!

뭐가 뭔지 이해하지 못한 티노에게 마스터어가 악의 없는 미소를 지으며 말했다.

"조미료를 잘 다루는 것도 요리사의 실력이니까 말이야. 봐, 병이 3할 정도 줄어들었지? 처음에는 위쪽까지 꽉 차 있었거든. 조금이라도 요리의 질을 높여서 손님들이 즐거워했으면 해서."

영문을 알 수가 없다. 티노는 요리를 먹은 기억이 없지만, 티노의 본능에는 마스터어의 요리에 대한 공포가 또렷하게 새겨져 있다.

너무 큰 충격에, 티노는 목소리를 살짝 낼 수밖에 없었다.

"뀨우."


[오늘의 교훈]

마법의 가루도 더욱 강력한 마법에는 통하지 않는다.

# 달걀 프라이 레벨 8

"네? 그 '헌터즈 블레이드'에서 취재하러 온다고요?!"

충격적인 소식을 듣고 티노는 자기도 모르게 마스터어의 앞이라는 것도 잊고 이상한 목소리로 말했다.

'삼라만상'. 제도의 비싼 땅에 자리잡은 그 가게는 오늘도 평화롭다.

하지만, 그 평온도 이제 곧 끝난다. 가게 안은 이제 영업 중이라 해도 이상하지 않을 정도로 정리가 잘 되어 있다.

카운터 건너편에서 무늬가 들어간 셔츠를 입은 마스터어가 평소처럼 미소를 지으며 티노에게 대답했다.

"아니, 꼭 취재를 하고 싶다고 하니 끝까지 거절할 수가 없어서…… 어디서 정보가 새어나간 거지? 시트리 쪽인가? 사실은 비밀의 아지트 같은 가게로 만들 생각이었는데, 정말, 시트리는 곤란하다니까. 뭐, 내 식칼 솜씨를 보여줘야겠어."

"대, 대단하네요…… 너무 대단해요."

무심코 정색했다. 뭐가 대단하냐면, 이차원 레시피를 아무렇지도 않게 대중 매체 앞에서 선보이려 하는 마스터어의 심장이 대단하다.

마스터어는 레벨 8 인정을 받은, 신과도 같은 실력을 지닌 헌터다. 그리고 마스터어는 상대가 귀족이든 대중 매체든 대상인이

든 전혀 봐주지 않는다.

아니…… 아무리 마스터어라 해도 일반인에게까지 티노에게 내준 요리를 내주려나? 어찌 됐든 일반 시민에게 시련을 줄 이유는 없다. 마스터어는 티노의 스승님과는 달리 자상한 사람이다.

희미한 희망을 품고 안색을 살피고 있던 티노에게 마스터어가 악의 없는 미소를 지으며 말했다.

"뭘 대접할까…… 당일에 신선한 나메르곤이 들어오면 좋겠는데……."

대체 어디서 들여오시는 건가요…… 나메르곤.

'헌터즈 블레이드'는 트레저 헌터 관련 정보를 다루는 정보지다.

트레저 헌터의 성지인 제도 제블디아에는 비슷한 정보지가 여럿 있지만, '헌터즈 블레이드'는 그중에서도 가장 규모가 크다. 헌터는 정보 수집에 민감하기에 헌터들 중 대부분이 그 정보지를 구독하고 있고, 헌터가 아닌 일반 시민들 중에도 애독자가 많다.

비싼 땅에 가게를 지은 시점에서 비밀로 할 생각은 전혀 없는 것 같긴 하지만, '헌터즈 블레이드'에서 소개하면 지명도가 폭발적으로 늘어날 것이다.

그리고—— 분명 사람들이 오지 않게 될 것이다. 그 맛이 널리 알려지면 손님이 오지 않게 되어버린다.

"마스터어…… 저기, 다시 생각하시는 게……."

마스터어의 요리 맛은 인류에게는 아직 너무 일러요.

지면에 소개되지 않더라도 언젠가 손님이 오지 않게 되겠지만, 굳이 일부러 숨통을 끊을 필요는 없지 않을까?

그런 티노의 생각을 아는지 모르는지, 마스터어는 정말 즐거워 보였다.

마스터어는 레벨 8이다. 연줄도 많지만, '헌터즈 블레이드'에도 정보지로서의 자존심이 있다. 게다가 마스터어의 요리 맛은 '사람마다 취향이 다르긴 하지'라는 말로 납득할 수 있는 영역이 아니다.

어찌 됐든 가게를 낸 곳이 비싼 땅이다. 선전을 하지 않더라도 손님들이 꽤 많이 올 테고, 맛 같은 건 금방 소문이 난다. 그렇기에 '헌터즈 블레이드'가 마스터어의 요리를 옹호해줄 가능성은 거의 없다.

분명히 지독한 평가를 할 것이다.

이 세상 음식이 아닌 것 같은 맛이라거나, 그냥 근처에 자라난 풀을 뜯어먹는 게 더 낫다거나, 레벨 8의 요리는 완식 난이도도 레벨 8이라거나, 마스터어가 상처를 입을 만한 내용을 아무렇지도 않게 써낼 것이 틀림없다.

어떻게 해서든 막아야만 한다. 티노는 지금까지 마스터어로 인해 자주 험한 꼴을 당하긴 했지만, 아직 입은 은혜가 훨씬 더 크다.

"마스터어…… '헌터즈 블레이드'는 분명 마스터어께서 까마귀가 하얗다고 해도 그걸 그대로 쓰진 않을 거예요."

"무슨 소릴 하는 거야? 티노, 까마귀가 하얄 리가 없잖아."

티노가 은근히 돌려 말하며 충고했지만, 마스터어는 전혀 눈치 챈 낌새를 보이지 않았다.

클랜 멤버들이 시련을 그만 주라고 계속 말해도 전혀 아랑곳하지 않을 만도 하다. 멘탈이 오리할콘이다.

어떻게 하면 마스터어를 말릴 수 있을까?

고민에 고민을 거듭한 결과, 티노는 빛을 발견했다. 고개를 들고 마스터어를 보며 말했다.

"마스터어, 저기…… 저에게, 그 식칼을 쓰는 법을, 가르쳐주시면 안 될까요? 마스터어께서 나서실 필요도 없어요. 저를 '삼라만상'의 요리사로 삼아주세요."

마스터어의 요리가 지독하니 내가 마스터어 대신 요리를 하면 된다!

티노는 요리 실력은 평균보다 조금 나은 수준이다. 일류 레스토랑에 내놓을 정도는 아니지만, 적어도 근처에 자라난 풀보다는 맛있게 만들 자신이 있다. 설마 언젠가 마스터어에게 손수 만든 요리를 대접하기 위해 연습했던 게 이런 식으로 도움이 될 줄이야——.

마스터어는 눈을 동그랗게 뜨고 있다가 팔짱을 끼고는 곤란하다는 듯한 표정을 지었다.

"…………어? 음~, 마음은 고맙긴 한데………… 장난하는 게 아니거든?"

"?!"

마스터어, 식재료와 손님을 가지고 장난치는 건 당신이라고요.

티노는 그 말을 아슬아슬하게 집어삼키고는 마스터어의 손을 잡고 주방으로 끌고 갔다.

"티노는 못할 것 같지만 말이지."

금빛 식칼. 경국의 조리기구, 하늘식칼 실루엣이 조용히 빛났다.

그 식칼은 너무 무겁지 않고, 너무 가볍지도 않고, 처음 쥐어본 티노의 손바닥에 달라붙는 것 같았다.

엄청난 만능감과 자신감이 솟구쳤다.

식칼은 조리기구 중 하나에 불과하다. 그럼에도 불구하고 지금 티노는 뭐든지 만들 수 있을 것 같은 기분이 들었다.

마스터어가 팔짱을 끼고는 넋이 나갈 것처럼 진지한 눈빛으로 티노에게 말했다.

"실루엣을 쓸 때 필요한 건 확고한 승리의 이미지야. 자신의 요리를 절대적으로 믿는 사람에게만 이 식칼은 대답해 주지."

"알겠어? 요리는 화학이야. 익숙해지기 전에는 레시피대로 만드는 게 좋을 거야."

전부 맞는 말이긴 하지만, 플래티넘 페퍼로도 감당이 안 되는 요리를 하는 사람이 해도 되는 말은 아니다.

식재료, 조미료, 그리고 기구까지, 모든 것이 갖춰져 있다.

이제 필요한 것은——실력뿐이다.

마스터어는 전혀 알지 못한다. 식사를 통한 시련이 얼마나 괴로운지를.

티노의 실력에 '삼라만상'의 앞날이 달려 있다.

"그럼 이제 잘 부탁해. 나는 홀에 있을 테니까."

"네?! 봐주지, 않으실 건가요?!"

자기도 모르게 소리친 티노를 보고 마스터어가 어이없다는 듯이 말했다.

"티노, 실루엣의 기동 조건 중 하나는—— 그 누구도 조리하는 모습을 보지 않을 것, 이야. 자신의 요리에 절대적인 자신감이 있다면 근처에 누군가가 있을 필요는 없지."

그렇구나…… 어쩐지 마스터어의 요리에 참견하는 사람이 없더라니.

묘하게 납득한 티노를 보고 마스터어가 엄한 말투로 계속 말했다.

"다시 한번 말하겠지만, 절대적인 자신감을 식칼에 담으면 그 보구가 반드시 티노의 마음에 대답해줄 거야. 그래도 말이지, 티노………… 실루엣은 사실—— 못 쓰는 요리사가 더 많아. 신기하지?"

마스터어…… 프로 요리사도 아니면서 자신의 실력에 그렇게까지 자신이 있는 마스터어가 훨씬 더 신기해요.

주방 문이 소리를 내며 닫혔다. 최신식 주방에 티노만 혼자 남았다.

식칼을 쥐고 심호흡을 크게 했다. 괜찮다, 티노는 항상 비좁은 부엌에서 요리를 한다. 넓은 최신식 주방을 이용해서 그 이상의 요리를 하지 못할 리가 없다.

대형 냉장고를 열고 안을 확인했다.

그 냉장고는 고기용이었던 모양이다. 안에는 다양한 고기들이 빽빽하게 들어차 있었다.

무심코 눈살을 찌푸렸다. 이건…… 무슨 고기지?

냉장고에 들어 있던 식재료는 티노가 지금까지 본 적이 없을 정도로 다양한 색을 띠고 있었다.

 마물 중에는 녹색 피를 흘리는 녀석들도 있긴 하지만, 안에 들어 있던 고기는 전부 척 보기에도 일반적인 레스토랑에서 쓸 만한 것들이 아니었다.

 "……………………."

 고기의 종류 같은 건 딱히 적혀 있지 않았지만, 아마 환수 고기일 것이다. 분명 언니 같은 사람들이 사냥해 왔겠지. 《비탄의 망령》이라면 랭크가 높은 환수도 쉽사리 해치울 수 있다.

 식재료에는 시트리 언니도 신경을 썼을 테니 먹으면 분명히 맛있을 것이다.

 하지만, 티노는 도저히 그 선명한 푸른색을 띤 고기를 쓸 생각이 들지 않았다.

 아직 멀었다…… 티노의 마음은 아직 꺾이지 않았다. 고기가 안 된다면 생선이 있다.

 티노는 각오를 다진 다음, 생선용 냉장고를 열었다.


 긴장하며 은쟁반을 옮겼다. 마스터어는 카운터석에 앉아 기다리고 있었다.

 "마, 마스터어…… 오래 기다리셨죠. 특제 달걀 프라이예요!"

 쟁반 위에 담겨 있던 것은 평범한 달걀 프라이였다. 위에는 소금과 후추를 뿌렸으며 탄 부분도 없어서 깔끔한 모습이지만, 그냥 달걀 프라이다.

결국, 티노가 써먹을 만한 식재료는 전혀 없었다. 아니, 중간부터는 반쯤 자포자기한 심정이었다.

애초에 카페에서는 그렇게까지 공들여서 요리를 할 필요가 없다. 필수인 건 커피 정도밖에 없을 것이다.

'헌터즈 블레이드'도 카페에 그렇게까지 거창한 요리를 원하진 않을 것이다. 마스터어가 레스토랑이 아니라 카페를 차린 것은 훌륭한 결단이었다.

마스터어는 쟁반을 보고는, 주먹을 꽉 쥔 채 침을 삼키며 지켜보는 티노 앞에서 눈을 크게 뜨고 말했다.

"흐음, 달걀 프라이라…………… 좋은데? 나는 달걀 프라이 좋아하거든."

"마스터어! 확실히 달걀 프라이는 단순한 요리예요. 하지만 애초에 카페라는 형태를 감안하면 손님들은 별로 엄청난 요리를 원하진 않을 거예요. 게다가 달걀 프라이는 소재의 맛도 잘 살려낼 수 있고, 단순하기 때문에 요리사의 실력이 드러나는 심오한 요리예요. 원가도 저렴하고, 토스트와 함께 내놓으면 마스터어의 가게 간판 메뉴로도 어울릴…………… 어?"

뭔가 불평할 줄 알았는데, 마스터어는 맥 빠지는 대답을 내놓았다.

??? 마스터어…… 주방에서 했던 이야기는 대체 뭐였나요…….

달걀 프라이에 식칼은 필요 없다. 레시피도 필요 없다. 그냥 프라이팬 위에 달걀을 깨서 굽기만 하면 된다.

티노도 조금 미안하게 생각하고 있었는데── 마스터어는 방

굿방긋 웃으며 포크로 달걀 프라이를 찍고는 한입에 먹었다.

눈을 크게 뜨고 있던 티노 앞에서 우물우물, 입을 몇 번 움직이다가 삼킨 마스터어가 고개를 크게 끄덕였다.

"응, 맛있네, 맛있어. 역시 티노야. 요리도 잘하는구나. 좋은 색시가 되겠어."

"그, 그럴 리가요…… 대단한, 요리도 아닌데요…… 마스터어의 입에 맞을 리가——."

왠지 모르겠지만 엄청 칭찬을 해주었기에 티노는 얼굴을 새빨갛게 물들인 채 몸을 움츠렸다. 따지면 반론하려 했는데, 칭찬을 받을 줄은 몰랐다.

결국, 실루엣도 기동시킬 수 없었다. 물론 달걀 프라이는 보구 식칼을 쓸 만한 요리는 아니지만, 그것과는 상관없이—— 티노가 식칼을 쓰기에 합당하지 못하다는 뜻이다.

타산적으로 생각하고 있다가 전혀 예상하지 못했던 대답에 부끄러워진 티노. 그런 티노에게 마스터어가 자상한 목소리로 말했다.

"티노, 내가 이것저것 말했지만 말이지—— 나는 요리에 있어서 가장 중요한 건 상대방이 맛있게 먹어주었으면 하는 마음이라고 생각해. 레시피가 복잡한 요리를 만든다거나, 좋은 조리기구를 썼다거나, 본질은 그런 게 아니지. 이 달걀 프라이에는 티노의 마음이 담겨 있어. 그런 의미에서 티노는 '삼라만상'의 요리사로 합격이야."

"마스터어…………."

무심코 말문이 막혔다. 가슴이 벅찼다.

과대평가다. 티노가 요리하던 동안에 생각한 것은 어떻게 마스터어를 설득할까, 그뿐이었다.

마스터어가 맛있게 먹어주었으면 한다는 생각은 전혀 못했다. 특제 달걀 프라이라고 말하긴 했지만, 티노가 만든 것은 소금과 후추를 뿌리기만 한 달걀 프라이일 뿐이다. 만약 그것이 맛있었다면 마스터어가 마련해둔 식재료와 조리기구가 좋았을 뿐, 티노의 실력이나 마음 같은 건 상관이 없다.

이제야 이해했다. 티노는──── 요리사 실격이다.

마스터어가 한 말을 따와서 말하자면, 요리의 맛 같은 것이 아니라 가장 중요한 것을 잊고 있었다.

이래선 실루엣이 대답해주지 않는 게 당연하다. 티노는 마스터어에게 패배했다.

실력 같은 것 이전에 마음가짐에서 패배했다. 사과하고 싶다. 하지만 그러지 못했다. 마스터어의 투명한 눈빛은 이미 티노의 마음속을 전부 들여다보고 있었다. 그렇다면 해야 할 일은 사과가 아니다.

티노는 손톱이 파고들 만큼 주먹을 세게 쥐고서 선언했다.

"마스, 터어…… 저, 노력할게요. 실루엣을, 쓸 수 있게 될 때까지요."

다음에는──── 반드시 맛있는 음식을 만들 것이다. 이번에 만든 달걀 프라이 따위는 비교도 되지 않을 만큼 맛있는 음식을 만들어서 그때야말로 마스터어를 기쁘게 해줄 것이다.

이곳 '삼라만상'의 앞날은 티노의 실력에 달려있다.

티노의 각오를 느꼈는지, 마스터어가 부드러운 미소를 지었다.

"응, 그래, 그렇지. 티노의 달걀 프라이는 레벨 4야. 티노의 탐색자 레벨하고 같지."

"?? 네, 네. 레벨 4예요!"

"그럼, 얻어먹기만 하면 미안하니까, 이번에는 내가 실루엣을 사용해서 진짜 달걀 프라이를 보여줄게."

"?! 네? 네?"

예상하지 못했던 반격에 깜짝 놀랐다.

'삼라만상'의 오너 셰프는 팔짱을 낀 다음, 자신만만하게 웃으며 말했다.

"요리는 애정이야. 티노, 나는 말이지. 요리를 해줬는데 불평하면 안 된다고 생각해. 물론, 돈을 받는 이상 책임이 생기긴 하겠지만 말이야."

마스터어가 폴짝폴짝 뛰며 주방으로 사라졌다. 티노는 정색하며 그 모습을 바라보았다.

통통통통통통통.

뀨우.

[오늘의 교훈]
애정이라는 조미료는 맛이 나지 않는다.

## '삼라만상'의 풀 코스

"오늘은 손님이 올 거야. 미안한데, 접객 좀 부탁할 수 있을까?"

"손님, 요⋯⋯?"

카페 '삼라만상'. 과연 마스터어는 언제 헌터 활동을 하고 있을까 생각하면서도 아침부터 출근한 티노에게, 마스터어가 그렇게 말했다.

손님⋯⋯ 티노의 기억이 정확하다면 이 가게는 아직 오픈하지 않았을 텐데. 그래서 지금까지 손님이 한 명도 오지 않았고, 마스터어의 희생자도 티노뿐이었다.

눈이 휘둥그레진 티노에게 앞치마를 입은 마스터어가 넋이 나갈 듯한 미소를 지으며 말했다.

"뭐, 프리오픈 같은 거려나? 내 요리가 사람들에게 얼마나 통할지 알고 싶거든."

"?! 설마⋯⋯ 확신범인가요?"

"?? 어?"

"아, 아뇨, 아무것도 아니에요. 마스터어는 신, 마스터어는 신⋯⋯."

하지만, 티노는 이미 모든 것을 이해하고 있었다.

틀림없다, 이 마스터어⋯⋯ 요리를 시험해볼 셈이다.

자신의 요리가 아직 미숙한 일개 헌터에 불과한 티노 말고 다른 사람에게도 통할지 확인할 셈이다.

대체 뭐가 당신을 그렇게 몰아붙이고 있는 건가요…….

"몇 명에게 초대장을 보내봤어. 뭐, 얼마나 올지는 모르겠지만."

"……설마, 《발자국》 클랜 멤버들에게요?"

"아하하하하하, 설마. 클랜 멤버들이 선호하는 맛 취향은 대충 아니까. 이번에는 시장 조사도 겸할까 해서."

"?!"

설마, 이 마스터어는 그 요리가 클랜 멤버들의 취향에 맞는 맛이라고 생각하는 건가?

아니, 의식이 날아가 버려서 맛을 전혀 알 수가 없어요! 아니…… 잠깐만!

어쩌면 너무 맛있어서 의식이 날아가 버렸을 가능성도──.

그렇게 생각하던 티노는 고개를 마구 저으며 그 가능성을 떨쳐냈다.

맛은 기억나지 않지만, 본능이 마스터어의 요리가 얼마나 무시무시한지 알고 있다. 아무리 마스터어가 까마귀를 흰색이라고 하면 흰색이라고 믿을 티노라 해도 그걸 맛있다고 대놓고 말할 수는 없다.

……대놓고 말하지 않아도 된다면, 뭐.

"그럼, 손님들 안내 좀 부탁할게!"

"네, 네………… 알겠어요."

마스터어는 미숙해서 제대로 기분을 내지 못하고 있던 티노의 등을 툭툭 두드린 다음, 시원스러운 표정을 지으며 주방 쪽으로 사라졌다.

　오늘만큼 내키지 않는 날은 오랜만이다. 개점을 앞두고 정리가 거의 다 끝난 세련된 가게 안을 바라보며 한숨을 쉬었다.

　처음에 마스터어가 카페를 하겠다는 이야기를 들었을 때는 이번에야말로 지금까지 입은 은혜를 갚을 때라며 의욕을 냈지만, 설마 겨우 1주일만에 티노의 마음을 완전히 꺾어놓을 줄이야, 마스터어의 시련은 정말 무시무시하다. 지금까지도 마스터어와 함께 행동하다가 몇 번이나 목숨이 위험해지는 상황에 처했고, 그때마다 마음이 꺾일 뻔했다. 하지만 마스터어는 사람의 마음을 꺾어놓을 때 목숨을 위험하게 만들 필요도 없었던 것이다!

　그리고 프리오픈이라고 하던데, 마스터어는 과연 누굴 부른 걸까?

　티노가 할 수 있는 건 조금이나마 위장이 튼튼한 사람이 오기만을 기원하는 것뿐이다…… 일반인이 그 요리를 먹으면 어떻게 될지 모르니까.

　전전긍긍하며 기다리고 있자니 문이 열렸다. 첫 손님. 종이 울리는 소리가 가게 안에 울려 퍼졌다. 들어온 것은―― 근육이 우락부락하고 덩치가 큰 남자 헌터를 선두에 세운 무리였다.

　"?! 아놀드?!"

　"흥…………."

　티노를 힐끔 보고 코웃음친 사람은 안개의 나라, 네블라 누베스에서 온 레벨 7 헌터, 《호뢰파섬》 아놀드 헤일이 이끄는 《안개의 뇌룡》 멤버들이었다.

　정색한 표정을 거둘 수가 없었다. 아놀드를 따라 들어온 그의 오른팔, 에이 라리어가 가게 안을 둘러보고 나서 티노를 보고는 말했다.

　"여어, 아가씨. 잘 지냈어? 꽤 괜찮은 가게잖아."

　"우리가 들어올 만한 가게는 아니지만 말이지."

　뒤에 있던 동료들이 신기하다는 듯이 가게 안을 보고 있었다. 마스터어, 당신, 누구를 부른 거예요?

　아놀드 헤일 일행은 원래 말썽이 있었던 상대다. 바캉스라는 명분으로 아놀드에게 추격당하며 숲을 돌파했던 그날을, 그리고 그러다 도망친 곳에 있던 온천 마을에서 일어난 사건을, 티노는 잊을 수가 없다. 말썽이 이미 해결되었다고는 해도 프리오픈 때 손님으로 부를 만한 상대는 아닐 것이다.

　"어, 어째서, 너희가……."

　티노는 아놀드에게 두 번이나 패배했지만, 목소리가 떨리는 건 그 때문이 아니었다.

　떨리는 몸을 억누르지 못하고 있던 티노에게 에이가 아놀드 대신 대답했다.

　"어? 못 들었어?《천변만화》가 가게를 낸다고 꼭 와달라며 연락했던데. 우리도 바쁘긴 하지만, 지금까지 여러모로 폐를 끼쳤으니 사과할 겸 풀 코스를 대접해주겠다고 하니 어쩔 수 없지. 마음이 넓으신 아놀드 씨께서 일부러 와주신 거라고."

　"그, 그래…………."

"하지만, 이래 봬도 아놀드 씨는 미식가야. 대충 만든 걸 내놓으면 돈을 내진 않을 거라고!"

"그, 그래…………."

팔짱을 끼며 으름장을 놓는 《안개의 뇌룡》 멤버들을 보고 티노는 생각을 그만두었다.

이건 돈을 내니 마니, 맛이 있니 없니 하는 수준이 아니다. 하지만 뭐, 아놀드 일행이라면 마스터어의 요리를 먹더라도 죽진 않을 것이다.

아니, 사과하겠다는 이유로 요리를 먹이겠다니 악마세요? 마스터어.

게다가 풀 코스라니…… 뭐가 나올지 상상도 되지 않아서 너무 무섭다.

"그런데, 아가씨, 《천변만화》의 요리 실력은 어때?"

"여덟 분 안내해드리겠습니다. 이쪽으로 오세요."

"어, 어어."

티노는 에이가 한 말을 무시하고는 《안개의 뇌룡》 멤버들 여덟 명을 안쪽 테이블로 안내했다.


아놀드 일행이 무사히 자리에 앉자, 곧바로 다시 문이 열렸다. 마스터어는 몇 명이 올지 모르겠다고 했는데, 아무래도 마스터어의 손님들은 의리가 있는 모양이다. 티노는 고개를 들고 인사를 하려다가 들어온 사람을 보고 깜짝 놀랐다.

"여기가 《천변만화》가 시작했다는 카페인가? 삼라만상…… 크큭…… 나쁘지 않은 이름이군."

"아룬, 이거 봐, 이거 봐! 제복이 귀여워! 나도 입고 싶은데~."

"마리, 진정해. 크라이 씨께서 일부러 불러주셨으니까…… 매너를 제대로 지키지 않으면 《마장》의 이름에 흠집이 생긴다고."

문을 지나 들어온 것은── 이곳 제도에서도 손에 꼽힐 정도로 유명한 사람이었다.

제도의 유서 깊은 마도사 클랜, 《마장》의 클랜 마스터. 만물을 모조리 태워 버린다고 두려움을 사고 있는 레벨 8 헌터, 홍련의 마녀 《심연화멸》 로제마리 퓨로포스. 티노가 헌터가 되기 전부터 알고 있었던 제도 최강의 마도사 중 한 명이었다.

마스터어, 당신, 브레이크가 안 달려 있나요? 《호뢰파섬》도 무섭긴 하지만, 설마 《심연화멸》을 프리오픈 때 부르다니 신조차 예상하지 못했을 텐데. 뭐, 신은 마스터어긴 하지만.

먼저 자리에 앉아 있던 《안개의 뇌룡》 멤버들도 뜻밖의 손님을 보고 눈이 휘둥그레졌다.

지금까지 많은 전설을 만들었고, 황성을 반쯤 태워버린 적조차 있는 여자 헌터가 티노를 보고는 씨익 웃었다.

"히히…… 재미있군 그래. 나를 일부러 부르다니, 《천변만화》는 요리 실력에 꽤 자신이 있는 모양이야."

"일류 헌터는 만능이니까요. 어떤 요리가 나올지 예상도 안 되지만요……."

"풀 코스라는 것 같아요, 마스터! 게다가 이 가게는 정말 세련되었네요!"

마스터어, 기대치가 높은데요…… 진짜 괜찮은 거 맞나요?

황성조차 간단히 태운 《심연화멸》이라면 이 카페를 잿더미로 만드는 것도 식은 죽 먹기일 것이다. 태워 버리는 게 세상에 도움이 될지도 모르겠지만——.

티노는 전전긍긍하면서도 자신의 책무를 다하기 위해 목소리를 냈다.

"세, 세 분, 안내해드릴게요! 자리는 이쪽입니다."

티노가 할 수 있는 건 안내뿐이다. 요리를 하는 건 티노가 아니다. 그, 그리고, 마스터어의 요리가 고레벨 헌터 입에는 맛있게 느껴질 가능성도 전혀 없는 건 아니니까——. 그, 그래!

분명 티노가 아직 이해하지 못하고 있을 뿐, 마스터어의 요리는 고레벨 헌터용으로 조정되어 있을 것이다! 그렇지 않다면 마스터어가 승산이 전혀 없는 프리오픈을 할 리가 없으니까!

다행이다…… 불행한 손님은 존재하지 않는다. 티노도 죄책감을 느낄 필요가 없다.

자신을 타이르며 《마장》 멤버들을 테이블로 안내해주고 있자니 문득 문이 끼이익, 열렸다.

"앙갸아!"

"류~! 류~!"

"?!"

좁은 문에 몸을 비집어넣으며 고개를 내민 것은 전체적으로 통통하고 귀엽게 생긴 드래곤이었다. 동그란 눈과 하늘색 표피. 그 뒤에는 온몸이 회색인 아인—— 최근에 제도에서 세력을 늘려가고 있는 언더맨 여왕이 드래곤의 몸을 밀어서 가게 안으로 집어넣으려 하고 있었다.

카페와는 너무나도 어울리지 않는 조합이지만, 놀랍게도 양쪽 모두 티노가 예전에 본 적이 있는 존재들이었다. 그리고 본 적이 있는데도 깜짝 놀랄 수밖에 없었다.

온천 마을에서 만났던 새끼 온천 드래곤과, 그곳 지하에 마을을 만들어서 살고 있었다는 지저인── 언더맨 여왕, 류란. 자리에 앉아 있던 손님들도 깜짝 놀랐다.

"?!"

"?????"

"어, 어어?! ???"

설마 온갖 상황에 대처할 수 있는 고레벨 헌터가 혼란스러워하기만 할 줄이야…… 아니, 류란은 그렇다 치고 온천 드래곤이 제도에 있었어? 둘 다 마스터어에게 초대를 받고 온 거야? 티노는 모르겠어…………

겨우 가게 안으로 들어온 온천 드래곤과 류란에게 티노가 몸을 떨며 말했다.

"두, 두 분, 안내해드릴게요……."

"갸아갸아!"

"류~!"

보아하니 본인들은 손님이라고 생각하는 모양이다. 그럴 리가 없다고 생각할 수 없는 게 마스터어의 무시무시한 점이다.

티노는 고개를 흔들며 기운을 내고는 특이한 두 손님을 안내했다.

《호뢰파섬》이 이끄는 《안개의 뇌룡》. 《마장》의 클랜 마스터와 일행 두 명. 바깥을 돌아다니면 분명 기사단이 출동할 것 같은 온천 드래곤과 요즘 제도에서 잘 나가고 있는 류란의 바캉스 콤비.

세 테이블에 손님이 앉기만 했는데도 가게 안의 분위기가 엄청나게 바뀌었다.

마치 전장 한복판에 있는 것 같은 긴장감. 아직 요리가 나오지도 않았는데, 이제 대체 뭐가 시작되어 버리는 걸까?

그때, 주방 안쪽에서 대망의 마스터어가 나왔다. 마스터어는 가게 안에 있던 손님들을 보고는 짜증 날 정도로 밝은 미소를 지으며 말했다.

"다들 카페 '삼라만상'에 온 걸 환영해! 오늘은 즐거운 시간을 보내다 갔으면 좋겠네."

"?! 손님이라고?! 이 드래곤이 손님이야?!"

"……보아하니 우리가 꽤 특이한 모임에 불려온 모양이로군 그래."

"류~류류~!"

일어서서 따지는 《안개의 뇌룡》 멤버와 앉아있긴 하지만 눈이 웃고 있지 않은 《심연화멸》.

마스터어는 황금빛으로 빛나는 식칼을 보란 듯이 꺼낸 다음, 하드보일드하게 말했다.

"내 요리는── 이 실루엣은 손님을 가리지 않아."

"윽?!"

"그, 그 식칼은, 설마 그 전설의…………!"

마스터어, 그 식칼은 치사해요. 티노는 이 카페에서 일을 하게 된 이후로 엄청난 보구라 해도 소유자가 엄청나다는 걸 보장해주지 않는다는 사실을 깨닫게 되었다. 아니, 마스터어는 엄청난 사람이지만…… 지금의 티노에게는 마스터어가 사기꾼으로만 보인다. 입이 찢어져도 그런 말은 못하겠지만.

그때, 마스터어는 식칼 자랑을 마치고 가게 안을 둘러보며 조금 불만이라는 듯이 말했다.

"어라? 케라하고 여동생 여우는?"

"네……?"

"크라히네랑 공주님도 안 왔구나…… 뭐, 멀리 있으니까 어쩔 수 없겠지. 세렌도 안 왔고…… 세렌은 고기로 만든 그린 샐러드를 먹어줬으면 했는데."

마, 마스터어, 세렌은 황녀라고요! 그것도 전설의 도시, 유그드라의 황녀! 그렇게 예의없는 짓을 하면 어떻게 될지 모르는 상대를 초대한 것도 모자라서 이상한 샐러드를 먹이려 하다니, 말도 안 되는 소리다. 마스터어의 인맥이 너무 대단하다.

……케라(하고 여동생 여우?)에 대해서는 할 말이 없네요. 아무리 마스터어라고 해도 농담이겠지, 아마도.

마스터어는 한동안 뭔가 생각하고 있다가 곧바로 고개를 크게 끄덕이고는 미소를 지으며 말했다.

"뭐, 최소한은 모였네. 잠깐만 기다려, 금방 풀 코스를 만들 테니까."

"뀨우뀨우뀨우뀨우뀨우뀨우뀨우뀨우뀨우뀨우뀨우뀨우뀨우뀨우뀨우뀨우끄악."
"뀨우뀨우끄엑~."
"뀨우뀨우웅~!"

[오늘의 교훈]
마스터어의 요리에는 실력이 뛰어난 헌터도 드래곤도 지저인도 당해내지 못한다.

웰컴 드링크에 전멸했어요. 이래선 '뀨우' 풀 코스라고요.

# 부록

EX Chapter "APPENDIX"

여기에서는 원작 제작진의 대담을 비롯하여 츠키카게 선생님이
서적 제1권 발매 이후로 7년 동안을 돌아보는 '평소와는 조금 다른
후기', 코미컬라이즈를 담당하고 있는 헤비노 라이 선생님의 기고
일러스트 등, 팬이라면 반드시 봐야 하는 내용을 전달한다.

# 『비탄의 망령은 은퇴하고 싶다』 원작 팀 대담

이곳에서는 츠키카게 선생님, 치코 선생님과 담당 편집자가 작품에 대해 이야기를 나누는 모습을 전달한다. 이 멤버들로만 할 수 있는 '솔직한 토크'가 잔뜩!

**편집자 K(이하 : K) :** 와주셔서 감사합니다. 이렇게 '비탄의 망령은 은퇴하고 싶다(이하 : 비탄)'을 만드는 사람들이 실제로 모여서 이야기를 나누게 된 건 꽤 오랜만이네요.

**츠키카게 (이하, 츠키) :** 아마 마지막으로 모인 게 2019년 말이었으니…… 약 5년 만인가요?

**치코 (이하, 치) :** 그러게요. 당시에는 연말에 인사를 하고 다니러 상경한 타이밍이었으니까…….

**K :** 그런 타이밍에 맞춰서 자리를 한 번 마련했었죠. 2020년부터는 신종 코로나 바이러스도 있어서 그러기 힘들어졌지만요.

**츠키 :** 그러던 와중에 이번에는 애니메이션 감수 같은 것도 들어와서 다들 바빠져 버리니…… 타이밍이 안 맞게 되었었네요. 그나저나 '소설가가 되자(이하 : 되자)'에 '비탄'을 투고하기 시작한 게 2018년 1월이었으니 벌써 7년 전이네요.

**K :** 그 7년 동안을 돌아보시니 어떠신가요?

**츠키 :** 눈 깜짝할 새였네요(웃음). 그래도 즐거웠습니다, 두 분

덕분에(웃음).

**치 :** 아뇨, 아뇨, 저야말로 즐거웠죠(웃음). 저에게도 눈 깜짝할 새였네요. 정신을 차리고 보니 벌써 10권을 넘겨서…….

**츠키 :** 권수가 두 자릿수에 도달했을 때는 저도 감개가 무량했습니다. 그렇게까지 오랫동안 이어간 게 처음이라서…… 그래도 '비탄'도 꽤 힘든 시기가 있었죠?

**K :** 아…… 지금이라 말씀드릴 수 있는 건데, 3권 정도까지는 '되자'의 즐겨찾기 숫자에 비해서는…… 이라는 느낌이라 여러모로 힘들긴 했네요.

**츠키 :** 서적 띠지의 캠페인 같은 걸 이것저것 하던 시기죠. 치코 씨께서 수영복 일러스트를 그려주신 SS 책자를 선물로 보내드리는 거.

**치 :** 아, 그거 말이군요.

**K :** 맞습니다. 그 때는 응모가 엄청나게 많이 들어와서 편집부에서 심야 애니메이션을 보면서 혼자 발송 작업을 했습니다(웃음). 권말 앙케이트 같은 것도 그렇고, 아무튼 서적을 봐 주신 독자 여러분의 반응은 좋았어요. 그래서 앙케이트도 이벤트 응모도 이렇게 많이 온다고요! 그렇죠?! 라는 느낌으로 회사에 말하곤 했습니다.

**츠키 & 치 :** (웃음).

**츠키 :** 저도 '되자'에서 활동 보고를 매주 올리곤 했고, 종이 서적에 초회 특전 SS를 끼워주거나 캐릭터의 인기 투표를 하거나 했어요……. 중간부터 헤비노 라이 선생님의 코미컬라이즈가 시

작되기도 해서 기세가 붙긴 했지만, 그래도 당시에는 아무튼 '되자'의 독자분들께서 서적도 봐 주시게끔 필사적으로 노력했죠. 그러니 그런 노력이 결실을 맺었을 때는 정말 기뻤습니다.

K : 실제로 그 무렵에 독자 여러분께서 응원해주시지 않았다면 5권 커버에 소꿉친구들이 한데 모일 일이 없었을지도 모르고, 이렇게 TV 애니메이션으로 나오지도 못했을 것 같습니다.

츠키 : 눈 깜짝할 새에 7년이 지나가긴 했는데, 새삼 돌아보니 이런저런 일들이 있었네요(웃음). 그래도 열심히 하던 도중에는 괴로웠지만, 끝나고 나니 전부 좋은 추억이에요. 그러니까 결론을 내리자면…….

치 : 앙케이트는 중요하다, 라고 하면 되려나요(웃음).

K : 정말 그렇네요(웃음).

츠키 : 표지라고 하니, 매번 독자 여러분께 평가가 좋죠, '표지 사기'(웃음). 해당 권의 스토리와 맞는 것 같으면서도 안 맞고, 그래도 다 읽고 보면 역시 어느 정도는 맞고…… 같은 느낌으로요.

치 : 매번 괜찮나? 표지 사기가 너무 심한 거 아닌가? 그렇게 생각하며 그리고 있습니다(웃음). 다른 작품 중에도 이렇게 스토리와 표지가 다른 게 있나요?

K : 음…… 뭐, 거의 없긴 하죠. 가끔 있긴 하지만요(웃음).

**치 :** 뭐, 그래도 '비탄'은 착각물이니까요. 내용을 진지하게 표지 일러스트로 표현해버리면 스포일러가 되어버리기도 하니까, 1권 때부터 확실하게 의도적으로 그렇게 되게끔 발주해 주셨고, 그렇게 그리고 있기도 합니다만······.

**K :** 최근에는 표지 발주 타이밍에 원고가 완성되어 있지 않으니까요······! '비탄'은 플롯을 미리 받는 것도 아니라서 츠키카게 씨에게서 내용을 어느 정도 들은 다음에는 거의 상상해서 발주하고 있습니다. 과장이 아니라요.

**츠키 :** 그런 말을 해도 되는 건가요?(쓴웃음).

**치 :** 12권은 '크라이와 공주님이 공중 도시를 관광한다', '최종적으로 공중 도시가 떨어진다'는 이야기라서 그렇게 그렸는데, 원고를 받고 보니 쇼핑이나 군것질을 하는 장면은 없더라고요(웃음).

**K :** 츠키카게 씨께서 러프 체크 때 말씀해주시지!

**츠키 :** 아니······ 치코 씨의 일러스트가 너무 멋져서 맡겨도 될 것 같았거든요(웃음).

**치 :** 신뢰가 두텁네요. 아니, 감사하긴 하지만요(쓴웃음).

**츠키 :** 실제로도 달인의 영역이라고요!

**K :** 츠키카게 씨에게 받는 새로운 캐릭터의 지정서도 처음에는 꽤 자세했는데, 갈수록 점점 '자세한 부분은 맡기겠습니다!' 같은 느낌이 되고 있고요.

**츠키 :** 요즘은 이제 치코 씨께서 어떤 일러스트를 그려주시는지에 따라 캐릭터를 정하기도 합니다. K 씨께서 캐릭터 설정에

대해 질문하셔도 '그건 치코 씨께서 알고 계세요!'라고 대답하기도 하고요(웃음).

**치 :** 신뢰의 증거로 받아들이겠습니다(웃음).

**츠키 :** 그리고 치코 씨께서 근육을 그리고 싶어하실 테니 마초 캐릭터를 넣어야지…… 라거나.

**치 :** 네?

**츠키 :** ? 제일 처음에 K 씨가 회의를 할 때 치코 씨께서 그리신 드워프 일러스트를 보여주시더니, '이분은 근육을 좋아하시는 것 같으니까 거크 씨를 괜찮은 느낌으로 그려주실 것 같네요'라고 열변을 토하셨는데요.

**K :** 꽤 예전 일이라 기억이 애매한데, 회의 때 그런 이야기를 했던 것 같기도 하네요.

**치 :** 그리는 걸 좋아하긴 하지만, 요즘은 예전만큼 중시하진 않습니다(웃음).

**츠키 :** 네?(웃음)

**K :** (웃음). 7년 만에 정보가 업데이트되었네요.

**치 :** 그러니 신경 안 쓰셔도 괜찮습니다!

**츠키 :** ……뭐, 치코 씨께서 디자인해 주신 티노가 요즘 애니메이션 시청자분들께 인기가 정말 많으니까요. 그날 한 선택이 옳았던 거죠(웃음).

**치 :** (웃음). 요즘은 SNS 같은 곳에서 유행하는 것도 있어서 티노를 그릴 때는 허벅지를 큼직하게 그리려고 하고 있는데, 역시 그만큼 화제가 되었던 건 애니메이션의 힘이 컸던 것 같네요.

**츠키 :** 덕분에 애니메이션에서 티노의 비중이 줄어들면 '티노를 좀 더 내보내줬으면 좋겠다!'라고 SNS에 하소연하는 경우가 늘었지만요(웃음).

**K :** 모처럼 애니메이션 이야기가 나왔으니까요. 이번에 두 분께서는 각각 다른 입장에서 '비탄' 애니메이션에 크게 관여하셨는데…… 어떠셨나요?

**츠키 :** '비탄'은 여러 가지 의미로 영상화가 정말 어려운 원작이었을 것 같은데, 타카타 마사히로 감독님이나 시리즈 구성을 맡으신 시라네 히데키 씨를 비롯한 스탭분들께서 정말 잘 요리해주셨다는 생각이 첫 번째로 드네요. 애니메이션도 전부 잘 나왔고요.

**치 :** SS 내용까지 제대로 다뤄주신 덕분에 루크 같은 멤버들도 비중이 생겼죠.

**츠키 :** 치코 씨께서도 5년 전 크라이 일행의 디자인이나 영상 체크 말고도 애프터 레코딩에 원격으로 참가해 주셨죠. 바쁘실 텐데(웃음).

**치 :** 그래도 실제로 참가해 보니 애니메이션이 어떤 느낌으로 진행되는지 알게 되었으니 저로서도 감사했죠. 성우분의 연기를 들을 수 있었던 것도 정말 좋았고요. 모든 캐릭터가 이미지와 딱

맞더군요.

**츠키**: 크라이 역을 맡으신 오노 켄쇼 씨를 비롯해서 다들 훌륭하셨죠. 그 덕분에 소설이나 코믹스를 읽지 않아도 나온 영상만 보고 목소리만 들어도 이야기를 제대로 이해할 수 있게끔 되었고요. 새삼 영상의 힘을 느꼈다고 해야 하나⋯⋯ 애니메이터분과 성우분은 정말 대단하시구나 싶었네요(웃음).

**K**: 그렇죠.

**츠키**: 프로분들이 잔뜩 계셔서 어느 정도 제작이 진행되고 나니 저희가 나설 차례가 별로 없더라고요. 그래서 저희는 크라이가 너무 멋진데⋯⋯라는 느낌이 들 때 '좀 더 멋없게 만들어 주세요'라고 부탁하는 역할인가, 했습니다.

**치 & K**: (웃음).

**K**: 그럼, 마지막으로 두 분께 독자 여러분에게 보내는 메시지를 부탁드리고자 합니다.

**츠키**: 잘 부탁드립니다!

**K**: ⋯⋯아니, 츠키카게 씨는 13권 내용을 좀 말씀해 주세요(웃음).

**츠키**: (웃음). 지금 쓰고 있는 13권은 루시아를 중심으로 호러 장르가 될 예정입니다. 그리고⋯⋯ 다음 권은 전후편으로 나누지

않고 한 권에 담을 생각입니다. 아니, 다 담을 수 있으려나……?
중간에 다른 곳으로 새지 않으면……?

**치 :** 13권은 가을쯤에 발매되는 거죠(일본 현지)? 그럼, 호러니까 표지는 할로윈인가?

**츠키 :** 아직 13권의 결말이 어떻게 될지 모르니까요…… 쓰고 있는 제가 모른다는 것도 이상하긴 하지만요(웃음). ……치코 씨, 상어 그리실 수 있나요?

**치 :** 상어요(웃음)?

**츠키 :** 그리고 애니메이션 이야기도 좀 하죠. 사실 이미 제2쿨 제작도 진행되고 있는데, 원작을 읽고 계신 분들께서는 1화부터 깜짝 놀라지 않으실까? 하는 생각도 드니 꼭 제2쿨도 기대해주셨으면 합니다!

**치 :** 아~, 기대되네요. 잘 부탁드립니다!

(2024년 12월 6일 GC 노벨즈 편집부에서 수록)

# 평소와는 조금 다른 후기

　2018년 봄, 도쿄도 아다치구 니시아야세. 나는 역앞 카페로 가고 있었다.

　Web에 연재하고 있던 작품, '비탄의 망령은 은퇴하고 싶다(이하 : 비탄)'의 서적화 회의를 하기 위해서다.

　그 해 1월부터 연재하기 시작한 '비탄'은 독자분들의 평가도 좋았고, 랭킹 상위에도 들 수 있어서 기업에서도 서적화 제의가 세 건 들어와 있었다. 타이밍으로 따지면 마침 서적 1권 분량의 연재가 끝났을 때쯤이다.

　새로운 작품을 쓰는 건 언제나 모험이다. 나는 나 자신이 재미있다고 생각하는 것만 내놓지만, 그것이 독자들이 원하는 것과 일치할 거라는 보장은 없다. 특히 '착각물'은 내가 언젠가 쓰고 싶다고 계속 생각했던 장르였고, '비탄'도 연재를 시작할 때까지 꽤 다듬은 작품이었기에 독자분들께서 받아들여주셔서 안심이 되었다.

　당시에 나는 이미 '타락의 왕', '누구나 할 수 있는 몰래 돕는 마왕 토벌', '어비스 콜링', 이렇게 세 작품을 출판한 상태였고, '비탄'이 네 번째 출판작이었다. 하지만 앞선 세 작품은 독자 여러분의 평판은 좋았지만, 매출이 그리 좋지는 않았다. 취미로 소설을 쓰는 거라면 상관이 없어도 상업 출판을 하는데 그래선 안 된다. 출판사에도 폐가 된다. 나는 무언가 변화할 필요가 있었다.

그 결과, 왠지 모르겠지만 나는 내용을 개선하는 게 아니라 지금까지 신세를 졌던 출판사가 아닌 다른 출판사의 제의를 받아들이기로 했다. 작가로서의 특색을 바꾸는 건 금방 할 수 있는 일이 아니기에 금방 바꿀 수 있는 것부터 바꾸기로 한 것이다. 출판사에 폐가 될 거라며 대책을 생각하고 있었는데 출판사를 바꾸는 건 앞뒤가 바뀐 이야기고, 예전 출판사와 뭔가 문제가 생긴 것도 아니었지만, 예전부터 내 성격상 편한 쪽으로 도망쳐 버리곤 했던 것이다.

서적화 제의를 받은 세 레이블은 전부 이름을 들어본 적이 있는 곳들뿐이었지만, 나는 예전에 단 한 번 참가했던 작가 회식 때 들었던 평판을 떠올리고 곧바로 GC 노벨즈의 제의를 받아들이기로 결심했다.

10분 전에 가게에 도착했는데도, 이미 만나기로 한 사람이 먼저 와서 기다리고 있었다. 제의를 준 장본인이자 나중에 내 담당자가 되는 미소녀 편집자 K 씨와 GC 노벨즈 편집장, 두 분이었다.

긴장하며 명함을 교환했던 게 기억나는데, 회의 때 무슨 이야기를 했는지는 솔직히 잘 기억이 나지 않는다. 유일하게 기억나는 것은(대담에서도 말했지만) 프린트해 온 일러스트를 보며 일러스트레이터 후보에 대해 이야기를 하다가 치코 씨의 마초 일러스트를 추천하며 마구 칭찬했다는 것뿐이다. 지금 생각해보니 꽤 특이한 추천 방식이긴 하지만, 그건 치코 선생님이 그로부터 7년 동안 1년에 두 번 정도 페이스로 다양한 마초 캐릭터를 디자인하거나, 내용을 알 수 없는 소설의 표지를 그리게 되는 순간이었다.

애초에 나는 서적화 제의를 받아들인다는 전제로 회의를 하러 갔기에 이야기가 끝났을 때 곧바로 제의를 받아들이겠다고 말했다. '비탄'의 앞날이 GC 노벨즈에 맡겨진 순간이며, 미소녀 편집자 K 씨가 그 이후로 잔뜩 고생을 하게 된 순간이었다. 만약 내가 기세에 의지해 소설을 대충 쓴다는 사실을 알고 있었다면 K 씨는 나에게 제의를 하지 않았을지도 모른다. 하지만, 이미 끝난 일이다. 치코 씨는 그렇다 치더라도 K 씨는 자업자득일 것이다.

마지막으로 그쪽에서 향후 진행 방식에 대해 이야기를 해주었고, 나에게 뭔가 질문이 없는지 물어보았다.

미소를 지으며 아무것도 없다고 딱 잘라 말한 나에게 K 씨는 인세 이야기를 깜빡했다고 말하기 시작했다.

그 첫 번째 만남 이후로 눈 깜짝할 새에 7년이라는 세월이 흘렀다.

창간한 지 4년차 레이블이었던 GC 노벨즈는 작년에 10주년을 맞이했고, 담당자인 미소녀 편집자 K 씨는 어느새 항상 선글라스를 쓰고 다니는 부편집장이 되었다.

나에게는 담당 편집자 K 씨 말고도 부담당자분과 보조분이 붙었고, '비탄'은 많은 분들이 노력해주신 결과, 애니화까지 이루어냈다. 소설은 읽지 않지만 만화로 나오면 읽겠다, 만화는 읽지 않지만 애니메이션이 나오면 보겠다, 그렇게 계속 우기던 친구는 기어코 헐리웃에서 영화로 나오면 보겠다는 말을 꺼냈다. 그리고 지은이인 나, 츠키카게는 여전히 아무런 생각 없이 웃으며 읽을 수 있는 별것 아닌 이야기를 목표로 소설을 계속 쓰고 있다.

'비탄'은 소설이 12권, 코믹스가 10권까지 간행되었다.

이 책, '비탄의 망령은 모험하고 싶다'는 지금까지 간행된 '비탄' 서적의 초회 특전 SS와 점포 특전 SS, 그리고 외전 같은 것들을 잘 모아둔 것이다. 다시 말해, 초회 특전이나 점포 특전 SS, Web 에 연재했던 외전 같은 것만으로도 단행본 한 권 두께가 되었다 는 뜻이다.

그리고 단편집 ①이라고 적혀 있는 것처럼, 한 권에 들어가지 못한 SS가 아직 꽤 많이 있다. 정말 많이 썼다는 생각이 들면서 도 이렇게 많이 쓰게 해 주었다는 것이 감개가 무량할 따름이다.

단편을 쓰는 것은 본편을 쓰는 것과는 조금 다르다. 본편은 얼 마든지 길게 쓸 수 있지만(너무 길어지면 엎드려 빌어서 분권으 로 내달라고 한다), SS는 짧게 마무리를 해야만 한다. 본편에 너 무 깊게 관여하는 내용을 쓰면 나중에 내 목을 조르게 되고, 너무 거리가 멀면 재미가 없다. 서비스 신을 쓰더라도 일러스트를 넣 을 수가 없고, 방심하다 보면 매너리즘에 빠진다. 그리고 좋은 소 재는 본편에 넣고 싶으니 써먹을 수가 없다.

나 같은 경우에는 좋은 단편은 금방 써낼 수 있는 경향이 있다. 애매한 것들일수록 시간이 오래 걸린다. 물론, 재미있어질 때까지 고쳐 쓰긴 하지만, 마감이 있는 이상 한없이 고쳐 쓸 수는 없다.

이번에 수록된 단편도 솔직히 완성도에는 각각 차이가 있다. 다시 읽어보니 금방 쓴 것, 고민하며 쓴 것 등 각각 썼을 때가 떠 오르긴 하지만, 최선을 다했습니다. 죄송합니다.

단편을 쓸 때 고려하는 건 얼마나 별것 아닌 내용으로 만들 것인가이다. 내 재미의 기준에 달린 것이다. 딱히 척도가 없기에 별것 아닌지 여부를 판단하고 추출해서 집어넣어야만 한다.

그렇기에 단편집의 각 이야기는 본편과 비교하면 '별것 아닌 정도'가 크게 늘었을 것이다. 본편이 장편 만화라면 단편은 4컷 만화라고 할 수 있을지도 모르겠다. 이야기로서의 완성도는 본편과 비교도 되지 않겠지만, 본편에서는 할 수 없었던 서브 캐릭터의 묘사 같은 것도 가능해졌다. 기본적으로 심각한 이야기를 다루지는 않지만, 가끔 본편의 뒷이야기 같은 느낌으로 심각하게 만들 때도 있다. 이번 단편집 내용으로 따지면 시트리가 소피아로 변한 날을 그려낸 '순흑의 꽃'이 거기에 해당된다.

애니메이션에는 도입부나 엔딩곡 뒤에 단편 소재를 넣기도 했다. 애니메이션을 보신 분들께서는 이 단편집을 읽고 여기 애니에 나왔는데! 라고 생각하실 것이다.

참고로 후반에 게재된 요리물 스핀오프는 Web에서 연재했던 것이다. 스핀오프라고 하면 역시 요리물이지! 그런 느낌으로 담당자분께 아무런 말도 없이 기세에 몸을 맡기고 쓴 건데, 왠지 모르겠지만 이렇게 서적으로 빛을 보게 되었다. 기본적으로는 티노 시점이라 본편에 비해 여러모로 다른 점도 있긴 하지만, 개인적으로는 정말 별것 아닌 이야기이기에 꽤 마음에 든다. 이번에 단편집 형태로 정리할 때 일러스트레이터인 치코 씨에게 나메르곤을 일러스트로 그려달라고 할 생각이었는데, 완전히 떠넘기려고 하다가 설정 자료를 만들어주면 그리겠다는 이야기가 나왔기에 일러스트가 나오진 못했다. 아무래도 뭐든지 그릴 수 있는 치코 씨에게도 한계가 있는 모양이다.

하지만, 그 이외의 단편에는 치코 씨의 일러스트가 들어가 있다. 일러스트가 들어가지 않는 것이 단편의 큰 단점 중 하나였기에 운이 좋았던 것 같다. 참고로 컬러 삽화의 수영복 일러스트 말인데, 이런 장면은 단편에 나오지 않았던 것 같기도 하고……? 뭐, 정말 운이 좋았다! 아마 여러분도 운이 좋았다고 생각하실 거다.

여러모로 발버둥치며 고생했고, 고민과 동시에 즐거움을 느끼며 쓴 단편집. 즐겁게 읽어주셨다면 지은이로서 더할 나위 없이 기쁠 것 같습니다.

갑자기 하는 말이지만, 나는 태어나서 소설가가 되겠다고 생각한 적이 한 번도 없다.

소설을 쓰는 건 힘든 일이다. 나는 MMORPG를 하면서 인생을 망친 대가로 꽤 빠른 타이핑 속도를 손에 넣었지만, 그래도 힘들다고 생각한다. 어찌 됐든 귀중한 시간을 날마다 몇 시간이나 투자해서 이야기를 생각하고 써나가야만 하니까. 원고지에 직접 쓰던 시대와 비교하면 도구가 편리해지기는 했지만, 25만 자(단행본 한 권 분량)를 쓰는 것은 보통 일이 아니다(※편집자 주 : 한 권은 20만 자 정도입니다). 가끔 괴물 같은 속도와 페이스로 서적을 발행하는 작가분도 있지만, 그런 사람도 분명히 피를 토할 만큼 노력하고 있을 것이다.

하지만, 소설을 쓰는 것은 즐겁다. 그렇기에 나는 지금까지 취미로 십몇 년, 상업에 들어선 뒤로는 9년 동안 소설을 계속 쓸 수 있었다.

내가 제일 처음 쓴 소설은 중학생 때 릴레이 소설로 주인공이 바기크로스(드래곤 퀘스트 최상위 주문)를 쓰는 이야기였다. 지금은 등장 캐릭터가 바기크로스를 쓰지도 않게 되었지만, 이야기를 쓸 때의 기분은 아마 그 무렵과 마찬가지일 것이다.

지금까지 내가 소설을 계속 쓸 수 있었던 것은 틀림없이 독자 여러분과 미소녀 편집자 K 씨를 비롯하여 출판사와 관계자 여러분의 힘 덕분일 것이다. 독자 여러분의 감상은 무엇보다 큰 힘이 되었고, 미소녀 편집자 K 씨가 밤을 새며 응모자 전원에게 서비스 띠지를 접어주지 않았다면 단편집이 나올 때까지 '비탄'이 간행될 수도 없었을 것이다.

무슨 말을 하고 싶은 거냐 하면……

흘러가는 대로 살다 보니 소설가가 되어버렸지만, 저는 지금 상황에 만족하고 있습니다.

여러분, 항상 응원해 주셔서 감사합니다! 앞으로도 응원 잘 부탁드립니다!

담당자님, 또 띠지 접어주세요!

끝.

2025년 2월 츠키카게

비탄의 망령은 은퇴하고 싶다 ① 발매 축하드립니다!!

헤비노라이

# 출처 일람

· **최약 헌터는 영웅의 꿈을 꾼다**…… 코믹 전격 다이오지 VOL.97 특별 부록 '비탄의 망령은 은퇴하고 싶다' 스타트 BOOK / 2021년 9월

· **시작의 궤적**…… 1권 앙케이트 특전 / 2018년 8월

· **《비탄의 망령》은 모험하고 싶다 ①**…… 2권 초회 동봉 특전 / 2019년 1월

· **《비탄의 망령》은 모험하고 싶다 ②**…… 3권 초회 동봉 특전 / 2019년 8월

· **《비탄의 망령》은 모험하고 싶다 ③**…… 4권 초회 동봉 특전 / 2020년 1월

· **《비탄의 망령》은 모험하고 싶다 ④**…… 1~4권 증쇄 기념 동봉 특전 / 2020년 6월

· **《비탄의 망령》은 모험하고 싶다 ⑤**…… 5권 초회 동봉 특전 / 2020년 8월

· **《비탄의 망령》은 모험하고 싶다 ⑥**…… 5권 앙케이트 특전 / 2020년 8월

· **《비탄의 망령》은 모험하고 싶다 ⑦**…… 원작 X 코미컬라이즈 연동 특별 소책자 / 2020년 12월

· **《비탄의 망령》은 모험하고 싶다 ⑧**…… 6권 앙케이트 특전 / 2021년 2월

· 《비탄의 망령》은 모험하고 싶다 ⑨······ 7권 초회 동봉 특전 / 2021년 8월

· 《비탄의 망령》은 모험하고 싶다 ⑩······ 8권 초회 동봉 특전 / 2022년 2월

· 티노와 루다의 훈련 일지······ 1권 애니메이트 특전 / 2018년 8월

· 제블디아 데이즈 《천변만화》 독점 인터뷰······ 1권 게이머즈 특전 / 2018년 8월

· 순흑의 꽃······ 2권 애니메이트 특전 / 2019년 1월

· 헌터즈 블레이드 《천변만화》 독점 인터뷰······ 2권 게이머즈 특전 / 2019년 1월

· 크라이 컨퓨전······ 2권 멜론북스 특전 / 2019년 1월

· 티노 셰이드의 신앙론······ '소설가가 되자' 활동 보고 · 코미컬라이즈 퀴즈 답변 답례 특전 / 2019년 2월

· 헌터즈 블레이드 《시작의 발자국》 독점 인터뷰······ 3권 게이머즈 특전 / 2019년 8월

· 정령인과 잘 지내는 법······ 3권 멜론북스 특전 / 2019년 8월

· 티노 양의 상하관계······ 3권 토라노아나 특전 / 2019년 8월

· 모래토끼 광상곡······ 3권 앙케이트 특전 / 2019년 8월

· 월간 길 잃은 여관 '수수께끼가 많은 최강 헌터를 추적하라!' 관계자 인터뷰······ 4권 게이머즈 특전 / 2020년 1월

· 먹거리 육성계획······ 4권 멜론북스 특전 / 2020년 1월

· 시트리의 가면 체험기······ 4권 토라노아나 특전 / 2020년 1월

· **클랜 마스터의 업무**······ 4권 앙케이트 특전 / 2020년 1월

· **탐협 기관지 칼럼 '고레벨 헌터들의 일상'**······ 5권 게이머즈 특전 / 2020년 8월

· **비탄의 망령은 수행하고 싶다!**······ 5권 멜론북스 특전 / 2020년 8월

· **힘내라, 시트리! ②**······ 5권 토라노아나 특전 / 2020년 8월

· **《시작의 발자국》 클랜 회보 '《천변만화》의 고민상담'**······ 6권 게이머즈 특전 / 2021년 2월

· **그 무렵의 티노**······ 6권 멜론북스 특전 / 2021년 2월

· **정령인과 잘 지내는 법 ②**······ 6권 토라노아나 특전 / 2021년 2월

· **최고의 데이트**······ 6권 MM스토어 특전 / 2021년 2월

· **《천변만화》의 고민상담 ②**······ 7권 게이머즈 특전 / 2021년 8월

· **그 이후의 공주님**······ 7권 멜론북스 특전 / 2021년 8월

· **은혜 갚은 여동생 여우**······ 7권 Amazon 한정판 특전 / 2021년 8월

· **그 이후의 피해자들**······ 7권 앙케이트 특전 / 2021년 8월

· **제0기사단 극비 조사서 《천변만화》의 동향에 대하여**······ 8권 게이머즈 특전 / 2022년 2월

· **제도 침략 계획**······ 8권 멜론북스 특전 / 2022년 2월

· **《천변만화》의 재판 기록**······ 8권 쇼센 특전 / 2022년 2월

- **왠지 어두운데, 크라이 군**…… 8권 앙케이트 특전 / 2022년 2월
- **겨울의 《천변만화》 쟁탈전**…… 제3회 멜론북스 노벨제 ~2019 Winter~ 소책자 / 2019년 2월
- **《천변만화》의 보구 도감**…… 3권 BOOK☆WALKER 기간 한정 특전·신작 라이트노벨 총선거 2019 답례 / 2019년 9월
- **크라이 안드리히의 하루**…… '비탄의 망령은 은퇴하고 싶다' 공식 사이트·제1회 인기 투표 답례 / 2020년 5월
- **크라이 안드리히의 연애 사정**…… '소설가가 되자' 활동 보고·이 라이트노벨이 대단해! 2021 답례 / 2020년 12월
- **비탄의 망령은 은퇴했습니다**…… GC노벨즈 200탄 페어 / 2020년 5월
- **돌격! 《시작의 발자국》**…… 전권 증쇄 기념 페어 / 2020년 8월
- **첫 레벨 10 헌터가 탄생했기에 5월 31일은 헌터의 날!**…… GC 노벨즈 7주년 기념 페어 / 2021년 6월
- **《시작의 발자국》 창립기념일**…… GC 노벨즈 8주년 기념 페어 / 2022년 6월
- **크라이 안드리히의 여름방학**…… 수영복 SS & 일러스트 수록 특별 소책자 / 2019년 11월
- **천 개의 시련을 만드는 법**…… 8권 Amazon 한정판·Limited short story booklet / 2022년 2월

· **최강 헌터의 이차원 레시피 딸기 쇼트 케이크 / 말로 표현하기 힘든 비프 카레 / 나메르곤 부부베르베 / 승천할 것만 같은 플래티넘 페퍼 / 달걀 프라이 레벨 8……** '소설가가 되자' / 2020년 5월

· **최강 헌터의 이차원 레시피 '삼라만상의 풀 코스'……** 신규 집필

## 비탄의 망령은 모험하고 싶다 1

2025년 10월 1일 1판 1쇄 발행

저       자 츠키카게
일 러 스 트 치코
옮 긴 이 천선필
발 행 인 유재욱
이       사 조병권
편 집 2 팀 정영길 박치우 조찬희
편 집 3 팀 오준영 권진영 이소의 정지원
디자인랩팀 김보라 전세연
디지털사업팀 김지연 윤희진 장혜원
라이츠사업팀 김정미 이지현 유아현
영업마케팅팀 최원석 윤아림
물 류 팀 백철기 이새롬
경영지원팀 최정연
인쇄제작처 ㈜코리아피엔피
발 행 처 ㈜소미미디어
등      록 제2015-000008호
주      소 서울시 마포구 토정로222, 502호 (신수동, 한국출판콘텐츠센터)
판매 및 마케팅 (070) 8822-2301

ISBN 979-11-384-8788-7
ISBN 979-11-6507-865-2 (세트)